LA RENARDE

DUBRAVKA UGREŠIĆ

LA RENARDE

Traduit du croate par Chloé BILLON

CHRISTIAN BOURGOIS ÉDITEUR

Titre original :
Lisica

Ce livre a été publié avec le soutien financier
du Ministère de la culture et des médias
de la République de Croatie.

ISBN : 978-2-267-05226-8

PREMIÈRE PARTIE

Histoire sur comment naissent les histoires

« Le véritable plaisir littéraire commence au moment où l'histoire échappe au contrôle de son auteur, quand elle commence à se comporter comme un arroseur automatique pour la pelouse et à fuser dans toutes les directions ; quand l'herbe se met à pousser non grâce à l'humidité, mais grâce à la soif d'une source d'humidité à proximité. »

I. Ferris, *The Magnificent Art of Translating Life into a Story and Vice Versa*

1.

Vraiment, comment naissent les histoires ? Je suis convaincue que beaucoup d'écrivains se posent la question, même si la plupart évitent d'y répondre. Pourquoi ? Peut-être parce qu'ils ne connaissent pas la réponse, et peut-être aussi parce qu'ils craignent de se comporter comme ces médecins qui n'utilisent pour parler avec leur patient que des termes latins (certes, ils sont de plus en plus rares !), afin d'établir sur lui un ascendant (qu'ils ont de toute façon) et de le maintenir dans une position d'infériorité (dans laquelle il se trouve qu'il le veuille ou non). Ce pourquoi les écrivains préfèrent hausser les épaules et laisser le lecteur croire que les histoires poussent comme du chiendent, ce qui vaut peut-être mieux. De fait, on pourrait composer avec les réflexions des littérateurs sur ce thème une colossale anthologie d'âneries. Et plus l'ânerie est manifeste, plus son auteur a d'admirateurs, comme ce célèbre écrivain qui s'entête à répéter que son instant d'épiphanie, au sens créatif, a été un match de baseball. Alors que la balle de baseball s'envolait dans les airs, il a été frappé d'une révélation : il était romancier ! Dès que le match s'est achevé, il est rentré chez lui, s'est assis à son bureau, et depuis, il ne s'arrête plus.

L'écrivain russe Boris Pilniak commence son « Histoire sur comment naissent les histoires » (un texte qui fait à peine une dizaine de pages) par la mention de sa rencontre fortuite, à Tokyo, avec l'écrivain Tagaki, dont on lui avait dit qu'il devait sa célébrité à un roman dans lequel il décrivait une « femme européenne », une Russe. Ce Tagaki se serait évaporé de la mémoire de Pilniak si, dans la ville japonaise de K.[1], aux archives du consulat soviétique, Pilniak n'était tombé sur une requête de Sofia Vassilievna Gnedikh-Tagaki, qui demandait son rapatriement.

Et ensuite, que s'est-il passé ensuite ? L'hôte et compatriote de Pilniak, le camarade Djourba, secrétaire du consul soviétique, emmène Pilniak dans la montagne au-dessus de la ville pour lui montrer le sanctuaire du renard. « Le renard est l'incarnation de la ruse et de la trahison. Si l'esprit du renard prend possession d'un homme, la descendance de cet homme est maudite. Le renard est le totem des écrivains », écrit Pilniak. Le sanctuaire se trouve à l'ombre des

1. Il s'agit de la ville de Kobe, comme le révèle Pilniak dans son livre consacré au Japon *Racines du soleil japonais*.

cèdres, en haut d'une falaise qui se jette dans la mer, et des renards se reposent sur l'autel du temple. De là, la vue s'étend sur la chaîne de montagnes et l'océan, et il règne un silence singulier. C'est là, en ce lieu saint, que Pilniak réfléchit à comment naissent les histoires.

Le sanctuaire japonais des renards et l'autobiographie de Sofia Gnedikh-Tagaki (que le camarade Djourba fait lire à l'écrivain) incitent Pilniak à écrire une histoire. Sofia avait étudié au lycée de Vladivostok pour devenir institutrice, mais juste en attendant « l'arrivée d'un prétendant » (commentaire de Pilniak) ; c'était une jeune fille « comme il y en avait des milliers dans la vieille Russie » (commentaire de Pilniak) ; « niaise comme une poésie, comme il sied à une fille de dix-huit ans » (commentaire de Pilniak). Les biographies féminines en Russie se ressemblaient « comme deux gouttes d'eau : premier amour, perte de la virginité, bonheur, mari, enfant, et pas grand-chose d'autre ». La biographie de Sofia ne commence à intéresser Pilniak qu'au moment « où le bateau entre dans le port de Tsuruga – une biographie brève et atypique, qui la distinguait des milliers d'autres biographies de femmes russes provinciales ».

Comment cette jeune femme de Vladivostok s'était-elle retrouvée à bord d'un bateau qui voguait vers Tsuruga ?! Se basant sur des fragments de l'autobiographie de Sofia, Pilniak évoque habilement sa vie à Vladivostok, dans les années 1920. Sofia loue une petite chambre dans une maison où loge également l'officier japonais Tagaki. On disait de lui, écrit Sofia dans sa brève autobiographie, qu'« il se douchait deux fois par jour, portait des dessous en soie et mettait un pyjama pour dormir ». Tagaki parle russe, mais il confond les *l* et les *r*, ce qui est comique, surtout quand il lit à voix haute ses poètes russes préférés (« Une lumièle aux leflets d'amble… »).

Même si les règles de l'armée japonaise interdisent aux officiers d'épouser des étrangères, Sofia et Tagaki ne tardent pas à se fiancer, « à la Tourgueniev »[1].

Avant de repartir au Japon – car les Russes vont bientôt déferler sur Vladivostok –, Tagaki laisse à Sofia des instructions et de l'argent pour pouvoir le rejoindre[2].

1. Ceci n'est que l'une des multiples allusions de Pilniak à la vacuité, la stupidité et au sentimentalisme de pacotille des jeunes dames provinciales russes.
2. Bien qu'il souligne à deux reprises que « ce n'est pas à [lui] de juger », Pilniak se demande « comment cette femme a réussi à passer à côté de tout ce que nous avons vécu ces années-là. Il est de notoriété publique que si l'Armée impériale japonaise se trouvait en 1920 dans l'Extrême-Orient russe, c'était pour l'occuper, et on sait également que les Japonais avaient chassé les Partisans : la biographie n'en touche pas un mot ». Le « je » de Pilniak se change ici brusquement en un « nous » sévère et assertif, comme si se penchait sur lui l'ombre menaçante d'un

Sofia voyage de Vladivostok à Tsuruga, où la police aux frontières japonaise l'arrête et l'interroge sur la nature de sa relation avec Tagaki. Elle avoue qu'ils sont fiancés. La police convoque Tagaki, lui suggère de rompre ses fiançailles et de renvoyer Sofia à Vladivostok, ce qu'il refuse. À la place, il met Sofia dans un train pour Osaka, où son frère l'attendra pour l'emmener à la campagne, dans la maison de ses parents ; quant à lui, il se met à la disposition de la police militaire. L'affaire est bientôt résolue en faveur de Tagaki : certes, il est définitivement radié de l'armée et condamné à deux ans d'exil, mais il obtiendra l'autorisation de purger sa peine au village, dans la maison familiale, « noyée dans la verdure et les fleurs ».

Les jeunes mariés passent leur temps dans une douce solitude. Leurs nuits sont emplies de tumultueuses passions charnelles, et leurs jours d'un quotidien paisible, que rien ne vient troubler. Tagaki est aimable, mais taciturne, il aime à passer ses journées enfermé dans son bureau.

« camarade Djourba », et qu'à cause d'elle, à cause de cette ombre, il reprochait à Sofia d'être apolitique.
Pilniak réagira une autre fois comme une sorte de commissaire du Parti, en disant : « Sur tout le littoral de l'Extrême-Orient russe, on haïssait les Japonais, les Japonais traquaient les bolchéviques, les tuaient, les faisaient brûler dans les poêles, les fusillaient ; les Partisans se démenaient comme des beaux diables pour anéantir les Japonais, Koltchak et Semionov sont morts, les Partisans déferlaient telle une énorme avalanche – Sofia Vassilievna ne dit pas un mot à ce sujet. »

« Elle aimait, respectait et craignait son mari : elle le respectait car il était tout-puissant, noble, taciturne et cultivé ; elle l'aimait et le craignait pour le bon vouloir d'une passion qui éreinte l'âme, asservit et affaiblit la volonté, la sienne, pas celle de Tagaki », écrit Pilniak. Pourtant, même si elle ne sait pas grand-chose de son époux, Sofia est comblée de bonheur par leur vie commune. Quand l'exil de Tagaki prend officiellement fin, le jeune couple reste vivre à la campagne. Mais ensuite, des journalistes, des photographes, des gens débarquent soudain dans la solitude de leur vie… C'est ainsi que Sofia découvre le secret de son mari, la raison pour laquelle il se retire tous les jours dans son bureau : pendant ces deux ou trois ans, Tagaki a écrit un roman.

Elle n'était pas en mesure de lire le roman de Tagaki, même si elle avait déjà à l'époque quelques notions de japonais. Elle lui demandait de lui en dire un peu sur le livre, mais il évitait de répondre. Grâce au succès du roman, leur vie avait changé : ils avaient à présent des domestiques qui leur préparaient le riz, et un chauffeur attitré qui emmenait souvent Sofia faire les courses dans la ville voisine. Le père de Tagaki « s'inclinait devant la femme de son fils avec davantage de respect qu'elle ne lui en témoignait ». Sofia commençait à apprécier la célébrité de son mari.

Ce n'est que quand ils reçurent la visite d'un « journaliste de la capitale », qui parlait russe, qu'elle découvrit le contenu du livre. Tagaki avait consacré l'intégralité du roman à sa femme, décrivant tous les moments qu'ils avaient passés ensemble. Ce journaliste lui avait, de fait, présenté un miroir, où « elle se vit incarnée sur le papier. Et peu importe que le roman la décrive avec une précision clinique aux prises avec les affres de la passion et du chaos de la vie ; l'horreur, son horreur, commença après. Elle apprit que tout, toute sa vie, avait été un sujet d'observation, que son mari avait espionné les moindres instants de son existence : c'est là que commença son horreur, c'était une cruelle trahison de tout ce qu'elle avait. »

Pilniak affirme, libre à nous de le croire ou non, que les parties de l'autobiographie de cette « femme un peu niaise » qui portent sur son enfance, ses années de lycée et Vladivostok sont dénuées de tout intérêt, tandis que pour décrire les jours passés avec son mari, elle a réussi à trouver « les bons mots, grands et simples ». Quoi qu'il en soit, Sofia « abandonna la profession de femme d'écrivain célèbre, l'amour et l'effervescence des temps de jaspe », et demanda à rentrer dans son pays, à Vladivostok.

Et que s'est-il passé ensuite ? C'est tout.

« Elle a consumé son autobiographie ; quant à sa biographie qui nous révèle qu'il est plus difficile de passer par la mort que de tuer un homme – c'est moi qui l'ai écrite. Lui, il a écrit un merveilleux roman.

Ce n'est pas à moi de juger les gens, mon travail est de réfléchir, notamment à comment naissent les histoires.

Le renard est l'incarnation de la ruse et de la trahison. Si l'esprit du renard prend possession d'un homme, la descendance de cet homme est maudite. Le renard est le totem des écrivains. »

Tagaki a-t-il vraiment existé, Sofia a-t-elle existé – comment savoir. Dans tous les cas, en lisant cette nouvelle écrite de main de maître, il ne vient pas une seule seconde à l'esprit du lecteur que l'histoire pourrait être une construction ; que le consulat russe de la ville de K., tout comme l'histoire de Sofia, sa requête de rapatriement et l'écrivain Tagaki sont inventés. Le lecteur est frappé par la véracité *à cent pour cent* de l'histoire, par la puissance de cette brève biographie qui consiste en deux trahisons ; l'une commise envers Sofia par l'écrivain Tagaki, et la deuxième commise par, mû par la même pulsion créatrice, l'écrivain Pilniak.

2.

Dans presque toutes les traditions mythologico-folkloriques, le champ sémantique symbolique du renard présuppose la ruse, l'adresse, la flatterie, la tromperie, le mensonge, l'hypocrisie, la fourberie, l'égoïsme, la rouerie, la fatuité, l'avidité, le charme, la sexualité, la rancœur, la solitude. Dans les textes myhtologico-folkloriques, le renard est le plus souvent mêlé à des affaires « louches », il lui arrive de se retrouver en mauvaise posture, et à cause de ses caractéristiques, il n'est jamais en contact avec les êtres mythologiques supérieurs. D'un point de vue symbolique, il appartient à une catégorie mythologique inférieure. Dans la mythologie japonaise, le renard est le messager d'Inari, la divinité des récoltes et du riz ; en sa qualité de messager, il est lié aux hommes, à la sphère terrestre, tandis qu'il n'a que peu de contacts avec la sphère « supérieure », céleste ou spirituelle.

Dans une légende largement répandue chez les peuples autochtones d'Amérique, les Inuits, les peuples sibériens et en Chine, un pauvre homme reçoit chaque matin la visite d'une renarde, qui ôte sa fourrure et se transforme en femme. Quand l'homme s'en rend compte, il vole et cache la fourrure, et la renarde devient sa femme. Mais quand la femme, après un certain temps, retrouve sa fourrure, elle reprend sa forme de renarde et quitte à jamais le miséreux.

Dans l'imaginaire mythologico-folklorique occidental comme oriental, le renard est le plus souvent un fripon[1], un arnaqueur, mais il apparaît également sous forme de démon, de sorcière ou de « fiancée maudite », à moins qu'il ne soit, comme dans la mythologie chinoise, la forme animale d'une âme humaine morte. Dans l'imaginaire mythologico-folklorique occidental, le renard est le plus souvent représenté au masculin (Reineke, Reynard, Renart, Reinaert), et dans l'imaginaire oriental au féminin. Dans la mythologie chinoise (*wu lei zing*), japonaise (*kitsune*) et coréenne (*kumiho*), la renarde est maîtresse dans l'art de la métamorphose, elle est le symbole de l'éros féminin mortifère, une démone, virtuose de l'illusionnisme. Dans la mythologie japonaise, il y a plusieurs rangs de *kitsune* ; elle peut être une renarde sauvage ordinaire (*nogitsune*) ou devenir *myobu*, une renarde céleste, mais il lui faut pour cela attendre mille ans. Son rang dans la hiérarchie est exprimé par ses queues : la renarde la plus puissante est celle qui en a neuf.

1. Le fripon, ou farceur (*trickster* en anglais), est un personnage mythique présent dans toutes les cultures : Renart le goupil, le gnome ou le lutin, le Coyote dans les cultures amérindiennes, ou encore Loki dans les religions nordiques. Le fripon joue des tours pendables ; son activité désordonnée incessante et sa sexualité débordante en font un contrepoint à l'individu civilisé ou conformiste, tandis que son individualisme l'oppose à l'humain social ou coopératif. Les anthropologues, comme Claude Lévi-Strauss, parlent de « décepteur », du moyen français *decepteur*, « celui qui trompe, qui trahit ». (Note de la traductrice.)

L'un dans l'autre, on dirait bien que Pilniak avait raison ; sur bien des points, le renard se qualifie amplement pour être le totem de la douteuse espèce des littérateurs.

3.

Qui est Boris Pilniak ?

Les photographies d'un homme séduisant avec de fines lunettes rondes, vêtu des meilleurs costumes, toujours avec un nœud papillon, tel un véritable dandy, ne correspondent en rien à l'image « occidentale » de l'écrivain révolutionnaire russe. Pourtant, c'est bien ce qu'était Pilniak : un écrivain révolutionnaire russe.

Son véritable nom de famille est Wogau (Pilniak est un pseudonyme), il est le fils d'Allemands de la Volga, et a passé son enfance et sa prime jeunesse dans la province russe. Il fut l'un des écrivains les plus prolifiques de son temps, dans toute une variété de genres et de styles. Ses intérêts littéraires comprenaient la prose traditionnelle, avec un fort penchant pour le naturalisme et le primitivisme, les reportages, les récits de voyage et le roman « de production », la prose documentaire et la prose ornementale moderniste, dont le roman *L'Année nue* est l'œuvre la plus représentative.

Pilniak était aimé et détesté, célèbre et influent ; sa patte littéraire fut imitée par beaucoup ; il était traduit dans plusieurs langues étrangères, et libre de voyager dans des endroits dont d'autres ne pouvaient que rêver. Il est allé en Allemagne, en Angleterre, en Chine, au Japon, aux États-Unis, en Grèce, en Turquie, en Palestine, en Mongolie... Son cycle « japonais » comprend les récits de voyage *Racines du soleil japonais*, *Pierres et Racines*, *Nara ville des cerfs*, et l'« Histoire sur comment naissent les histoires »[1]. Il consacra aux États-Unis le livre *OK :*

1. Boris Pilniak – grâce à la relation complexe entre les deux pays et à un instant historique magnanime d'un point de vue culturo-politique – séjourna au Japon à deux reprises, aux printemps 1926 et 1932. Pour ce qui est des rapports culturels entre la Russie et le Japon, ils sont très intéressants, et presque dramatiques. Le Japon fait traditionnellement preuve d'un grand intérêt pour la culture russe : les premières traductions de Tolstoï en japonais paraissent dès la période du réalisme, les études russes sont d'excellent niveau, et les œuvres de Pilniak lui-même, y compris le roman *L'Année nue*, étaient déjà connues des Japonais lors de son arrivée au Japon. La nouvelle traduction récemment publiée des *Frères Karamazov* en japonais s'est vendue à millions, un succès que l'on n'enregistre probablement plus même en Russie. La relation entre les deux pays ne se base pas sur la réciprocité : les Japonais ont toujours fait preuve d'un intérêt culturel bien plus grand envers la Russie que celui dont la Russie a jamais fait preuve envers le Japon. En ce sens, l'écrivain Tagaki, qui parle russe

un roman américain[1] ; à l'Angleterre le recueil de nouvelles *Récits anglais* ; à la Chine *Journal de Chine*.

Il était aimé des femmes, peut-être parce que nombre d'entre elles ont un faible pour les écrivains, particulièrement, semble-t-il, les femmes russes. Il eut deux enfants avec sa première épouse, Maria Sokolova, médecin à l'hôpital de Kolomna. Sa deuxième femme était une actrice du Théâtre Maly de Moscou, la belle Olga Chtcherbinovska, et la troisième l'actrice et metteuse en scène géorgienne Kira Andronikachvili, ou Kira Gueorguievna Andronikova. Il eut avec elle un fils, Boris. Il possédait pas moins de deux automobiles (il avait fait passer sa Ford achetée aux États-Unis en Union soviétique !), et avait à disposition une spacieuse datcha à Peredelkino, un célèbre complexe de villas d'artistes à proximité de Moscou.

---

et récite par cœur des vers de poètes russes, est un personnage tout à fait crédible.

1. Pilniak se rend aux États-Unis en 1931, sur l'invitation de la MGM, pour un projet de film sur un ingénieur américain dans un grand chantier en Russie soviétique (le thème du roman de Pilniak *La Volga se jette dans la Caspienne* est, de fait, la construction de la centrale électrique du Dniepr). Il rompt son contrat avec la MGM, mais en profite pour s'acheter une Ford d'occasion et sillonner les États-Unis d'une côte à l'autre. Il rencontre les écrivains américains Theodore Dreiser, Sinclair Lewis, Floyd Dell, Regina M. Anderson, Waldo Frank, Mike Gold, Max Eastman, W. E. Woodward et Upton Sinclair.

La bibliographie de Pilniak est conséquente. Outre le magistral *L'Année nue*, citons notamment ses romans *Machines et Loups* et *La Volga se jette dans la Caspienne*. Son *Conte de la lune non éteinte*, un récit sur l'assassinat du leader communiste Frounze, fit scandale. Celui-ci aurait été assasiné, prétendument sur l'ordre de Staline, par des médecins, qui l'auraient empoisonné avec une dose trop importante de chloroforme.

Pilniak était un ami proche d'Evgueni Zamiatine. Evgueni Zamiatine – un ingénieur qui travaillait pour la Marine impériale russe, et écrivait pour son loisir – est l'auteur des mots les plus forts jamais adressés par un écrivain à son bourreau. Dans une lettre à Staline par laquelle il demande l'autorisation de quitter l'Union soviétique (autorisation qui, grâce à l'intercession de Maxime Gorki, lui sera accordée !), il écrit : « La véritable littérature n'est pas créée par des fonctionnaires zélés et obéissants, mais par des fous, des ermites, des hérétiques, des rêveurs, des révoltés et des sceptiques. »

Le roman de Zamiatine *Nous* (publié en anglais en 1924) fut plagié par de nombreux auteurs : George Orwell (*1984*), Aldous Huxley (*Le Meilleur des mondes*) et d'autres. Kurt Vonnegut fut le seul à le reconnaître publiquement, tandis que les autres se renvoyaient la faute (Orwell dénonçant Huxley, par exemple !). L'émigration ne porta pas chance à Zamiatine : il ne vécut à Paris que six misérables années, et mourut d'une angine de poitrine en 1937, année de l'arrestation de Boris Pilniak. Il semble que les balles de Staline, qui fauchaient ces années-là les écrivains russes, n'aient pas manqué Zamiatine, même s'il s'était réfugié hors de leur portée. Ceci, cependant, n'est pas l'histoire de Zamiatine, mais une histoire qui parle de comment naissent les histoires.

4.

L'« Histoire sur comment naissent les histoires » a été écrite en 1926. La même année, ma mère naissait. Cette même année, nombre de choses se sont produites que je pourrais plus logiquement et plus adroitement relier à la biographie de ma mère. Moi, cependant, je m'imagine qu'il existe entre le récit de Pilniak et la biographie de ma mère une profonde affinité poétique.

« Il la mit dans un train, en lui disant que son frère l'attendrait à Osaka ; quant à lui, il allait être “assez occupé”. Il se cacha dans la pénombre, le train s'élança dans les montagnes noires, la laissant dans la plus profonde solitude et la plus ferme conviction que lui, Tagaki, était le seul au monde, aimé, fidèle, à qui elle devait tout, emplie de gratitude, ne comprenant rien à rien. Le wagon était très lumineux, derrière les fenêtres, tout sombrait dans l'obscurité. Autour d'elle, tout était terrible et incompréhensible, surtout quand les Japonais qui voyageaient dans le même wagon qu'elle, hommes et femmes, se mirent à se déshabiller avant de se coucher, sans la moindre honte de leur nudité, et quand par les fenêtres, à une gare, on se mit à leur vendre du thé brûlant dans des petites bouteilles et des petits paniers en sapin contenant le dîner, du riz, du poisson, des radis, avec des serviettes en papier, un cure-dents et deux baguettes avec lesquelles ils étaient censés manger. Puis la lumière s'éteignit dans le wagon, et les gens s'endormirent. Elle ne ferma pas l'œil de la nuit, esseulée, déboussolée, effrayée. Elle ne comprenait rien. »

Vingt ans après la naissance de l'« Histoire » de Pilniak, en 1946, ma mère, alors âgée de vingt ans, entreprend le voyage de sa vie. En achetant son billet de train, ma mère achète un billet pour un voyage dans l'inconnu. Avec le choix de ce voyage plutôt que d'un autre, elle commence à dévider la pelote de sa vie, qui semble avoir été, avec les panneaux de direction et les gares ferroviaires, déjà inscrite dans les lignes de sa main. À Varna, sur la mer Noire, où elle vivait, allait au lycée, adorait les films et les livres (surtout les romans avec un nom et un prénom féminins dans le titre !), elle avait rencontré à la fin de la guerre un marin, un Croate, était tombée amoureuse de lui, s'était fiancée avec lui, et, une fois la guerre finie, elle était partie pour la Yougoslavie. Ses parents l'avaient mise dans le train, l'avaient tendrement déposée dans le compartiment, comme dans une petite barque qui emmènerait leur progéniture vers un rivage sûr. Littéralement : le père de ma mère, mon grand-père, était cheminot. Maman avait voyagé de Varna à Sofia, de Sofia à Belgrade, de Belgrade à Zagreb. Le train traversait des champs de ruines, et c'est ce qui la bouleverserait le plus, ces heures à traverser des régions de terres brûlées, et ensuite, conformément aux instructions du marin, elle descendrait quatre-vingts kilomètres avant Zagreb, pour se retrouver dans la pénombre d'une gare de province déserte et délabrée. Personne ne l'y attendrait. Cette gare sombre et vide avait marqué le cœur de ma mère comme un fer rouge, comme la première dure et douloureuse trahison.

En réalité, l'« Histoire sur comment naissent les histoires » reproduit le schéma d'un conte ; d'un conte sur un être mystérieux qui n'est pas de ce monde ; sur une « force surnaturelle » (la Bête, Corbeau du Corbeau[1], le Dragon, le Soleil, la Lune, Kochtcheï l'Immortel, Barbe bleue, etc.) qui emmène la jeune épousée par-delà sept montagnes,

1. Voron Voronovitch, en russe. Personnage du conte russe *Les Trois Royaumes.* (*N.d.T.*)

par-delà sept mers, dans un lointain royaume (que l'on appelle dans les contes « royaume de cuivre », « d'argent », « d'or » ou « de miel »). La jaspe est chez Pilniak le synonyme du Japon et des jours heureux de Sofia (« les jours de jaspe » ; « le rosaire de jaspe des jours a été égrené » ; « l'effervescence des temps de jaspe »). Le mystérieux Tagaki emmène sa jeune épousée russe dans son « royaume de jaspe ». Et, de fait, Tagaki ne ressemble en rien à l'enseigne Ivantsev, par exemple, que Sofia a « cessé de saluer » car il avait « raconté à tout le monde qu'ils avaient eu un rendez-vous galant ». L'énigmatique Tagaki, à la différence du grossier Ivantsev, baise la main des femmes et leur offre du « chocorat ». Certes, au début, cet « homme d'une autre race, ce Japonais » ne plaisait pas à Sofia, pire, elle le trouvait repoussant, mais – exactement comme dans les contes où la « bête » se transforme en amant séduisant – il ne tarde pas à conquérir son cœur.

Et c'est là tout le paradoxe : si l'« Histoire » de Pilniak ne contenait pas ce schéma narratif du conte, elle ne serait pas si crédible. Une jeune fille, que rien ne distingue de mille autres, au moment où elle accepte de courir après la pelote d'or de son destin de femme, devient une héroïne crédible. Quel est donc censé être ce destin de femme ? La majorité du corpus des œuvres classiques de la littérature mondiale offre une réponse à cette question. Il existe un schéma puissant (un mème, une carte mémoire) que les textes de la littérature mondiale (les minoritaires, écrits par des femmes, tout comme les majoritaires, écrits par des hommes) se transmettent de siècle en siècle comme une maladie héréditaire. L'héroïne doit se comporter conformément à ce schéma pour que nous soyons en mesure de l'identifier comme héroïne. Autrement dit, elle doit subir le test de l'humiliation pour gagner le droit à la vie éternelle. Dans l'« Histoire » de Pilniak, l'héroïne est doublement flouée, mise à nu et « volée » : une première fois par Tagaki, une deuxième par Pilniak. Pilniak appelle cela « passer par la mort » (!). Ainsi Sofia, petite héroïne de nouvelle, rejoint-elle tous les personnages littéraires féminins qui perpétuent ce schéma jusqu'au jour d'aujourd'hui, dans des romans tirés à millions : Elle frissonne, subjuguée par un mystérieux Lui. Il va l'envoûter, la dompter, l'humilier et la tromper, et à la fin, elle ressuscitera comme une héroïne digne de respect et d'estime de soi.

Et pour ce qui est de ma mère, son cœur jeune et robuste cicatriserait. Quelle chance que la Destinée, cette écrivaine étourdie, ait oublié qu'un marin était censé attendre ma mère sur le quai d'une gare de province. D'ordinaire, les marins n'attendent pas leur chère et tendre sur des quais de gare, leur place est dans les ports, c'est peut-être pour cela que la Destinée a oublié le marin. Et ensuite, tel un happy end retardé, dans la lumière au bout du tunnel métaphorique, Il est arrivé, le véritable héros de l'histoire de ma mère, mon futur père. Ceci, cependant, n'est pas une histoire sur ma mère et mon père, mais une histoire qui s'efforce de parler de comment naissent les histoires.

5.

Je me suis retrouvée pour la première fois à Moscou en 1975. J'étais venue de Yougoslavie (aujourd'hui disparue) en Union soviétique (aujourd'hui disparue) grâce à une bourse d'études de deux semestres. À cette époque, il existait entre la Yougoslavie et l'URSS des programmes d'échanges universitaires. Je me souviens de ma première sortie dans le centre de Moscou grâce à une anecdote. J'avais eu besoin d'aller aux toilettes, il n'était pas facile d'entrer dans les restaurants et les cafétérias, car des longues queues s'étiraient devant les entrées, et il n'y avait quasiment pas de toilettes publiques. J'avais tout de même fini par en trouver, en plein centre. En sortant des cabinets, je m'étais retrouvée entourée par un groupe de Tziganes, quatre ou cinq femmes. Je ne comprenais pas ce qu'elles me voulaient. Elles semaient partout autour d'elles de minuscules crachats, me tapotaient doucement l'épaule, me tiraient par la main, ouvraient mes paumes, disaient quelque chose, toutes en même temps, puis elles avaient disparu aussi vite qu'elles étaient apparues. Hébétée, j'étais sortie dans la rue, et j'avais remarqué que j'avais dans la main une petite liasse. J'avais ouvert la main. Des tickets de loterie sans valeur en étaient tombés, déchirés au milieu. J'avais inspecté mon sac à main. Environ deux cents roubles en avaient disparu, l'équivalent à l'époque de deux salaires soviétiques moyens. La perte de cet argent ne m'avait pas affectée le moins du monde, au contraire, il m'avait semblé que, en atterrissant à Moscou, j'avais plongé dans le quotidien du roman de Boulgakov *Le Maître et Marguerite*. Tout comme Sofia, l'héroïne de Pilniak, contemplait le monde sous un angle tourguenievien, romantique, je le contemplais (alors du moins) sous un angle boulgakovien.

J'étais logée dans la cité étudiante de l'Université d'État de Moscou, la MGU, dans l'un des sept célèbres gratte-ciel moscovites. J'occupais la chambre 513, dans la zone B, partageant la salle de bains et le couloir d'entrée avec une compatriote, étudiante en mathématiques. Il m'avait fallu longtemps pour comprendre comment entrer et sortir, et comment trouver quoi que ce soit dans ce gigantesque labyrinthe architectural divisé en zones. À mon étage, dans la zone B, logeaient les Yougoslaves, les Finlandais et les Arabes. La présence de ces derniers se trahissait par une chaude odeur d'épices inconnues qui s'échappait de la cuisine commune de l'étage. L'un des trois Finlandais avait décroché une bourse pour travailler à un doctorat sur Mikhaïl Cholokhov, alors encore en vie. Rapidement, les trois Finlandais, deux garçons et une fille, avaient complètement oublié pourquoi ils étaient venus. Ils s'enivraient jusqu'à l'inconscience derrière la porte close de leur chambre d'étudiants, et ils n'arrêtèrent pas jusqu'à ce que soit venu le moment de rentrer chez eux. À cause de restrictions diverses et variées, les locaux avaient difficilement accès à la vodka. Les étrangers achetaient leur vodka dans les magasins de luxe pour touristes, à l'aide de leurs passeports et de devises étrangères. Cette chaîne de magasins s'appelait Beriozka. La vodka était bien moins chère dans les Beriozka qu'en Finlande.

À la différence des Finlandais, j'étais venue dans l'intention de collecter des sources pour mon mémoire sur Boris Pilniak. J'avais passé les deux ou trois premiers mois des dix que comptait l'année universitaire dans la bibliothèque Lénine (aujourd'hui Bibliothèque d'État de Russie). Rien qu'entrer dans la bibliothèque était laborieux, car il fallait d'abord faire longuement la queue pour laisser ses affaires au vestiaire ; puis longuement la queue pour passer les contrôles de police (je me souviens encore du vidage quotidien du contenu de mon sac sur une table) et entrer dans la salle d'étude ; et enfin attendre encore longtemps avant que, grâce à un mécanisme avec des rails et un petit train (j'espère que je ne l'ai pas rêvé, et que ça existait vraiment ?!), les livres commandés arrivent enfin. Cette procédure laborieuse était peut-être la raison pour laquelle de nombreuses personnes dormaient dans la bibliothèque. Il y avait deux ou trois photocopieuses, précédées de longues files d'attente, car il n'était permis de photocopier que vingt pages par jour. Les copies étaient imprimées sur du papier rêche et épais, presque du carton. Certes, qui avait de l'argent pouvait louer les services d'un « substitut », qui ferait la queue et s'occuperait des photocopies à sa place. Mais le plus horrible était encore l'espace fumeurs, sous les combles. C'était une petite pièce étouffante, avec quelques chaises et une table équipée de grands récipients circulaires en tôle, des boîtes réformées de pellicules cinématographiques, débordantes de mégots. Devant ces montagnes de mégots, les martyrs, les fumeurs. La cafétéria non plus n'offrait pas la chaleur humaine escomptée, car là aussi, il fallait faire longuement la queue ne serait-ce que pour entrer, et le jeu n'en valait pas la chandelle : du mauvais café, le proverbialement bon thé russe et de tristes saucisses de Francfort, qui jaillissaient de partout : des cantines étudiantes, des chaudrons des vendeurs de rue, des bistrots moscovites bon marché.

Le travail en bibliothèque était ingrat, il requérait de la patience, et moi, manifestement, je n'avais pas ça dans le sang. La vie littéraire parallèle était incomparablement plus intéressante. Dans cette vie parallèle, les gens se débrouillaient grâce aux amis et aux relations. L'un de mes amis, qui travaillait dans cette même bibliothèque Lénine, photographiait parfois les livres dont j'avais besoin avec un appareil photo ordinaire, et ensuite, nous développions ces pellicules et triions les clichés dans l'ordre des pages. J'ai ainsi conservé quelques livres dans des boîtes de photos. Dans cette vie parallèle, il existait encore des témoins vivants de l'époque révolue, et les rencontrer était bien plus important que travailler en bibliothèque ; là, comme dans une sorte d'Hadès, on pouvait rencontrer d'antiques représentants de l'époque de l'avant-garde russe, ceux qui avaient tout simplement eu l'heur de survivre[1] ; là, les livres se copiaient et se disséminaient en secret ; et les étrangers comme moi avaient leur utilité : ils pouvaient acheter dans un Beriozka des exemplaires d'éditions russes difficiles à se procurer, apporter avec eux des éditions russes étrangères (*tamizdat*), et éventuellement servir de facteurs en faisant sortir du pays quelque manuscrit.

1. C'est ainsi que j'ai rencontré Guennadi Gor, écrivain et collectionneur, proche du groupe d'avant-garde Oberiou, et Alexandre Razoumovski, dernier membre vivant de ce groupe, auteur du film expérimental *Miassoroubka* (*Le Hachoir à viande*). Je n'ai pas réussi à rencontrer Nikolaï Khardjiev, célèbre collectionneur et fin connaisseur de l'avant-garde russe.

6.

C'est dans ce Moscou – où beaucoup de philologues, russes comme étrangers, se consacraient à la chasse aux acteurs et témoins de l'époque révolue ; où les veuves d'écrivains célèbres avaient particulièrement la cote (comme Nadejda Mandelstam, alors encore en vie) ; où quiconque avait survécu, et survécu aux autres, et était capable d'en témoigner, avait la cote ; où tout grouillait d'auteurs de mémoires, de souvenirs et de journaux intimes, de collectionneurs et d'archivistes, d'artistes authentiques et factices, de ceux qui avaient été « assis » (*sidet'*), à savoir qui avaient été au goulag, à ceux qui avaient honte de ne pas y avoir été – que j'ai rencontré le fils de Pilniak, Boris. Certes, je ne m'incluais pas dans la catégorie des « chasseurs » de témoins vivants de l'époque révolue : cette fièvre généralisée du biographique ne me plaisait pas, même si je comprenais d'où elle venait. Dans un tel environnement, la bataille qu'avaient menée les formalistes russes – une grande bataille pour le texte comme œuvre d'art – s'avérait vaine. De nombreux textes originaux disparaissaient, violemment piétinés par les détails biographiques de leurs auteurs...

Boris Andronikachvili était le fils de Pilniak, fruit du troisième mariage de l'écrivain, avec l'actrice et metteuse en scène géorgienne Kira Andronikachvili. Boris était un homme grand, fort et séduisant, acteur de cinéma diplômé. Il se sentait géorgien, était fier de son nom de famille noble, parlait russe avec un fort accent géorgien, comme nombre de ses compatriotes ; chez lui, on buvait de la *tchatcha* et on mangeait du *khatchapouri*, son véritable foyer n'était pas la froide et fade Moscou, mais « la ville des roses et de la graisse de mouton », selon la description concise et singulièrement exacte de Tbilissi par Isaac Babel. Au moment où je l'ai rencontré, il avait quitté le cinéma et gérait l'héritage de son père, et étant donné qu'il n'était pas formé pour cela, il le faisait en amateur. Il avait lui-même écrit quelques ouvrages en prose. Il en était à son deuxième mariage, et avait deux enfants, une fille de cinq ans, Kira, et un fils de deux ans, Sandro.

Je n'ai pas écrit de mémoire sur Boris Pilniak, j'ai abandonné le sujet. Certes, plus tard, j'ai traduit en croate *L'Année nue*, *Blizzard* et « Histoire sur comment naissent les histoires ». J'ai bien écrit un mémoire, mais sur un tout autre sujet. J'ai revu Boris une ou deux fois, la dernière, en tout cas, le 6 septembre 1989, lors d'un bref séjour à Moscou, quand il m'a offert un recueil tout juste publié de la prose de Pilniak, dont il avait lui-même rédigé la préface. Je n'aurais pas retenu ce détail s'il n'y avait eu dans le livre une dédicace de Boris avec la date.

J'avais failli ne pas le reconnaître, il émanait de son regard une sorte de vague capitulation intérieure. Nous avons échangé quelques lettres, puis perdu tout contact. L'Union soviétique s'était effondrée, la Yougoslavie s'effondrait, et quatre ans plus tard, je quittais le pays. Je fermai de nombreux dossiers, entre autres celui de cette année moscovite, que j'aurais dû consacrer à Boris Pilniak, et que j'avais, au lieu de m'occuper de littérature, consacrée à vivre, même si ces deux choses semblaient alors indissociables.

Boris Andronikachvili est mort sept ans plus tard, à l'âge de soixante-deux ans. J'ai trouvé l'information sur Internet. Ses œuvres complètes en deux tomes ont été publiées en 2007. Sa fille Kira a écrit sa maîtrise et publié un livre sur l'œuvre de son grand-père, et dirigé deux importants recueils de la correspondance[1]. Je ne suis pas certaine que je lirai un jour ces livres, je voyage beaucoup, je passe des frontières, je m'efforce d'avoir le moins de bagages possible, j'ai fermé de nombreux dossiers. Et une fois fermés, les dossiers deviennent illisibles.

1. Kira Borissovna Andronikachvili-Pilniak, *Boris Pilniak : Opyt segodniachnego protchtenia*, Moscou, 1995 ; Boris Pilniak, *Pis'ma*, tome 1 (1906-1922) et 2 (1923-1937), Moscou, 2010.

7.

La biographie de Sofia Gnedikh-Tagaki attirait Boris Pilniak comme un aimant. Pilniak a volé l'âme de Sofia (le renard comme médiateur entre deux mondes, le monde des morts et le monde des vivants), mais il lui a en même temps élevé un monument littéraire. Cependant, cette biographie avait un sens pour Pilniak à l'époque, à un moment précis ; s'il l'avait croisée à un autre moment, sa rencontre avec l'histoire de Sofia n'aurait peut-être pas donné un récit. Dans la vie d'un écrivain, de nombreuses histoires finissent comme des lithopédions, comme des fœtus calcifiés.

Ces années-là, les rues de Moscou grouillaient de philologues, diplômés et amateurs, qui avaient de leur propre initiative repris à leur compte une mission sacrée, sauver les manuscrits perdus, rechercher les manuscrits perdus, et ramener à la vie les auteurs et les livres oubliés. Il émanait du gigantesque trou où avaient disparu des millions de destinées humaines une fiévreuse soif de substitut, qui nous semblait à nous, étrangers, quelque peu maladive, mais également attirante, comme passer de l'autre côté du miroir. Nombre d'autoproclamés « archéologues de la littérature » se consumaient sincèrement dans leur mission volontaire de sauvetage de l'oubli, et ressemblaient aux hommes-livres du roman de Bradbury (et du film de Truffaut) *Fahrenheit 451*. Nombre d'entre eux rêvaient de manuscrits qui avaient brûlé (comme quoi, si, les manuscrits brûlent[1] !), et il y avait du temps à revendre pour l'activisme littéraire. Personne n'attendait rien, personne n'espérait rien, et dans ce temps figé, chacun était livré à son délire. Et le suicide de la vieille femme-livre de *Fahrenheit 451* – qui préfère brûler avec sa bibliothèque que de vivre sans elle – semblait alors, à cette époque de fiévreuse passion livresque, un choix tout à fait compréhensible.

En écrivant cette histoire, j'ai ouvert au hasard une mince chemise jaunie, pour voir si son ouverture allait provoquer quelque chose. Il y avait à l'intérieur deux carnets, fins, à la souple couverture vert pâle, qui portait l'inscription *Tetrad'*. (Je suis à nouveau tombée sur ce type de carnets bien des années plus tard, à Berlin, dans une boutique chic qui vendait la nostalgie de l'époque du design communiste.) Sur les feuillets à carreaux s'étirait une bibliographie d'articles sur Pilniak que j'avais, sans doute, lus ou eu l'intention de lire à la bibliothèque. En réalité, ce n'est pas un contenu qui s'est échappé de la chemise, mais une odeur, un parfum lourd et inimitable, il n'y avait pas de contenu. Deux feuillets format A4

1. Allusion à une citation de Mikhaïl Boulgakov dans *Le Maître et Marguerite* : « Les manuscrits ne brûlent pas. » (*N.d.T.*)

pliés sur lesquels, les uns en dessous des autres, se succédaient des mots, sont tombés du carnet. Entre-temps, le papier avait complètement jauni…

Album, jeux : cartes, échecs, toupie, clio-clio (Günter Grass) ; objets fatals : clou, revolver, fourche ; bas, rubans, galons, postiche, canne, cheminée ; soie, cannelle, poivre ; tunique (« Joseph et ses frères ») ; lampes, allumettes, tapisseries, poudrier, perruque ; ciseaux, Krleža ; Zola, clou (« Nana ») ; Hamsun, crayons « Pan » ; rame, Dreiser ; pot de chambre, bonnets, chemises, pipe, fruits confits ; objets qui déménagent, Francis Ponge, Bachelard, Rilke ; poignard, linge, draps, photos de famille ; Desdémone, mouchoir ; clé, tonneau de rhum, miroir, médaillons ; Kafka, odradek, « Les soucis d'un père de famille » ; boîte à musique, coffres, piano, fenêtre, peigne en écaille, ambre ; 12 chaises, le jeu des perles de verre ; parasol, bague à poison, chevalière, jarretelles, corset, rideau, missel, pistolet, montre, monocle, lorgnon ; Gogol, gâteau ; Cortázar, bonbons ; tabatière, mont-de-piété.

Le fragment semblait incompréhensible, entre le moi d'alors et le moi d'aujourd'hui, presque quarante ans s'étaient écoulés. Les mots avaient manifestement été écrits par ma main, dans la laide, grise et froide Moscou où – galvanisée par l'atmosphère de la vie *clandestine* et la perspective boulgakovienne – j'avais passé une année universitaire. Il s'agit, c'est juste une supposition, d'une liste jetée au hasard de choses ou objets qui servent d'« élément déclencheur », ceux qui engendrent les péripéties, jouent un rôle important dans la *fabula*, ou sont un élément important de la composition de l'histoire. Les objets (le plus souvent enchantés) jouent un rôle important dans les contes, mais aussi souvent dans la « grande » littérature. Je suppose qu'il y avait derrière chaque mot un exemple littéraire, ou du moins le vague pressentiment d'un exemple. Mais si c'est le cas, comment se fait-il que j'aie omis de nombreux éléments déclencheurs importants, comme les *manteaux*, « Le Manteau » de Gogol, par exemple ? Et si c'est bien le cas, comment est-il possible que ce genre de choses se soient bousculées dans ma jeune tête en ébullition ?! Il s'avère que Moscou est dans ma biographie une histoire à peine commencée, un lithopédion, un fœtus calcifié. Elle se tient là, ne bouge pas, j'oublie sa présence, si tant est que l'on puisse qualifier de présence ce type de coexistence.

8.

Je l'avais rencontré dans un bar de l'hôtel moscovite Beograd, fréquenté par les Yougoslaves : ceux qui étudiaient à Moscou, ceux qui travaillaient à l'ambassade de Yougoslavie ou dans les bureaux de représentation de diverses sociétés yougoslaves à Moscou, et les touristes yougoslaves qui, pour une raison ou une autre, étaient venus y chercher leurs compatriotes. Il était particulièrement attirant physiquement, il était difficile de ne pas le remarquer, avec ses cheveux roux et sa courte barbe, ses yeux vert clair et son corps harmonieusement bâti. Il était mon compatriote, et un menteur, de ceux qui mentent même quand ils n'en ont pas besoin. Quelqu'un qui déambulait en pullover anglais rouge, chemise bleue à fines rayures blanches et manteau de cachemire, une écharpe de cachemire blanche pendant nonchalamment à son cou, et qui prétendait être à Moscou pour étudier la peinture, ne pouvait être qu'un menteur notoire. Il était, cela dit, avare de ses mots, ce qui rattrapait en grande partie le tableau. Il m'avait ensorcelée, je l'avoue : sur le fond gris et sombre de Moscou, avec ses yeux verts et ses cheveux roux, il semblait venir d'un autre monde. Il avait des mains de menuisier : les plus grandes, les plus larges et les plus chaudes avec lesquelles j'aie jamais été en contact. Il faisait l'amour longuement et minutieusement, tantôt torride, tantôt froid, comme s'il réchauffait des glaçons dans une poêle bien chaude. Nous faisions des folies, j'étais tombée amoureuse de lui, l'amour avait un parfum de promesse, je tremblais de fièvre amoureuse, j'étais prête à mourir pour lui. Quand il était parti, j'avais inondé de mes larmes l'aéroport de Moscou-Cheremetievo. La police de l'aéroport, manifestement peu habituée aux scènes exagérément sentimentales, m'avait demandé mes papiers, demandé pourquoi je pleurais, et je n'étais pas en état de répondre, car j'étais à l'agonie : mon amant roux avait traversé à la nage la mer de mes larmes et, atteignant la rive du contrôle des passeports, avait disparu de mon champ de vision. Je serrais dans ma main un gain imaginaire, des tickets de loterie sans valeur, déchirés au milieu. Mon cœur avait disparu de ma poitrine... Il ne m'avait pas laissé son adresse, je lui avais fourré la mienne dans la main, c'est con, les lettres, avait-il dit, il était certain que, tôt ou tard, nous finirions par nous recroiser. Et voilà une chose que je ne peux m'expliquer : moi, qui étais prête à le suivre au bout du monde, jamais de ma vie je n'ai oublié quelqu'un si vite et si facilement !

Le Rouquin avait frappé à ma porte un an plus tard, alors que j'étais déjà rentrée à la maison. Étonnamment, cette rencontre m'avait laissée indifférente, pire, cette visite surprise me gênait. J'avais l'impression qu'il me bouchait la vue, même si elle, ma vue, n'était pas dirigée vers quoi que ce soit digne d'attention. J'avais extrait de lui tout ce qu'il fallait savoir : qu'il était marié, qu'il était venu, tiens donc, pas pour moi, mais pour l'une de mes compatriotes, qui était (oups !) la mère de son enfant non désiré. Même si l'histoire était d'une banalité affligeante, une mite de compassion s'était échappée de mon cœur mal aéré.

Le Rouquin était revenu une autre fois, quelques années plus tard, de nouveau sans s'annoncer, mais cette fois-ci, une étincelle violente et imprévue s'était enflammée, et nous étions partis pour une brève et tumultueuse excursion sur la côte adriatique. Une fois de plus, il n'avait pas beaucoup parlé de lui (ah, le petit malin !), mais en revanche, il s'était souvenu avec une tendresse déplacée de notre lointaine excursion à Leningrad.

« Nous n'avons jamais été à Leningrad ensemble ! » m'étais-je écriée, stupéfaite.

Il s'était efforcé de me convaincre que si, citant des détails, les noms de l'hôtel, le numéro de la chambre, des anecdotes de notre visite à Tsarskoïe Selo, le nom des restaurants où nous avions dîné, le ballet que nous avions vu, comment nous avions fait l'amour, comment nous étions rentrés à Moscou en train de nuit, des détails sur les gens que nous avions rencontrés en chemin…

« J'étais fou de toi, tu sais… Ça ne m'est jamais arrivé avec personne d'autre…

— Pourquoi est-ce que tu me prends pour une conne ?! »…

Il était menteur, certes, mais son « affabulation de Leningrad » m'inquiétait. Le mensonge n'était plus fonctionnel, il n'avait pas le moindre motif. Nous nous étions disputés à ce sujet, avions fait nos bagages et étions rentrés à Zagreb. J'avais gardé le silence pendant tout le trajet, morte de peur : il roulait à une vitesse folle. Il m'avait déposée devant chez moi, nous ne nous étions même pas dit au revoir. Son œil vert ombré de cils roux scintillait dans le noir d'un éclat froid.

Un mois ou deux après son départ, un livre était tombé par accident de ma bibliothèque, et du livre avait glissé une liasse de petits papiers que j'avais, pour une raison ou une autre, conservés. Parmi ces papiers, il y avait des billets de théâtre pour un ballet à Leningrad, les récépissés d'un hôtel de Leningrad avec mon nom et le sien et la date de notre séjour, ainsi que des billets qui prouvaient notre visite à Tsarskoïe Selo. Pour une raison mystérieuse, ce petit « ikebana » était agrémenté d'un trèfle à quatre feuilles séché...

Ceci, cependant, n'est pas une histoire sur moi, le Rouquin et les tours que nous joue une mémoire défaillante, mais une histoire qui s'efforce de raconter une histoire qui s'efforce quant à elle de raconter une histoire sur comment naissent les histoires.

9.

Vraiment, comment naissent les histoires ? Pilniak vivait à une époque où l'écriture littéraire était forte et importante, et l'image cinématographique jeune et excitante. Je vis à une époque où les mots sont mis au coin. Comment s'attendre à ce que les utilisateurs des nouvelles technologies, qui ont vécu une métamorphose physique et mentale, dont la langue se compose d'images et de symboles, soient prêts à lire quelque chose que l'on qualifiait il y a peu encore de *texte littéraire*, et qui porte aujourd'hui le nom généraliste de *livre* ?

Je suis tourmentée par le sentiment de vivre à une époque dont la magie a été définitivement chassée, même si je ne saurais pas expliquer en quoi celle-ci consiste, ni à quoi elle sert, ni pourquoi le passé devrait être meilleur que l'époque actuelle. Quiconque se risque à comparer différentes époques non seulement s'expose à la possibilité d'avoir tort, mais a le plus souvent, de fait, tort. De nombreux instants passés nous semblent magiques, tout simplement parce que nous n'en avons pas été les témoins directs, ou alors, nous l'avons été, mais ces instants sont irrémédiablement passés. Pourquoi l'héroïne de Pilniak, Sofia, reste-t-elle toujours aussi attirante, en dépit des efforts de Pilniak pour la percer à jour, et pourquoi relis-je sans cesse de nouveau l'« Histoire » de Pilniak, tout aussi ensorcelée par son art de conteur ? Il est également tout à fait possible que le terme *magie* soit mal choisi.

Qu'en est-il, par exemple, du symbole crucial de l'« Histoire » de Pilniak, du renard ? Les sanctuaires d'Inari, à en juger par le nombre de vidéos souvenirs amateurs que l'on peut trouver sur Internet, sont des sortes de Disneyland japonais. Le conte de Pilniak sur l'éthique du travail d'écrivain, sur le renard comme symbole de la tromperie, aurait selon les codes sociaux actuels la signification inverse. Le mot d'ordre du moment est le suivant : Le renard est le symbole de la ruse et de la tromperie. Si l'esprit du renard prend possession d'un homme, la descendance de cet homme sera bénie.

Aujourd'hui, Sofia se hâterait d'écrire sa propre version de sa vie érotique avec Tagaki, et elle appuierait abondamment son roman de contenus vidéo promotionnels. Exposer quotidiennement sa vie et celle des autres n'est à l'heure actuelle plus une question d'éthique et de choix, mais d'automatisme : tout le monde le fait, et c'est ce qu'on attend de nous. Pilniak aurait-il pu imaginer, par exemple, que sa petite-fille laisserait sur un site quelconque l'empreinte de son doigt innocent, et disant qu'elle aime les vers en prose de Tourgueniev et Bounine ; qu'elle court ; qu'elle ne fait pas confiance aux partis politiques ; qu'elle est convaincue que les choses iraient mieux si tout le monde aimait son travail et le faisait bien ; qu'elle est sanguine et se vexe facilement ; et qu'elle ne veut de mal à personne ? Qu'est-ce qui distingue la biographie de la petite-fille de Pilniak de milliers de biographies semblables ?

« Au-dessus de Kobe, dans les montagnes [...] se trouve un sanctuaire consacré au dieu des renards. Sur des falaises qui se jettent dans la mer, haut au-dessus de l'océan, au milieu des pins pluricentenaires, une véritable ville est sortie de terre. Une cloche bouddhiste résonne dans le silence. Dès que l'on s'enfonce plus avant dans la montagne, tout est plus calme et plus désert. Et là-bas se tiennent de petits autels, qui regorgent de renards en porcelaine de production industrielle, d'une qualité inférieure aux têtes de renard pour marionnettes que l'on vend pour trois fois rien au marché. Le soir, je me suis acheté au bazar de Kobe dix de ces renards pour seulement un yen japonais », écrit Pilniak dans son livre *Racines du soleil japonais*.

Que dirait Pilniak s'il voyait les produits de l'industrie japonaise multimillionnaire du manga et de l'anime ? J'y ai jeté un bref coup d'œil, et j'ai découvert que les renards (de petits renards bleus, dans un anime !), avec de grands yeux ronds comme des boules de billard, étaient des personnages populaires de cette industrie japonaise de la bande dessinée ct du film d'animation ; et que les *morphes* (comme dans les vieilles légendes japonaises) sont ceux qui passent aisément de leur corps de renard à un corps d'adolescent, sachant que le corps d'adolescent ne voit aucun inconvénient à conserver des oreilles et une queue de renard, au contraire. S'il se retrouvait aujourd'hui au Japon, nez à nez avec des jeunes gens affublés de queues (de renard ?) artificielles, qu'ils actionnent au moyen d'une télécommande pour signaler à leur entourage leur disposition émotionnelle (queue baissée – queue dressée – battements de queue), que dirait Pilniak ? Entre le silence et le secret du sanctuaire sur l'autel duquel se reposent les renards et le *cosplay* renard et ses *tailies* artificielles, moins d'un siècle s'est écoulé[1].

Les cendres volcaniques de l'oubli pleuvent constamment sur nous, nous recouvrent, nous ensevelissant peu à peu, une neige grise et éternelle tombe à gros flocons. Nous sommes tous des notes de bas de page, nombre d'entre nous n'auront jamais l'occasion d'être lus, nous sommes tous pris dans une lutte constante et féroce pour notre vie, pour une vie de note de bas de page, pour rester un peu à la surface avant de sombrer, en dépit de tous nos efforts. Nous laissons sans cesse et partout des traces de notre existence, de notre lutte contre l'absurde. Et plus l'absurde est grand, plus notre

1. Peut-être devrions-nous revenir quelques siècles en arrière, au tableau de Pieter Brueghel l'Ancien *Les Mendiants*. Les vêtements des personnages estropiés qui figurent sur le tableau de Brueghel sont ornés de queues de renard. Les confrères de Brueghel Bosch et Dürer peignent une folle qui porte une queue de renard attachée à la ceinture. Il est possible que les queues de renard aient servi au marquage des rebuts de la société : vagabonds, mendiants, infirmes, simples d'esprit et fous.

combat est acharné – *mein Kampf, min kamp, mia lotta, můj boj, mijn strijd, minun taistelu, mi lucha, my struggle, moja borba*… Nous laissons derrière nous des milliers de photographies et de vidéos que nous n'avons pas le temps de regarder ; mais après quelques années, nous tombons par hasard sur un cliché, nous ne nous rappelons plus où il a été pris, ni quand, ni qui sont ces gens avec nous, nous ne sommes même plus sûrs que c'est bien nous sur la photo. Nous laissons derrière nous de la cendre volcanique ; les nouvelles couches recouvrent les anciennes. Les petits renards bleus des anime japonais, avec leurs yeux ronds comme des boules de billard, nettoient, balayent, déblayent de leurs queues bleues et le récit de Pilniak, et leur propre histoire mythologique, pour à la fin nous endormir de leur bleu sourire d'oubli.

Ceci, cependant, n'est pas une histoire sur les temps passés et actuels, mais une histoire sur une histoire qui raconte comment naissent les histoires…

10.

Accusé d'être un espion japonais, Boris Pilniak est arrêté alors qu'il est en train de fêter le troisième anniversaire de son fils Boris. Il est arrêté dans sa datcha de Peredelkino le 28 octobre 1937, et fusillé quelques mois plus tard, le 21 avril 1938, selon la procédure habituelle, une balle dans la nuque. Il avait quarante-trois ans au moment de sa mort. Ces années-là, environ deux mille écrivains furent arrêtés en URSS, dont, dit-on, à peu près mille cinq cents furent exécutés. Dans cette purge éperdue disparurent non seulement les gens, mais également leurs manuscrits.

Boris Andronikachvili, le fils de Pilniak, décrit dans son texte « Sur mon père » comment s'est déroulée l'arrestation de Pilniak. La description s'appuie en tout point sur le témoignage de sa mère, Kira Andronikachvili.

« À dix heures du soir, un nouvel invité arriva. Il était tout en blanc, malgré la saison, l'automne, et l'heure tardive. Boris Andreïevitch l'avait rencontré au Japon, où "l'homme en blanc" travaillait à l'ambassade soviétique. Il se confondait en politesses. "Nikolaï Ivanovitch requiert votre présence de toute urgence. Il doit vous demander quelque chose. Vous serez de retour dans une heure", dit-il. Remarquant la suspicion et la peur sur le visage de Kira Gueorguievna à la mention du nom de Iejov[1], il ajouta : "Prenez votre

1. Nikolaï Ivanovitch Iejov, chef du NKVD de 1936 à 1938. La période de ses purges est surnommée « Iejovtchina ». Bien qu'ayant été le plus proche collaborateur de Staline, Iejov sera

voiture, pour pouvoir rentrer." Il répéta : "Nikolaï Ivanovitch veut seulement vérifier quelque chose." Boris Andreïevitch acquiesça : "Allons-y." Retenant ses larmes, Kira Gueorguievna apporta un petit paquet. "Pourquoi ?!" refusa Boris Andreïevitch. "Kira Gueorguievna, Boris Andreïevitch sera de retour dans une heure", la semonça l'homme en blanc, de la réprobation dans la voix. Maman s'entêtait à tendre son paquet, gâchant la mise en scène du courtois individu, mais Boris Andreïevitch ne le prit pas. "Il voulait quitter la maison en homme libre, pas en prisonnier", m'a dit maman. »

La cruelle destinée avait réservé à Boris Pilniak une fin digne d'un conte : le Renard était venu chercher la tête de l'écrivain pour la déposer en offrande aux pieds du grand Iejov, du grand Hérisson[1].

---

accusé d'« activités antisoviétiques », arrêté et exécuté en 1940, trois ans seulement après avoir fait arrêter Boris Pilniak. Il est connu comme « l'homme » qui disparaît : après sa mort, il disparut de partout, particulièrement des photographies où il était aux côtés de Staline.

1. Les slavisants comprendront aisément la métaphore : dans les langues slaves, le mot – *jež, ёж, еж, ježek, ježko, їжак* – est le nom d'un animal à piquants bien connu des enfants, à en juger par les albums jeunesse. Il n'est vraiment pas difficile, du moins pour ce qui est des langues slaves, d'exploiter métaphoriquement le nom du tristement célèbre chef du NKVD Iejov. « Le renard sait beaucoup de choses, le hérisson n'en sait qu'une, mais grande » est un aphorisme grec utilisé par Isaiah Berlin comme thèse centrale de son célèbre essai *The Hedgehog and the Fox* (1953) [*Le Hérisson et le Renard*, trad. Aline Berlin,

Peut-on rêver mieux ?

La cruelle destinée avait réservé à Boris Pilniak une fin qui semble tout droit tirée de sa propre prose inachevée. Son ange de la mort se différenciait de l'image qu'on se fait habituellement de ce type d'anges. L'ange de la mort de Pilniak :

a) se confondait en politesses ;
b) était vêtu d'un costume blanc ;
c) était un employé de l'ambassade soviétique au Japon.

L'ange de la mort est apparu devant l'écrivain russe déguisé en renard.

Paris, Les Belles Lettres, 2020 pour la traduction française, *N.d.T.*], où il opère une distinction entre les valeurs morales monistes et pluralistes. En gros, les idées autoritaires et totalitaires reposent sur le monisme, la tolérance et le libéralisme sur le pluralisme. Conformément à cette thèse, Berlin classe les auteurs et penseurs célèbres en deux catégories, les *hérissons* et les *renards* ; ceux qui écrivent, agissent et réfléchissent selon le biais d'une seule idée (les *hérissons*), et ceux qui combinent diverses idées et expériences (les *renards*). Dante, Platon, Pascal, Dostoïevski, Nietzsche et Proust sont des hérissons, tandis que Montaigne, Érasme, Molière, Goethe, Pouchkine et Joyce sont des renards. On pourrait essayer de faire rimer l'« Histoire sur comment naissent les histoires » de Pilniak et l'essai de Berlin, mais la rime serait « pauvre » et tirée par les cheveux. Et pour ce qui est de Pilniak lui-même, il appartiendrait selon la typologie de Berlin à la catégorie des renards.

11.

« Ici pourrait s'achever l'histoire – l'histoire sur comment naissent les histoires », écrit Pilniak à un moment de son texte, mais, voyez-vous ça, il continue son récit !

L'« Histoire sur comment naissent les histoires » de Pilniak est organisée selon le principe de la juxtaposition et de la corrélation de trois histoires inachevées et fragmentaires : l'une que tente de raconter, dans sa brève note biographique, Sofia Gnedikh-Tagaki, mais dont Pilniak reprend la narration ; la deuxième, racontée dans son roman par l'écrivain Tagaki, mais à laquelle nous n'avons qu'un accès indirect, par la brève recension d'un journaliste anonyme, l'aveu de Pilniak comme quoi son ami Takahasi lui a résumé le contenu du roman de Tagaki, et l'affirmation de Pilniak comme quoi Tagaki a écrit un « merveilleux roman » ; et la troisième, que l'écrivain Boris Pilniak raconte au sujet de Sofia et de Tagaki, et de son propre séjour au Japon. Outre la complexité et la virtuosité, premières caractéristiques qui sautent aux yeux à la lecture, certains analystes littéraires se sont intéressés à ce qui intéresse la majorité des lecteurs : l'écrivain Tagaki et Sofia Gnedikh sont-ils des personnes réelles ?

Dans son article « Pilniak et le Japon », la russisante japonaise Kyoko Numano avance ainsi que Boris Pilniak s'est inspiré pour le personnage de Tagaki du célèbre écrivain japonais Junichirô Tanizaki (Tagaki – Takahasi – Tanizaki !), plus précisément de son roman *Chijin no Ai*, littéralement « L'Amour d'un idiot » (l'édition anglaise s'intitule *Naomi*, la française *Un amour insensé*). Le roman de Tanizaki a été publié en 1924 sous forme de feuilleton dans le journal *Osaka Asahi*, avant de sortir l'année suivante comme livre à part entière. Pilniak est arrivé au Japon au printemps 1926. Lors de son séjour au Japon, Semu Naboru, un russisant japonais, a parlé à Pilniak de Tanizaki, du fait que son roman *Un amour insensé* était l'événement littéraire du moment.

Le héros du roman de Tanizaki, Jôji Kawai, est obsédé par Naomi, quinze ans. Jôji est fasciné par la culture occidentale, et Naomi, qui lui rappelle Mary Pickford, devient l'incarnation de ses aspirations culturelles et érotiques. Jôji est également la variante japonaise de Pygmalion : il finance l'éducation prétendument « occidentale » de Naomi (cours de chant, de piano, de danse et d'anglais), mais prend rapidement conscience de son obsession érotique pour la jeune fille, ce pour quoi il l'épouse, et finit par devenir son esclave. Dans le roman de Tanizaki, Naomi est décrite comme une jeune fille moderne (*modan gâru,* ou *moga*) belle, rusée, vulgaire, feignante et manipulatrice. Elle est également la représentante d'une nouvelle classe née avec la révolution industrielle japonaise, qui change radicalement le rôle de la femme.

Junichirô Tanizaki décrivait son roman *Un amour insensé* comme un *shishôsetsu*, un « roman-moi » ou « roman sur soi ». Le naturalisme qui abordait les détails, notamment sexuels, de la vie personnelle du narrateur était à l'époque devenu une école ou un mouvement littéraire. La première œuvre de ce type dans la littérature japonaise était le roman *Futon*, de Katai Tayama (1907). À sa sortie, le roman avait fait scandale, comme celui de Tanizaki. Boris Pilniak et Roma Kim, spécialiste russe de la littérature japonaise, avaient publié à ce sujet un article dans la revue littéraire russe *Petchat' i revolioutsia* en 1928, où ils soulignaient qu'une « forme spécifique de création [était] apparue dans la littérature contemporaine japonaise, la "littérature autobiographique" ». Pilniak et Kim estiment que cette forme d'expression littéraire est authentiquement japonaise ; que « la littérature européenne ne connaît quasiment pas le "roman-moi" » ; et que la « littérature autobiographique » domine à l'heure actuelle la scène littéraire japonaise.

Pilniak s'est-il inspiré pour son récit du formalisme russe (Boris Eichenbaum, « Comment est fait *Le Manteau* de Gogol ? »), son « Histoire » est-elle une sorte de polémique morale avec la mode japonaise de la mise à nu de l'auteur, ou s'agit-il d'autre chose encore – difficile à dire. Quoi qu'il en soit, la fascination pour le Japon – de Pilniak comme de son héroïne Sofia – s'achève sur un sentiment de défaite. Sofia quitte le Japon car elle a subi une violente trahison de tout ce qui lui était cher[1]. Le cycle japonais de Pilniak prouve que l'écrivain russe s'est efforcé « de tout [son] cœur de percer l'âme du Japon ». Pourtant, « l'aventure japonaise » semble avoir laissé à Pilniak, tout comme à son héroïne Sofia Gnedikh-Tagaki, un goût amer (outre le fait que cette « aventure » allait quelques années plus tard littéralement lui coûter la tête), comme le suggère, entre moult autres formules semblables, son expression « l'Orient expulse l'homme occidental comme une bouteille de kvas[2] son bouchon. »

1. Grigori Tchkhartichvili, dans son texte sur l'image des Japonais dans la littérature russe, écrit que Sofia Gnedikh-Tagaki s'est retrouvée non seulement dans un monde étranger, « mais dans un monde *inhumainement* [italique de l'auteur G.T.] étranger ». Même si l'auteur du texte entend par « inhumanité » le rapport libéré au corps des Japonais, qui fait horreur à Sofia, ce qualificatif fonctionne également pour le lien entre l'héroïne de Pilniak et le schéma narratif du conte. Tagaki, l'étranger, devient selon les codes du conte la Bête, Barbe bleue (l'in-humain), et dans une telle lecture, Sofia n'a pas passé le test du genre, d'où l'absence de happy end et le sentiment de défaite.
2. Kvas : boisson traditionnelle russe à base de pain, fermentée et pétillante, légèrement alcoolisée. (*N.d.T.*)

Pilniak ne réussit pas à résoudre la grille de mots croisés qu'est le Japon, mais il en devient une petite partie. Première rangée, verticalement : écrivain d'avant-garde russe, qui a écrit sur le Japon, et dont le nom de famille commence par la lettre P. Peut-être que Pilniak ne s'intéressait même pas au Japon. Son sentiment de défaite vient peut-être de quelque chose d'autre, de la prise de conscience, par exemple, que même après avoir écrit tous ces livres, visité tous ces pays, atteint la gloire littéraire, et avec la balle tout à fait certaine qui l'attendait quelque part au milieu de sa trajectoire de vie, lui, Boris Pilniak, Ivan l'Idiot, en était encore au point de départ, obsédé par la question de savoir comment, en réalité, naissent les histoires.

12.

J'ai lu le roman de Junichirô Tanizaki *Un amour insensé* dans sa traduction anglaise[1], quand j'étais sûre que l'histoire que je suis pourtant encore en train d'écrire était finie. Par sa thématique, l'obsession d'un homme plus âgé pour une jeune fille manipulatrice de quinze ans, le roman de Tanizaki

1. Junichirô Tanizaki, *Naomi*, trad. Anthony H. Chambers, Vintage International, New York, 2001.

est comparable à la *Lolita* de Nabokov plutôt qu'à l'« Histoire sur comment naissent les histoires » de Pilniak. Je suis convaincue que les « nabokovistes » assidus ont déjà étudié les ressemblances entre *Un amour insensé* et *Lolita*. Pour ce qui est de Tagaki et de Tanizaki lui-même, qui aurait servi de prototype à Pilniak, on peut établir un lien : après la lecture du roman de Tanizaki, il est plus facile, à défaut d'autre chose, d'imaginer la manière dont l'écrivain fictif Tagaki décrit sa femme russe Sofia.

Les personnages féminins – Sofia et Naomi – ne se ressemblent qu'au début. Elles sont toutes les deux étrangères, Sofia est russe, et Naomi japonaise, mais avec une peau à la blancheur « occidentale » et des traits occidentaux. Elles sont caractérisées (l'une par Pilniak lui-même, l'autre par Jôji, le narrateur du roman de Tanizaki) comme peu éduquées et stupides. Cependant, alors que Sofia, de « jeune fille un peu niaise », devient une femme mûre capable de réagir avec une maturité inattendue à la trahison qu'elle a vécue, Naomi, de gamine problématique, devient une jeune femme volage, aguicheuse et égoïste, et même une habile dominatrice, une domina qui, avec un instinct infaillible, fait de Jôji une victime consentante, son esclave.

« Pour moi, je suis toujours incapable d'oublier l'affreuse détresse que je connus lors de la "fugue" de Naomi. J'ai toujours dans les oreilles les mots qu'elle m'a dits : "Vous voyez à présent à quel point je suis à craindre !" J'ai fait le long apprentissage de son inconstance et de son égoïsme, mais si elle perdait ces défauts, elle en serait aussi dévalorisée. Plus je me répète qu'elle est inconstante, qu'elle est égoïste, plus je la trouve adorable et me laisse prendre au piège[1]. »

Le thème central et littérairement le plus développé du roman est l'obsession de Jôji pour Naomi, soit le thème du corps féminin et de la sensualité. Tanizaki est un maître de l'objectif. Jôji, le narrateur du roman, prend souvent Naomi en photo dans diverses poses et tenues. Tanizaki capte à merveille le rapport entre ombre et lumière, et les détails, toujours uniquement les détails, jamais le tout, ce qui confère à l'ensemble du roman une atmosphère d'énigme et d'implicite. Jôji est obsédé par la blancheur de la peau (fascination qui traduit généralement une obsession pour une « occidentalité » supérieure), par la peau, les orteils, les ongles, les vêtements, le tissu, les cheveux, les regards, les parties du corps, les odeurs corporelles. Dès le début, Jôji prend plaisir à baigner la Naomi de quinze ans, tandis que dans les derniers épisodes du roman, Naomi, qui refuse par ailleurs à Jôji tout contact physique, le laisse la raser, à ceci près qu'il

1. Junichirô Tanizaki, *Un amour insensé*, trad. Marc Mécréant, Gallimard, Paris, 1988, rééd. : coll. « Folio », 2014, p. 276. (*N.d.T.*)

n'a pas le droit de toucher sa peau, ce qui suscite en lui un plaisir masochiste. Dans les dernières pages du roman, Naomi, semble-t-il, devient elle-même obsédée par la blancheur de sa peau, et quand ils sortent le soir, elle « s'enduit tout le corps de fard blanc[1] ».

Jôji perçoit souvent Naomi comme un être inhumain : en la décrivant, il emploie à plusieurs reprises l'adjectif *animal*, la comparaison avec un « animal sauvage » et, à en croire la traduction, la formule « électricité animale » (et ce même plusieurs fois !).

« À supposer qu'il existe réellement une électricité animale, son regard à coup sûr devait en être fortement chargé ; c'est toujours l'impression qu'elle me donnait. Car on pouvait douter que ce fût là un regard de femme : étincelant, lourd, effrayant, il était gorgé d'une espèce de profonde, insondable fascination ; aussi quand elle me fusillait du regard, un frisson parfois me passait-il dans le dos[2]. »

Il existe entre l'« Histoire » de Pilniak et le roman de Tanizaki un lien, intentionnel ou fortuit. En effet, tout comme Sofia perçoit de nombreuses choses

1. *Ibid.*, p. 275. (*N.d.T.*)
2. *Ibid.*, p. 59. (*N.d.T.*)

comme étrangères, et tout comme elle tourne en ridicule l'accent de Tagaki en russe, Tanizaki, par l'intermédiaire de son héros Jôji, tourne en ridicule les Japonaises occidentalisées, notamment une certaine Mlle Sugizaki, qui prononce mal les mots anglais : ainsi *more, more* devient dans sa bouche « *moa moa* » ; *gentleman* devient « *gen'leman* » ; et *little* devient « *li'le* »[1].

Cependant, il y a dans le roman de Tanizaki une autre personne qui parle à peine anglais, si bien que, dans sa prononciation, « *three* devenait *tree*[2] ». Cette personne est Alexandra Chlemskaïa, une comtesse russe, qui s'est réfugiée au Japon après la révolution, et gagne sa vie ainsi que celle de ses enfants en donnant des cours de danse. Jôji et Naomi s'inscrivent à un cours de danse, mais malheureusement, le roman de Tanizaki ne mentionne Alexandra Chlemskaïa qu'une seule fois.

« Quant à la comtesse, plutôt petite pour une Occidentale, sa taille dépassait néanmoins la mienne ; peut-être à cause des hauts talons ? En tout cas, lorsque nous dansions ensemble, sa gorge saillante touchait presque ma tête. La première fois qu'elle me dit : "*Walk with me !*" et qu'elle coula son bras derrière mon dos pour m'apprendre le

1. *Ibid.*, p. 80. (*N.d.T.*)
2. *Ibid.*, p. 74. (*N.d.T.*)

one-step, quelle violence je me suis faite pour ne pas effleurer sa peau de mon visage noiraud[1] ! »

Dans le roman de Tanizaki, la comtesse est censée servir d'incarnation de l'Occident attirant, supérieur et inconnu, dont Naomi n'est que le substitut japonais que peut s'offrir le narrateur de Tanizaki, Jôji, petit de taille et submergé par son complexe d'infériorité. Ce rapport entre Orient et Occident, cependant, est exagéré et peu crédible, car la vision obsessionnelle et réductrice de Jôji ne prend pas grand-chose d'autre en compte que les détails physiques et l'insistance sur la couleur de la peau.

« Ce qui plus que tout faisait la différence avec Naomi, c'était la blancheur peu commune de la peau. Sous le blanc épiderme, le bleu léger, à peine visible, des veines, comme les lignes qui parcourent le marbre, avait un charme mystérieux. [...] Si blanche qu'en fût l'apparence, cette blancheur, chez Naomi, n'avait aucun éclat vivant ; pis encore : mise en face de l'autre, elle paraissait terne, voire grise[2]. »

Anthony H. Chambers, le traducteur de Tanizaki en anglais et auteur de la préface de l'édition américaine du roman, nous apprend un détail intéressant :

1. *Ibid.*, p. 83-84. (*N.d.T.*)
2. *Ibid.*, p. 83. (*N.d.T.*)

Tanizaki lui-même aimait la mode « occidentale » de la danse et des salles de bal, et il s'était inscrit à un cours de danse tenu ces années-là à Yokohama par le Russe Vassili Kroupine. Dans le roman de Tanizaki, Vassili Kroupine s'est donc métamorphosé en la comtesse russe Alexandra Chlemskaïa.

Pilniak a intégré à son « Histoire » le symbole fort du renard, l'incarnation mythologique de la tromperie, de la ruse et de la trahison et, selon Pilniak, l'animal le plus approprié pour être adoré comme divinité de la gent littéraire. Dans le roman de Tanizaki, le renard est mentionné au passage, en guise d'allusion au fait que Naomi elle-même pourrait bien être une renarde – un démon féminin volage et séduisant.

« Prenant garde de ne pas l'éveiller, je m'assis à son chevet et, retenant mon souffle, étudiai subrepticement sa forme endormie. Je me rappelai de vieilles histoires qu'on me contait dans mon enfance, des histoires de renards qui, au temps jadis, se changeaient en belles princesses pour tromper des jeunes hommes et révélaient seulement leur forme véritable pendant leur sommeil, qui les dépouillait de leur aspect d'emprunt. [...] Selon les jours, la peau de Naomi paraissait jaune ou blanche ; mais quand elle dormait à poings fermés ou venait juste de s'éveiller, cette peau était toujours d'une pureté extraordinaire. Comme si, pendant son sommeil, son corps évacuait la graisse qu'il contenait, il devenait d'une netteté parfaite[1]. »

13.

Vraiment, comment naissent les histoires ? Pilniak a peut-être inconsciemment touché du doigt la réponse en employant le verbe *sozdat'* au lieu du verbe *sdelat'*. La différence est dans la nuance : *sdelat'* signifie « faire, fabriquer, réaliser » (Boris Eichenbaum, « Comment est fait *Le Manteau* de Gogol ? » – « *Kak sdelana Chinel' Gogolia ?* »). *Sozdat'* signifie « créer, fonder, établir, former, naître »... D'autre part, Pilniak a choisi d'employer un verbe imperfectif au présent ; ce n'est, donc, pas une histoire sur comment une histoire est née, mais une histoire sur comment naissent les histoires. La forme verbale choisie suggère que les histoires ne sont jamais finies, que le processus de leur formation s'inscrit dans la durée. C'est peut-être pour cela que le créateur, l'auteur de l'histoire, celui qui conditionne sa naissance, est exclu du titre.

Dans son essai sur l'esthétique *Éloge de l'ombre*, Junichirô Tanizaki vante l'esthétique de la vie

1. *Ibid.*, p. 146. (*N.d.T.*)

quotidienne japonaise : les objets en bois, les lampes à huile, les luminaires et lampions en papier de riz, la vaisselle de bois laqué, l'éclairage tamisé, soit le flou, le calme, la discrétion, la pénombre, la douceur, la tendresse, la quiétude, le silence, le mysticisme. Tanizaki oppose au monde de l'ombre, celui de la vie traditionnelle japonaise, le monde moderne, porteur de valeurs esthétiques opposées : l'éclairage violent, le criard, le clinquant, la vulgarité, le bruyant...

« Pour moi, j'aimerais tenter de faire revivre, dans le domaine de la littérature au moins, cet univers d'ombre que nous sommes en train de dissiper. J'aimerais élargir l'auvent de cet édifice qui a nom “littérature”, en obscurcir les murs, plonger dans l'ombre ce qui est trop visible, et en dépouiller l'intérieur de tout ornement superflu[1]. »

Le sens de ce passage de Tanizaki n'est-il pas diamétralement opposé au principe général du *shishôsetsu*, le « roman-moi », catégorie à laquelle appartient *Un amour insensé* ? Mais dans son roman, Tanizaki ne s'est mis à nu nulle part, il a fait tout le contraire : en le mettant à nu, lui, il n'a fait que pousser son narrateur Jôji encore plus

1. Junichirô Tanizaki, *Éloge de l'ombre*, trad. René Sieffert, Publications orientalistes de France, Paris, 1978, rééd. : Verdier, Lagrasse, 2011, p. 84. (*N.d.T.*)

loin dans l'ombre. L'un dans l'autre, où se cache le secret d'une histoire bien racontée ? Dans un jeu d'ombre et de lumière, du caché et du découvert, de ce qui est dit et de ce qui est tu ? Ou, pour employer un vocabulaire formaliste, dans l'organisation de la matière ? Et encore : est-ce moi qui ai choisi l'histoire de Pilniak, ou l'histoire de Pilniak qui m'a choisie ? Est-ce que je raconte une histoire sur l'« Histoire » de Pilniak, ou sur moi ? Et au final, est-ce que l'« Histoire » de Pilniak ne me raconte pas aussi ?! Et encore : les découvertes liées à l'« Histoire » de Pilniak changent-elles sa signification, ou reste-t-elle la même ? Quelle est la part des lecteurs et des analystes littéraires dans la naissance d'une histoire ? Suis-je la destructrice de l'« Histoire » de Pilniak ou sa cocréatrice ? L'« Histoire » de Pilniak est-elle pour moi une matière de la même valeur qu'avaient pour Pilniak la brève autobiographie de Sofia et le roman de Tagaki ?

14.

« Ici pourrait s'achever l'histoire – l'histoire sur comment naissent les histoires », écrit Pilniak à un moment de son texte, mais, voyez-vous ça, il continue son récit ! C'est peut-être ici – au milieu des questions sans réponse qui se bousculent allègrement sous mes doigts sur le clavier – que pourrait également s'achever mon histoire sur comment naissent les histoires ?

À l'époque du début de ma puberté (époque qui me semble aujourd'hui presque douloureusement innocente), il existait chez les petites filles une forme de taquinerie gamine, ou de superstition. Quand nous apercevions un fil sur les vêtements d'une camarade, nous l'attrapions parfois du bout des doigts, avant de nettoyer du plat de la main, comme avec une balayette, l'endroit où nous avions trouvé le fil, et d'annoncer d'un ton prophétique : *Quelqu'un de blond pense à toi* (si le fil était blanc) ou *Quelqu'un de brun pense à toi* (si le fil était noir). *Blond* signifiait un garçon aux cheveux blonds, et *brun* un garçon aux cheveux bruns. Il nous arrivait de le dire même quand il n'y avait pas de fil, nous faisions juste semblant d'en avoir trouvé un. En me souvenant de cette innocente taquinerie, je me suis demandé comment il se faisait que je n'aie plus jamais par la suite rencontré personne, mais vraiment personne, sur les vêtements de qui j'aurais aperçu un fil. D'où venaient donc tous ces fils blancs et noirs sur nos vêtements, comme si nous avions toutes été les filles de la grosse couturière qui vivait dans le quartier, et sur les vêtements de qui rampaient toujours des fils de toutes les couleurs ? Cette superstition tout ce qu'il y a de plus innocent et inoffensif au sujet des fils exerçait sur nous, petites filles, une attraction magique, peut-être parce qu'elle était liée au vague pressentiment de la sexualité. Je me demande où a bien pu se perdre l'excitante magie des fils noirs et blancs. Où a-t-elle disparu ? Où ont disparu les fils ?! Je suis convaincue qu'ils existent encore, ils sont juste invisibles. En parcourant le monde, nous dispersons des petits fils ; nous effleurons au passage des corps inconnus, nous nous croisons, nous heurtons, frôlons quelqu'un… C'est ainsi que voyagent les fils, d'épaule en épaule, de manche en manche. Les fils sont l'âme et le souffle, c'est ainsi que voyagent les âmes des vivants et des morts, elles se glissent en nous sous nos ongles, et ainsi sommes-nous tous, sans le savoir, liés.

Je me suis rappelé cette superstition puérile tandis que j'attachais à « l'arbre à vœux » une bande de papier sur laquelle était inscrit mon souhait. Une brise torride faisait de temps en temps osciller la ramure, où pendaient des *omikuji*, des prières de papier nouées aux branches avec des cordelettes. Cette soirée d'août à Kyoto était chaude et humide, l'asphalte brillait d'un éclat clinquant, la nuit absorbait les bruits comme un buvard sec, l'arbre ressemblait à un spectre blanc. À chaque coup de vent, les petites missives se touchaient, émettant un son sec et chuintant, certains des fils s'enroulaient et s'emmêlaient, certains ne se démêleraient jamais, et quand un vent plus violent se mettrait à souffler, et la pluie à tomber, les lettres se dissoudraient sur le papier, et les vœux ruisselleraient comme des larmes. C'est peut-être ici, à cet endroit (début août, l'époque du Tanabata), que pourrait s'achever l'histoire sur comment naissent les histoires ? J'ai été à Kyoto, donc, et j'ai bu du *sake*, si vous ne me croyez pas, vous pouvez vérifier, ma langue est encore humide aujourd'hui...

Certes, je n'ai pas visité le sanctuaire d'Inari de Suwayama, à Kobe, que Pilniak décrit dans son « Histoire ». À la place, je suis allée au sanctuaire de Fushimi Inari, à Kyoto. J'y ai acheté un masque de renard bon marché en papier mâché, tel que ceux que Pilniak mentionne dans son récit de voyage sur le Japon. Dans l'une des innombrables boutiques de souvenirs massées les unes contre les autres, j'ai acheté une amulette, un renard miniature en fourrure. Je n'ai pas cédé aux sirènes des petites pâtisseries japonaises fourrées à l'*azuki*, la pâte de haricots rouges sucrée, avec une tête de renard imprimée dans la pâte. Dans la Kobe voisine, je suis allée voir la maison (l'une des maisons) où avait vécu Junichirô Tanizaki. La maison se trouve dans la rue Uozaki, et n'est ouverte aux visiteurs que le samedi et le dimanche. Nous étions un lundi, ce que j'avais complètement oublié. L'histoire sur comment naissent les histoires pourrait peut-être s'achever sur la photographie de la maison en bois de Tanizaki et de son jardin luxuriant que j'ai prise par-dessus la haute enceinte de bois en me hissant sur la pointe des pieds.

L'histoire sur comment naissent les histoires pourrait peut-être s'achever sur mes discussions avec K., qui s'était généreusement proposé pour être mon guide à Kyoto et Kobe, avait voyagé dans toute l'Asie, l'Afrique du Nord et l'Europe, lisait les autrices vietnamiennes avec tout autant d'intérêt que les écrivaines autrichiennes et d'Afrique du Nord, tout comme il portait des chaussures *tabi* japonaises de couleurs vives, avec une semelle en caoutchouc, une sorte de *hakama* japonais modernisé comme pantalon, un petit sac laotien sur l'épaule, une *gandoura* marocaine et une casquette ; rien que par sa mise, il signalait déjà que le cosmopolitisme et la fusion mondiale des cultures étaient son choix intellectuel et de vie. K. qui, en s'installant à Vienne, avait réussi à visiter la Croatie pendant la guerre, à participer aux manifestations contre Milošević à Belgrade, à apprendre le polonais et quelques mots dans presque toutes les langues slaves, à séjourner à Portbou, pour aller se recueillir sur le cénotaphe de Walter Benjamin, où il avait passé un moment contemplatif à essayer d'éprouver la fin tragique du philosophe.

« On pourrait comparer la littérature mondiale à une baleine à laquelle s'accrochent, tels d'habiles pirates, des poissons appelés rémoras. Les rémoras s'accrochent au corps de la baleine et aspirent les parasites sur sa peau. Ils utilisent la baleine comme source de nourriture, protection et moyen de transport. Mais sans les rémoras, le corps de la baleine serait envahi de parasites et se décomposerait. Je ne me fais aucune illusion sur mon talent d'écrivain. Je suis un rémora littéraire. Ma mission est de préserver la santé de la baleine », avait dit K.

L'anglais de K. était, je suppose, très honnête, mais je le comprenais difficilement, principalement à cause de sa prononciation. Pourtant, alors que nous venions de deux coins opposés du monde, K. et moi ne nous étions pas « perdus dans la traduction », au contraire, nous nous étions – peut-être précisément grâce à une mauvaise traduction – trouvés.

Mon histoire pourrait peut-être s'achever sur un détail du roman *Dôhyô* (*Jalons*), de l'écrivaine japonaise féministe et communiste Yuriko Miyamoto. En 1927, Yuriko se rend avec son amie Yoshiko Yuasa à Moscou, où les deux jeunes femmes étudient la langue et la littérature russe, et se lient d'amitié avec Sergueï Eisenstein. Après avoir passé trois ans à Moscou, les deux amies rentrent au Japon, où Yuriko devient rédactrice dans une revue littéraire marxiste féministe, et Yoshiko une célèbre traductrice de littérature russe en japonais. Yuriko promeut une littérature prolétarienne, adhère au parti communiste japonais et épouse son secrétaire général, le critique littéraire Kenji Miyamoto. Ses activités communistes lui valent d'être longtemps la cible de la police japonaise, et de passer plus de deux ans en prison.

Tout cela, et bien d'autres choses encore, Yuriko Miyamoto l'a décrit dans son autobiographie romancée *Dôhyô* (1950). Le roman est écrit à la troisième personne, le personnage principal est l'écrivaine Nobuko Sasa, qui quitte le Japon pour se rendre à Moscou avec une amie. Nobuko est invitée à une fête chez l'écrivain russe Polniak. La fête dégénère en beuverie, Nobuko refuse les verres (*Je ne peux pas !* répète-t-elle en russe). La femme de Polniak, dont Nobuko affirme qu'elle ressemble à une poupée, est présente. À un moment, Polniak et Nobuko se bousculent par hasard dans le couloir, Polniak pousse Nobuko dans une chambre, où il essaiera de la violer, mais, par bonheur, les invités l'en empêcheront.

Pendant leur séjour à Moscou, Yuriko Miyamoto et Yoshiko Yuasa ont véritablement été conviées à une soirée d'adieux, organisée par le professeur japonais Masao Yonekawa au domicile de Boris Pilniak. Dans ses Mémoires, Masao Yonekawa mentionne que Miyamoto s'est plainte à lui du fait que Pilniak avait essayé de la violer. L'épisode du roman de Miyamoto m'a été aimablement raconté par A. O., slavisante japonaise et professeure de littérature. Miyamoto a peut-être décidé de se venger de Boris Pilniak : dans son roman, il n'est qu'un épisode désagréable. Ou peut-être s'agit-il d'une polémique interne, d'une irréconciliabilité entre deux types d'écrivains, comme celle dont parle Isaiah Berlin dans son essai *Le Hérisson et le Renard*. Outre qu'elle était une femme, Miyamoto était manifestement aussi un « hérisson ».

Je pourrais peut-être achever mon histoire sur comment naissent les histoires par mon retour de Kyoto, au moment où le spectaculaire Shinkansen s'approchait de la gare ferroviaire de Tokyo, cet augmentatif architectural, cette superbe réplique de la gare centrale d'Amsterdam. Le train filait entre des haies de gratte-ciel, les rayons du soleil perçaient un ciel mélodramatique encombré de nuages sombres. Les vitres des gratte-ciel reflétaient le Shinkansen en pleine course et les tours de l'autre côté, transformant le paysage réel en un paysage complexifié, démultiplié, kaléidoscopique et surréaliste. C'était un instant de folie visuelle, qui reflétait la réalité plus parfaitement et fidèlement que quoi que ce soit d'autre. Je filais dans un monde augmenté. Dans le wagon étaient assis des hommes-enfants en costume de bureau, avec des coiffures de héros d'anime, et des femmes-enfants qui, de leurs petits doigts fins comme des baguettes, tapotaient sans bruit sur les écrans de leurs jouets informatiques, ou alors, les uns et les autres, hommes et femmes, dormaient, piquant doucement l'air de leurs nez charmants. Démultipliées par les reflets dans les vitres des gratte-ciel, des ombres de renard se poursuivaient, jouaient au loup, faisaient la course avec le train. Ils faisaient tournoyer des balles au bout de leur queue, habiles jongleurs, charlatans, roublards, maîtres de l'esbroufe, illusionnistes, des renards avec une, trois, cinq queues... Les silhouettes de renard flottaient dans les cieux comme des sphères célestes, produisant des étincelles bleues et brasillant comme des pétards. *Kitsune*. C'était leur orgie illusionniste. C'est à ce moment-là que j'ai senti que mon histoire sur comment naissent les histoires avait fait une boucle pour revenir à son commencement, semblable à un renard qui, fatigué de jouer, se serait allongé pour se reposer, et sombrerait à présent dans le sommeil en clignant paresseusement des yeux. Dans son sommeil, il suce la pointe de sa propre queue comme un bébé son pouce.

DEUXIÈME PARTIE

L'art de l'équilibre

« C'était le début de soirée, elle fumait assise dans un coin, dans l'ombre profonde que dessinait sur le mur un haut buffet. L'ombre était si sombre que l'on ne pouvait distinguer que la braise de sa cigarette et deux yeux perçants. Tout le reste – son corps osseux et décharné sous son châle, ses mains, l'ovale de son visage cendreux et l'argent de ses cheveux gris cendre – avait sombré dans la pénombre. On aurait dit le reste d'une grande flamme, une étincelle qui couve, et qui te brûlera si tu la touches. »

Joseph Brodsky,
Nadejda Mandelstam, nécrologie

1.

Littérature et géographie

Un jour, j'étais dans le train Anvers-Amsterdam, et le jeune homme assis en face de moi était plongé dans son livre. Le titre était imprimé sur la couverture en lettres d'or en relief. Le jeune homme était un travailleur manuel, il gagnait sa vie à la sueur de son front.

« J'ai une bibliothèque de cinq cents livres », s'était-il vanté.

Il ne lisait que des romans policiers, dont l'action se déroulait dans des endroits excitants et éloignés géographiquement : Hong Kong, Bangkok, Singapour, Tokyo...

« Et tout doit être exact, comme dans un guide touristique, avait ajouté le jeune homme.

— Pourquoi ? avais-je demandé.

— Parce que j'aime voyager dans la ville où se passe le roman, et visiter les endroits mentionnés dans le livre ! »

Le jeune homme caressait du bout des doigts les lettres d'or renflées du *Meurtre au motel « Kuala Lumpur »*.

« Je ne suis encore jamais tombé sur un polar dont l'action se déroulerait dans la nature. La nature, c'est pas bon pour les polars », avait-il ajouté d'un ton de lecteur expérimenté, et l'espace d'un instant, j'avais envié tous ces écrivains qui situent leurs histoires haletantes dans des villes haletantes, et ne lésinent pas sur les détails topographiques.

Pourtant, je ne suis pas certaine que la topographie (et la géographie) soutienne le déploiement de l'action ; qu'elle fasse partie intégrante de l'histoire ; que ces deux choses, l'histoire et la topographie, travaillent véritablement l'une pour l'autre, et pas l'une contre l'autre ; et je me demande si le lien entre elles n'est pas établi *a posteriori*, dans l'interprétation. Je me suis ensuite demandé quel rôle jouait le hasard dans tout ça, et si une « scénographie urbaine » aidait l'histoire, ou la desservait. Car si l'action se déroule dans un lieu « fort » (un lieu qui est également un texte culturel) et que l'événement est « faible », tout notre effort littéraire pourrait finir par aboutir à une sorte de guide touristique fictionnalisé. Et si l'événement est « fort » et le lieu « faible », le lecteur pourrait se demander avec raison à quoi bon cette insistance sur la topographie.

Je n'avais jamais réfléchi à tout cela auparavant, je n'y réfléchis que maintenant, alors que ces deux éléments, l'événement et le lieu de l'événement, se poussent et se heurtent sous mon nez comme des balles entre les mains d'un jongleur maladroit. Je suis convaincue qu'ils sont en principe incompatibles, que règne entre eux – *mon* lieu de l'événement et *mon* événement – une irréconciliabilité thématique et stylistique. La mise en relation entre le texte littéraire fictionnel et la géographie est le plus souvent « artistiquement » risquée, présidée par l'espoir, que rien ne justifie, que les « partenaires » vont s'adapter l'un à l'autre et finir dans un mariage harmonieux, comme un jus d'orange et un glaçon.

J'avais été invitée trois jours à Naples, dans le cadre d'un symposium sur les migrations européennes. C'était une conférence universitaire internationale, dominée en nombre par les historiens, les sociologues et les politologues. Quant à nous, moi et quelques-uns de mes collègues, nous étions les « saltimbanques ». Nous étions experts en migrations, acrobates de l'exil, des hommes et de femmes caoutchouc, des funambules (qui savaient tendre leur corde entre l'Afrique et l'Europe), des écrivains dont on présupposait qu'ils pourraient dire quelque chose de première main sur la vie d'émigré. Et c'est ainsi que j'étais partie pour Naples, pas par intérêt pour le thème de la conférence (je l'avais déjà épuisé depuis longtemps), mais parce que je n'étais jamais allée à Naples.

2

L'hôtel

J'étais arrivée au Grand Hôtel Santa Lucia, sur la Via Partenope, sur les coups de midi. À la réception, on m'avait demandé d'attendre au moins une heure, car ma chambre n'était pas prête. Je m'étais promenée sur la Via Partenope, sur le front de mer, puis j'avais fait demi-tour, et avais bifurqué dans des ruelles juste derrière l'hôtel. Certes, c'était un dimanche, mais cette partie de la ville m'avait paru légèrement délaissée et délabrée. J'avais mangé une pizza triste dans un petit restaurant, puis j'étais rentrée à l'hôtel. J'avais pris à la réception un prospectus publicitaire pour des circuits touristiques, étais montée dans ma chambre, et avais tiré les rideaux sur la magnifique vue sur la mer et le Castel dell'Ovo. J'avais allumé la lampe, et cherché le programme que les organisateurs avaient envoyé à la dernière minute (ah, ces Italiens désinvoltes !). Même à la deuxième lecture, le programme n'était guère plus clair, mais j'avais compris l'essentiel : que la réunion avec les organisateurs n'était prévue que pour le lendemain soir. Avant de me glisser entre les draps frais et d'une propreté impeccable (ah, divines Italiennes !), j'avais appelé la réception et m'étais inscrite à l'excursion touristique à la journée « Pompei & Amalfi Coast ».

J'avais dormi, en me réveillant de temps à autre, jusqu'au matin, comme si j'avais atterri sur la Lune, et pas à Naples. Je mâchonnais le sommeil comme de la barbe à papa. À un moment, je m'étais réveillée en sursaut, m'étais raclé la gorge, puis m'étais remise, à coups de puissantes inspirations, à aspirer avidement le sommeil comme de l'oxygène.

Au matin, j'étais restée longtemps sous la douche, puis je m'étais habillée et étais descendue pour le petit déjeuner. Au passage, j'avais laissé glisser mon regard sur les clients de l'hôtel, tentant de deviner qui parmi eux pouvait être l'un de mes « collègues ». La plus connue des invités était la veuve d'un écrivain mondialement connu, un exilé, qui était mort longtemps auparavant, mais dont on n'avait qu'assez récemment commencé à parler comme d'un grand écrivain. Dans le hall, cependant, ne se trouvait pas une seule personne de sexe féminin correspondant à l'image que je me faisais de la veuve d'un écrivain célèbre. Le minibus n'avait pas tardé à arriver, et je m'étais jointe avec enthousiasme à un petit groupe de touristes.

3.

« Pompei & Amalfi Coast »

À Pompéi, on nous avait fait sortir du minibus et laissés attendre. Des dizaines et des dizaines de gens attendaient patiemment leur guide. Il y avait là quelques cafés, des vendeurs de bouteilles d'eau, de chapeaux et de casquettes (pour se protéger du soleil), des stands, des tentes et des étals avec des souvenirs. Quelques figurants déguisés en soldats romains déambulaient au cas où les touristes voudraient se prendre en photo avec eux. Puis, avec le temps, la foule s'éclaircit, des groupes se formèrent, chacun reçut son guide. Les guides s'efforçaient d'être identifiables, et s'armaient dans ce but de parapluies dressés, de petits drapeaux et autres repères du même genre. J'avais choisi comme repère des touristes de mon groupe, une jeune Estonienne et son mari, car avec son pantalon vert pétant, son T-shirt vert, sa veste verte, ses cheveux noirs comme des plumes de corbeau, son regard effaré qu'elle semblait avoir emprunté à une tragédienne de film muet, et ses lèvres pulpeuses fardées d'un rouge vif, il était tout simplement impossible de ne pas la remarquer.

Notre guide était elle aussi une jeune femme qui ne passait pas inaperçue, et qui maîtrisait à merveille le genre du récit de catastrophe écologique.

« Pompéi a été construite comme New York », dit-elle en dessinant de ses ongles vernis de rouge la carte de Manhattan dans les airs, et en désignant les rues de Pompéi sous notre nez. Elle prononçait le mot *up* avec un *a* ouvert et un *p* prolongé (« *appppp* »), tout en projetant en avant ses lèvres que son maquillage augmentait d'un tiers de volume. Avec son récit du quotidien disparu de Pompéi, qui semblait avoir été son passé intime, notre guide nous avait complètement envoûtés. Et quand elle attira notre attention sur un pénis gravé dans un pavé sur le chemin – un repère qui indiquait aux marins impatients où se trouvait le quartier rouge de Pompéi –, les hommes de notre groupe émirent un gloussement puéril. Ils ricanaient sans bruit, d'un rire éraillé de vieux, à voix basse, avec le soutien sérieux et mutique des femmes qui, telle une armée de gardes du corps, épaulaient leurs maris, leur prenant silencieusement la main ou s'appuyant légèrement contre eux. Cette satisfaction collective masculine, suscitée par la vue d'un symbole de virilité vieux de deux mille ans, était comique, d'autant plus qu'elle émanait d'hommes majoritairement âgés. La réorganisation des rangs féminins à la vue du pénis gravé dans la pierre fut quasiment unanime. Quand je lançai à l'Estonienne quelque chose du genre : J'imagine que seules les choses peu fiables – sur lesquelles une femme peut difficilement compter sérieusement – ont besoin de monuments de pierres, elle fit semblant de ne pas avoir entendu mon commentaire et prit instinctivement son mari par la main.

La Napolitaine nous dépeignait avec un vocabulaire dramatique la catastrophe qui avait eu lieu deux mille ans auparavant, elle compara le Vésuve à une cocotte-minute (« prèchheurrr coukeurrr »), prononça le mot *eruption* (« érreupchhhooonne ») en roulant ses yeux encadrés par les brosses denses de ses cils, si bien que les hommes, sur le front desquels tapait le soleil brûlant de midi, se mirent cette fois-ci à ricaner au mot *eruption*. La jeune femme stimulait notre attention faiblissante par l'emploi répété de la formule « *Can you imagine...* », ainsi que par l'information selon laquelle Pompéi avait été ensevelie sous vingt tonnes de cendres volcaniques. Je ne sais pas d'où elle avait tiré cette donnée, mais elle la répéta au moins cinq fois.

Notre guide s'aidait abondamment d'un livre, ouvrant toutes les deux minutes les pages de *Pompei Reconstructed* pour nous montrer de quoi certains endroits avaient l'air auparavant, et de quoi ils avaient l'air aujourd'hui. Bien entendu, nous nous hâtâmes tous de demander où nous pouvions nous le procurer. À en juger par les réactions de l'assistance, le livre jouait sur une corde mentale « avant-après » hautement sensible. L'ouvrage appartenait en effet à la catégorie des jouets *total makeover*, et dépeignait efficacement la vie à Pompéi avant l'« *éreupchonne* ». Les photographies dans le livre, de Pompéi vidée de ses touristes, et même de Pompéi où grouillaient des centaines de touristes, avaient incomparablement meilleure allure que les reconstructions, réalisées dans le style des bandes dessinées classiques réalistes. Les dessins dévoraient l'imagination à une vitesse de termites, sans rien laisser derrière eux.

Je pense que l'attrait de Pompéi pour les touristes résidait inconsciemment dans le vague souvenir d'un jeu d'enfants que l'on appelait à mon époque le « jeu des statues », ou quelque chose du genre, dans lequel le « meneur » dictait aux joueurs quand ils devaient se figer comme des statues, et rester dans la position où ils se trouvaient au moment où l'ordre avait été donné. Quiconque faisait le moindre mouvement était éliminé. La carbonisation de la vie quotidienne, surprise au moment de l'éruption, suscitait la même excitation puérile. Pompéi était comme le doux rêve de notre propre enterrement, dont nous rêvons avec plaisir, sachant que, en réalité, nous ne sommes pas morts.

En observant les gens qui, munis de bouteilles d'eau, de bâtons de marche, de chapeaux et de lunettes de soleil, se traînaient docilement derrière leurs guides respectifs, et en me rappelant le ricanement masculin incontrôlé à la vue d'un pénis en forme de trèfle asymétrique gravé dans un pavé, j'ai été prise d'un soudain accès de misanthropie. Dans une quinzaine de minutes, ils nous emmèneraient dans la grande salle d'une ancienne cantine pour ouvriers, qu'ils qualifieraient de « restaurant ». Là, des serveurs alertes nous gaveraient de mauvais spaghettis, de salade pourrie et de vin au goût de vinaigre ; là, un chanteur vieillissant, la guitare à la main, nous chanterait en vitesse quelques canzones napolitaines, car dehors, de nouveaux groupes seraient déjà en train d'attendre impatiemment. À la vue de ce cirque humain, des serveurs affolés éreintés par le rythme ; des innombrables assiettes qui filaient au-dessus des têtes ; à la vue de cette humiliation volontaire, que nous avions transformée en droit payant à l'humiliation ; à la vue de la foule qui se déverserait de la cantine pour céder la place à une autre foule, j'ai soudain souhaité que le grand Vésuve se déchaîne, qu'il nous vomisse dessus une lave qui nous carboniserait et nous recouvrirait de vingt tonnes de cendres volcaniques…

« *Life is so short* », souffle une Ingrid Bergman en larmes en visitant Pompéi dans le film *Voyage en Italie*. Les circuits touristiques étaient organisés exactement comme s'ils avaient anticipé les accès de misanthropie. Il semble d'ailleurs que les visites touristiques existent pour que les adultes se fatiguent comme des enfants, avalent docilement tout ce qu'on met dans leur assiette, et finissent par s'endormir, épuisés. Mon accès de misanthropie serait rapidement vaincu par la beauté, celle que nous avions déjà vue, la pompéienne, et celle qui nous inonderait par les fenêtres du car en route vers Amalfi. En contrebas, la mer ondoyante, et dans le lointain, Capri « l'éternelle femme enceinte », la charmante Praiano, Positano, les îles Galli, l'Isola di Nureev, l'enchanteresse Amalfi... De temps en temps, nous descendrions du bus pour inspirer un air au parfum d'orange, de citron et de sel, et le bleu dansant de la mer et du ciel nous effleurerait comme de la soie...

Au « restaurant », grand comme un gymnase, nous étions assis sur de longs bancs en bois. Le couple estonien était en face de moi. L'Estonienne aidait aimablement les serveurs à distribuer les assiettes de spaghettis, les faisant passer au suivant. Elle était rapide, comme si elle avait passé toutes ses vacances d'été dans des camps scouts. Elle et son mari partaient ensuite pour le Vésuve, moi pour Amalfi. L'Estonienne était propriétaire d'une boutique de mode à Tallinn. Je lui montrai le prospectus publicitaire pour un circuit touristique dans les *outlets*, les magasins d'usine, où l'on pouvait acheter les créations de célèbres stylistes italiens à un prix nettement moins élevé.

« Ça ne m'intéresse pas », dit l'Estonienne en aspirant ses spaghettis avec un appétit juvénile. « Je veux juste glander, boire du bon vin et me promener », renchérit-elle, et son mari confirma d'un hochement de sa tête rasée. « Quelque part dans la première partie du roman, Emma Bovary dit qu'il faudrait passer sa lune de miel dans des pays aux noms sonores. Le pays auquel elle pense est certainement l'Italie, car peu après, elle mentionne les golfes et le parfum des citronniers. Puis elle ajoute que dans certains lieux, le bonheur fleurit comme une plante endémique, qui ne pousse que sur ce sol et nulle part ailleurs. Je suis certaine que Flaubert pensait à Naples. Le bonheur fleurit à Naples comme les bougainvilliers rouges napolitains. Nulle part ailleurs qu'à Naples, je n'ai vu cette nuance de rouge… Comme s'ils puisaient leurs racines dans des veines, et pas dans la terre ! »

Je restai bouche bée. Je n'avais pas parlé à l'Estonienne de mon métier. Cette référence littéraire inattendue avait résonné dans les airs comme le tintement d'un verre en cristal. Je regardais cet être maigre et vert aux grands yeux ombrés de cernes sombres, comme ceux des actrices dans les films muets, et aux lèvres couleur de bougainvillier napolitain, et je me dis que je n'avais jamais rien vu de semblable. À cet instant fit irruption le chauffeur du car, il allait de tablée en tablée en criant : « Amalfi, Amalfi Coast, Amalfi… ! » Je me levai de table, tendis la main au mari au crâne rasé, puis à elle.

« *Ciao, bella* », bredouillai-je stupidement, car je ne savais pas quoi dire d'autre, avant de me hâter vers mon car.

4.

Hakuna matata

Ce n'était pas sans raison que les institutions universitaires italiennes avaient organisé un symposium consacré aux migrations précisément à Naples. D'après les statisticiens, le nombre de réfugiés en Italie s'élève à un « acceptable » sept pour cent, et à un douze pour cent « alarmant » dans le sud du pays. L'Italie et la Grèce étaient les « portes de l'Europe ». Avec les moyens du bord, les gens accouraient à cette porte de partout : de Tunisie, du Maroc, de Somalie, d'Éthiopie, du Nigeria, du Rwanda, du Burundi, du Burkina Faso ; de l'ex-Yougoslavie, d'Albanie, d'Ukraine, de Pologne, de Roumanie ; du Bangladesh, du Pakistan, de Chine…

Des journaux et des écrans de télévision filtraient presque quotidiennement des informations sur des « incidents » : sur les dizaines de réfugiés morts étouffés dans les cales de vieux bateaux de pêche avant d'arriver à destination ; sur les bateaux qui coulaient parce qu'ils étaient surchargés de réfugiés ; sur les réfugiés à qui il arrivait, à cause du comportement incontrôlable du troupeau humain exténué, de mourir lors du débarquement ; sur les cruels trafiquants qui s'enrichissaient par le malheur des autres ; sur les familles qui vendaient toutes leurs possessions pour payer à leurs fils et filles le voyage vers la terre promise ; sur les bandes africaines qui, au fait des routes migratoires, kidnappaient parfois des réfugiés pour demander une rançon à leur famille, et garder les jeunes femmes comme esclaves sexuelles ; sur le faible pourcentage de chanceux qui débarquaient vivants sur la rive ; sur la situation désespérée qui les attendait après le débarquement… Des journaux et des écrans de télévision filtraient quotidiennement des informations sur les mauvais traitements infligés aux réfugiés à Lampedusa, et dans d'autres îles et villes italiennes ; les réfugiés affirmaient qu'ils se sentaient en Italie comme dans une « prison à ciel ouvert », ce qui n'était techniquement pas faux, car ils ne pouvaient pas aller plus loin que l'Italie. Les autres États européens refusaient de les accueillir, les hommes politiques jouaient avec ces malheureux, personne ne savait quoi faire. Dans les ghettos de réfugiés italiens, les gens étaient identifiés par des numéros, pas par des noms, ce qui était, notamment, la déplorable pratique des centres d'accueil pour demandeurs d'asile. Le maire de Lampedusa avait laissé les réfugiés s'installer dans le musée de la ville, suscitant la colère de la population locale. Les vidéos documentaires dans lesquelles des « patrouilles antidrogue » faisaient des rondes nocturnes dans des petites villes du sud de l'Italie, soi-disant pour aider la police à lutter contre le crime organisé, rappelaient un passé fasciste pas si lointain, suscitant le malaise et la peur du retour du passé dans un avenir proche. Les Italiens exprimaient devant les caméras leur insatisfaction, leur inquiétude pour leurs filles, qualifiaient les migrants de couleur de « sales gueules », parlaient d'eux avec mépris (*Certains veulent une BMW, d'autres une Mercedes !*), et soutenaient la formation de branches de la Garde nationale. Les habitants furieux de Lampedusa (où avaient débarqué un grand nombre de réfugiés après les « printemps arabes ») parlaient d'une « invasion » de migrants, qu'il fallait empêcher par tous les moyens (*Execute these invaders, every last of them*) ; de l'impact négatif sur le tourisme, dont ils vivaient. Et, de fait, de nombreux touristes annulaient leurs vacances d'été sur Lampedusa. Ayant fui leur pays, les gens se retrouvaient dans « l'enfer européen » ; nul ne leur proposait de solution acceptable, ni compassion, ni travail, ni rien. Les gens avaient entrepris un « voyage aux dimensions épiques » (comme disaient les journalistes dotés d'une fibre poétique), pour retrouver à l'arrivée ce qu'ils avaient laissé derrière eux : la misère, l'impuissance, la prison.

La langue était un indicateur parfait de l'attitude envers les réfugiés. Plus la langue était délicate, plus le rapport avec les « arrivants » était mauvais. La bureaucratie européenne s'était cassé la tête sur la terminologie – migrant, émigrant, immigrant, demandeur d'asile, exilé – pour finir par se décider pour *migrants*, suggérant par là même qu'il s'agissait d'une main-d'œuvre mobile qui, dans un monde mondialisé, choisissait de son plein gré des destinations géographiquement, culturellement, climatiquement et financièrement favorables au travail temporaire, le tout à ses risques et périls, bien entendu. La langue des médias était parfois atrocement cynique (*dehydrated migrants*), même si elle prétendait le contraire. La langue des autorités scientifiques (sociologues, historiens, politologues) était tout aussi désorientée. C'était à cause de cette langue que je me retrouvais moi-même dans les catégories *hyphenated identities*, *hybrid selves* et autres. Cette langue, qui suivait les règles du politiquement correct et d'un prétendu discernement, et affirmait être à l'opposé de la langue du fascisme ordinaire, n'aboutissait dans les faits qu'à élargir le répertoire linguistique de la discrimination.

Les panels de la conférence étaient répartis sur plusieurs sites en ville et hors de la ville, si bien qu'y participer requérait un effort physique, d'autant que les organisateurs n'avaient pas envie de s'embêter avec nous et de nous trimballer de salle en salle, pour divers débats où notre participation n'était de toute façon pas prévue. Je fus surprise de voir dans le programme que j'allais intervenir au côté de la veuve du célèbre exilé littéraire. Plusieurs collègues devaient passer avant nous et, pleine de bonne volonté et de solidarité, je m'assis dans une salle désespérément vide du magnifique complexe de l'IBC, l'Institut Benedetto Croce.

Dans le film *Paradis : Amour* d'Ulrich Seidl, une scène se déroule dans le restaurant à moitié vide d'un hôtel, dans un complexe touristique, quelque part au Kenya. Le public se compose de deux ou trois Allemandes d'âge moyen et d'un homme qui somnole, tandis que les divertit un groupe de musique démotivé, vêtu de costumes prétendument traditionnels, des longues robes et des toques en tissu imprimé zèbre noir et blanc. Les « Zèbres » interprètent tièdement la chanson « Hakuna Matata », du célèbre dessin animé et comédie musicale *Le Roi Lion*. Dans le film, les Kenyans locaux emploient d'ailleurs cette expression à une fréquence singulière.

De nombreux touristes, en rentrant chez eux après des vacances en ex-Yougoslavie, ont rapporté avec eux l'expression *nema problema*, « pas de souci ». Je l'ai entendue un nombre incalculable de fois, dans la bouche d'Allemands, d'Anglais, d'Italiens, si bien qu'il semblait que *nema problema* était la seule chose que les étrangers retenaient de la Yougoslavie, et au sujet de la Yougoslavie. Après avoir entendu « hakuna matata », qui signifie également « pas de souci », je me suis fait la réflexion que seuls des pays semblables produisaient des expressions semblables, par lesquelles ils s'attiraient les faveurs des touristes, leur fournissant au passage des services qui symbolisaient une « vie authentique », à la différence de la non authentique vécue, cela va de soi, par les étrangers dénués d'imagination.

Sur scène intervenait un jeune Chinois qui s'était installé en Italie, parvenant à publier deux recueils de poèmes, et qui servait à présent d'exemple d'intégration réussie des émigrants chinois dans la société italienne. Une Albanaise était annoncée, mais elle avait récemment reçu un prix littéraire italien important, ce qui, je suppose, la dispensait à présent de participer à ce genre d'événements. Se trouvait également là une jolie écrivaine née dans un petit pays caribéen, et qui était venue à Naples depuis New York. Il y avait aussi un Turc de Berlin, un Arabe d'Amsterdam qui ressemblait à Omar Sharif vieux, et un Africain grisonnant. C'est à l'Africain que les organisateurs témoignaient le plus d'attention, tout simplement parce qu'il symbolisait le problème le plus urgent : les réfugiés africains en Italie et le rapport des Italiens avec eux.

J'avais parlé avec l'Africain, qui semblait le mieux disposé d'entre nous tous, au petit déjeuner. En vingt ans passés en Europe de l'Ouest, il avait scolarisé avec succès ses quatre enfants, qui avaient tous un travail et vivaient dans diverses villes européennes, puis il était rentré dans son pays mener des batailles politiques locales. Il connaissait son rôle par cœur : il lui suffisait d'enfiler son « drap », comme il appelait lui-même sa longue robe, de se coiffer de sa toque, et tout avait tout de suite l'air plus crédible. Lors de notre conversation animée au petit déjeuner, il n'avait pas caché qu'il avait épousé une femme jeune au pays, qu'il avait deux enfants en bas âge, que les voies ouest-européennes de l'exil s'étaient épuisées, que la générosité des donateurs, quels qu'ils soient, s'était épuisée, et qu'il n'était plus possible que de gratter des miettes auprès des sources locales. Certes, son retour avait été facilité par le fait qu'il avait soudain gagné en importance chez lui. Certes, il n'avait pas eu le Nobel, mais ses compatriotes avaient, pour une raison mystérieuse, commencé à lui témoigner du respect. Alors que « dehors », il n'était qu'un exilé parmi des milliers d'autres avec un destin semblable, chez lui, il était le père potentiel de la *non-fiction narrative* africaine, ou quelque chose d'approchant. Il jouait, bien entendu, du violon ethnique et racial, mais il fallait que je sache qu'il y avait dans son pays beaucoup d'illettrés, si bien que la fonction de la littérature était tout à fait différente. Et à ce propos, le violon ethnique et racial, que je le croie ou non, était le seul son qu'ils entendaient et comprenaient tous, et les gens chez lui, et les Européens qui l'invitaient.

« L'époque de l'internationalisme et du cosmopolitisme est révolue. Un point c'est tout », avait lancé le vieillard, ironique. Puis, comme s'il avait pris peur de ce qu'il venait de dire, il s'était remis à réciter sa litanie politiquement correcte sur la bonté des pays européens : « Les Pays-Bas sont un bon pays et la France est un bon pays, l'Angleterre est un bon pays et l'Italie est un bon pays, la Suède est un bon pays, et la Finlande aussi est un bon pays... »

Nous ressemblions tous au groupe du film d'Ulrich Seidl ; nous portions tous des « draps » soit éclatants, soit invisibles, avec des motifs prétendument ethniques et raciaux ; et nous interprétions tous à contrecœur le seul numéro que nous connaissions : *Hakuna matata. Nema problema.* Il était trop tard pour la compassion. Entre-temps, les cœurs humains s'étaient ramollis. Notre bateau à tous a coulé, nous nageons tous comme nous pouvons, certains avec un gilet de sauvetage, d'autres sans, c'est la seule différence. C'était notre époque, moderne – l'époque de la survie. La vie était devenue un luxe, la littérature d'autant plus, sauf que personne n'en avait informé les participants à la conférence. Ce pour quoi les invités étaient convaincus que la salle vide était une exception, et non la règle. Ils supposaient qu'il y avait à la télévision un match de foot important. Ce qu'avaient précisément, en s'excusant, confirmé les organisateurs.

5.

La Veuve

Notre salle, en revanche, était pleine à craquer ! La Veuve et moi fîmes connaissance sur scène, à la table ronde, où elle me tendit chaleureusement la main. La modératrice nous présenta, puis elle nous laissa la parole. Il émanait de la Veuve un charme distingué, comme si elle était sortie d'une adaptation d'un classique anglais par la BBC, comme une sorte de variante sensuelle de Maggie Smith. Ses cheveux gris étaient tressés en une épaisse et courte natte, qu'elle portait sur la nuque comme une bonne élève. Des mèches s'échappaient de ses cheveux tirés aux bons endroits, autour des oreilles, ce qui rendait son visage plus doux et ses rides moins marquées. Oui, elle avait des rides, d'ailleurs, elle avait plus de quatre-vingts ans ; et les dents légèrement irrégulières, mais encore ses vraies dents, et semblait-il au complet. Son visage faisait soigné, et ce sans une once de maquillage, à l'exclusion de discrètes touches d'ombre à paupières. Elle avait les mains osseuses, ridées, semées de taches de vieillesse, et bronzées, comme chez quelqu'un qui ferait du jardinage. Elle se tenait droit, son dos, étant donné son âge, était étonnamment rectiligne. Elle avait le nez légèrement aquilin, les yeux couleur miel un peu en amande. Elle portait une robe en lin noir, aux pieds des espadrilles en toile noires. Elle avait au cou un collier en corde avec un pendentif en bois noir verni, orné d'un motif qui rappelait les symboles des amulettes africaines. Elle avait un sourire chaleureux, dont elle n'était pas avare.

Elle parla la première, d'une voix agréable, modestement, de choses tout à fait ordinaires ; sa vie avec Lévine dans les années soixante à Paris. La Veuve était sincère, ou du moins, c'était l'impression qu'elle donnait. Elle n'accordait pas d'importance particulière à son rôle dans la vie de Lévine, soulignant qu'ils n'avaient vécu ensemble que trois ans ; et qu'ils s'étaient mariés peu avant sa mort, pour des raisons pratiques. Elle dit qu'elle ne pouvait pas parler de la vie de Lévine avant elle, étant donné que lui-même n'avait pas été en mesure de raconter quoi que ce soit sur sa vie qu'il n'ait auparavant « littérairement digéré », ce qui signifiait que ces « fragments autobiographiques » pouvaient être, et étaient le plus souvent, relativement peu fiables d'un point de vue factuel. Lévine ne pensait pas mériter une reconnaissance particulière juste parce que la vie, à la différence de la majorité des gens, l'avait jeté sur de nombreuses rives, même s'il appréciait à sa juste valeur sa « chance géographique et culturelle », comme un ticket gagnant à la loterie. Il était, cependant, convaincu de mériter en tant qu'écrivain plus de reconnaissance qu'il n'en avait reçu. La Veuve évoquait les détails de leur vie commune ;

la pauvreté, le fait qu'elle avait trouvé dans la cave de l'immeuble où ils louaient un appartement deux cageots de conserves abandonnés. C'était un paquet norvégien, qui sait comment il avait fini dans une cave parisienne, du lait concentré et de la viande de renne ! Un vrai trésor, un ticket gagnant à la loterie. Elle n'avait jamais mangé de renne auparavant, et n'en avait plus jamais remangé ensuite. « Je me souviens des années passées avec Lévine comme d'années de famine », dit-elle. Lévine était trop malade pour aller en quelque autre lieu, et elle n'avait plus nulle part où rentrer à la maison. Elle avait perdu ses deux parents à un bref intervalle. Lévine était ainsi, qu'il le veuille ou non, devenu son nouveau « foyer ». Tout exilé se languit d'une forme de foyer. Lévine représentait les fondations de son foyer symbolique, un foyer qu'elle avait, après sa mort, construit seule, dit sobrement la Veuve.

Quand ce fut mon tour, je « dissertai » sur l'exil, ce qui devait s'avérer honteusement stupide. Une anecdote sur le contrôle des passeports à la frontière aurait attiré plus de sympathie que mon développement peu convaincant du thème de la dynamique de la littérature ; de l'inclusivité et de l'exclusivité des milieux culturels (seules les grandes cultures sont inclusives, ce pour quoi elles sont grandes ; et seules les petites cultures sont exclusives, ce pour quoi elles restent petites). Tout ce que je dis laissa le public indifférent.

Jamais de ma vie je ne m'étais sentie aussi invisible que pendant mon intervention au côté de la Veuve. Après notre prestation, les journalistes et quelques caméras de télévision entourèrent la Veuve : personne n'acheta un exemplaire de mon livre, qui venait de paraître en italien, mais ils achetèrent des ouvrages de Lévine ; personne ne ressentit le besoin de m'aborder pour me dire un mot aimable, ils faisaient tous la queue pour parler avec la Veuve. Ma présence s'avérait superflue.

La modératrice et moi sortîmes dans le jardin de l'IBC en attendant que la Veuve finisse sa rencontre avec les journalistes et le public.

« J'espère que tout allait bien de mon côté ? demanda la modératrice, comme pour s'excuser de mon échec plus que manifeste.

— Oui, vous avez été très bien, dis-je.

— Vous savez, je suis historienne, je travaille sur les migrations européennes au Moyen Âge. Je n'y connais pas grand-chose à la littérature...

— Parce qu'il y en a eu ? Des migrations, je veux dire ?

— Il y en a toujours eu, répondit l'historienne. Les Napolitains ont émigré partout, et des gens sont venus à Naples de partout... Romains, Goths, Lombards, Byzantins, Normands, Sarrasins, Espagnols, Français, Autrichiens, Allemands... Cette région a dès les premiers jours été peuplée par des Juifs, qui sont d'abord venus comme esclaves. On peut trouver dans les catacombes de Naples des restes de synagogues. Certaines villes, comme Capoue, étaient "juives"... Plus tard, les familles plus aisées ont déménagé dans le nord de l'Italie... Au dix-septième siècle, des dizaines de milliers d'esclaves ont été amenés d'Afrique. Et aujourd'hui, ce sont des Chinois qui vivent dans les quartiers pauvres de Naples... », dit-elle comme si elle ne croyait pas elle-même à ce qu'elle venait de m'apprendre.

La Veuve apparut dans le jardin, faisant ses adieux au public de la rencontre littéraire sous le charme, et se dirigea vers nous.

« Allons boire un verre », lança-t-elle joyeusement.

L'historienne s'excusa, on l'attendait pour un autre panel, quant à moi, flattée par l'invitation, j'acceptai immédiatement.

6.

Caffè Gambrinus

La Veuve et moi nous promenâmes de l'Institut Benedetto Croce à la Piazza del Gesù Nuovo.

« On va prendre un taxi ici... », dit-elle. « Vous vous rappelez ce vieux film de Vittorio De Sica,

Mariage à l'italienne, avec Sophia Loren et Marcello Mastroianni ? Sur Filumena et Domenico ?

— Pourquoi ?

— Parce que, à la fin, Filumena et Domenico se marient dans cette église, Gesù Nuovo, et la scène finale se passe dans leur maison, dont les fenêtres donnent sur l'église. Et devant cette maison, il y a aujourd'hui une station de taxis... »

La Veuve se comportait avec assurance, en véritable habituée. À côté d'elle, je me sentais comme une touriste paresseuse. Le taxi nous déposa bientôt devant le Caffè Gambrinus, fréquenté en leur temps par Guy de Maupassant, Oscar Wilde et bien d'autres, ce pour quoi le café y était deux fois plus cher qu'ailleurs. Je n'appris la glorieuse histoire du Caffè Gambrinus qu'après coup, en étudiant mon opulent guide touristique, que je n'achetai qu'après mon retour de Naples.

« Comment avez-vous rencontré Lévine ? » demandai-je, m'étonnant de ma propre impétuosité. De plus, je n'étais même pas sûre que la réponse m'intéressait outre mesure.

Elle s'anima. Dieu sait d'où lui venait son regain d'énergie. Probablement pas, je suppose, de cette occasion de raconter pour la millième fois comment elle avait rencontré Lévine. En tout cas, elle ne montra en rien que la question l'ennuyait.

« Pour être tout à fait franche, j'ai presque tout oublié. Je ne me souviens vaguement que de quelques détails. Il me semble à présent que ce sont ces quelques détails dont j'ai, au moment où ils se produisaient, pensé que je devais les retenir, et ensuite, quand, bien des années plus tard, j'ai eu besoin de ce souvenir pour telle ou telle raison, j'ai été choquée de constater que je ne me rappelais rien d'autre. Une fois gravées dans la mémoire, les choses se comportent comme un cordon de policiers, comme un mur vivant. La mémoire a en elle un puissant mécanisme créateur de mythes, comme si elle satisfaisait à notre pulsion secrète de nous créer des mythes sur nous-mêmes et sur les autres, et une fois qu'un mythe est créé, il est très difficile de le détruire. Lévine avait cette pulsion. Le petit épisode avec Nabokov en est la meilleure preuve. Quoi qu'il en soit, c'est moi qui ai choisi Lévine, et je me souviens de cet instant avec une clarté limpide... »

Quelqu'un était passé la prendre pour l'emmener chez lui, à une soirée pleine de fumée de cigarette et de vin bon marché. Elle avait entendu parler de lui, mais elle n'avait pas lu une seule de ses lignes. Son côté supérieur, pompeux et moqueur ne lui avait pas plu. Il siégeait sur un vaste lit comme sur un trône. Il se comportait en seigneur, considérait ses invités comme ses sujets.

« Il était un bouffon du roi et un seigneur dans la même personne. Sur ce lit, il avait l'air du capitaine fou d'une barge échouée. »

Il attirait l'attention par des gestes et « gratifiait » les invités. À certains, par exemple, il demandait de lui tendre sa cigarette, il tirait une ou deux bouffées, puis la leur rendait ; à d'autres de lui tendre son verre, dont il buvait une gorgée avant de le rendre. Comme s'il aimait avoir tout le monde à son service, mais, d'un autre côté, les choses qu'il demandait étaient si infimes qu'il aurait été ridicule de les lui refuser. Certains s'étaient installés sur le lit à côté de lui. Elle se souvenait d'un épisode avec une connaissance de Lévine. À cause de son sourire, qui s'était comme figé sur son visage, la femme ressemblait à une poupée en caoutchouc. Lévine aimait « terroriser » ses connaissances avec des cadeaux, elle ne l'avait appris que plus tard. Il avait offert à cette femme un objet chaud en laine, quelque chose entre le foulard et le châle. Sa « mise en scène » de ce moment avait attiré l'attention de l'assemblée : il avait d'abord bruyamment insisté pour que la femme déballe le cadeau, mais elle, manifestement, s'était avérée trop lente. Lévine lui avait nerveusement arraché le cadeau des mains, avait impatiemment déchiré le papier et lui avait mis le foulard sur la tête, ce que la femme n'avait apparemment pas trouvé agréable, elle l'avait vécu comme une violence, et non comme une marque d'attention, et elle avait raison. Lévine avait arrangé le foulard sur sa tête, le rajustant comme un photographe qui prépare un objet à photographier, puis, lassé, il avait arraché le foulard et lancé d'une voix forte : « Ah, Macha, on ne fera jamais de vous une Ingrid Bergman ! »

La Veuve s'était sentie légèrement nauséeuse à la vue de cette scène, et elle avait cherché la salle de bains. Par curiosité, elle avait ouvert le placard au-dessus du lavabo, pour tomber sur des flacons de médicaments alignés sur l'étagère comme des petits soldats. Et là, sans aucun rapport, dans l'espace indifférent d'une salle de bains étrangère, en lisant les inscriptions sur les flacons, elle avait fondu en larmes, comme si les indications de poids en milligrammes, les appellations médicales et les instructions sur les étiquettes (3 × 1, 1 × 1) étaient des codes dans lesquels était scellé son destin ultérieur. Elle s'était sentie envahie d'une impuissance sourde, même si ce sentiment était également excitant. C'est sans doute comme ça que se sentent les suicidaires.

« Nous ne savons jamais quelles relations ou situations portent en elles le pouvoir potentiel de nous asservir. Il est des instants où il peut nous arriver de trébucher et de glisser dans une autre direction, où nous n'avions pas l'intention d'aller. Ce genre de situations ou de relations peuvent être fatidiques pour moi, mais pas pour vous, par exemple. Lévine avait une intuition très fine, peut-être que seuls les misanthropes ont ce type d'intuition. Je pense qu'il a pressenti qu'un changement s'était produit pendant ma brève absence, car en me voyant, il a tapé la main sur le lit avec autorité, et m'a ordonné d'un geste de m'asseoir à côté de lui. »

Elle s'était assise avec une docilité qui l'avait elle-même surprise. Il lui avait ordonné d'un geste de poser les jambes sur le lit, elle avait répondu d'un geste qu'il faudrait sans doute qu'elle ôte d'abord ses chaussures, il avait brusquement, et presque brutalement, tiré ses pieds chaussés sur le lit, puis, les bras croisés sur la poitrine, ils étaient restés assis l'un à côté de l'autre sans un mot.

Lévine regardait rarement les gens dans les yeux. À la place, il rentrait la tête dans ses épaules et reniflait l'air autour de lui. C'est ce qui s'était passé alors, il l'avait regardée par en dessous, du coin de l'œil, manifestement satisfait de l'évolution de la situation. Il était allongé sur le lit avec le même naturel que s'il avait été debout ou assis. Elle avait senti couler dans ses veines une sensation particulière, dont elle n'aurait su dire si elle était agréable ou désagréable, celle d'être clouée là. Elle avait pressenti qu'elle allait sur ce lit, sur cette barge à l'ancre, voguer longtemps.

La Veuve sourit…

« Qui sait ce qui se passait alors dans ma jeune tête folle ! J'aimais lire. L'amour pour la littérature et la fascination pour un écrivain vivant n'avaient rien de particulièrement original à l'époque, n'est-ce pas ? C'est grâce à cela, grâce à l'attrait exercé sur les femmes par les livres et les écrivains, que tenait, et que tient encore, la littérature elle-même. Au fondement de chaque littérature nationale masculine (et il n'y en a d'autre que masculine), on trouve le temps, l'énergie et l'imagination de lectrices anonymes. Mais vous le savez très bien vous-même, *lelkecském*… »

Le plaisir pris par la Veuve à souligner, plus par le ton que par les mots, son âge avancé, à s'adresser aux plus jeunes qu'elle par *lelkem* ou *lelkecském* (un mot hongrois qu'elle avait emporté avec elle et qui signifiait *ma chérie* ou *ma petite chérie*), et sa discrète théâtralité, tout cela relevait du répertoire stylistique d'un maniérisme intellectuel est-européen aujourd'hui disparu, et que, d'ailleurs, la Veuve elle-même avait identifié chez Lévine comme son « côté pompeux »…

« D'autre part », reprit-elle, « nous sommes tous des vampires, qui nous nourrissons du sang des autres. Dans cette "promiscuité" généralisée, il y a des gens qui ne sont pas dépendants d'autrui, ce qui les rend singulièrement attirants, mais aussi haïssables. Lévine était de ces gens. La littérature était sa seule fascination durable, peut-être parce qu'on pouvait lui enlever tout le reste. Nul le pouvait lui enlever la littérature. Cette sorte de fascination fait-elle des écrivains des grands écrivains, je l'ignore. Toute sa vie, Lévine a été obsédé par la littérature, la littérature était sa seule passion... »

« Vous avez mentionné un épisode avec Nabokov ? » demandai-je prudemment.

« Ah, c'est un détail innocent, et pourtant si humiliant... Lévine avait un jour écrit à Nabokov pour lui demander de le rencontrer. Nabokov n'a jamais répondu à cette lettre. Une fois, cependant, Lévine a affirmé devant un journaliste qu'il avait échangé une ou deux lettres avec Nabokov, et que Nabokov avait eu des mots élogieux pour le talent littéraire de Lévine, si élogieux que lui, Lévine, ne se sentait pas capable de les répéter. Nabokov n'a jamais démenti Lévine, si tant est qu'il ait jamais appris cette petite supercherie. Par ailleurs, Lévine est mort, Nabokov lui a survécu dix ans, et un démenti de ce genre aurait plutôt été interprété comme un accès peu reluisant de pingrerie et de malice de la part de Nabokov que comme la vérité. C'est ainsi, *lelkem*, qu'est née la légende comme quoi Lévine était le seul rival littéraire digne de Nabokov, et qu'il a végété pendant des années dans l'ombre de Nabokov, principalement à cause de cette “maudite géographie”, ce qui ne semble stupide qu'au premier abord. Mais si vous y réfléchissez bien, les destins des écrivains sont indéniablement déterminés par cette “maudite géographie”, tout comme ils sont déterminés par le sexe, la classe, le statut social, la chance, celle du joueur… »

Lévine, un Juif russe, avait une biographie complexe, ou plus précisément une bio-géographie, car après la révolution, au lieu de partir en Occident, comme la majorité des Russes, et plus par hasard que volontairement, il était parti du côté opposé, vers l'est, en Chine, d'où il était passé à Hong Kong, et de là, grâce à un geste du gouvernement néerlandais, qui s'était engagé à accueillir quatre cents émigrés russes du camp de réfugiés de Hong Kong, il était arrivé aux Pays-Bas en 1955. À son arrivée aux Pays-Bas, Lévine s'était installé au 78 de la rue Lange Voorhout à La Haye, dans *Het Russenhuisje*, la « Petite maison russe », anciens bureaux de la reine Wilhelmine, qui en avait fait cadeau à la Fondation œcuméniste, laquelle avait transformé le bâtiment en une sorte de centre d'accueil pour réfugiés russes d'un certain âge. Six ans plus tard, Lévine quittait La Haye pour Paris. Il y a entre la biographie de la Veuve et celle de Lévine un petit tour du destin. Après la révolution hongroise de 1956, elle avait fait partie, avec ses parents, des environ deux cent mille réfugiés hongrois. Ils avaient atterri aux Pays-Bas, d'où elle avait, après la mort de ses parents, déménagé à Paris, où elle avait rencontré Lévine. Bien que les Néerlandais aient été des hôtes aimables et généreux, la Veuve se souvenait des Pays-Bas comme d'un lieu de dépérissement et d'attente, comme d'un séjour entre la vie et la mort dans le cercueil de verre de Blanche-Neige. C'est ce même processus de dépérissement qu'avait décrit Lévine à propos de son séjour à Hong Kong, dans l'hôtel pour réfugiés Peninsula, expérience qu'il relatait d'ailleurs dans son roman *Hotel Peninsula*, quand il attendait que le destin le catapulte à l'autre bout du monde. Elle, tout comme Lévine, et tout comme, du reste, de nombreux émigrés, avait développé une sensibilité particulière aux espaces, aux villes, aux paysages, aux noms de rue, aux hôtels, aux lieux, comme si l'environnement où nous nous retrouvions n'était que la mise en scène symbolique de forces supérieures qui déterminent nos vies. « Prenez la Suisse, par exemple… », soupira un tantinet théâtralement la Veuve. « C'est le plus dangereux pays du monde ! Les Suisses produisent les meilleures montres du monde, même si en Suisse, vous ne savez jamais quelle heure il est, les aiguilles fondent dès que vous avez passé la frontière, la montre à votre poignet se casse. Dans ce tout petit pays, vous pouvez vous noyer exactement comme dans un verre d'eau, vous pouvez vous perdre si absolument que plus personne ne vous retrouvera jamais… »

Je savais que les routes de l'émigration russe en Extrême-Orient n'avaient jamais reçu, ni dans les médias ni dans l'historiographie culturelle, le dixième de l'attention consacrée à la diaspora russe en Europe de l'Ouest et aux États-Unis, peut-être aussi parce que c'était une émigration moins nombreuse, à la trajectoire plus complexe et (pour les Européens et les Américains) incompréhensible. Quoi qu'il en soit, les histoires de Russes émigrés en Iran, en Indonésie, en Chine, à Harbin et à Shanghai, au Japon ou en Australie sont restées inachevées, non dites, ou tout simplement hors-champ. Lévine lui-même était un cynique, qui n'exprimait de la sympathie ni pour les Blancs ni pour les Rouges. Parfois, seulement, il défendait sa géo-biographie, ce qui est compréhensible, il avait dépensé trop d'énergie et de temps à sans cesse conquérir, s'approprier et quitter des espaces pour pouvoir se permettre le luxe de l'indifférence.

« La trivialité est le sel de tout, la trivialité est le vent qui enclenche tout le mécanisme, *lelkem* », poursuivit la Veuve. « Les grands artistes survivent grâce à la trivialité, car l'œuvre d'art en elle-même n'est manifestement pas suffisante. Vraiment, pourquoi sommes-nous si convaincus que Van Gogh est passé à la postérité grâce à son seul génie, sous-estimant un détail, son oreille coupée ? Grâce à quoi retenez-vous les noms d'artistes contemporains ? Y en a-t-il un seul ou une seule parmi eux qui n'ait jamais scandalisé l'opinion publique ? Où se cache donc cet artiste discret et modeste, montrez-le moi ! Tous les artistes sont des mythomanes, c'est juste que certains arrivent à devenir célèbres, d'autres non. Je suis certaine que Nabokov, selon son profil psychologique, était un mythomane, qu'il s'est construit, consciemment ou non, un monument à sa propre gloire… », lança joyeusement la Veuve.

« Vous en êtes sûre ?

— Si vous y réfléchissez bien, ce que nous considérons comme une "œuvre d'art" est toujours d'une certaine manière lié au cirque, à l'art forain, le plus vieil art du monde.

— Si vous pouviez me donner un exemple, ça m'aiderait à comprendre ce que vous voulez dire… dis-je.

— Il est bien plus facile de trouver des exemples parlants dans les arts visuels modernes, dans le théâtre, la performance, que dans la littérature. Néanmoins, voici l'exemple le plus récent : ces derniers temps, le marché du livre aime les romans-fleuves, et de nombreux écrivains semblent faire la course à qui écrira le plus long. Soudain, tout le monde est impressionné par le nombre de pages, et proclame immédiatement que ces romans sont bons…

— Et beaucoup le sont.

— Peut-être. Mais cette admiration initiale devant le nombre de pages est trop rapidement devenue un critère esthétique et de valeur. Seul un roman de plus de mille pages serait donc un "vrai" roman ? J'inclus là-dedans l'admiration pour les auteurs hyperproductifs ; et la cruelle proclamation de la mort créative d'un auteur si jamais il n'a pas réussi pendant un an ou deux à produire un nouveau livre. Sans parler des paris sur les prix littéraires ! Tout cela se rapproche davantage des catégories de l'endurance, de la force et de la performance de cirque que des critères esthétiques traditionnels. Ou alors, prenez la littérature prétendument expérimentale, par exemple. Aujourd'hui, la littérature expérimentale présuppose une bizarrerie thématique, un défaut, une sorte de handicap du manuscrit, et non une maîtrise littéraire, un concept et des connaissances. Le concept moderniste de littérature expérimentale était indéniablement différent de l'actuel. L'équivalent circassien de la littérature expérimentale actuelle seraient les "petites personnes", les femmes à barbe, les hommes caoutchouc et autres. La performance circassienne est la plus vieille forme d'expression "artistique" du monde, que beaucoup d'entre nous portent encore dans leur mémoire culturelle. Étant donné que l'arbitrage esthétique académique est en train de disparaître, et que d'importantes théories de l'art sont aujourd'hui mortes et enterrées, alors, il ne nous reste plus comme seule boussole pour déterminer la différence entre des œuvres artistiques et non artistiques que ce qui est le plus proche de l'idée ancestrale de l'art, à savoir la performance circassienne, conclut la Veuve.

— Nous revenons donc, métaphoriquement, à l'art forain ? demandai-je.

— Il semble bien que oui. Prenez les festivals littéraires, qui sont ces derniers temps la forme la plus populaire de divertissement littéraire. Dans chaque pays européen, vous avez une dizaine de festivals littéraires internationaux par an. Cet argent pourrait être dépensé plus utilement, tout le monde le sait, mais personne n'en a cure. Aujourd'hui, les festivals littéraires ne se différencient pas beaucoup des foires moyenâgeuses, où le public déambulait de stand en stand, de l'avaleur de feu au jongleur. Aujourd'hui, les écrivains n'embêtent plus le public avec des lectures, ils "interviennent". Le public, dont les critères de réception ont été nourris par la télévision et internet, est de plus en plus illettré littérairement parlant, il demande un divertissement rapide et sans ambiguïté… »

Tout ce que disait la Veuve sonnait convaincant. Nous bûmes notre café et dégustâmes une fameuse *sfogliatella* napolitaine, une pâtisserie à base de pâte feuilletée fourrée à la ricotta en forme de coquillage, puis nous rentrâmes à l'hôtel. J'étais censée repartir tôt le lendemain matin, mais la Veuve suggéra avec passion :

« Pourquoi ne demandez-vous pas aux organisateurs de changer votre vol ? Restez un jour ou deux de plus, *lelkecském*. Je n'ai rien de particulier à faire. Nous pourrions visiter la ville ensemble. Avez-vous déjà été à Naples ? »

Elle avait raison. C'était la première fois de ma vie que j'étais à Naples, et je n'étais pas pressée. Pourtant, j'avais le sentiment que la Veuve avait en réalité voulu me dire autre chose.

7.

Museo di Capodimonte

Les aimables organisateurs réussirent non seulement à changer mon vol, mais également à me transférer de l'hôtel de luxe, qu'ils payaient, à un B&B bon marché, que je payais. Le B&B se trouvait sur la Piazza Bellini. J'étais logée au cœur de Naples, dans le centre historique, et j'avais à ma disposition toute une journée et demie.

Le lendemain matin, après le petit déjeuner, je fis mes adieux aux organisateurs et aux invités de la conférence, et convins avec la Veuve d'un rendez-vous sur la Piazza del Municipio. C'était le départ de trois circuits touristiques en autobus dans Naples : le rouge, route A – Luoghi dell'Arte ; le violet, route B – Le Vedute del Golfo ; et le vert, route C – San Martino. Nous choisîmes le circuit Luoghi dell'Arte, avec la possibilité de sauter ensuite dans un bus qui partait dans la direction opposée, le long du golfe de Naples, par Chiaia.

Nous prîmes des places sur le toit découvert de l'autobus. La journée était étincelante, le ciel bleu, et Naples se déployait sous nos yeux comme un accordéon. La *pittura pompeiana* dégoulinait le long des façades, tantôt délavée et usée, tantôt semée de fissures, tantôt brillante et neuve…

Nous descendîmes du bus devant le musée de Capodimonte. Le musée était situé dans un palais grandiose à la fraîcheur agréable. Nous déambulâmes, regardâmes sans nous presser quelques-unes des perles du musée, le Titien, le Caravage, Brueghel, nous nous arrêtâmes devant la superbe *Antea* de Parmigianino, puis nous nous attardâmes devant, semblait-il, les plus mauvaises pièces du musée : des toiles de Joachim Beuckelaer, un maître flamand du seizième siècle, qui avait appris aux Italiens, notamment à Vincenzo Campi, à peindre la nourriture. Nous restâmes quelque temps envoûtées par ces compositions monstrueusement riches de gens et de nourriture, par ces contrastes entre la soie scintillante des robes des femmes et les morceaux de viande de porc striés de couches de gras sur leurs genoux ; entre le teint de nacre des femmes et les couteaux de cuisine longs comme des sabres entre leurs mains blanches. C'était un grotesque gigantisme d'abondance : poulets, poules, dindons, cailles et perdrix, gibier, moitiés de porc, de bœuf et de mouton, poissons et coquillages divers et variés, fruits et légumes… Les gens au visage sérieux et impassible sombraient dans les victuailles qu'ils exposaient au regard et au pinceau du peintre, et se fondaient avec elles.

Nous achetâmes des jus de fruits au café du musée et nous dirigeâmes vers le parc. L'air était doux et parfumé. J'avais presque oublié la signification de l'expression « air enivrant ». L'air était vraiment enivrant. La Veuve et moi sirotions notre jus en écoutant le gazouillement des oiseaux. Puis la Veuve me fixa de son regard franc…

« Je vous dois des excuses pour notre prestation d'hier, *lelkecském*. Les gens sont venus pour moi, pas pour vous. Et j'en suis infiniment désolée. D'autant plus que l'échec se lisait sur votre visage. Votre menton tremblait, vous avez failli vous mettre à pleurer. Je suis désolée, mais je pressens que ce n'est pas la première fois que ça vous arrive. La vie littéraire n'est excitante qu'à son bureau, entre quatre murs. Tout le reste suscite un sentiment d'échec, humain et professionnel, si tant est qu'on puisse qualifier l'écriture digne de ce nom de profession. Hier, j'étais le "Little Buddha", et les gens sont venus me rendre hommage. Pas à moi personnellement, qui sait à qui ou à quoi. Les amoureux de la littérature aiment eux aussi avoir leurs stars, et je suis, comparée à vous, une *celebrity* littéraire. Ne vous vexez pas, vous l'avez compris vous-même, moins il y a de raisons valables, plus une personne se qualifie pour entrer dans l'orbite des célébrités. Car c'est le public qui commande aux critères, ce n'est pas nous qui les fixons. Et le grand public n'aime pas les critères qu'il ne pourrait pas, d'une certaine manière, lui-même remplir, ou du moins comprendre. Pour les gens qui étaient assis hier dans la salle, j'étais une bobine ambulante, sur laquelle ils enroulaient leurs fantasmes et leurs convictions jamais conscientisées. Suis-je une personne créative ? Non. J'ai consacré toute ma vie aux livres de Lévine, à l'édition, la réédition, aux contrats de traduction, à la correction et au tri de ses archives. De temps à autre, je tombais sur un poème oublié, une nouvelle ou un fragment de journal... Il était le champion pour perdre ses affaires, vous l'ai-je déjà dit, *lelkem* ? Ai-je dit quoi que ce soit d'intelligent, hier ? Non. Et si vous faisiez s'allonger tous ces gens qui nous ont écoutées sur un divan de psychothérapeute, aucun d'entre eux ne reconnaîtrait certaines choses évidentes...

— Quelles choses ? demandai-je, retenant mon souffle.

— Les hommes me respectent. Pourquoi ? Parce que je sais "où est ma place". Je me suis docilement mise à la disposition et au service du talent littéraire d'un homme, j'ai servi un esprit masculin, je suis, donc, la *dream girl* de beaucoup d'hommes, et je suis aussi leur veuve potentielle. J'ai été la secrétaire et l'archiviste de Lévine, son épouse, son éditrice, son agent... Je ne me suis pas remariée, je l'ai servi longtemps après sa mort, et je le servirai jusqu'à ma propre mort. Il m'a, du reste, laissé un capital symbolique, que j'ai fait fructifier par une gestion avisée. Quiconque s'est un tant soit peu intéressé à Lévine sait que nous n'avons vécu en couple que trois ans à peine ; que nous nous sommes mariés quand il était déjà gravement malade, et que ce mariage n'a pas été ni ne pouvait être consommé, pas plus qu'il n'a jamais été conçu pour être consommé. D'ailleurs, Lévine ne me cachait rien de tout cela… »

J'étais muette. Le monologue de la Veuve, sur une intonation basse et légèrement monotone (c'est ainsi que sonne à mon oreille l'anglais parlé par les Hongrois), dans le cadre de ce parc sublime, de cette journée étincelante, de ce ciel bleu et de cet air enivrant, avait quelque chose de surréaliste. Ses mots étaient lourds et roboratifs, et ils avaient un effet hypnotique, comme peu de temps auparavant les toiles de Beuckelaer.

« Notre histoire n'a rien d'exceptionnel, poursuivit la Veuve, je vous assure, si vous grattez un peu le vernis des biographies artistiques, vous en trouverez beaucoup de semblables. Tous les amateurs de Lévine s'entêtent à passer à côté de détails essentiels, et préfèrent croire à une image qui n'a rien à voir avec la réalité. Pour eux, je suis une femme merveilleuse, je me suis sacrifiée pour la littérature, je vis un veuvage éternel à cause de la littérature. Et ils sont tous ravis de voir à quel point je suis vieille, car ils s'entêtent tous à oublier que quand j'ai rencontré Lévine, j'avais presque quarante ans de moins que lui. Plus je suis vieille, donc, plus je suis “conforme” à l’image qu’ils ont de moi. Car si vous acceptez les faits, alors, ils pourraient mener à la conclusion que Lévine était un vieux pervers qui a fait d’une jeune émigrante son infirmière à domicile et sa dactylographe.

Les femmes aussi me respectent, pour la même raison. Je sais où est ma place. Elles peuvent facilement s’identifier avec moi. Avec vous, elles ne le peuvent pas, vous ne savez pas où est votre place, vous avez osé faire entendre votre voix, ce qui est une bonne raison pour vous mépriser ou pour vous envier. Je sais que vous n’êtes pas d’accord avec moi, il en allait peut-être ainsi avant, mais ce n’est plus le cas aujourd’hui. C’est d’ailleurs pour ça que vous avez oublié votre défaite d’hier, vous avez chassé cette humiliation passagère comme une mouche, vous vous êtes tournée vers un nouveau jour, prête à mener vos batailles. La première, et la plus importante, est la bataille contre la médiocrité. Mais ce à quoi vous participez avec tant d’assiduité repose précisément sur la médiocrité. La médiocrité est le principe de base de toute activité artistique. Aucune industrie ne doit son succès exclusivement à l’excellence. Vous êtes une petite ouvrière zélée dans une énorme industrie, et vous vous entêtez à croire que vous allez retourner la situation à votre avantage. Où est donc passé votre détecteur d’échec ? »

Il me semblait que nous avions toutes les deux perdu nos détecteurs, moi, qui écoutais le souffle coupé une personne que je ne connaissais pas, et elle, qui parlait à une personne qu'elle ne connaissait pas. L'espace d'un instant, je me flattai, elle avait peut-être lu un de mes livres, me dis-je, puis j'écartai cette idée. Tout cela n'était qu'un épisode, l'un des rares cadeaux que pouvait apporter la fréquentation des festivals littéraires, il fallait se laisser aller. Pourquoi étais-je alors devenue tout ouïe, et m'étais-je glacée de peur et de malaise ? De peur de quoi ? De qui ? D'une petite vieille esseulée qui parlait un peu trop, même si tout ce qu'elle disait m'était familier ? Il y avait vraiment un problème avec moi, avec ma capacité à écouter les autres. C'était moi, et pas elle, qui avait perdu mon détecteur…

« Je connaissais un écrivain, que j'ai croisé de nouveau après de longues années. Toute sa vie, il s'était inquiété de comment se faciliter la survie, car en s'occupant de soi, il s'occupait en réalité de ses livres, les déjà écrits et les encore non écrits. J'avais entendu dire qu'il s'était marié pour la troisième fois, à une femme beaucoup plus jeune que lui. Cette femme, cependant, l'a "trahi", elle est morte subitement. Il grimaçait devant moi, on aurait dit qu'il pleurait, et il répétait : "Ce n'était pas ce que nous avions convenu, ce n'était pas ce que nous avions convenu…" La seule chose de sincère dans tout ce numéro, c'était sa terreur à l'idée que son œuvre puisse après sa mort se retrouver entre les mauvaises mains, ou à la poubelle, ce qui était quasiment la même chose. Inutile de préciser que la malheureuse était historienne de la littérature, dit la Veuve.

— Les écrivains ressemblent aux fans de moto…

— Pourquoi !?

— Vous n'avez pas remarqué que les motards choisissent toujours des compagnes compatibles, de petites femmes légères et menues qu'ils pourront caser sur le siège arrière », expliquai-je.

La Veuve sourit à mon observation.

« Les femmes elles-mêmes, quand elles prennent de l'assurance, ne sont pas différentes, *lelkem*. Soit dit en passant, la plus grande des veuves était Alma Mahler. Thomas Mann l'appelait "*la Grande Veuve*[1]". Il convient d'ajouter à sa célèbre brochette conjugale, Mahler-Gropius-Werfel, des amants, comme Gustav Klimt ou Alexander von Zemlinsky, qu'elle qualifiait de "petit nain hideux". Elle en avait particulièrement après Franz Werfel, avec qui elle resta mariée le plus longtemps, et qui lui assura une vieillesse financièrement confortable. Connue pour ses sorties antisémites, Alma qualifiait Werfel de "petit Juif gros et moche". Elle fut veuve deux fois, de Mahler et de Werfel, tandis que Gropius réussit à lui survivre de quelques années. Ses enfants moururent tôt – sa fille Maria, qu'elle avait eue avec Mahler, sa fille de dix-huit ans Manon, qu'elle avait

1. En français dans le texte.

eue avec Gropius, et son fils de dix mois, qu'elle avait eu avec Werfel. Elle avait d'autres amants, comme le compositeur Franz Schreker et le biologiste Paul Kammerer, qui menaça de se tuer sur la tombe de Mahler si elle ne répondait pas à son amour.

— Et Kokoschka…

— Et Oskar Kokoschka, bien sûr. Quoi qu'il en soit, elle répandait autour d'elle une foule de cœurs brisés, de vexations qu'elle infligeait aux hommes, et pourtant, ils étaient tous en adoration devant elle, elle survécut à nombre d'entre eux, elle était un superparasite, beaucoup l'entretinrent, beaucoup lui dédièrent leurs œuvres. Sa vie fait aujourd'hui l'objet d'une pièce de théâtre intitulée *Alma*, qui voyage dans le monde comme un cirque biographique. Soyons franches, qui connaît encore le nom de Werfel ? Alors que beaucoup connaissent le nom d'Alma Mahler. Et Alma n'a laissé à la postérité que dix-sept lieder.

— Était-elle une compositrice de talent ?

— Je l'ignore. Son principal talent résidait dans une connaissance profonde de l'économie de l'amour. Elle savait vraiment pourquoi et comment le cours des actions chutait et grimpait à la Bourse de l'amour. Le biologiste d'Alma, Kammerer, celui qui avait menacé de se tuer sur la tombe de Mahler si elle ne répondait pas à son amour, a plutôt bien défini l'essence de cette économie…

— Qui est ?

— Que les hommes se servent des femmes pour atteindre d'autres hommes. Ce n'est pas de très bon goût pour une vieille dame de parler de ces choses-là, mais j'en sais quelque chose, d'expérience. J'ai eu des amants, des prétendants et des amis grâce au fait que j'étais la veuve de Lévine, même si j'aurais été prête à parier que ça serait le contraire. Une jeune femme en couple avec un vieux en pleine déliquescence n'est pas la vision la plus attirante du monde. Pourtant, après sa mort, les hommes se sont bousculés au portillon pour avoir une liaison avec moi, c'est-à-dire avec Lévine. Ce qui ne diminuait en rien la sincérité, la passion, le sérieux ou même le comique de mes relations avec les hommes. Le fait est, cependant, que l'ombre de Lévine prenait du plaisir avec nous, tout comme, je suppose, nous prenions du plaisir à sa présence. »

Sur ce, la Veuve se tut un instant. Elle avait fermé les yeux, on aurait dit qu'elle écoutait attentivement les bruissements du jardin. Je ne savais pas quoi répondre à tout ça, je ne savais même pas si j'étais censée lui répondre. Heureusement que je n'ouvris pas la bouche, car la Veuve, adossée au banc, se mit à somnoler. Sur ses lèvres ridées scintillaient, comme de la rosée sur une toile d'araignée, des gouttelettes de sueur à peine visibles. Elle dormait le dos presque droit, seule sa tête tombait légèrement de travers, comme chez un oiseau. Elle ronflait imperceptiblement. Je me sentis emplie de satisfaction, de la fierté du chien de garde. C'était un sentiment comique, mais touchant. J'étais bien, j'écoutais les oiseaux et je humais l'air sucré alentour.

Son somme ne fut pas long, il faisait manifestement partie de sa routine quotidienne. Elle s'excusa, elle était gênée. Comme si, l'espace d'un instant, elle ne savait plus où elle se trouvait.

« De quoi avez-vous rêvé ? demandai-je.

— Ah, *lelkem*, je n'en ai pas la moindre idée », répondit-elle.

Une célèbre poétesse croate, dans sa jeunesse une vraie beauté avec ses yeux noirs et vifs, son visage large aux pommettes slaves saillantes et ses longs cheveux noirs et bouclés, avait, malheureusement, mal vieilli. Elle était devenue logorrhéique, si bien que les gens l'évitaient, même si, je suppose, ils l'auraient évitée de toute façon. Ses amants l'avaient quittée depuis longtemps, la vie la poussait petit à petit vers la sortie, au sens littéral du terme : son grand appartement l'avait poussée dans un plus petit, celui-ci dans un encore plus petit, ce dernier dans la rue… Un goitre était apparu, qui était avec le temps devenu si gros qu'il avait emporté avec lui le visage et le cou. La célèbre poétesse croate ressemblait à Humpty Dumpty avec une perruque sur la tête. Elle était têtue : tout comme elle refusait d'aller chez le coiffeur, elle avait refusé qu'on l'opère, même s'il ne se serait agi dans son cas, du moins c'est ce qu'on disait, que d'une opération de routine. Elle arborait ce goitre comme un dindon fou, affirmant que c'était dans son goitre, dans ce hideux goitre, que se cachait sa puissance créatrice. Avec le temps, elle apprit à cacher son goitre sous de coquettes écharpes, mais ces chiffons, sous lesquels on discernait un énorme renflement, ne faisaient qu'empirer les choses. Mais tandis que le cours de ses actions à la Bourse littéraire et sociale avait chuté à cause de la laideur et de la vieillesse, car on pardonne ce genre de choses aux hommes, mais pas aux femmes, le cours de ses actions dans un autre cercle, parallèle, grimpait. Un jour précis de la semaine, le matin, les adorateurs de ses pouvoirs magiques, tous des hommes du voisinage – le boucher, le cordonnier, le facteur, le tailleur et le barbier – toquaient à sa porte. Elle, la grande prêtresse, à moitié endormie, ses cheveux maladroitement teints en noir, qui laissaient clairement apparaître les racines, lâchés sur les épaules, encore en chemise de nuit, leur ouvrait la porte, et ils se glissaient silencieusement dans l'appartement, presque sur la pointe des pieds, et s'asseyaient à la petite table de la cuisine. Elle faisait du café dans un silence solennel, en versait à tout le monde dans de petites tasses, puis elle s'asseyait elle aussi, fermait les yeux, et tournait vers les visiteurs son gigantesque goitre, lisse et brillant comme une boule de cristal. (Le facteur affirmait même que le goitre de la grande poétesse émettait le matin une lumière bleutée.) Ensuite, mélangeant les chiffres dans son goitre, comme si elle agitait un boulier de loto, elle sortait de sa bouche des combinaisons. Les hommes, qui avaient déjà préparé leurs papiers et leurs crayons, notaient les chiffres, puis ils couraient au kiosque le plus proche, et achetaient des bulletins de loto. La légende veut que l'une des combinaisons de chiffres remportait toujours une somme conséquente. Les hommes divisaient tous les gains en parts égales, incluant la poétesse dans le partage.

La Veuve s'anima.

« On dirait un conte ! Vous l'avez connue ? demanda-t-elle.

— Très peu.

— C'est intéressant que vous vous soyez souvenue de cette histoire précisément ici.

— Pourquoi ?

— Il existe une bible de tous les joueurs de loto, *La Smorfia*, imprimée pour la première fois vers la fin du dix-huitième siècle. Depuis, il y a eu d'innombrables rééditions. *La Smorfia* est un guide d'interprétation des rêves. Le rêveur, à l'aide du livre, traduit le contenu de ses rêves en chiffres, et remplit son bulletin de loto avec les numéros obtenus. Il faut aller au numéro 17 de la Via del Grande Archivio.

— Pourquoi ?

— Parce que c'est là-bas qu'ils annoncent les résultats tous les samedis.

— Mais avant, il faut acheter un bulletin de loto, non ?

— Avant, il faut rêver de quelque chose.

— Et si ce dont j'ai rêvé ne correspond à aucun numéro ?

— *La Smorfia* recense six mille entrées. Je doute que vos rêves soient si originaux qu'une partie au moins ne puisse être traduite en chiffres !

— Vous ne me connaissez pas. Pour ce qui est des rêves, je suis aussi productive qu'un canon à neige artificielle », rétorquai-je, me demandant d'où j'avais sorti ce canon à neige.

Nous nous dirigeâmes lentement vers l'endroit où nous attendait notre autobus *hop-on, hop-off* rouge. J'ignore pourquoi, mais j'avais de nouveau le sentiment insidieux que la Veuve avait en réalité voulu me dire quelque chose d'autre.

8.

Museo Archeologico

Tandis que l'autobus roulait vers le Musée archéologique, où nous avions l'intention de descendre, je réfléchissais au fait que certains habitants confirment avec ferveur les stéréotypes sur leur ville, comme si les stéréotypes étaient les fondations mêmes des villes, et comme si sans eux, elles s'effondreraient. Je me rappelai le chauffeur du bus qui nous avait emmenés de Pompéi à Amalfi. Outre le napolitain, le chauffeur jonglait également avec l'espagnol et l'anglais et, tout en roulant sur cette route périlleuse, il bavardait sans discontinuer. Il nous dépeignait d'un ton dramatique le paysage à la beauté dramatique, qui se déroulait de toute façon sous nos yeux, énumérait les noms de Napolitains célèbres – Enrico Caruso, Sophia Loren, Totò – tout en imitant le Napolitain typique, tel que construit par les films italiens. C'était un collage composite, à base de Marcello Mastroianni, Giancarlo Giannini, et jusqu'à l'Américain Jack Lemmon, « américainement » foudroyé par la beauté du paysage napolitain dans le film *Macaroni*. Les mots préférés du chauffeur étaient *confusion* (« *connfioujionne* ») et *chaos*. Selon lui, la confusion et le chaos coulaient dans les veines de Naples. Chacun de mes sifflements internes contre cette mauvaise interprétation, chacune de mes velléités de résistance aux stéréotypes, finissait par être apaisé par la Beauté. La Beauté faisait taire mes protestations intérieures, me posant un doigt sur les lèvres. Chuuut, voiiilà, *that's a good girl...*

La Veuve, qui était assise à côté de moi, était prise dans le même piège, elle aussi était contrainte de confirmer son stéréotype, car en y renonçant, elle se serait disqualifiée elle-même. « La veuve de l'écrivain » était un stéréotype, tout comme « la femme du professeur » était un stéréotype, produit par la réalité de la vie sur les campus américains, tout comme « le gigolo napolitain ». Le gigolo, par son verbiage, annule en réalité son potentiel d'attraction sexuelle, mais s'il se taisait, il annulerait le stéréotype, et par là même ce qui le rend attirant.

La beauté. C'était cette beauté incontestable, cette beauté qui ne se bat pas pour son statut, cette beauté qui soumet et coupe le souffle. « *Beauty is truth, truth beauty – that is all ye know on earth, and all ye need to know* », murmura la Veuve. La citation était un lieu commun, mais elle tomba juste, parce qu'il n'y avait rien de plus approprié à dire en cet instant précis. La Veuve et moi laissions flotter nos regards alanguis sur les fresques pompéiennes, sur les gens aux visages magnifiques, sur Paquius Proculus et son épouse, sur le joli visage de la jeune femme qui, depuis deux mille ans déjà, appuie son stylet sur sa lèvre inférieure, sur la faune et la flore, sur les dieux et les simples mortels, sur les scènes mythiques et les charmants paysages…

Nous jetâmes également un œil au Gabinetto Segreto, où nous nous retrouvâmes entourées de placentarius, des petites statuettes de bronze avec de longs pénis. Il y avait là de gros pénis, des pénis circoncis, des pénis paresseux, des pénis grassouillets, des pénis volants, de lourds pénis-lampes à huile, des statuettes d'hommes nus au pénis érigé qui tenaient des plateaux et des plats, des statuettes de satyres, une fresque d'un imposant Priape…

« Du point de vue pompéien, les pénis sont des comédiens, murmurai-je.

— Parce que vous en avez déjà rencontré qui étaient des tragédiens ? » répliqua la Veuve, retenant un rire.

Même si nous aurions aisément pu à cet instant déraper vers la plaisanterie graveleuse, je me dispensai sagement de répondre. L'espace du Cabinet secret était trop exigu et plein de visiteurs, il exigeait de nous de regarder rapidement les pièces et de sortir au plus vite.

« *Bellezza*, dit-elle. Vous êtes encore jeune, *lelkem*, vous n'avez pas encore cette sensation. Certaines personnes âgées deviennent soudain hypersensibles à la beauté. C'est la meilleure et la pire des choses qui puisse vous arriver en vieillissant. D'un côté, vous voyez clairement ce à côté de quoi vous êtes passé dans la vie, et de l'autre, vous n'avez plus le temps de rattraper les occasions manquées. Comme si la vue, en baissant, faisait des mises au point plus nettes, mais exclusivement sur la beauté, la beauté de la nature, du ciel, des visages, des corps, de l'art, de la musique… Le syndrome Gustav von Aschenbach. Lévine l'avait aussi. L'homosexualité n'a rien à voir là-dedans, du moins, je n'ai jamais lu *Mort à Venise* sous cet angle… Pour les hommes et les femmes de mon âge, l'authentique beauté peut être un véritable choc. »

La Veuve avait effectivement l'air d'être sous le choc. Quand je lui tapotai l'épaule pour la réconforter, je sentis qu'elle tremblait légèrement sous ma main.

« Je me sens comme Ingrid Bergman dans le film *Voyage en Italie*… Sur chaque site touristique napolitain, y compris lors de sa visite à ce même musée, Ingrid Bergman pleure. Certes, sa sensibilité exacerbée vient de son sentiment d'avoir perdu l'amour de son mari, et la mienne pourrait bien venir de la sénilité », ajouta-t-elle avec un petit rire.

Elle avait du style. Même si je ne le lui dis pas, j'étais heureuse que nous ayons manifestement toutes les deux regardé *Voyage en Italie* de Roberto Rossellini avant notre voyage à Naples.

Nous nous mîmes en quête des papyrus d'Herculanum. Je pense que nous le faisions plus en guise d'hommage à la force prophétique de la célèbre formule de Boulgakov, comme quoi les manuscrits ne brûlent pas, plutôt que pour jeter un œil à des rouleaux carbonisés. L'histoire de ces papyrus – bouleversante, fascinante et inachevée – stimulait l'imagination, d'autant plus que des centaines de personnes travaillaient depuis presque deux décennies à leur reconstruction. Lors de l'excavation d'une riche villa à Herculanum, au milieu du dix-huitième siècle, on avait retrouvé presque deux mille rouleaux carbonisés. Il avait fallu cent cinquante ans, des centaines d'enthousiastes et de spécialistes, l'arrivée de l'informatique, l'évolution de la technologie, la numérisation et la microtomographie par rayons X pour que ces précieux originaux de philosophes grecs deviennent lisibles.

« On dirait bien que, tout fragile et sensible qu'il soit, le papier est en réalité indestructible. Imaginez-vous, ces petits rouleaux carbonisés gisaient sous des tonnes de cendres volcaniques pendant dix-sept siècles, et aujourd'hui, toutes ces lettres écrites à l'encre, nous pouvons les lire sur un écran. C'est complètement exaltant. Un jour, nous ne serons plus là, mais les papiers perdureront après nous », dit-elle.

9.

Sous les arcades du musée

Avant de quitter les lieux, nous nous assîmes sur un banc en pierre sous les arcades du musée pour nous reposer. Nous errions du regard sur le magnifique atrium devant nous, et les murs des arcades procuraient une ombre rafraîchissante.

« Beaucoup de personnes âgées font tout pour amadouer leur entourage. D'où ces sourires et ces rires déplacés, particulièrement chez les vieilles femmes. Leurs sourires sont des excuses, comme si elles voulaient en souriant endormir la conscience de leur propre délabrement physique. Quand nous sommes jeunes, aucun d'entre nous ne s'inquiète de ce genre de choses. Et ensuite, à un moment, nous commençons à prendre garde à ne pas "importuner". Pourquoi ? Parce que ce sont les autres qui nous maintiennent en vie, tous autant que nous sommes. Nous n'en prenons conscience que quand il est trop tard pour se battre. Si des gens disparaissent petit à petit de notre entourage, cela signifie qu'ils nous ont, dans leur tête, acheté un aller simple, qu'ils nous ont radiés. Les raisons pour cela peuvent être banales, et le plus souvent, elles le sont : ils n'ont pas de temps à nous consacrer, nous prenons trop de place, nous sommes laids, vieux, inutiles, pénibles, du chiendent… Ce pour quoi nous nous écartons, nous nous retirons, nous avons appris à tirer derrière nous jusqu'à notre ombre, nous nous faisons discrets, retenons notre souffle.

— Je ne comprends pas de quoi vous parlez ?! Vous avez bien vu tous les gens qu'il y avait hier, et ils étaient tous venus pour vous.

— Avant, je m'étonnais de l'amertume des personnes âgées, mais aujourd'hui, je comprends. À un moment donné, vous vous retrouvez de l'autre côté du miroir, vous entendez autour de vous du *jabberwocky*, vous ne comprenez pas la langue, vous ne comprenez plus les autres, et les autres ne vous comprennent plus. Vous faites du mimétisme comme ces vieux qui ne veulent pas admettre qu'ils ont perdu l'audition, et qui font juste semblant d'entendre, afin de rester encore un peu dans le monde des gens "normaux". C'est vers ce moment-là que la solitude commence à nous habiter. Mais ce n'est pas votre histoire, vous n'êtes pas encore assez vieille, et du reste, la solitude vous habite de toute façon depuis longtemps, n'est-ce pas ?

— Qu'est-ce qui vous fait dire ça ?!

— Je reconnais la solitude à l'odeur. L'odeur de la solitude a imprégné vos cheveux, votre peau, vos vêtements, vous la laissez dans votre sillage. Non, ne craignez rien, rares sont ceux qui ont des récepteurs pour cette sorte d'odeur. Moi, j'en ai. J'ai passé toute ma vie seule, je sais de quoi je parle.

— Je pense que vous exagérez..., dis-je d'un ton posé, même si je n'appréciais guère ce passage sur un territoire intime auquel je n'avais, de plus, pas donné le feu vert.

— Pourquoi est-ce que vous ne faites pas un petit effort pour éviter les formules toutes faites dans la conversation ? Vous êtes tout de même écrivaine, n'est-ce pas ? dit la Veuve, un léger agacement dans la voix.

— Je vais faire un effort.

— Les femmes ont soif de conversation, reprit-elle. C'est une soif qui dure depuis des siècles. Ce qui n'est pas le cas des hommes. Ils sont constamment en conversation. Avec d'autres hommes, cela va de soi.

— Que voulez-vous dire, au juste ? demandai-je calmement.

— Tenez… Un homme ivre de sa propre voix rentre de la pêche, il porte sur son dos un sac avec le poisson qu'il a pêché, et il chante, content de sa journée. Il aperçoit au milieu de la route un renard mort, le ramasse et le jette dans son sac. Le renard, qui avait seulement fait semblant d'être mort, mange le poisson au passage, puis saute du sac et prend la fuite. L'homme ivre de sa propre voix finit sans poisson, et sans fourrure de renard. Vous êtes ivre de votre propre voix, et vous ne faites pas assez attention aux choses qui vous entourent. Il vous semble que la beauté de la voix est suffisante, que tout le monde va l'entendre, et qu'il vous suffit de chanter. Mais vous-même, quelque part, vous savez que ce n'est pas le cas. D'autre part, vous n'êtes pas une renarde, le renard n'est indéniablement pas votre animal totem.

— Que signifie être un renard ?

— Le renard est l'apologie de la tromperie.

— Comment être quelque chose que je ne suis pas ?

— J'ai le sentiment que vous êtes dans un état de révolte interne constante. On voit sur votre visage que vous vous cognez à tout ; vous ne pouvez pas passer quelque part sans que quelque chose ne vous érafle. Vous êtes en friction constante avec votre environnement. Vous voulez sans cesse que justice soit faite. Mais il n'y a pas de justice, vous l'avez, j'imagine, déjà appris. Actuellement, il vous semble que le jeu n'en valait pas la chandelle, que vous vous enfoncez dans des sables mouvants, que vous avez fait votre temps, que vous êtes hors de ce monde, et que tout ce qui est arrivé était hors de votre contrôle. Vous êtes obsédée par le sentiment que quoi que vous fassiez, vous n'êtes plus visible, qu'on ne vous entend pas, que vous n'existez pas.

— À ce point-là ?! lançai-je ironiquement.

— L'ironie n'est pas votre point fort en ce moment. J'ai passé toute ma vie au milieu de *votre* espèce, je sais poser un diagnostic. J'ai de l'entraînement. Tout comme un aveugle développe son ouïe, j'ai développé une sensibilité à votre espèce. Vous n'êtes pas rusée, vous êtes juste cynique par intermittence. Le monde ne peut pas être changé, il s'effondre en permanence, et il tendra toujours à devenir encore plus stupide que ce qu'il n'est… Soit dit en passant, vous pouvez entendre dans les aéroports un conseil divin fondamental, et gratuit par-dessus le marché : *Mind your step !*

— Pourrions-nous parler d'autre chose ?

— Je vous présente mes excuses. J'ai le sentiment que personne n'a jamais attiré votre attention sur ces choses pourtant si évidentes. En règle générale, les gens ne se soucient pas des autres. Seuls ceux qui nous haïssent se soucient de nous. Et vous êtes encore dans le viseur de quelqu'un. Vous êtes encore visible, et vous marchez sans protection. Vous êtes une cible idéale. Il ne vous est jamais venu à l'esprit qu'il existait des gens avec des effaceurs prêts à vous effacer ; qu'il existait des gens prêts à planter leurs couteaux dans votre chair ; qu'il existait des gens prêts à vous écraser… Pourquoi ? Tout simplement parce que vous êtes un peu plus visible qu'eux, vous êtes plus grande d'un centimètre. Une majorité des gens ne le supportent pas. Vous n'avez pas d'enfants, vous n'êtes pas handicapée, vous n'êtes pas suffisamment laide, et vous n'êtes pas mariée, vous êtes une femme, vous vous êtes exilée dans le vaste monde, vous "chantez", vous ne rendez de comptes à personne – tout cela est un surcroît de liberté qui ne se pardonne pas si facilement. Ni ceux que vous avez quitté ni ceux chez qui vous vous êtes installée ne vous pardonnent. Ce pour quoi vous devriez adopter de petits trucs d'autoprotection. Comment baisser la tête, comment détourner le regard, comment vous faire toute petite en attendant que le danger soit passé.

— Mais de quoi est-ce que vous parlez, au juste ?!

— Je vois à l'expression de votre visage que vous êtes fatiguée. Votre âme est lasse et pesante. Et vous ne pouvez pas vraiment vous attendre à ce que des flacons de médicaments dans un placard de salle de bains vous éblouissent soudain comme des diamants. »

La Veuve me toucha la joue. Elle le fit avec son pouce, étirant une ligne du coin de mes lèvres vers mon menton, comme si elle essuyait une trace de salive, une bavure de rouge à lèvres ou une miette de nourriture égarée. C'était un contact très léger, comme une sorte de vague bénédiction.

« À l'âge que vous avez, vous ne vous êtes pas encore mise d'accord avec vous-même sur quelques questions élémentaires. Préférez-vous, par exemple, rêver une œuvre d'art ou la réaliser ? Voulez-vous prendre part à la littérature en tant que note de bas de page, dont on peut facilement faire l'économie, ou comme œuvre d'art incontournable ?

— Je n'arrive pas à croire…

— Quoi ?

— Que j'avale calmement toutes ces banalités.

— La sincérité sonne toujours comme une banalité.

— Les voyantes aussi sont sincères ! Et manipulatrices ! Comme vous ! » m'écriai-je, même si ce n'était pas ce que j'avais voulu dire. Les mots frappèrent là où ça faisait mal. La Veuve, maîtresse dans l'art de la conversation, savait que ce n'était pas tant le contenu que le ton du message qui importait. Et par mon ton, je l'avais brutalement écartée de mon chemin.

Elle se leva, et tangua légèrement, comme si elle allait tomber. Une ride profonde rampa tel un lézard du coin de sa bouche vers le bas. Je me demandai d'où m'était venu ce soudain accès d'intolérance envers la Veuve. Je ne lui avais peut-être pas pardonné le fait que c'était elle, et non moi, qui avait attiré l'attention du public ; que c'était son histoire qui avait suscité l'intérêt, et non la mienne ? J'avais peut-être été blessée par ce qu'elle avait dit, sans vouloir me l'avouer ? Car tout ce qu'elle avait dit était exact, mais ça aurait aussi été exact si elle avait dit le contraire. Dans ce type de communication, la traduction est cruciale. Et nous traduisons toujours à notre avantage tous les oracles, qu'il s'agisse de discussions avec une voyante ou avec un psychothérapeute. J'ai le temps de m'excuser, j'ai encore le temps de m'excuser, me dis-je en moi-même, et je restai assise, comme pétrifiée.

La Veuve me lança un regard refroidi dans lequel subsistait encore une once de chaleur, puis elle se leva, et s'éloigna lentement. Les rayons du soleil striaient ses cheveux, qui s'enflammèrent dans des tons orangés. Sa silhouette qui s'éloignait lentement sous les arcades du Musée archéologique offrait une scène magnifique et douloureusement photogénique.

À cet instant, je me rappelai un autre visage, bien plus jeune. Comme si cette ride de la Veuve avait attiré comme un aimant cet autre visage, celui qui venait de resurgir sous mes yeux avec une parfaite netteté.

10.

Marlena

Marlena était une Polonaise (en termes d'âge, elle aurait pu être ma fille) qui venait de temps à autre faire le ménage chez moi pour dix euros de l'heure. Qui sait comment et d'où elle s'était retrouvée à Amsterdam, mais du flot de mots prononcés en mauvais anglais et avec un fort accent polonais, j'avais retenu la mention d'une communauté quelque part en Belgique, et du chef de la communauté, qu'elle appelait pieusement « père ». Elle continuait à y aller de temps en temps, pour « aider » au jardin et en cuisine. Je suppose qu'il s'agissait d'une sorte de communauté *new age* pour se désintoxiquer de la drogue, ou quelque chose du genre, où elle avait aussi rencontré un garçon originaire de Negotin…

« … où elle avait rencontré un garçon originaire de Negotin. Le garçon a deux frères, qui vivent à Amsterdam. De braves garçons avec de l'or dans les mains, ils sont arrivés ici avant les Polonais, eux aussi de braves garçons avec de l'or dans les mains.

Marlenka connaît les trois frères, et leur maman, qui vient de temps en temps rendre visite à ses fils et reste un mois. Les fils sont de bons garçons, ils lisent une page ou deux de la Bible avant de dormir, ce qui, dans tous les cas, fait plaisir à leur maman. L'un des frères peint des appartements toute la sainte journée, et le samedi et le dimanche, il danse la salsa, il a même suivi des cours de danse. Entre-temps, il s'est inscrit à une école de massage shiatsu. L'ami de Marlenka répare des vélos. Le troisième frère, qui fumait abondamment du haschisch, est rentré il y a peu chez sa mère à Negotin. L'un dans l'autre, c'est pour cela que Marlenka, au lieu du néerlandais, a appris le serbe. Même si je n'ai pas rencontré son copain, je ne peux m'empêcher de penser qu'il ne lui arrive pas à la cheville. Car Marlenka est grande et mince comme un bouleau, translucide, un teint de lait, les yeux bleu clair, une vraie beauté nordique. Seules ses mains sont grandes, rouges et gonflées, comme si quelqu'un avait commis une grossière erreur en les plantant au bout de ses bras délicats. Marlenka fait le ménage au noir dans un hôtel bon marché. De plus, la propriétaire de l'hôtel est une méchante vieille, elle se comporte avec elles toutes – Marlenka, une Bulgare, une Croate et une Serbe – comme si elles étaient ses esclaves. Marlenka fait parfois aussi des ménages chez des particuliers, et dans son temps libre, elle confectionne de jolies petites pochettes qui se portent autour du cou. Marlenka prend soin de sa famille, de son grand-père, elle aime tout particulièrement son grand-père ; et elle prend soin de sa nouvelle famille ; elle s'intéresse aux histoires de Negotin, même si elle n'y a jamais mis les pieds ; elle prépare aux frères des bouillons de poule revigorants quand ils tombent malades. Marlenka prend aussi soin de sa petite "famille néerlandaise" : de la tortue, du lapin et du chat qui vivent avec elle dans son minuscule appartement à Amsterdam. Le lapin et le chat ont toujours hâte qu'elle rentre à la maison, et ils sont terriblement heureux quand elle les autorise à dormir avec elle.

« Pour autant, Marlenka n'est pas sans avoir des rêves à elle. À l'éclat de ses yeux, on voit que ce n'est pas une fille comme les autres. Quelque chose gigote en Marlenka, même si, pour l'instant, elle ne sait pas encore quelle direction choisir, la gauche ou la droite.

"J'ai décidé d'aller en haut, m'a-t-elle dit un jour.

— Comment ça, en haut, Marlenka ?!"

« Elle avait rencontré, par hasard, des gens d'un théâtre de marionnettes de rue, les acteurs avaient besoin de quelqu'un pour monter sur les échasses, Marlenka s'était souvenue de son grand-père, qui marchait sur des échasses pour l'amuser, et elle avait dit : "Moi, je veux bien !" Et elle était montée sur les échasses, certes, au début, elle tanguait dangereusement, mais à présent, elle était comme un poisson dans l'eau. Marlenka est déguisée en girafe. Elle a la tête dans les nuages, et quelque part en bas se bousculent la méchante propriétaire de l'hôtel, ses garçons de Negotin, son lapin, son chat et sa tortue, sa famille en Pologne, sa mère, son grand-père… Avec l'argent qu'elle gagne en marchant sur les échasses, elle achète à chacun un petit rien : un terrarium pour la tortue, une carotte pour le lapin, une balle pour le chat, une écharpe pour le copain de Negotin, un petit panier en osier pour moi. Et ce n'est pas l'argent qui est important, mais comment Marlenka se sent. Et là-haut, avec la tête dans les nuages, le regard à deux mètres cinquante de la terre, sinon plus, Marlenka se sent comme quelqu'un qui a enfin atteint l'altitude qu'il mérite. Certains Néerlandais pensent que l'intégration de Marlenka dans la société néerlandaise est un succès. La seule chose qu'ils lui reprochent en tant que girafe est un détail : elle n'a pas appris le néerlandais. »

J'avais écrit ce fragment sur Marlena, que j'avais plus tard intégré à un essai sur les nouveaux migrants européens. J'avais publié ce texte il y a longtemps, et l'avais oublié, et Marlena avait arrêté de donner des nouvelles. Je ne pense pas qu'elle ait jamais lu le passage qui porte sur elle, car l'écrit en général ne l'avait jamais intéressée. Et je suis tombée sur son mec de Negotin après que Marlena avait disparu de ma vie. J'étais entrée par hasard dans un magasin de vélos d'occasion : le mec de Negotin était court sur pattes, il tenait des propos embrouillés et évitait le contact visuel direct, un type louche, l'un dans l'autre. J'avais eu raison : il n'arrivait pas à la cheville de Marlena.

Après s'être annoncée par téléphone, Marlena avait à nouveau débarqué dans mon appartement sept ou huit ans plus tard, pâle, ses cheveux en bataille joliment domptés par des barrettes pour enfant, mince comme un bouleau, des lunettes à monture fine sur le nez qui ne faisaient que renforcer l'impression de fragilité qu'elle dégageait. Son anglais m'avait semblé encore plus rapide et incompréhensible, et son accent polonais encore plus prononcé. Oh, oui, elle avait rompu il y a longtemps avec le mec de Negotin, elle avait un nouveau copain, un Polonais, elle ne faisait plus de ménages, pas plus qu'elle ne travaillait dans cet horrible hôtel, ça se voyait à ses mains, la rougeur avait disparu, elle avait à présent, ha ha, des « boulots créatifs ». Depuis qu'elle avait déménagé de chez le mec de Negotin, elle partageait un appartement avec une amie, l'amie avait un enfant, une petite fille de sept ans, et un ex-mari, qui passait de temps en temps, le mari était chamane, oui, pourquoi est-ce que ça m'étonnait, non, lui, il ne venait pas de Negotin, mais il venait de *cette région*, manifestement, elle avait un truc avec les gens de *cette région*, qu'il s'agisse de réparateurs de vélos, de chamanes ou de leurs femmes. Et ça, c'est son nouveau copain, je peux regarder sur le téléphone, on le voit bien, et ça, c'est son grand-père, il a plus de quatre-vingt-dix ans et est encore en pleine forme, et ça, ce sont des photos des petits lampions en papier de riz qu'elle confectionne, et des dessus-de-lit bariolés… Non, les couvre-lits, ce n'est pas elle qui les fait, mais la maman de son nouveau copain en Pologne, peut-être sa future belle-mère, cent euros pièce, s'ils me plaisent, elle peut m'en avoir un, ou deux, ou autant que je veux, et ça, ce sont des photos de chaussures de clown, elle en a fait une paire, et une petite valise, tout ça, elle l'a fabriqué pour le théâtre. Oui, elle travaille encore avec les Girafes, même si elle envisage de quitter le collectif et de fonder son propre théâtre de rue, pour le moment, elle anime des ateliers, elle apprend aux autres comment marcher sur des échasses, il y a des gens intéressés, surtout en Pologne, parce qu'il n'y a pas de travail là-bas, et les jeunes essaient de trouver un moyen de survivre… Certes, pour l'instant, elle n'avait animé que deux ateliers, elle disait à ses étudiants que le truc, ce n'était pas tant le maintien de l'équilibre que les mouvements, il faut avoir du talent pour les échasses, en général, les gens pensent qu'il suffit de marcher, mais ce qui est crucial, c'est *l'expression du corps*, c'étaient ses mots, *l'expression du corps*, c'est ça le secret, savoir *incarner avec son corps*, car le visage, de toute façon, est caché par un masque. Elle s'est, soit dit en passant, fait une raison, elle a accepté qu'elle resterait une girafe tant qu'elle resterait liée à ce théâtre, car ils ne la laisseront jamais être quoi que ce soit d'autre, oui, bien sûr, elle peut être un zèbre, si elle veut, mais où est la différence, ce pour quoi elle a décidé de les quitter au plus vite et d'ouvrir son école en Pologne, non, pas ici, elle n'a pas envie, son nouveau copain donne des cours d'anglais, c'est de ça qu'il vit, les gens à qui il donne des cours n'en ont rien à faire de son diplôme, vraiment, ce sont des personnes âgées, isolées, qui ont peur d'aller à de vrais cours, mais aimeraient bien apprendre un peu d'anglais. C'est une nouvelle époque, l'époque d'Internet, on trouve des acheteurs pour tout, d'ailleurs, moi aussi, je pourrais y réfléchir, l'âge ne joue aucun rôle…

Et j'ignore pourquoi – peut-être à cause de l'écran de fumée verbal de Marlena, par lequel elle dissimulait la véritable situation – j'avais été envahie non de compassion, mais de rage. La rage était une autre forme de compassion. C'était peut-être son école pour apprendre à marcher sur des échasses qui m'avait tapé sur les nerfs, peut-être aussi le fait qu'elle employait souvent le mot *carrière*, alors qu'elle avait à peine fini le collège, et peut-être aussi son conseil comme quoi *d'ailleurs, moi aussi, je pourrais y réfléchir* (au fait qu'on trouve des acheteurs pour tout), *l'âge ne joue aucun rôle…* Quoi qu'il en soit, j'avais dit quelque chose, j'avais tiré sur les échasses invisibles de Marlena à coups de mots, je ne me souviens même plus de ce que j'avais dit, mais Marlena avait compris le ton, mon ton l'avait fait vaciller comme un verre en cristal, elle semblait sur le point de se briser, elle n'avait, cependant, laissé échapper ni un cri ni une larme, elle avait juste soufflé entre ses dents quelque chose du genre *j'essaie de faire ce que je sais du mieux que je peux*, puis elle s'était levée et était partie. Bien entendu, nous nous étions promis de nous voir plus souvent à compter de ce moment-là, mais je savais qu'elle ne viendrait plus, qu'elle ne m'appellerait plus, qu'elle ne me pardonnerait jamais d'avoir ainsi fait brutalement voler en éclats l'image d'elle-même qu'elle avait eu tant de mal à se construire.

Après le départ de Marlena, je m'étais assise devant l'ordinateur et avais cherché sur Internet son théâtre de rue, qui était basé à Amsterdam, et sur leur site, j'avais enfin regardé une vidéo promotionnelle avec les Girafes. Elles étaient nombreuses, toute une famille, des grandes girafes et des petites girafes. Le troupeau de girafes déambulait dans un parc d'Amsterdam, suivi par les spectateurs enchantés. Les gens caressaient les girafes sur le museau, comme si c'étaient des vraies, comme s'ils ne savaient pas, ou réussissaient à faire comme s'ils ne savaient pas, que c'étaient de grandes marionnettes actionnées par des échassiers. Et Marlena avait raison, avec sa tentative laborieuse d'expliquer *l'expression du corps*, et vraiment, ce n'était pas l'authenticité qui comptait, mais l'art de produire une illusion. Les girafes courbaient gracieusement leur cou et tendaient leur jolie tête aux grands yeux ourlés de longs cils, elles dansaient entre elles en une sorte de ballet un peu pataud, mais cette maladresse était adorable, elles se câlinaient leurs longs cous, les petites girafes se bousculaient entre les pattes des grandes… Parmi elles, il y avait Marlena, mais je n'avais aucun moyen de savoir dans quelle girafe battait le cœur de Marlena.

Marlena ne m'avait rien demandé, j'aurais pu aisément prononcer quelques phrases toutes faites, qu'elle avait un beau métier, qu'elle avait réussi à s'en sortir alors que beaucoup avaient sombré, qu'elle était créative en ces temps de crise, où beaucoup de gens peinaient à trouver un travail, qu'elle pratiquait un art noble et immémorial… Je n'avais rien dit de tout ça, c'est le genre de choses aimables que ne peut dire que quelqu'un qui va vraiment mieux, ou qui du moins se sent dans une meilleure position que son interlocuteur, et moi, j'avais brusquement pris conscience du fait que j'étais moi-même une « échassière », juste moins adroite, et beaucoup plus vieille que Marlena, moi aussi, *j'essayais de faire ce que je savais du mieux que je pouvais*. Bien entendu, sous cette triste vérité s'en cachait une autre, encore plus triste : si Marlena avait débarqué chez moi, ce n'était pas parce qu'elle avait eu envie de me revoir après sept ans, mais pour vérifier si j'avais besoin d'une femme de ménage, comme avant, et si elle pouvait arrondir ses fins de mois chez moi ; et ma soudaine fureur contre Marlena avait été provoquée par le fait que j'avais, et comment, besoin d'une femme de ménage, mais que je n'étais plus en mesure de la payer.

11.

Piazza Bellini

Au matin, je pris un taxi pour Santa Lucia. Je m'étais dit que j'allais tomber sur la Veuve au petit déjeuner et lui présenter mes excuses.

« Madame est partie ce matin, dit le réceptionniste.

— Comment ça, ce matin, il n'est que huit heures et demie !?

— Elle avait un vol très tôt.

— Est-ce qu'elle a laissé un message ? »

Le réceptionniste me tendit une enveloppe de l'hôtel. « Oui, c'est pour vous », dit-il.

Le secret de tout, c'est de marcher droit. C'est la seule chose que j'ai apprise dans la vie. Donc, redressez-vous ! Et n'oubliez pas : Mind your step !

Je tenais dans la main la missive de la Veuve comme un bulletin de loto. C'était, comme toutes les grandes citations, un message trivial de *fortune cookie*. Le geste aimable de la Veuve, que je n'avais mérité en rien, me toucha. En réalité, ce qui me toucha le plus, c'était sa perspicacité (comment avait-elle su que je viendrais la chercher à son hôtel le matin ?!), et aussi cette sorte de naïveté juvénile qui émanait de la lettre. Et moi, qu'en était-il de moi ?! Ne m'étais-je pas précipitée ici pas tant pour présenter mes excuses que pour entendre encore quelques mots sur moi, et sur le secret du succès du paquet magique que les gens appellent « œuvre d'art » ? Y avait-il quoi que ce soit de plus naïf et puéril que mes attentes, que la Veuve, à dire vrai, n'avait pas déçues ? Le truc, c'était peut-être vraiment de redresser le dos ?

Je sortis dans la rue. Je rejetai les épaules en arrière, ressentant une légère douleur en m'étirant les omoplates. Devant moi, la mer ondoyante et le Castel dell'Ovo. Je me rendis en taxi du côté opposé, sur une hauteur, au Castel Sant'Elmo, d'où l'on avait une vue magnifique sur Naples. Dans la brume de chaleur, la ville frémissait à mes pieds comme une grosse pâtisserie napolitaine, un baba consciencieusement inondé de rhum ; comme un délicieux symbole de la vitalité du genre humain qui survit à tout, et de la beauté qui réconcilie tout : les riches et les pauvres, les beaux et les laids, les jeunes et les vieux, les nouveaux arrivants et les habitués.

Je descendis dans le centre historique et errai dans ses étroites ruelles. Je m'achetai des babioles porte-bonheur, quelques porte-clés avec un *corno portafortuna*, Totò, un Polichinelle. Je me laissai également convaincre d'acquérir un petit pot de bon basilic local, ce qui était complètement stupide, car j'étais certaine que une fois que je me serai coltiné le pot jusqu'à l'aéroport, les douaniers ne me laisseraient pas passer avec une plante. Je m'assis dans un café sur la Piazza Bellini, en attendant de récupérer mon sac de voyage que j'avais laissé au B&B, et de prendre le taxi que les organisateurs de la conférence avaient promis de m'envoyer. Devant moi béait une célèbre excavation, la principale attraction de la Piazza Bellini. L'excavation révélait des vestiges de murailles grecques, la couche historiquement la plus ancienne des multiples couches de Naples.

Si on me forçait à envoyer par cet impressionnant trou béant devant moi un message aux temps et aux générations passés, qu'est-ce qui me viendrait d'abord ? *Hakuna matata* ? Que faire de la présence sous notre nez – tandis que nous buvons un cappuccino en attendant le taxi – d'un trou béant, un trou dans lequel, comme dans une marmite d'eau frémissante qui attend ses spaghettis, bouillonne le temps ? Autour du trou, un présent paisible baigné de soleil et coiffé de la coupole bleue du ciel. Quelques pas plus loin, sur la Piazza del Gesù Nuovo, des ouvriers qui ont perdu leur travail manifestent. Quelques kilomètres plus loin, les rives de Lampedusa sont inondées de centaines d'immigrants venus d'Afrique, dont beaucoup arrivent à l'état de cadavres, suffoqués dans les cales des bateaux qui les transportaient vers une vie meilleure.

Si je tends mieux l'oreille, j'entendrai le bruit de la fureur, les gens qui courent dans tous les sens en quête de nourriture, comme des rats. Et ce n'est qu'une question de jours avant qu'ils ne finissent par s'entre-dévorer, comme des rats. Les choses sont plus fragiles qu'elles n'en ont l'air, les Napolitains le savent bien, ils ont appris à vivre avec, avec leur « névrose volcanique », avec leur « chaos », car, de fait, quelqu'un pourrait bien l'instant d'après marcher sur l'œuf de Virgile, et : catastrophe ; le Vésuve furieux pourrait bien dès demain vomir de la lave sur la ville, et : catastrophe ; un *jettatore* capricieux peut la seconde suivante nous lancer le mauvais œil, et : catastrophe.

Si j'affine un peu ma mise au point, les images napolitaines se mettront à me harceler comme de grosses guêpes : des images de réfugiés d'Afrique du Nord qui végètent devant leurs centres d'accueil, sans savoir quoi faire ni où aller ; des images surprises par la vitre du bus, où des personnes noires poussent au bord de la route comme des apparitions ; des images d'immigrants qui se dressent dans le paysage bucolique comme des suricates ; des images d'immigrants qui poussent des tas d'ordures, d'appartements délabrés aux balcons pleins de fleurs, de toutes sortes de trous dans une terre dont les couches confirment l'histoire multiséculaire de cette ville ; des images de gens qui poussent comme des croix de cimetière, cachant la vue sur le Vésuve ; l'image d'une petite fille accoudée à une fenêtre, et absorbée dans la contemplation d'une armée de minuscules cactus poussiéreux sur le rebord ; l'image d'un étal de fruits qui, baignés des rayons ardents du soleil, brillent comme des lampions ; l'image d'une petite fille qui, de ses doigts menus, déroule habilement une *sfogliatella* comme une pelote de laine... Naples frétille sous mes yeux comme les poissons alertes dans les grandes bassines rondes et plates des vendeurs de rue de la Via dei Tribunali. L'orgie d'images, d'odeurs (des odeurs de pourriture, de cuisine de rue, de bois, de melon, de mer, des parfums douceâtres, âcres, enivrants) et de sons me coupe le souffle, me fait tourner la tête et m'empêche de mouiller dans le port sûr de ma propre vision. Elle, ma vision, ne cesse de m'échapper, l'image est tantôt limpide, tantôt trouble, tantôt double ; ma vision clignote entre comédie et tragédie, et c'est comme si rien ne défilait sans son double ; nulle créature humaine qui ne porte son mort sur le dos ; nul bonheur sans son malheur ; nul amour qui ne porte un sac de haine.

La seule indubitable constante, c'est la perte. Chaque homme, d'une manière ou d'une autre, est toujours perdant ; nous glissons tous vers le bas ; ne compte que l'art du ralentissement, un art dont fait montre ne serait-ce que cet oranger qui pousse sur le trottoir de la Via San Sebastiano voisine, et qui vise de ses fruits les toits de voitures et les motocyclistes bruyants.

Le film *Pasqualino Settebellezze*, de Lina Wertmüller, l'histoire chaplinesque d'un petit héros napolitain, s'achève sur le retour de Pasqualino à Naples après son séjour dans un camp de concentration allemand. *Pasqua, tu es vivant !* lui lance sa mère d'un ton qui exprime la conviction que la survie est le seul choix que nous ayons. Son ton est aussi une excuse, car elle et ses nombreuses filles ont survécu grâce à la prostitution, alors que Pasqualino a perdu la moitié de sa vie en défendant l'honneur de sa mère et de ses joyeuses sœurs. *Oui, je suis vivant*, répond sombrement Pasqualino, qui s'est lui-même prostitué pour rester en vie. Pour Pasqualino aussi, tandis qu'il retire ses hardes de prisonnier, chante la chanson napolitaine « Maria, Mari », debout sur un tapis rond avec un svastika en son centre, dans le bureau de la commandante du camp, une femme qu'il s'efforcera à grand-peine de satisfaire sexuellement, et qui l'humiliera brutalement en lui donnant, affamé qu'il est, de la nourriture comme à un chien

(*Mangia, Napoli*) – pour Pasqualino aussi, la survie est un alibi et une excuse.

La ville est un texte. Chaque texte survit en reproduisant les stéréotypes et en les cassant, en ressassant les trivialités et en les évitant. En rédigeant une brève note de bas de page à cette ville, je ne fais que rebattre des mots déjà prononcés à d'innombrables reprises. Ce n'est, bien entendu, pas moi qui suis importante, c'est la note de bas de page. La note de bas de page est une forme de survie.

J'ai quitté Naples comme une couleur – qui se fondait, par le hublot de l'avion, dans le bleu du golfe de Naples (*Nel blu dipinto di blu…*) – et comme une odeur. Les douaniers m'ont, étonnamment, laissée passer avec mon pot de basilic, que j'ai gardé sur mes genoux pendant tout le vol. Au moindre infime mouvement, le basilic en folie répandait un parfum entêtant.

Épilogues

Premier épilogue

La séquence finale du film de Pasolini *Le Décaméron*, qui se déroule en grande partie à Naples, si bien que les acteurs amateurs parlent un authentique dialecte napolitain, montre Giotto (ou plutôt le disciple de Giotto) en train de finir une fresque de la basilique Santa Chiara. La fresque représente la Madone qui tient Jésus dans ses bras. Tout le monde est satisfait du résultat, les cloches de l'église sonnent triomphalement, les ouvriers trinquent à l'achèvement de la fresque, mais Giotto (ou le disciple de Giotto), joué par Pasolini en personne, dit : *Perché realizzare un'opera quando è così bello sognarla soltanto ?* Pourquoi créer une œuvre d'art quand il est si beau de la rêver ? Les rêves d'œuvres d'art, au lieu des œuvres elles-mêmes, tout comme l'absence de prétention d'auteur sur les rêves, sont-ils plus proches d'une conception féminine ou d'une conception masculine de la création ?

Deuxième épilogue

Dans son texte « L'Art du cirque »[1], Victor Chklovski écrit :

« Chaque art a son mécanisme – ce qui transforme sa matière en quelque chose d'artistique, de durable. Ce mécanisme s'exprime par divers procédés de composition, par le rythme, la phonétique, la syntaxe, le sujet de l'œuvre. Le procédé est ce qui change une matière hors esthétique en œuvre d'art.

« La situation du cirque est paradoxale [...]. Ni l'homme-serpent, ni l'hercule qui lève des poids, ni le cycliste qui fait la roue de la mort, ni le dompteur qui pose sa tête poudrée entre les mâchoires du lion, ni le sourire du dompteur, ni la physionomie du lion lui-même – rien de tout cela n'est de l'art. Pourtant, nous percevons le cirque comme de l'art, comme du théâtre héroïque [...].

1. Victor Chklovski, « Iskousstvo tsirka », in *Gambourgski stchiot : stati, vospominania, esse (1914-1933),* Moscou, 1990 (*Le Score de Hambourg : articles, mémoires, essais [1914-1933]*), non traduit en français. (*N.d.T.*)

« Le cirque n'existe pas sans la difficulté, c'est pourquoi le travail de l'acrobate sous la coupole du chapiteau est au cirque artistiquement plus estimé que celui des acrobates dans le parterre, même si leurs mouvements sont rigoureusement identiques [...].

« La pénibilité – voilà le procédé du cirque. Au théâtre, nous nous attendons à ce que les accessoires, comme les chaînes et les épées, soient en carton, alors qu'au cirque, le spectateur s'indignerait avec raison s'il devait s'avérer que les poids que soulève l'hercule ne sont pas aussi lourds qu'annoncé sur les affiches. Outre la simple pénibilité, le théâtre emploie d'autres procédés, ce pour quoi il peut aussi exister sans la pénibilité.

« Le cirque repose sur la pénibilité.

Dans ses principes de base, la pénibilité au cirque est proche de la pénibilité dans la composition.

« Les procédés circassiens du "difficile" et du "terrible" sont comparables à la pénibilité de l'intrigue, quand le héros, par exemple, se débat entre l'amour et le devoir. L'acrobate dompte l'espace par le saut, le dompteur les bêtes sauvages par le regard, l'hercule dompte le poids par l'effort, tout comme Oreste dompte son amour pour sa mère au nom de la vengeance de son père. Et c'est là que réside le lien entre le théâtre héroïque et le cirque. »

Troisième épilogue

Un an seulement après notre rencontre à Naples, je tombai dans le journal sur la brève nouvelle de la mort de la Veuve, fauchée par un infarctus. Quelques-unes de ses photos de jeunesse en noir et blanc, toujours avec Lévine, refirent surface sur Internet. Sur ces photographies, Lévine avait l'air d'un spectre, c'était la Veuve qui, de sa beauté singulière, attirait toute l'attention. Sur un cliché, la Veuve est vêtue d'une robe blanche sans manches, avec un décolleté profond qui révèle ses belles clavicules et ses épaules larges, un châle en soie à pois sur la tête et de grandes lunettes noires. Toutes les photographies font ressortir le visage marquant de la Veuve, rayonnant d'intelligence, de mystère et de sensualité brute. Je consultai plusieurs journaux, et voyez-vous ça, le lieu de sa mort n'était pas partout le même ! Les journaux parisiens écrivaient qu'elle était morte à Paris, le *Times* new-yorkais qu'elle était morte à l'hôtel St. Regis lors d'un bref séjour à New York, tandis que le *Corriere della Sera* annonçait qu'elle était morte au Grand Hotel Vesuvio, à Naples. S'agissait-il d'erreurs des journalistes, trop anodines pour que quiconque les corrige ou y accorde la moindre attention, ou d'autre chose, bien entendu, je ne pouvais pas le savoir. Les journaux citaient quelques vers ambigus de Lévine, que l'on pouvait interpréter comme des poèmes d'amour, et qui pouvaient avoir été adressés à la Veuve, même si rien ne l'indiquait avec certitude. Une autre nouvelle captait toute l'attention : l'interview d'un célèbre éditeur new-yorkais qui annonçait la sortie prochaine des journaux inédits de Lévine. Les journaux seraient publiés sous le titre *L'Autre rive*, précisait l'éditeur, annonçant des traductions dans plusieurs langues.

Quelle renarde, me dis-je, même dans la mort, elle a réussi à brouiller les pistes. Je réfléchis au fait que l'histoire littéraire pouvait parfois prendre une direction inattendue, et que si cela se produisait ici, la Veuve – la belle assistante mutique qui se tient contre la cible que le grand maître circassien vise de ses infaillibles couteaux – pourrait à l'avenir être primée pour sa patience et son héroïsme silencieux. L'Histoire, à plus forte raison l'histoire littéraire, relève de la catégorie de la production d'illusions, comme la littérature elle-même, et il y aurait là, du reste, une certaine justice. C'était la Veuve qui avait fait Lévine, et non l'inverse, il était son petit capital, initialement négligeable, qu'elle avait fait fructifier au fil des ans grâce à des investissements avisés. Elle avait été la courtière de l'héritage littéraire de

Lévine, une femme d'affaires sage et intelligente, comme tous ceux qui arrivent à tirer de l'art un petit profit, réel ou symbolique, ou les deux, peu importe.

Bien entendu, j'ai tout de suite cru que c'était la version napolitaine (*Vedi Napoli e poi muori*) qui était la vraie. J'étais convaincue qu'elle était morte à l'hôtel Vesuvio, où descendaient les stars, avec vue sur la mer et le Castel dell'Ovo. Elle avait un don pour le management symbolique. À cette lumière, il était plus facile, comme dans un jeu de tarot, d'interpréter son choix. Elle s'était attribué le rôle de la sirène Parthénope, l'oiseau à tête de femme, la femme au corps d'oiseau, célébrité mythique de second ordre, qui s'était donné la mort en se jetant dans la mer, car son chant sublime n'avait pas réussi à séduire Ulysse. Les vagues avaient rejeté son corps sur les rives de Naples. Naples est née sur les ossements de Parthénope. Parthénope est la protectrice de Naples, et les Napolitains s'appellent parfois eux-mêmes Parthénopéens. Soit dit en passant, selon certaines versions, la mère de Parthénope était Melpomène, la muse de la tragédie.

Il existe une autre légende, plus commune, plus proche de l'imaginaire touristique, sur Vesuvio, un centaure qui se serait épris de Parthénope, ce qui aurait mis Zeus dans une fureur telle qu'il aurait changé Vesuvio en volcan, le condamnant à se languir éternellement de Parthénope. Et elle, Zeus l'aurait changé en ville, en perle, en Naples.

Il existe une troisième légende, chrétienne cette fois-ci. À l'époque de la chasse aux sorcières, ce massacre massif de femmes en Europe, la propagande chrétienne produisit également (pour rétablir un équilibre !) un genre populaire idoine grâce auquel certaines figures féminines mythiques étaient soumises à une béatification chrétienne, ou « madonisation », autrement dit à un *make-over* chrétien. Cette standardisation chrétienne des héroïnes féminines fut appuyée par une stratégie de création de doubles, qui venaient annuler la force des originaux. L'appropriation historique commença à la Renaissance, et la production de célébrités féminines cléricalement *convenables* eut lieu à l'époque du baroque. Ainsi, au quatorzième siècle, on racontait que Parthénope était la fille d'un roi sicilien qui se serait vouée à Dieu. Il semble que dans cette compétition pluriséculaire pour le poste de Madone – du moins pour ce qui est de Naples –, la victoire ait été remportée par sainte Patricia. Refusant de se marier et décidant de consacrer sa vie à Dieu, Patricia fuit sa Constantinople natale, reçoit du pape de l'époque son voile virginal, et vit en sécurité sous l'aile de la Rome catholique. À la mort de son père, elle offre son héritage aux nécessiteux, et part en bateau pour Jérusalem. Le bateau subit en route un naufrage, et les vagues rejettent son corps sur les rives du golfe de Naples, sur le petit îlot de Mégaride, le Castel dell'Ovo actuel. Au dix-septième siècle, à l'époque de la catholisation et baroquisation massive de Naples, sainte Patricia devient la patronne de la ville et, histoire de rendre les choses encore plus brutales, on déménage son corps là où est censée être enterrée Parthénope, dans un monastère sur la colline de Caponapoli. C'est ainsi que, sous-locataire du temple de Parthénope, Patricia est proclamée sainte patronne de Naples. Les deux femmes – toutes les deux vierges, toutes les deux étrangères, toutes les deux des migrantes « venues d'Orient » – sont abandonnées à leur lutte éternelle pour le prestige.

Mais la rivalité entre Parthénope et Patricia (à qui viendrait s'ajouter, selon certains chercheurs, sainte Lucie) n'est pas équitable. Sainte Patricia est un produit de la puissante industrie catholique, une figure moderne, une figure de notre temps, un typique fripon catholique au féminin, une « divertisseuse ». À Patricia sont associées des légendes sur ses pouvoirs de guérison ; une légende qui raconte, par exemple, qu'un pèlerin aurait arraché une dent de son crâne pour son reliquaire personnel, et que le sang aurait soudain jailli. Le sang, recueilli dans deux petits flacons en verre, et séché avec le temps, se change en liquide tous les 25 août. Le miracle de la liquéfaction de sainte Patricia vient chaque année renforcer son statut de sainte, tandis que la modeste Parthénope sombre dans l'oubli. Et tandis que Patricia est le symbole d'un (vulgaire) succès artistique, derrière lequel se tient la puissante et ramifiée industrie catholique, Parthénope est la victime d'une fraude historique, elle est la femme-perdante. Parthénope n'a pas réussi à séduire Ulysse de son chant sublime, tout simplement parce que Ulysse s'était fait attacher au mât, et avait fait boucher les oreilles de son équipage avec de la cire. La naïve Parthénope, qui n'avait pas eu vent de l'astuce avec la cire, vécut la stoïque indifférence d'Ulysse comme un dur coup porté à sa confiance en elle en tant qu'artiste, et préféra se précipiter dans les flots plutôt que de continuer à produire un chant qui n'envoûtait plus personne. Parthénope est le symbole de la lutte pour l'exigence artistique, pour des critères artistiques élevés, une combattante avant l'heure contre l'épouvantable tohu-bohu de la modernité, mais elle est aussi le symbole d'une incroyable naïveté : la plupart des gens, en effet, naissent avec de la cire dans les oreilles !

Parthénope (comme, du reste, chaque femme douée qui a refusé de se plier au rituel chrétien de transformation en « sainte ») traîne de vilains ragots sur sa place de deuxième et de perdante sur le plan artistique. Selon l'un de ces ragots, les sirènes, dont Parthénope, auraient provoqué les Muses à un concours de musique, et auraient perdu. Les Muses leur auraient en guise de punition arraché les plumes, les rendant incapables de voler. Les Muses se seraient tressé des lauriers avec les plumes des malheureuses, et les sirènes se seraient jetées dans la mer. Ce ragot vient étayer, en ce qui concerne l'histoire de la créativité féminine, la thèse de l'éternelle rivalité féminine, qui aurait ses origines dans l'énergie biologique, procréatrice.

Quoi qu'il en soit, la Veuve avait choisi Parthénope comme double symbolique. La Veuve avait commis dans sa prime jeunesse un suicide symbolique, comme si elle avait su que son chant n'envoûterait pas Lévine (lui aussi connaissait l'astuce avec la cire), et qu'elle avait retenu sa voix et s'était tue. C'est ainsi que, pour le compte d'une envie fugace et irréfléchie de n'être personne (autoélagage de la confiance en soi), elle avait transformé la vie terrestre décrépie de Lévine en vie éternelle. Elle avait élevé à Lévine un monument dans lequel elle s'était murée elle-même, tout comme les célèbres bâtisseurs incorporaient à leurs bâtiments leur propre ombre mutique.

Soudain, de but en blanc, une phrase de la Veuve résonna dans ma tête tel un grelot fébrile : *De temps à autre, je tombais sur un poème oublié, une nouvelle ou un fragment de journal… Il était le champion pour perdre ses affaires, vous l'ai-je déjà dit,* lelkem *?…* Mes joues s'inondèrent de larmes. Je regardais ses photographies sur mon écran d'ordinateur. Ses yeux en amande couleur de miel me fixaient avec une attention soutenue, comme si j'étais une proie potentielle. Puis, peut-être à cause des larmes, il me sembla que ses yeux se bridaient encore plus, comme si elle retenait un rire. Ou des pleurs. Et j'éteignis mon ordinateur.

TROISIÈME PARTIE

Le jardin du diable

« Hey, where do you think you're going ? »
« I'm going home ! »

Chute libre (film)

1.

Le rat musqué, *Ondatra zibethicus*, est une espèce qui vit dans les zones marécageuses. Il est plus petit qu'un castor, et plus gros qu'un rat ordinaire : queue comprise, il peut atteindre soixante-dix centimètres de long, pour un poids de deux kilos. Il doit son nom à l'odeur par laquelle il marque son territoire. Il se multiplie avec une particulière rapidité ; les femelles peuvent avoir jusqu'à quatre portées par an, chacune de six à huit petits. Les Amérindiens respectent le rat musqué : dans leurs mythes sur la naissance du monde, le rat musqué rapporte de la vase des fonds de la mer primordiale. C'est de cette vase que naît la Terre.

Le rat musqué est arrivé en Europe au début du vingtième siècle, avec l'ouverture du premier élevage en Bohême. La fourrure de rat musqué était en effet dans les années vingt le dernier cri de la mode. Le rat, cependant, échappa à tout contrôle et s'enfuit dans la nature, d'où il colonisa l'Europe, particulièrement ses zones humides. Les Pays-Bas, avec leur sol marécageux, étaient une destination toute désignée. Pour les Néerlandais, le *muskusrat* est un danger constant, car il s'installe dans les polders, menaçant le système complexe de protection contre les inondations. Aux Pays-Bas, dératiseur est un métier estimé et bien payé. Les Belges ont même réussi à élaborer un plat savoureux à base de rat musqué, que l'on peut trouver (certes rarement) au restaurant : après avoir mariné dans du sel et de l'oignon, le rat musqué est mijoté dans de la bière. Tandis qu'en Nouvelle-Zélande, le rat musqué est une espèce strictement prohibée, au Canada, des toques faites de sa fourrure ornent l'uniforme hivernal traditionnel de la police montée royale.

Ces détails sur le rat musqué sont en réalité une introduction inutilement longue à une très brève anecdote que m'a racontée l'une de mes connaissances hollandaises, une écrivaine. En travaillant à son roman, elle avait eu besoin d'une description précise du rat musqué. Ma connaissance s'était procuré un cadavre de rat musqué, l'avait dépecé et, se rappelant les dissections de ses cours de biologie à l'école, avait dépiauté son corps au scalpel. Puis elle avait soigneusement étudié ses entrailles, avant de le faire cuire au four et de le manger. Elle avait réservé les os et les osselets de l'animal, avait rangé ces restes dans une boîte en aluminium, et avait enterré la boîte dans son jardin.

Ma connaissance est une femme de cinquante ans posée et lucide, satisfaite de sa vie. Chaque fois que nous nous voyons pour un café, je me rappelle cette histoire, et je ressens du respect pour elle. Parce qu'en face de moi est assise une femme qui s'est confrontée à *son* rat, qui a disséqué son problème, l'a mangé, digéré, et a enterré ses restes non comestibles. Et chaque fois, je me pose la question : quand vais-je me confronter au mien ?

Il me semble que la raison de mes atermoiements ne réside pas tant dans la lâcheté que dans un sentiment de vanité de l'entreprise, ainsi que dans un sentiment d'« illégalité » de la voix littéraire et de la forme littéraire. La voix féminine, certes, n'est pas illégale, mais les femmes, semble-t-il, n'ont pas encore conquis ni ne se sont approprié toutes les formes d'expression littéraire. Si cette appropriation n'a pas pu avoir lieu, c'est à cause d'une « dyslexie » bien spécifique dont font preuve les lecteurs comme les lectrices de textes littéraires. En gros, la plupart des « petites filles » écrivent encore des romans d'amour, et les *manuscrits du sous-sol* sont encore réservés aux « petits garçons » ; la confession du révolté est un récit littéraire masculin, parce que le révolté est toujours un homme, il est notre héros tragique. L'histoire d'une héroïne tragique est lue, à cause de la « dyslexie » susmentionnée, comme l'histoire d'une « folle ». Ces « folles », nous en croisons dans la rue, ces femmes qui ont l'air de se disputer avec un interlocuteur invisible. La rencontre avec elles a tendance à susciter la gêne plutôt que la compassion ; en général, les passants s'écartent, baissent les yeux, même si les « folles » ne regardent personne. Elles ont appris, de fait, à ne compter sur personne. Elles mènent leurs combats seules.

2.

Les choses, je suppose, mûrissaient depuis longtemps, même si je ne peux dire quand cette pensée s'est pour la première fois frayé un chemin dans mon cerveau, ni combien de temps il a fallu à cette molle impulsion pour se durcir en décision. Mon acharnement à aller de l'avant, où que soit cet avant, m'avait peut-être fatiguée, si bien que je m'étais tout simplement, avec une tiède résistance, laissée glisser vers l'arrière, sans la moindre volonté de me relever et de repartir de zéro. Les villes que je traversais depuis des années, au lieu de l'accélérer comme récemment encore, avaient peut-être ralenti mon pas, et commencé à susciter en moi une vague anxiété que rien ne venait justifier. Le caractère

« reflétant » des espaces urbains avait peut-être vidé l'air de mes poumons : dans les villes, en effet, je me regardais comme dans un miroir ; j'y lisais mon état comme sur un compteur électrique ; je comparais ma carte interne à la carte de la ville ; en prenant le pouls de la ville, je prenais le mien ; je comparais les plans de métro avec mon propre système cardio-vasculaire. Les autres avaient des psychothérapeutes, moi, j'avais les villes.

Cet effet de glissement avait peut-être été suscité par mon bref séjour à Calcutta, quelques mois auparavant ? Ces kilomètres et ces kilomètres de piliers de béton dont émergeaient des tiges de fer – que j'avais, dans la brume ensoleillée du petit matin, aperçus sur la route de l'aéroport à l'hôtel – avaient éveillé en moi un sentiment d'angoisse apocalyptique. On ne savait pas très bien s'il s'agissait de travaux commencés et provisoirement interrompus, ou de travaux qui ne seraient jamais achevés parce qu'ils n'avaient pas été conçus pour être achevés, ou s'il s'agissait de la ruine moderne de quelque chose qui avait récemment encore existé ; tout comme on ne savait pas très bien si la ville était une image du passé, du présent ou de notre avenir à tous. La ville produisait une sensation de chaos aguerri, même si le chaos pouvait aussi être synonyme d'hyperorganisation. Les habitants parasitaient la ville, la dévoraient comme des fourmis, la déroulaient comme une membrane vide, la remplissaient de leurs propres salive, excréments et sueur, détruisaient, foraient et rénovaient, l'adaptaient à eux. Les sans domicile fixe se comportaient comme des lianes tropicales, ils conquéraient la ville, la disloquaient, mais la consolidaient également ; ils créaient sur les trottoirs de sombres couloirs enfumés dont s'échappaient des odeurs de nourriture ; leur maison se pliait et se dépliait sur la rue comme une boîte en carton ; le plus souvent, leur maison était, de fait, une boîte en carton, un rebut de plastique, une vieille toile de tente, un trou dans le mur d'une maison abandonnée, un auvent à côté d'un pont, le long des voies, le long d'une façade préexistante… La décomposition, comme une sorte de principe supérieur, était omniprésente : dans la lourde poussière qui se déposait sur la ville, sur les arbres, les buissons, l'herbe, et qui donnait à la verdure non seulement une couleur, mais également une texture argileuse ; dans les taches de moisi sur les murs fraîchement repeints de ma salle de bains d'hôtel ; dans l'odeur de soufre qui s'exhalait de partout. Les gens étendaient dans la rue leurs torchons, draps, couvertures et les pendaient aux barrières au bord de la route ; les gens semblaient ne rien faire d'autre qu'aérer leurs trous de souris, ils se lavaient, se coupaient les cheveux, se rasaient, copulaient, naissaient, mouraient, priaient leurs dieux, faisaient leurs besoins, préparaient à manger, élevaient leurs enfants, nourrissaient les animaux domestiques… ils faisaient tout dans la rue. Il existait dans ce processus de vie douloureusement ostensible des lieux de contrôle, des « lieux sûrs », comme le club de golf, où se trouvait mon hôtel, et où les Indiens, depuis longtemps décolonisés, imitaient leurs colonisateurs et déambulaient avec leurs clubs dans la divine quiétude des terrains de golf. Cette vue sur les pelouses soignées, ainsi que sur les silhouettes humaines qui s'y mouvaient, je la percevais sans le son et au ralenti, sans doute aussi parce qu'à quelques pas seulement, derrière la barrière, derrière les gardiens en uniforme et la rampe d'accès, commençait l'infini et bruyant chaos des hommes.

Là-bas, à Calcutta, agressée par des nuées de sons, d'images, d'odeurs et de couleurs, j'avais soudain fondu en larmes. C'était un sanglot violent, comme s'il avait grossi des années en moi, et qu'à présent, ayant trouvé une faille, il s'était échappé. J'étais rentrée à l'hôtel. Pour la première fois, j'avais perçu une ordinaire chambre d'hôtel comme mon *chez moi*. L'air de la chambre d'hôtel était parfumé d'un doux sentiment de défaite.

L'épisode précédent, le londonien, était peut-être une sorte d'alarme ? Je m'étais rendue à Londres pour un rendez-vous professionnel, pour un déjeuner autour duquel nous allions parler travail, ou pour un travail dont nous allions parler autour d'un déjeuner, assurant la personne que j'étais censée retrouver que voyager d'Amsterdam à Londres était une broutille. Et ç'avait été le cas, jusqu'à ce que je me sois retrouvée dans un hôtel bon marché, que j'avais réservé sur Internet, et comme il y en a beaucoup vers Paddington. Des touristes se pressaient dans le hall de l'hôtel, principalement de grandes familles italiennes et espagnoles (les Italiens et les Espagnols voyagent-ils jamais seuls ?!). Dans cet hôtel – dans une chambre de la taille d'un cercueil confortable, avec une salle de bains minuscule, et une douche sous laquelle on tenait à peine ; avec un lit d'enfant et des miroirs si bas qu'on aurait dit que la clientèle cible de l'hôtel étaient vraiment les enfants ; avec une installation autour du miroir qui se composait d'un sèche-cheveux, d'une bouilloire électrique et de deux ou trois sachets de Nescafé et de thé sur une soucoupe –, après mon rendez-vous, au lieu de me ruer dans les musées et les galeries ou d'appeler des connaissances, j'étais restée dans ma chambre jusqu'au lendemain matin, clouée au lit par le fantasme que la chambre 445 n'existait plus, que dès que j'étais entrée et avais refermé la porte, un mur s'était élevé derrière moi. Au matin, je m'étais forcée à me lever ; le sol, recouvert d'une moquette sur laquelle avaient frotté des milliers et des milliers de pieds nus avant les miens, grinçait douloureusement, comme s'il était sur le point de s'effondrer. J'étais sortie, non sans avoir laissé d'abord se ruer dehors les cohues familiales italiennes et espagnoles, mais à quelques pas seulement de l'hôtel, je m'étais assise dans un troquet pour prendre mon café du matin, et j'avais passé plus d'une heure à observer un groupe d'ouvriers du bâtiment, des Roumains, qui étaient venus pour le petit déjeuner ; la serveuse, une Russe, qui m'avait apporté mon café au lait ; puis une jeune femme avec une petite fille au visage légèrement abîmé (elles aussi étaient russes) ; et deux femmes qui étaient entrées dans le café la poitrine en avant, en se pavanant. Elles aussi étaient russes... J'assemblais les pièces du puzzle dans ma tête, m'efforçant de deviner quelles étaient les relations entre la serveuse et les autres Russes, qui était le patron du café, et quelle était la combine d'immigrés entre eux tous. En sortant du café, j'avais pris à gauche, vers le métro, puis j'avais changé d'avis et j'étais rentrée à l'hôtel, où j'allais passer le reste de la journée et la nuit, jusqu'à mon départ pour l'aéroport.

Tout le temps de mon trajet retour de Londres à Amsterdam, j'avais serré dans ma main une télécommande invisible dans l'espoir de baisser le son. Quelques rangées devant moi, des jeunes hommes riaient, d'un rire de gorge sonore et irrépressible, comme des dindons. Leurs rires projetaient des hormones masculines, et à travers la brume produite par le soleil qui éclairait les voyageurs par les hublots, ils ressemblaient à une publicité télévisée destinée aux amateurs de bière. J'étais désemparée, les rires de gorge dindonnesques m'écorchaient douloureusement les oreilles. La femme assise à côté de moi était en T-shirt, et son bras nu rentrait presque dans le mien. Elle avait un tatouage sur le bras, une caricature, une tête d'homme chauve avec un gros nez bleui et une bouche qui tombait tristement vers le bas. Le bras de la femme était gros et gras. La couleur de sa peau trahissait qu'elle passait pas mal de temps au solarium. La panique m'avait submergée, j'avais l'impression que j'allais m'étouffer. Je sentais les gouttelettes de sueur perler sur la peau de mon visage. Le type du bras, aux lèvres tristement pendantes, me fixait du regard, deux points noirs. Il est grand temps de rentrer chez moi, m'étais-je lamentée. Où chez moi ?! Où était ce chez moi ? m'étais-je demandé. Je ne sais pas, m'étais-je répondu pensivement, n'importe où, pourvu que ça soit chez moi… Plus tard, je m'étais rappelé un épisode lié au chez moi qui s'était déroulé vingt ans auparavant, dans une autre ville, à New York…

3.

Quand, à un moment de ma vie, les alarmes de la ville (dont je n'avais pas tout de suite compris le message), la radio, la télévision et mes voisins de palier m'avaient intimé, paniqués, de descendre à la cave, sans oublier d'emporter un *sac avec l'essentiel*, je ne savais pas que cette formule, qui appartient au vocabulaire de la guerre, annonçait un changement radical dans ma vie. J'avais commencé, docile, par me casser la tête sur le contenu de ce *sac avec l'essentiel*, pour comprendre rapidement que ce contenu n'existait pas : que mon passeport ne valait rien, car dès le lendemain, les nouvelles autorités l'auraient changé ; que mon argent ne valait rien, car les banques allaient bientôt fermer, et ensuite la devise changer ; que mon chez moi ne valait rien, car il pouvait aisément se changer en ruines l'instant d'après ; tout comme je pouvais, moi, devenir un cadavre l'instant d'après. Si je survivais, il y avait fort à parier que je passerais le reste de ma vie à compenser ces pertes. Et autre chose : en temps de guerre, la lie de l'humanité remonte à la surface. Qui survit devra se confronter aux conséquences. Je le sais à présent. Alors, au moment des faits, je ne savais rien de tout ça.

Cette formule, que j'ai entendue pour la première fois en 1991 – ce *sac avec l'essentiel* –, a longtemps résonné à mes oreilles. Souvent, je composais et recomposais dans ma tête le contenu du sac (oui, c'était une forme de régression), exactement comme quand, dans ma petite enfance, je me torturais en me demandant quel serait mon choix si je tombais sur une bonne fée et qu'elle me demandait ce que voulais être : riche, heureuse ou sage. Je ne sais pas d'où j'avais pris cette idée, que je n'avais qu'un choix possible, et qu'une chose en excluait une autre. Car dans le monde des contes, le plus stupide d'entre tous, Ivan l'Idiot, voit ses trois vœux exaucés : et la richesse, et le bonheur, et la sagesse. Je me souviens que j'avais honte de cette torture que je m'infligeais, un peu comme ma petite nièce qui, que ce soit par honte ou parce qu'elle croyait que les vœux ne s'exaucent pas si les autres aussi les connaissent, avait caché sa lettre au Père Noël sous son oreiller. Tirant parti de sa brève absence, j'avais lu sa liste. Ses vœux avaient suscité en moi une douleur presque physique, peut-être aussi parce qu'ils m'avaient rappelé mes rencontres jamais concrétisées avec la bonne fée. Même si j'étais à l'époque plus jeune qu'elle ne l'est aujourd'hui, sa liste de vœux m'avait semblé plus innocente et plus sincère que la mienne. La richesse se cachait dans le vœu qui venait en premier : *J'aimerais que mon papa trouve un travail.* La phrase *J'aimerais pouvoir porter des chaussures à talons* signifiait un vœu de bonheur, je présume, tandis que la phrase *J'aimerais avoir de bonnes notes à l'école* aurait pu dans la langue des contes se traduire en vœu de sagesse. La seule chose que je n'arrivais pas à m'expliquer, c'était pourquoi mon adorable nièce avait ajouté à sa liste de Noël *J'aimerais avoir les dents propres.* Elle se lavait régulièrement les dents, allait les faire contrôler chez le dentiste, et avait le plus joli sourire du monde. Peut-être que dans son univers, les chaussures à hauts talons et les dents propres étaient le seul billet valide pour une vie heureuse, sage et riche.

Il semble que nos désirs les plus profonds se révèlent dans des lieux inattendus, où ils nous surprennent et nous assiègent, nous prennent à la gorge et nous coupent le souffle. Je me trouvais à New York un mois de juillet, après deux semestres passés dans une petite ville universitaire américaine, et en route vers l'Europe, mais pas vers chez moi, car je n'avais plus de chez moi. Je logeais dans l'appartement d'amis new-yorkais absents, c'était un véritable cadeau de leur part. Lors d'une de mes longues flâneries dans un New York torride, j'étais entrée dans une boutique à Soho, et m'étais retrouvée dans un espace climatisé, et d'un blanc immaculé : le plancher était peint en blanc, les étagères étaient blanches, tout était blanc. C'était un magasin cher avec des accessoires de luxe pour la maison : serviettes de bain, rideaux, parures de lit, nappes, serviettes de table... Soie, dentelle et lin. Et là, encore sur le seuil, j'avais fondu en larmes. Les vendeurs s'étaient figés, me considérant avec intérêt. J'étais sortie dans la rue. La chaleur qui se dégageait de l'air, de l'asphalte et du béton avait efficacement séché mes pleurs. Et c'est là que j'avais compris que le serment que je m'étais, après l'expérience du *sac avec l'essentiel*, fait à moi-même – que jamais, plus jamais je ne souhaiterais avoir un chez moi – n'était tout simplement pas tenable ; que le désir d'un chez soi était puissant, qu'il avait la force des instincts primaires ; que la psychose du provisoire, que j'avais développée en la changeant avec le temps en stupide principe moral, était plus dangereuse que ce que je croyais ; et qu'elle pourrait bien se retourner contre moi si je ne lui jetais pas un os pour apaiser sa faim, si, donc, je ne me créais pas un chez moi, dont je pourrais un jour, si j'en avais envie, à nouveau me catapulter dehors. Tout tourne en rond, et il semble bien que le plus grand accomplissement de tout émigrant soit un chez lui ; il s'avère que les émigrants, beaucoup en risquant leur vie dans le processus, ne se déversent de leur pays que pour finir tôt ou tard par acheter un chez soi et pendre un petit drapeau du pays où ils se sont arrêtés ; plus, que beaucoup passent toute leur vie entre deux chez soi, un dans le pays qu'ils ont quitté, l'autre dans le pays où ils se sont arrêtés, pour éviter que ne les frappe de nouveau la perte traumatique de l'un, ou des deux.

À mon retour à Amsterdam, au lieu de prendre une location temporaire comme jusqu'alors, j'avais, presque à la dérobée, comme si je volais mon propre portefeuille, avec un sentiment simultané de victoire et de défaite, opté pour un chez moi plus durable. Un compteur attentif dans mon cerveau avait peut-être calculé que j'errais de lieu en lieu depuis trop longtemps, et qu'il était temps de me poser. La blancheur de la boutique new-yorkaise et ma soudaine crise de larmes avaient-elles joué sur une corde en moi, je l'ignore. Tout ce que je sais, c'est que la blancheur de mon nouveau chez moi frôlait la psychose. Rideaux blancs en dentelle artisanale, serviettes de bain blanches, draps en lin blanc, murs blancs, carrelage blanc au sol et aux murs de la cuisine et de la salle de bains, étagères blanches... Tout était blanc, absolument blanc, comme l'oubli. Les taches sont apparues après.

4.

Quand, lycéenne, j'étudiais les classiques de la littérature mondiale, Jane Austen, Dickens, Balzac, Stendhal, Zola, Dostoïevski, Flaubert, j'étais convaincue que les œuvres de tous ces écrivains parlaient d'argent, que les rapports entre les personnages se fondaient exclusivement sur l'argent, même si les professeurs de littérature nous assuraient du contraire. Des écrivains comme Dickens doivent peut-être leur grande popularité de leur vivant précisément au fait que l'argent est dans leurs romans le moteur de tout, ce à quoi la majorité des lecteurs pouvait s'identifier. Avec le modernisme, l'argent a imperceptiblement disparu de la littérature. Certes, dans son essai cité un nombre incalculable de fois *Une chambre à soi*, Virginia Woolf affirme qu'une femme ne peut se consacrer à l'écriture si elle ne dispose pas de sa propre chambre et d'un revenu minimal de cinq cents livres par an. Depuis presque une centaine d'années déjà, son affirmation éveille l'attention du monde littéraire, ce que l'on voit au fait que, depuis l'année de la publication de son essai à nos jours, il se trouve régulièrement quelqu'un pour penser à convertir la somme de cinq cents livres de l'époque en sa valeur monétaire actuelle.

L'un dans l'autre, j'avais une chambre, mais pas cinq cents livres par an. Et ensuite, une deuxième chambre était soudain venue s'ajouter à l'existante, résultat de l'ultime caprice d'un monsieur, admirateur de mes livres, qui m'avait légué un bien immobilier dans son testament. Je me sentais mal à l'aise, je ne me souvenais pas que quiconque m'ait jamais offert quoi que ce soit de plus précieux qu'un livre ou un bouquet de fleurs, et soudain, une maison avec jardin me tombait du ciel, dans un village dont je n'avais jamais entendu parler. En réalité, je n'avais pas entendu parler de beaucoup de villages, l'idée de la vie à la campagne ne m'avait jamais attirée. La seule campagne que je connaissais était la campagne anglaise, celle que je regardais parfois sur les programmes de la BBC de type téléachat immobilier. Ces émissions avaient des noms attirants (*Escape to the Country*, *To Buy or Not to Buy*, *Safe as Houses* et ainsi de suite) et une structure narrative semblable à celle des films porno. Un jeune et séduisant agent immobilier propose à un couple de retraités deux ou trois maisons en vente dans la campagne anglaise. Le couple de seniors et le jeune agent visitent les maisons, et à la fin, il en reste toujours une dernière, la « maison mystère ». Ma *mystery house* ne se trouvait pas dans la campagne anglaise, mais dans la campagne croate. On dit que la vie écrit des romans. Peut-être, mais les contextes géographiques et culturels dans lesquels ces romans naissent sont différents, ce qui les rend, à leur tour, fondamentalement différents.

Au début, j'avais l'intention de refuser ce cadeau d'un homme que je connaissais à peine, mais les droits de succession immobilière étaient faibles, et l'avocat me convainquit que refuser une telle offre était tout simplement stupide. L'un dans l'autre, j'acceptai, signai les papiers, et mis toute l'histoire de côté un certain temps. Au moment de sa mort, le vieux monsieur n'avait apparemment aucun proche. Son appartement de Zagreb, conformément au contrat de soins à domicile, revenait à la femme de ménage qui s'était occupée de lui de longues années durant. Il avait lu mes livres avec un grand intérêt, c'est ce qu'il avait affirmé dans les quelques lettres qu'il m'avait envoyées, ce qui, à dire vrai, ne m'avait pas flattée ; il faut d'abord connaître son lecteur et son goût littéraire pour savoir si nous pouvons prendre ses louanges au sérieux.

Et c'est tout. Même l'avocat n'avait pas su m'en dire plus sur le vieux monsieur. Certaines personnes sont si discrètes qu'elles emportent dans la tombe jusqu'à leur ombre, d'autres font de leur vie un musée où même l'aiguille avec laquelle ils ont recousu un bouton a une place d'honneur.

5.

Même en cet instant précis, quarante et quelques années après sa mort, je peux convoquer dans ma mémoire cette tache violet sombre, qui était pour moi un objet de fascination dans ma petite enfance. J'ignore comment les choses s'inscrivent dans notre mémoire, choisissons-nous les choses que nous allons retenir, ou nous choisissent-elles ? Mon père refusait de parler de la guerre, de la Seconde Guerre mondiale. À dire vrai, il ne parlait pas de grand-chose. Il ne mentionnait pas ses parents. *Ils sont morts pendant la guerre*, disait-il d'un ton qui mettait un irrévocable point final à la conversation. Mon intérêt pour ma grand-mère et mon grand-père est resté enterré dans cette phrase. Mon père s'était engagé chez les partisans à dix-sept ans à peine. Ça non plus, il n'aimait pas en parler. Il était revenu de la guerre avec un éclat d'obus allemand dans la jambe et une plaie jamais cicatrisée, cette tache couleur de viande pourrie. Il avait refusé de se faire enlever l'éclat d'obus, il soutenait qu'il ne le gênait pas. Je ne savais pas ce qu'était un obus, c'est sans doute pour cela que cette histoire avait stimulé mon imagination enfantine. La grosse tache couleur de viande pourrie ne suscitait en moi ni dégoût, ni peur, ni même inquiétude pour mon père, je la considérais avec curiosité comme une sorte de carte géographique. Et la tache était grosse tout simplement parce que j'étais petite. Mon père est mort sans avoir réussi à atteindre les quarante-neuf ans. Il a été enterré comme ça, avec un éclat d'obus allemand dans la jambe et une étoile de partisan gravée sur sa pierre tombale. L'éclat d'obus dans le corps était aussi une métaphore, mais je ne l'ai compris que bien des années plus tard.

Maman lui a survécu une trentaine d'années. Pendant toutes ces années, elle a réussi à supplanter presque totalement mon père dans ma mémoire, même si je doute que tel ait été son but. La victoire de maman a été remportée à la loyale : elle a vécu bien plus longtemps que mon père et, contrairement à lui, elle racontait des histoires. Je connais ses histoires sur des cousins proches, éloignés et très éloignés, sur des gens qu'elle connaissait, sur des amis de la famille, sur ses voisins dans l'immeuble où elle habitait. Grâce à ses histoires, tous ces gens sont devenus une partie de ma famille élargie, du moins pour un certain temps. Ce n'est que les dernières années de sa vie qu'elle s'est mise à opérer de menues falsifications et à effacer des gens de son entourage mental, même si nombre d'entre eux étaient déjà morts, et qu'il y en avait beaucoup qu'elle n'avait pas vus depuis des années, car avec le temps, elle voyait de moins en moins de gens. Petit à petit, les femmes sur sa liste sont devenues prioritaires, surtout celles qui n'étaient plus en vie. Les hommes, à la différence des femmes, pâlissaient, disparaissaient de la liste, ou étaient entachés de l'encre de sa suspicion. *Ce n'était pas un homme bon*, disait-elle d'un malheureux qui reposait depuis longtemps déjà six pieds sous terre, comme si elle avait été la présidente d'une sorte de commission céleste. Elle n'était pas religieuse, au contraire, elle méprisait l'Église. Je pense qu'elle avait tout simplement commencé à faire lentement ses bagages, et qu'elle choisissait en pensées qui elle allait « emporter dans sa tombe », et qui non.

Même s'il avait été *un homme très, très bon*, je ne suis pas sûre que mon père ait trouvé une place dans son bagage mental. Elle l'avait peut-être effacé au dernier moment, avant que la mort ne l'efface elle ; elle l'avait peut-être puni de l'avoir laissée vivre trente ans seule. Car nous, ses enfants, n'avions été une consolation que tant que nous avions pu l'être.

6.

Quand je venais à Zagreb, je logeais chez maman. Après sa mort, l'appartement s'était progressivement vidé de ses meubles. Les connaissances, les voisins, les connaissances des voisins et les connaissances des connaissances avaient pris des choses, en fonction de leurs besoins. Le départ du placard qui recouvrait tout un pan de mur avait révélé une vieille tapisserie hideuse et déchirée que le meuble avait dissimulée pendant des années. Ce papier peint, tel un drapeau signalant la capitulation, avait longtemps pendu dans l'appartement à moitié vide, jusqu'à ce qu'un jour, lors d'un de mes séjours à Zagreb, il m'ait poussée à m'activer. J'avais fait changer les fenêtres, car des pigeons, que rien ne pouvait chasser, s'étaient installés dans la cavité des volets roulants. Les nouvelles fenêtres aidaient, mais les pigeons continuaient à foncer frénétiquement dans le mur au-dessus des carreaux, cherchant l'entrée de l'espace qu'ils avaient conquis, et qui avait longtemps été leur domicile. J'avais collé sur les rebords extérieurs des fenêtres des rangées de pointes en plastique, ce qui avait arrêté les pigeons un certain temps, jusqu'à ce qu'ils recommencent leur invasion. J'avais acheté une nouvelle cuisine, rénové la salle de bains, peint les murs et les boiseries en blanc, verni le parquet. L'absence de caractère, l'ascétisme et le manque de meubles me convenaient. À part les livres de maman, il n'y avait dans l'appartement plus rien qui lui ait appartenu, ou qui m'ait appartenu. L'espace tout entier avait un effet anesthésiant.

Parfois seulement, au crépuscule, du coin de la salle à manger, devant la fenêtre, où se trouvait auparavant une large planche où maman avait disposé des pots de fleurs, j'avais l'impression d'entendre un bruissement. Le son provenait d'une cage invisible qu'arpentait nerveusement un canari invisible. Son minuscule œil noir me brûlait comme une aiguille chauffée à blanc, qui s'enfonçait dans le point sensible d'une honte jamais guérie. À un moment donné (maman avait à l'époque le même âge que moi tandis que j'écris ces lignes), j'avais offert à maman un canari. Au début, elle avait été déconcertée, elle n'avait jamais eu d'animaux familiers, elle jugeait que ce n'était pas hygiénique, puis elle avait compris. J'avais acheté un canari pour qu'il lui tienne compagnie, le canari était l'animal familier idéal pour une femme de son âge, avais-je pensé (vraiment ?). Je savais que, dans les maisons de retraite, ils fourraient sur les genoux des femmes séniles des poupons en caoutchouc, qu'elles berçaient pendant des heures, s'anesthésiant ainsi elles-mêmes. Pourquoi les médecins et les thérapeutes sont-ils si sûrs que le bébé est le jouet irremplaçable de la femme ? Pourquoi avais-je été convaincue qu'un canari était le bon choix ?

Je l'avais radiée. Je l'avais humiliée. Je me souviens de son regard stupéfait, légèrement de biais, et de la couleur de ses yeux : brun clair, piqueté d'ambre. C'était le regard d'une petite fille qu'on aurait exclue d'un jeu, l'espace d'un instant, ses pupilles s'étaient enflammées d'un éclair de protestation juvénile, qui s'était rapidement éteint. Elle avait avalé l'insulte avec élégance, accepté le canari comme un coup qu'elle n'aurait pas su rendre, puis, avec le temps, elle s'était habituée à lui et avait appris à apprécier la présence de l'oiseau. Quand je l'appelais de l'étranger, je demandais toujours des nouvelles du canari, c'était bête mais, étonnamment, ça aidait : nous enroulions la laine de nos discussions autour d'une chose vivante, bénigne et légère, autour d'un ersatz qui apaisait la douleur.

7.

Le village s'appelait Kuruzovac. Il se trouvait à une cinquantaine de kilomètres au sud-est de Zagreb. J'avais emprunté sa voiture à une vieille connaissance.

« Tu es sûre que tu n'en auras pas besoin ?

— Cent pour cent sûre. De toute façon, je ne sais pas quoi en faire. Ça serait bête de la vendre à perte, mais en ce moment, je n'ai même pas d'argent pour l'essence.

— Tu veux que je te paie en échange ?
— Qu'est-ce qui te prend !? Il n'en est pas question. Fais juste le plein avant de me la rendre. Tout baigne ! » avait-elle conclu.

Ce *tout baigne* avait sonné comme un ajout déplacé, même s'il n'y avait pas de problème avec l'expression en elle-même. Peut-être que je ne l'avais pas entendue depuis longtemps, si bien qu'elle m'avait semblé étrangère, peut-être que c'était moi qui avais un problème. Trop souvent, les mots et les phrases prononcés par mes interlocuteurs ou par des inconnus dans la rue ou le tram me semblaient artificiels. Et ils surgissaient de partout, comme des ressorts cassés. J'ai été absente pendant longtemps, me rassurais-je, même si ce n'était pas tout à fait exact. Je venais deux ou trois fois par an, et restais chaque fois au moins un mois. Dans la langue, dans la manière dont les gens la prononçaient, s'était glissée une sorte d'artificialité, de dislocation ou d'incertitude. Était-ce un mot, une expression, ou encore l'emploi d'un dialecte, le kaïkavien par exemple, là où ça n'avait pas sa place, ou une sorte d'hésitation interne qui poussait le locuteur à s'arrêter une seconde avant de prononcer un mot, et ce hoquet mental avait un effet disgracieux sur le discours. L'intonation avait changé, les jeunes avaient la leur, la rapidité de prononciation des mots avait elle aussi changé. Le doublage en croate des dessins animés et films pour enfants, des séries télévisées américaines pour adolescents, les publicités et la radio avaient imprimé en vingt ans une accélération à la langue croate. Mon oreille vivait cette intonation et cette accélération comme une nouveauté désagréable.

Mon questionnement avait commencé à l'instant où j'avais atterri à Zagreb dans l'intention de voir cette maison. Ne m'étais-je pas vingt-deux ans auparavant moi-même catapultée à l'étranger, sans réfléchir un seul instant à ce qu'il adviendrait de moi, où j'irais et comment je m'en sortirais ? N'étais-je pas partie alors, laissant mon chez moi et ma patrie démantelée, à cause de l'air si saturé de haine qu'il en était irrespirable, et maintenant, voilà que, appâtée par une miette de fromage, je rampais calmement vers le même vieux piège. Où avais-je la tête ?! Mon chez moi ? Quel chez moi ?! Mais j'en avais un, de chez moi, à Amsterdam, non ?! Mes amis ? Quels amis ? Mes amis, regardant en silence le milieu jouer avec moi comme un chat avec une souris, ne m'avaient-ils pas reniée avec une indifférence qui m'avait glacé le sang dans les veines ? M'avaient-ils jamais demandé où j'allais, si je comptais rentrer, si j'avais besoin d'aide ? Non, après tant d'années d'amitié, ce genre de détails ne les avaient pas intéressés. M'avaient-ils jamais cherchée par la suite ? Vingt ans est un délai suffisamment long pour se souvenir ne serait-ce qu'une seule fois des amis perdus. Et qu'en était-il de ceux qui avaient ouvert la saison de la chasse contre moi, qu'en était-il des chasseurs qui avaient fait de moi leur trophée, n'étaient-ils pas encore en poste, dans les journaux, à l'université, à la télévision, dans les maisons d'édition, mes chers collègues ? Les libraires n'avaient-ils pas pendant des années refusé d'avoir mes livres sur leurs étagères ? Les journalistes n'avaient-ils pas accompagné chacun de mes livres publiés avec difficulté d'un silence de mort, quand ils n'avaient pas abattu dessus le feu de leur mitraille boursouflée d'ignorance ?! L'un d'entre eux avait-il jamais présenté ses excuses pour ces longues années de haine ? Et qu'en était-il des innocents dans cette histoire, des plus jeunes, qui n'avaient pas eu le temps d'être contaminés par la haine, m'avaient-ils jamais invitée quelque part pour essayer d'arranger les choses ? Ne m'avaient-ils pas, respectant docilement les règles du brutal jeu de société dont ils avaient hérité, effacée des programmes universitaires, des lectures obligatoires au lycée, des anthologies, des manuels scolaires, des revues littéraires ? Qu'en était-il de mes collaborateurs, les éditeurs ? Qu'en était-il de mon éditeur qui, lors du rapide changement de pouvoir, était devenu chef de la police croate, et qui était venu une nuit, ivre, tambouriner à ma porte, exigeant que je lui ouvre ? Le pouvoir lui était monté à la tête, comme à beaucoup qui avaient trouvé au sentiment de leur propre inadéquation intellectuelle, professionnelle ou sexuelle une solution dans un substitut, le revolver. Qu'en était-il de ce collègue qui, dans un tramway bondé, m'avait accusée d'être traître à ma patrie, prenant les voyageurs comme public complaisant ? Qu'en était-il de mes collègues féminines, avaient-elles fait preuve de solidarité ? Ne s'étaient-elles pas hâtées de publier de laides tribunes qui ne contenaient, en réalité, de l'envie à l'état pur, emballée dans de prétendus arguments ? Elles aussi, les filles, avaient planté leur couteau de poche dans la chair humaine ensanglantée, elles aussi aiment l'odeur du sang, tout comme les garçons, elles aussi, suivant les garçons, avaient répandu des plumes sur mon corps enduit du goudron du châtiment collectif. Tout cela, et bien d'autres choses encore, ne s'était-il pas passé, et ne se passait-il pas encore aujourd'hui, vingt ans après, avec la même obstination bornée ? Et si c'était le cas, où est-ce que je me ruais, étais-je venue chercher une nouvelle gifle, un crachat frais qui éclabousserait ma joue comme une crotte de pigeon, un nouveau coup qui me couperait le souffle, alors même que mon « engagé volontaire » furieux, mon bourreau illettré, ne sait même plus pourquoi il fait tout ça ?! Il me regarde d'un air borné, la bouche grande ouverte, il laisse la bave lui couler au coin des lèvres, il prépare son crachat, le fait tourner dans sa bouche comme un bonbon, et ensuite – tssssssss ! – il le projette sur ma joue comme un lama. Et je me demande si je n'ai pas peut-être développé une dépendance à l'humiliation. Il me faut peut-être juste une dose plus forte ? Et si ce n'est pas le cas, pourquoi diable est-ce que je ne me désintoxique pas une bonne fois pour toutes ?

J'exagère mon cas et son importance, ils n'ont même pas remarqué que je n'étais pas là, car ils ne savent même pas que j'existe, et d'ailleurs, n'ai-je pas volontairement changé et d'adresse, et de carnet d'adresses ?! Pourquoi, alors, est-ce que je les embête, et qu'est-ce que je veux, au juste ? Ne suis-je pas bien là où je me suis installée, et n'est-il pas étrange que je m'entête à revenir ? À chaque époque sa bande-son, et de l'eau a coulé sous les ponts, vingt ans, c'est beaucoup, tout ce qui me hante a eu lieu au siècle passé, à un moment où les gens mouraient, grands dieux, je devrais être heureuse que rien de la sorte ne me soit arrivé, à la guerre comme à la guerre, comme on dit, et la guerre est finie, les gens ont entre-temps tout oublié, ils sont entrés dans un nouveau siècle, un nouveau millénaire, ce sont d'autres visages, plus jeunes, qui apparaissent aujourd'hui sur les écrans des médias, de nouveaux animateurs et animatrices, de nouveaux présentateurs et présentatrices. Et à ce compte-là, de nouveaux auteurs et autrices. Mais alors, pourquoi devrais-je jouer le moindre rôle dans leurs vies ? Ai-je jamais écrit quoi que ce soit de positif à leur sujet ? N'ai-je pas refusé d'être une Croate, et n'ai-je pas refusé d'être une Serbe ?! Mais alors, qu'est-ce que je veux, à la fin ?! Ils n'y sont pour rien, si je n'ai pas choisi mon camp à une époque qui n'exigeait que cela, que je choisisse mon camp. Et n'ai-je pas, s'il vous plaît, plusieurs fois déclaré publiquement que je n'étais *rien* ? Et alors, à quoi est-ce que je m'attendais ? Mais soyez donc, madame, *rien*, nul ne vous interdit d'être *rien*, héhé, vivez donc avec vos gens de *rien*, écrivez vos livres de *rien*, trouvez-vous des lecteurs de *rien*, quant à nous – chut-chut ! ouste-ouste ! –, fichez-nous la paix !

Je partis en éclairage par une journée ensoleillée de fin avril. J'avais emporté une lampe de poche, un sac de couchage, une couverture et des draps au cas où je déciderais de passer la nuit là-bas, plus quelques babioles pratiques. Je pris des routes secondaires, ce qui s'avéra une plus-value esthétique : le ciel était haut et bleu, un *slide show* défilait devant moi : des prairies vertes semées de boutons d'or, des vergers en fleurs, des villages aux maisons incorrigiblement laides. Mes réticences fondirent à la vue des lilas mauves qui déversaient leurs grappes sur les clôtures des cours villageoises, et je capitulai quand refit surface dans ma mémoire l'image d'un pouce enfantin qui s'efforce de faire un pli. On plantait dans ce pli une fleur de lilas, et la ridule, pinçant les lèvres, s'efforçait de maintenir la fleur en position verticale. C'est ainsi que, petites filles, nous portions des fleurs dans le pli de nos pouces, les étirant devant nous comme de petits plateaux sur lesquels se tenaient des verres en cristal en forme de fleurs de lilas. Nous étions de petites acrobates, qui exécutions nos tours avec une concentration absolue : la fleur ne devait surtout pas tomber. J'eus le souffle coupé par cette image soudaine, qui avait émergé des profondeurs de mes souvenirs pour reprendre elle-même son souffle ; pour me rappeler que dans l'enfance, tout était en gros plan et en haute résolution, chaque brin d'herbe, fourmi et feuille, le moindre détail, je buvais tout des yeux, avec attention et fascination. C'était le temps du lilas, le temps des petits miracles.

8.

La maison était beaucoup plus jolie que ce à quoi je m'étais attendue. Elle se trouvait au bout d'un hameau, légèrement à l'écart de la route qui traversait le village. Une courte piste grimpait en pente douce jusqu'à la maison. Elle était en bois, comme les rares habitations traditionnelles croates encore debout. Elle était dotée d'une vaste galerie, et je m'imaginais déjà assise sur le porche à contempler les lignes bleue (du ciel) et verte (des champs) dans le lointain. Je me sentis tout excitée en tournant la clé dans la serrure. L'intérieur de la maison, je le remarquai dès le pas de la porte, révélait qu'elle était habitée. Je posai mon ridicule bagage d'« éclaireuse » et me dirigeai vers le réfrigérateur de la cuisine. Il contenait des aliments, du lait, du beurre, des œufs… Dans le salon, qui communiquait avec la cuisine ouverte, il y avait une table basse avec une télévision, un vieux canapé et un fauteuil. Je pris la télécommande sur la table basse et allumai la télé. Elle fonctionnait. Il y avait aussi un bureau et une étagère avec une sélection restreinte, mais étonnamment bonne de livres, j'aperçus même quelques titres étrangers récents en traduction croate. Sur le guéridon à côté du canapé, je remarquai l'une des vieilles éditions du roman de Krleža *Je ne joue plus*, la même que la mienne. Au rez-de-chaussée se trouvaient la salle de bains avec WC et la chambre. Le lit était défait. Je montai au grenier, où personne, manifestement, ne séjournait. Il était équipé de placards intégrés, d'un grand matelas et de toilettes. À en juger par les babioles cosmétiques dans la salle de bains du bas, l'intrus était un homme.

Je sortis dans la cour. On avait planté le long des marches des petites fleurs de début de printemps, des myosotis, des pensées et de grosses pâquerettes – des « pomponnettes ». De chaque côté de la maison, un gros lilas violet. Pour une raison que j'ignore, cette symétrie presque enfantine me toucha profondément. Derrière la maison s'étendaient un jardin et un verger d'une dizaine d'arbres. Tout avait l'air soigné, manifestement, l'herbe était régulièrement tondue. Dans le potager, de jeunes salades vertes et des tiges encore fluettes d'oignons avaient commencé à poindre. Le jardin était en partie planté de fleurs, je reconnus deux buissons de pivoines, qui n'avaient pas encore fleuri, et des buissons de marguerites. Il n'y avait pas de maisons voisines et la forêt commençait au bout du verger.

J'appelai l'avocat. Je lui dis qu'il y avait, manifestement, un « intrus » dans la maison.

« Attendez un peu, ne paniquez pas, votre intrus va peut-être finir par se montrer, dans tous les cas, je suis certain qu'il n'y a là rien de criminel… »

Je m'assis sur le banc de la galerie, et contemplai le coucher de soleil. Dans le lointain, les champs sombraient dans une brume rougeoyante. Il faisait chaud et calme. Les rondins auxquels j'étais adossée me chauffaient le dos. Je fermai les yeux. Il me sembla que j'allais m'assoupir. Puis j'entendis un bruit de voiture. Un homme en sortit, d'à peu près mon âge, et gravit d'un pas léger les marches de la galerie…

« Bonjour, dit-il avec chaleur. Bienvenue à Kuruzovac, ajouta-t-il.

— Et vous êtes ?

— Je suis votre intrus. Bojan, répondit-il en me tendant la main.

— Comment savez-vous que je ne suis pas moi-même une intruse ?

— De votre avocat. »

J'étais déconcertée.

« Et maintenant, qu'est-ce qu'on fait ?

— Rien. Je vais récupérer quelques-unes de mes affaires, et je reviendrai prendre le reste demain. Ça vous va ?

— Bien entendu… Je suis désolée. »

L'homme fourra quelques vêtements dans son sac, et prit ses affaires dans la salle de bains.

« Écoutez, mon chat va venir. Il passe toute la journée dehors, mais il rentre à la maison dans la soirée, laissez-le entrer, dit-il.

— Hors de question ! Je déteste les chats !

— Et les loirs ?

— Les loirs ? Qu'est-ce que c'est ?!

— Des rongeurs. Quelque chose entre la souris et l'écureuil. Il y en avait plein le grenier quand je suis arrivé. Et depuis que le chat est là, il n'y en a plus. »

Je le regardai, stupéfaite. Je n'y comprenais rien. J'étais tombée dans un genre tout à fait inédit, la SF rurale.

« OK, je le nourrirai. J'ai vu qu'il y avait du lait dans le frigo…

— Bonne nuit », conclut-il.

Il me vint à l'esprit que je ne lui avais pas demandé où il allait dormir, puis je me demandai ce qui ne tournait pas rond chez moi. Je m'inquiétais d'où un homme qui était entré par effraction dans ma maison, et dont je ne savais rien, allait dormir ?! Et en plus, ne m'avait-il pas dit qu'il était en communication avec mon avocat ?! Cela ne signifiait-il pas que mon avocat était au courant de sa présence, et ne m'avait rien dit ?! Je me surpris au passage à penser que mon instinct de possession (*ma* maison, entré *par effraction*, *intrus*) s'était réveillé à la vitesse de l'éclair.

Le chat se montra-t-il, je n'en sais rien, car je ne tardai pas à sombrer dans un sommeil profond, et dormis jusqu'au matin. Je fus réveillée par des miaulements. Le chat était venu réclamer son écuelle de lait…

9.

Au matin, je pris la voiture pour me rendre dans l'agglomération la plus proche, que j'avais traversée la veille en chemin, afin de voir ce que je pouvais attendre de mon « voisinage étendu ». L'agglomération se trouvait à une dizaine de kilomètres de Kuruzovac et ne ressemblait à rien, à une tache, à ce que l'on appelle *agglomération*, parce qu'on ne peut le qualifier ni de ville, ni de bourg, ni de village, ni de hameau. L'intérieur de la Croatie regorgeait de ces taches provinciales, et elles se ressemblaient toutes. J'étais née dans l'une de ces taches, j'y avais grandi et vécu jusqu'à mon départ pour la fac, développant au passage une allergie durable pour la province et les us et coutumes provinciaux. Certes, il y avait là quelques belles vieilles maisons austro-hongroises, regroupées autour du parc dans le centre, mais leurs façades étaient douloureusement criblées d'éclats d'obus. Je notai une supérette, une pharmacie, une petite boutique de tissus, un magasin de fournitures agricoles et une boulangerie. Sans oublier le bâtiment rénové de la mairie, qui arborait un drapeau croate. Dans le parc poussaient des buissons renfrognés, la modeste fontaine crachotait de l'eau en jets imprévisibles, et le nouveau monument aux combattants morts dans la guerre patriotique croate, 1991-1995, se pavanait. Je suppose qu'on avait pour le nouveau monument utilisé les fondations de l'ancien, élevé à la gloire des victimes du fascisme, mortes pendant la guerre de libération populaire de 1941-1945. Ce paysage mémoriel était partout le même : on avait détruit les monuments « partisans » pour édifier à leur place de nouveaux monuments, « patriotiques », ou alors, on s'était contenté d'adapter légèrement les vieux monuments « partisans ». Il suffisait, du reste, de changer le chiffre 4 en chiffre 9, et la mention « de libération populaire » en « patriotique ».

J'achetai à la supérette quelques aliments de base, puis je m'assis au café et commandai un cappuccino. Le café était occupé par les gosses du coin, toujours les mêmes garçons trop bruyants et les mêmes filles silencieuses trop maquillées.

« Alors, madame ? On s'est perdue ? » lança l'un d'entre eux d'un ton crâne, et tous les autres accompagnèrent sa réplique de ricanements.

Les gosses avaient manifestement traduit le mot *mama* de l'argot noir-américain par « madame » en croate, et c'est ainsi, sans doute, qu'ils s'adressaient à toutes les femmes qu'ils ne pouvaient classer dans la catégorie des *mémés*.

Je baissai les yeux – c'était un geste d'autodéfense réservé aux rencontres avec les « plus forts » –, finis mon cappuccino et sortis.

« Hé, madaaame, on vous a pas fait peur, quand même », beugla le crâneur dans mon dos, et les autres renchérirent de ricanements.

Je me demandai ce que les jeunes d'aujourd'hui disaient dans ce genre de circonstances. À mon époque, on aurait dit : « Change de disque ! » ou « Change de chaîne ! » Quel serait l'équivalent actuel ? « Redémarre ! » ? Quoi qu'il en soit, ces gosses devaient mourir d'ennui, s'ils n'avaient rien trouvé de plus intéressant à faire que taquiner une femme d'âge moyen. Le café s'appelait Zdravko.

En rentrant à la maison, je me lançai dans l'inspection des placards de la cuisine. La cuisine était modestement, mais suffisamment équipée, il ne manquait presque rien. Je trouvai dans la remise des produits nettoyants et un aspirateur. La maison avait presque tout le nécessaire. Je jetai également un œil à la cabane de jardin, où se tenaient, bien rangés, des outils, binettes, bêches, faux, tuyaux d'arrosage, et d'autres choses, dont je n'avais pas la moindre idée d'à quoi elles servaient. L'inspection s'avéra vivifiante, et l'adjectif possessif (*ma* maison, *mon* jardin, *mon* bois) se colla à mon vocabulaire comme de la bardane.

Je commençai par passer l'aspirateur au rez-de-chaussée, puis je nettoyai le plancher avec un chiffon mouillé. Je changeai les draps dans la chambre, et fourrai ceux qui étaient sales dans un sac en plastique. La veille, je m'étais endormie sur le canapé du salon dans mon sac de couchage, car je n'avais eu ni la force ni la volonté de changer les draps dans la chambre. Je passai également un chiffon mouillé sur le sol du grenier, et enlevai les toiles d'araignées aux poutres. Je découvris dans le placard une réserve de draps, des serviettes de bain propres et quelques effets masculins. Tout cela, supposai-je, appartenait à *l'intrus*.

Je descendis dans le jardin et cueillis un peu de salade pas tout à fait mûre et quelques oignons. Je coupai au passage quelques marguerites pour faire un bouquet. Tandis que je coupais les marguerites, l'herbe ondula autour de moi, quelque chose bruissait et se faufilait en direction de la forêt. Le chat de l'intrus ? Je rentrai à la maison, et le salon avait à présent un aspect tout à fait tolérable. Seuls les rideaux faisaient assez minable. Je les enlevai et les jetai à la poubelle. Puis je lavai également les fenêtres. Je m'attaquai à la salle de bains avec de nouvelles ressources d'énergie, me demandant au passage d'où me venait cette satisfaction presque physique à faire le ménage, alors que le ménage m'avait toujours plus ennuyée que réjouie. Comme si se déversaient en moi des images vues longtemps auparavant, principalement dans des films sur des pionniers partant pour l'Ouest américain à la recherche d'une vie meilleure (même si, à dire vrai, j'étais bien incapable de me souvenir exactement d'un seul d'entre eux), et dans lesquels de braves et vigoureuses héroïnes remettent de l'ordre dans des maisons en rondins à l'abandon. C'étaient des scènes qui respiraient la satisfaction, l'éthique féminine, l'esthétique de la pauvreté et la symbolique du ménage. Le ménage est toujours l'introduction à une vie nouvelle, meilleure. Et quand mon regard s'arrêta sur le vase de marguerites sur la table, que j'avais posé là juste avant, je compris que je reproduisais un genre déjà bien éprouvé, que j'avais intégré depuis longtemps. Cette découverte fortuite ne diminuait en rien ma satisfaction à « remettre un peu d'ordre ».

Je venais de me doucher, quand j'entendis toquer à la porte. C'était Bojan.

« Entrez, asseyez-vous », dis-je.

Il sembla légèrement pris au dépourvu par mes paroles, ou par le ton, mais il s'assit poliment. Moi aussi, j'étais surprise : cet homme vivait dans cette maison la veille encore, et moi, d'un ton de nouvelle maîtresse de maison (mais d'où est-ce que ça me venait ?!), je l'invitais à s'asseoir…

« Je peux me laver les mains ?

— Oui, bien entendu. »

Je lui proposai de dîner ensemble. Il accepta. Je fis des spaghettis avec de la sauce tomate et du fromage, et une salade verte précoce, du jardin.

« Y a-t-il des animaux ici ? À part les loirs, qui ont disparu, et votre chat ? demandai-je.

— Pourquoi cette question ?

— Parce que pendant que je cueillais la salade et l'oignon au jardin, quelque chose s'est faufilé entre les herbes en direction de la forêt.

— C'était le renardeau.

— Quel renardeau ?!

— Un jeune renard que j'essaie d'apprivoiser. Je l'amadoue avec de la nourriture.

— Qu'est-ce que vous lui donnez ?

— Du poulet. Que j'achète chez un fermier.

— Le renard du *Petit Prince*, dis-je ironiquement.

— Oui, le renard du *Petit Prince*, confirma-t-il sans relever l'ironie de mon ton.

— En quel siècle c'était ! Ce type de sentiment, je veux dire, dis-je en guise d'excuse.

— C'était à l'époque où nous nous sommes inscrits à la fac. C'était la mode d'un “spiritualisme” de pacotille : pacifisme de principe, *make love, not war*, Hermann Hesse, zen japonais et art d'entretenir sa moto, peyotl inabordable et haschisch abordable, *Le Petit Prince*… »

Nous mangeâmes notre modeste repas, qu'il complimenta poliment, puis nous passâmes sur le porche. J'ouvris une bouteille de vin et nous servis des verres.

« Ça ne fait même pas vingt-quatre heures que vous êtes entrée dans cette maison, et vous êtes déjà complètement chez vous », fit-il remarquer d'un ton amical en trinquant.

Je ne répondis rien. Je ne savais pas quoi répondre.

Il y avait un réseau wifi, c'était lui qui l'avait fait installer, car il était perdu sans Internet, et il supposait que cela me serait aussi très précieux. Si j'avais mon ordinateur portable, mon iPhone ou mon iPad avec moi, nous pouvions tester la connexion. Il n'y avait pas de téléphone fixe, même si la maison était raccordée au réseau. Il n'utilisait que son portable. Il n'avait, à dire vrai, pas grand-chose à m'apprendre. La machine à laver le linge ne marchait plus, il pouvait me trouver un plombier pour essayer de la réparer, mais mieux vaudrait en acheter une nouvelle, celle-ci était de toute façon très vieille. Il ne savait pas grand-chose sur le village lui-même, quelques maisons, des personnes âgées qui vivaient de la terre, un peu de bétail, principalement des cochons et des volailles. À sa connaissance, il n'y avait pas d'autres villégiateurs, en fait, c'était la seule maison de campagne du hameau, mais il y en avait d'autres dans les villages voisins. J'avais déjà fait connaissance avec l'agglomération la plus proche, elle avait le mérite d'exister, pour la supérette, le médecin qui venait deux fois par semaine, et la petite pharmacie. L'école était à vingt kilomètres. La nature était belle, il y avait quelques sites magnifiques, un lac dans la forêt, par exemple, il pourrait m'emmener si je voulais. La forêt regorgeait de champignons, il y avait des cèpes et des girolles, on pouvait vivre exclusivement de champignons, frais pendant la saison, et séchés hors saison. Il y avait des myrtilles et des fraises des bois…

« Et le verger ?

— Venez, je vais vous montrer. »

Le verger me sembla grand, mais il me soutint qu'un verger de cette taille répondait aux besoins d'un ménage. Deux abricotiers, il en faisait de la confiture, je trouverais deux ou trois pots dans les placards de la cuisine, de l'année précédente. Là, c'étaient les pommiers, deux arbres de deux variétés différentes, ça, c'était la transparente blanche, que l'on appelait aussi pomme d'août, ou pomme de blé, et ça, c'étaient des reinettes, des reines des reinettes. Il y avait deux cerisiers, dont il n'arrivait jamais à cueillir les fruits à temps, et un poirier, des poires Saint-Jean, qui donnaient en été, comme leur nom l'indiquait. Il y avait aussi deux pruniers, reine-claude et quetsche, c'était le voisin qui les cueillait chaque année, pour en faire de la rakija. Et ça, c'étaient des pêches de vigne, une espèce rare de nos jours, les plus exquises des pêches. Et ça ? C'était un groseillier à maquereau, les gens d'ici ne connaissaient pas cette sorte de baie, il en avait planté un buisson, il voulait essayer la confiture de groseilles à maquereau, à cause de la littérature russe, il s'en souvenait, ils mentionnaient quelque part la confiture de groseilles à maquereau. Chez Tchekhov ? En étais-je sûre ? Certes, tout n'était pas complètement *éco* et *bio*, il était difficile d'entretenir des fruitiers sans le moindre « produit chimique »...

« En réalité, c'est votre maison, Bojan, l'interrompis-je, confuse.

— C'est la vôtre à présent, répondit-il. J'ai emménagé en l'absence du propriétaire. Certes, j'ai entretenu la maison et le jardin, sans moi, l'herbe aurait probablement tout envahi. Ça demande pas mal de travail, je ne sais pas à quel point vous vous y connaissez... »

Un chat apparut dans le jardin, et se frotta tendrement aux jambes de Bojan.

« Te voilà, quémandeuse », dit-il en lui grattant la tête, puis il partit vers la maison pour le nourrir. Je lui emboîtai le pas.

« Dites-moi, Bojan, que faites-vous dans ce village ? »

Il se figea, puis répondit comme à contrecœur :

« Je suis démineur.

— Pardon ?!

— Je fais du déminage.

— Quel déminage ? demandai-je stupidement.

— Je ne suis pas seul, nous sommes toute une équipe. Il reste encore pas mal de mines de la dernière guerre dans le coin. Ça a vraiment été sale ici. D'ailleurs, vous avez pu le constater aujourd'hui, aux façades de l'agglomération. Les maisons sont un vrai gruyère.

— Mais c'est complètement fou !

— Vous avez raison, c'est complètement fou.

— Et où est logée votre équipe ?

— Nous ne sommes pas très loin, je peux vous montrer notre terrain, si vous y tenez vraiment, notre ZSM.

— C'est quoi, un ZSM ?

— Une zone soupçonnée minée.

— Vous voulez dire qu'il y a des mines autour de nous ?

— Hm, ça ne serait pas très loin de la vérité.

— Et qu'est-ce que vous faites ?

— Nous inspectons les zones que nous avons classifiées comme ZSM, et quand nous tombons sur des mines, nous les désamorçons.

— Et il y a combien de mines ?

— D'après les estimations officielles, il y aurait en Croatie environ soixante mille mines, et trois fois plus en Bosnie. Mais selon les estimations officieuses, les chiffres sont bien plus importants.

— Cela fait donc soixante mille cadavres croates potentiels, si l'on s'appuie sur les estimations officielles. Et selon les officieuses, chaque Croate est une victime potentielle.

— Vous réfléchissez comme le *fundraiser* idéal. Heureusement, quand les gens marchent sur une mine, seul un tiers d'entre eux en meurent.

— Et les autres ?

— En général, les autres perdent une main ou un pied.

— Vous avez le don pour égayer la conversation », dis-je en nous resservant du vin.

Je me tus. Dehors, le soleil se couchait, et le temps semblait avoir légèrement fraîchi. Je me levai pour prendre une veste et revins sur le porche.

« Après ce que je vous ai raconté, vous avez le sentiment qu'il y a des mines en embuscade partout autour de vous, n'est-ce pas ? dit-il.

— Tout à fait. Est-ce que ça veut dire que je suis lâche ?

— Non, ça veut juste dire que vous êtes normale.

— Mais il n'y en a pas dans le jardin ? »

Il rit de bon cœur.

« Ni dans le verger ?

— Non.

— Et dans la forêt ?

— Non, cette forêt n'est pas catégorisée comme ZSM.

— Mais on ne sait jamais…

— C'est vrai, on ne sait jamais. Mais si vous ne sortez pas des sentiers battus, je doute que quoi que ce soit puisse vous arriver. Les gens du coin savent par où passer.

— Et pourtant, il arrive que quelqu'un meure ?

— Ça arrive.

— C'est complètement fou. »

Je répétais cette formule toute faite comme un vilain tic de langage.

« La guerre en elle-même est complètement folle. La guerre est finie, les mines sont restées. Et ensuite, le problème tout entier a sombré dans l'illégalité, dit-il.

— Que voulez-vous dire, dans l'illégalité ?

— La guerre n'intéresse plus personne, à part ceux qui pensent qu'ils peuvent encore en tirer quelque chose. Nos héros ont été exemptés de leur culpabilité pour leurs crimes de guerre, et ce dans tous les camps. La majorité d'entre eux ne connaîtra jamais la prison. Les rares à avoir été condamnés sont sortis de prison parés de l'auréole des héros. On a construit de nouveaux monuments, distribué des pensions de guerre, les réfugiés ne reviennent pas, car ils n'ont nulle part où revenir. Seules les mines sont encore là pour nous rappeler ce passé récent.

— Ce que vous me racontez sonne comme le début d'un roman croate. »

Il rit…

« Le paradoxe le plus fascinant de cette situation avec les mines, c'est que les gens font du déminage pour survivre !

— Comment ça ?!

— Au début, tout semblait promettre un business lucratif. La Communauté européenne mais aussi le gouvernement croate versent des sommes non négligeables pour débarrasser le pays de ses mines. Les entreprises de déminage privées ont poussé comme des champignons, il y en a une quarantaine rien qu'en Croatie.

— Et ce n'est pas bien ?

— Ça serait bien si tout le monde dans ce business était honnête.

— Et ce n'est pas le cas ?

— Les gens sur le terrain sont OK. Il y a même des femmes. Il y a une femme, par exemple, elle est connue comme le loup blanc, une Bosnienne, Davorka de Livno, une mère célibataire, six enfants à charge. C'est une star du déminage. Même si…

— Même si quoi ?

— Les collègues n'aiment pas trop avoir des femmes sur le terrain.

— Pourquoi ?

— Les femmes portent malheur. Les démineurs sont comme les marins, les marins non plus n'aiment pas avoir des femmes à bord. »

Bojan se leva.

« Il se fait tard, je vais partir, dit-il.

— Et où allez-vous passer la nuit ?

— Ne vous inquiétez pas. Je reviendrai chercher mes affaires demain, demain, c'est le week-end. Je peux venir en fin de matinée ?

— Vous pouvez aussi dormir ici… », dis-je prudemment.

La nuance de retenue dans ma voix ne lui échappa pas. Il commença par refuser poliment, puis finit par accepter. Il alla tout seul se faire son lit dans le grenier.

Nous nous rassîmes un peu sur le porche. Dehors, la nuit était tombée, le ciel était semé d'étoiles, les maisons étaient plongées dans la pénombre, il régnait un silence velouté.

« Je ne me souviens pas quand j'ai vu des étoiles pour la dernière fois, dis-je.

— Les étoiles, en gros, c'est tout ce que nous avons ici, sourit-il.

— Les étoiles et les mines », ajoutai-je.

J'avais l'impression d'être prise dans la même vieille souricière d'où j'avais fui vingt ans auparavant. Depuis un piège à souris, la lune dans le ciel a toujours l'air d'une inaccessible meule de fromage. Moi, je trouvais que cette lune ressemblait à la petite mine ronde toute simple de fabrication yougoslave que l'on surnommait *boîte de pâté.*

10.

Au matin, je fus réveillée par du brouhaha dans la cuisine.

« Bonjour ! Bien dormi ? » lança-t-il quand je fis mon apparition dans le salon.

Je ne me rappelais pas quand j'avais pour la dernière fois entendu les mots *bien dormi.* Il avait une voix grave et agréable, prononçait les mots lentement et avec pondération.

« Je n'ai pas bien entendu ?

— Je n'ai rien dit.

— Il m'a semblé que j'entendais un commentaire interne.

— Et ?

— Et la journée vient à peine de commencer.

— Elle n'a pas encore... commencé, grommelai-je, susceptible.

— Asseyez-vous », dit-il calmement.

Du café noir fumait sur la table, des tranches de radis et d'oignon fraîchement cueillis étaient disposés sur une assiette, il y avait du pain grillé dans la corbeille, et deux œufs au plat bien tendres, à la forme parfaitement ronde, ne tardèrent pas à glisser sur mon assiette.

« Des œufs fermiers tout frais. La poule les a pondus ce matin. Juste pour vous. La poule s'appelle Cancan. Je l'ai rencontrée personnellement.

— Je crois que je suis au bord des larmes, dis-je.

— Pourquoi ?

— Parce que dans un de mes films préférés, un professeur de littérature américain, spécialiste de Bertolt Brecht, fond en larmes chaque fois que sa petite amie, une Polonaise, lui fait des œufs au plat pour le petit déjeuner...

— Pourquoi est-ce qu'il fond en larmes ?

— Je ne sais pas. Peut-être parce que le professeur considère cet acte comme le summum de la tendresse qu'une personne peut témoigner à une autre.

— Je suis assez d'accord. Même si, comme summum, je choisirais plutôt les œufs Benedict. Mais vous pouvez en avoir demain matin, dit-il sur le ton de la plaisanterie.

— À propos...

— Un peu de patience. J'ai dit demain matin, m'interrompit-il.

— Voilà ce que... »

Et sans raison, question ou invitation, je déversai devant un homme inconnu, qui venait de se réveiller et m'avait aimablement préparé le petit déjeuner, une tonne de mots maladroits, une bouillie sans saveur ni signification, le concentré nerveux de mes réflexions de la nuit passée. Je lui dis que je n'avais pas la moindre idée de ce que j'allais faire de cette maison ; que je n'étais pas venue pour rester, mais juste en éclaireuse, pour tâter le terrain ; que je ne connaissais pas l'ancien propriétaire ; que je ne savais pas du tout pourquoi cet homme m'avait légué cette maison ; que la maison avait bien meilleure allure que ce que je m'étais imaginé ; plus, qu'elle ressemblait à une « métaphore profonde du foyer » (oui, ce sont les mots que j'ai employés, même si je n'avais pas la moindre idée de ce que je voulais dire par là) ; que toute cette situation me troublait, peut-être précisément pour ça ; que je voyageais beaucoup ;

que je ne vivais pas en Croatie ; que, certes, je venais de temps en temps ; que je n'étais pas sûre d'être prête à rentrer pour de bon ; que pour l'instant, je ne savais rien ; que je n'étais sûre de rien ; que je n'avais aucun projet en particulier ; et que pour cette raison, mieux valait ne rien changer ; tout laisser en l'état ; que de toute façon, j'allais rentrer à Zagreb le lendemain ou le surlendemain ; et que je le suppliais de rester dans la maison, comme jusqu'alors, d'autant plus qu'il en faisait à présent partie intégrante, bien plus que je ne serais jamais en mesure de le faire…

Je repris mon souffle…

« Comme quoi, deux œufs sur le plat peuvent faire des miracles », constata-t-il calmement.

Nous nous tûmes. Le soleil matinal entrait par les fenêtres. Je me levai et ouvris la porte qui donnait sur le porche. Dans le lointain reluisaient des petites mares qui, vues d'ici, ressemblaient à des miroirs de poche avec lesquels quelqu'un aurait été en train de jouer, s'efforçant d'aveugler le spectateur.

« C'est quoi, ça, là-bas ?

— Des mares qui sont restées de l'hiver, c'est un sol marécageux. »

La vue sur les lointains scintillants, Bojan, la maison, toute cette situation – tout cela éveillait en moi une vague intranquillité. Tout ça pris ensemble, en lot, touchait à quelque chose que j'avais mis sous clé il y a bien longtemps, et soudain, je me retrouvai en état d'alerte maximale, comme si mon système de sécurité avait été attaqué.

Je ne sais pas comment tout ça commence. Peut-être que les gens changent vraiment tous les sept ans, je ne sais pas, je sais juste que chaque changement laisse une fêlure. Une fêlure, une deuxième, une troisième, et à un moment, la tasse se casse toute seule. Tiens, elle s'est cassée toute seule, disons-nous. Je l'ai vu à l'œuvre sur des gens que je connaissais, cet effet. C'est facile de rester en un seul morceau tant que fonctionnent les colles naturelles, les hormones, la santé, tant que la peau est lisse et brillante, tant que les muscles sont fermes, tant que nous sommes au top, tant que les autres nous aiment, tant qu'il existe un but, tant que nous aimons les autres… Mais que se passe-t-il quand tout ça disparaît ?

11.

C'était dimanche, et Bojan m'avait proposé de me montrer son lieu de travail. De fait, ce n'était pas loin de la maison, à peine une dizaine de kilomètres. Nous roulions sur une piste dans la forêt…

« À gauche, c'est une ZSM, à droite, non.

— Comment savez-vous que ce n'est pas une ZSM à droite aussi ?

— Nous disposons de données. Il y a des conventions entre les armées. Des plans précis sur la position des mines sont d'une grande utilité.

— Je ne comprends pas.

— Grâce à ces données, vous pouvez négocier avec l'ennemi, racheter la vie de prisonniers, ce genre de choses.

— Et ces données sont vraiment fiables ?

— Il faut bien que certaines conventions soient respectées.

— Donc, à gauche, la forêt est dangereuse, à droite, non ?

— C'est ça. »

Nous nous arrêtâmes et sortîmes de la voiture. Je ne me souvenais pas de la dernière fois que le parfum pénétrant du sous-bois avait empli mes narines. La forêt resplendissait, comme si elle posait pour le *National Geographic*. Le soleil perçait les frondaisons épaisses en faisceaux de flèches dorées, et tombait sur les fougères luxuriantes comme si elles étaient illuminées de l'intérieur, tels des lampions. Partout ondulaient des rubans rouges, des marqueurs, qui s'enfonçaient profondément dans les bois. La forêt évoquait un sanctuaire païen. Éclairées par le soleil, les bandes rouges ressemblaient au système cardiovasculaire d'un organisme mythique, qui battait dissimulé dans les fougères. Deux petites machines semblables à des bébés robots se tenaient au bord de la route. C'étaient des démineurs mécaniques.

« Vous avez raison. La forêt évoque vraiment un sanctuaire. Je ne sais pas si vous avez remarqué que les machines portent des noms adaptés, Zeus, Titan… Et puis, les mines, comme toutes les armes, sont une métaphore des fantasmes sexuels masculins version design. La plupart des mines ressemblent à un pénis, et quand vous les alignez les unes à côté des autres, vous avez l'impression d'être dans un sex-shop au rayon godemichés. Les grenades ressemblent à des testicules. La culture traditionnelle indienne vénère ouvertement le lingam, il y en a partout, de toutes les tailles. La culture occidentale est plus timide, plus camouflée, mais au fond, c'est la même chose. Beaucoup d'hommes cajolent leur sexe et lui donnent des petits noms. Je suppose que vous êtes au courant. Ils ont le même rapport avec les armes.

— Pourquoi ?

— Probablement pour surmonter leur peur.

— Et quels petits noms donne-t-on aux mines ?

— Boîte de pâté, trampoline, épi de maïs, clochette, fougasse, sardines…

— Et quelle est la mine la plus dangereuse ?

— La Prom, Prom-1, une mine antipersonnelle à fragmentation bondissante. Elle tue sur le coup. L'année dernière, l'un de nos hommes en est mort.

— Il y en a d'autres qui sont très dangereuses ?

— Parfois, nous tombons sur une mine de la Seconde Guerre mondiale. Quand nos hommes ont déminé Lastovo[1], ils sont tombés sur une mine britannique. Après soixante ans passés sous terre, l'anglaise a tué l'un de nos démineurs. »

Pour je ne sais quelle raison, il me semblait que tout était singulièrement silencieux, comme si nous étions enveloppés dans du coton.

« Moi aussi, j'ai le même sentiment. Peut-être que, inconsciemment, nous attendons l'explosion ? Vous savez comment ils appellent les champs de mines en Égypte ? demanda Bojan.

— Non.

— Le jardin du diable.

— Pourquoi est-ce que vous chuchotez ?

— Parce que les démineurs, tout comme les marins, n'aiment pas le bruit. Il est interdit de siffler sur un navire, vous le saviez ?

— Pourquoi ?

— Parce que ça attire la tempête. »

À ce moment-là, nous entendîmes un sifflement…

« Le Wallon, dit Bojan.

— C'est qui, le Wallon ?

— C'est comme ça que nous appelons les détecteurs. D'après le nom du producteur. »

Nous écoutâmes la stridulation plaintive du Wallon.

1. Lastovo : île croate. C'est l'île habitée la plus éloignée du continent, la dernière avant l'Italie, d'où son importance stratégique. (*N.d.T.*)

« Vous le voyez ? L'homme en gilet pare-balles avec un détecteur ? Là-bas, à gauche, juste derrière le buisson… »

Non loin de nous, j'aperçus un homme en gilet pare-balles vert clair, qui inspectait le sol de la forêt.

« Il a trouvé une mine ?

— Le détecteur détecte tous les métaux, ça peut être n'importe quoi », dit Bojan.

« Viens voir papa, minette, viens, minette, minouche, ma chérie d'amour, allez, ma bichette, ma minette, tu me fais tourner en bourrique, sale pute perverse, je sais que tu es là, allez, clochette, montre-toi, que papa te voie… », cajolait l'homme.

« C'est Terminator. Il parle toujours avec les mines.

— Comment ça se fait qu'il travaille ? On n'est pas dimanche ?

— Depuis qu'une mine lui a emporté la main gauche, il a un peu “vrillé”, il est à la retraite, mais il continue de venir au travail. Impossible de s'en débarrasser. Il est constamment sur le terrain. Il est obsédé par les mines, il les traite comme des êtres vivants. Il dit que les gens sont pires que les mines, une mine te déchiquette le pied ou la main, alors que les gens te déchiquettent l'âme. »

L'homme nous aperçut et nous fit un signe de la main.

« Hé, le Juge, qu'est-ce que tu fous ici ?! nous lança-t-il.

— Je suis venu contrôler un peu ce que tu fais ! »

L'homme nous salua de nouveau, puis se remit au travail.

« T'as vu ça, ma minette ? Ils nous contrôlent, comme si on ne pouvait pas se débrouiller tous les deux, et on s'entend beaucoup mieux quand on est seuls tous les deux, dis-leur, toi, minouchette… »

12.

« Pourquoi votre Terminator, là, vous a-t-il appelé le Juge ? demandai-je tandis que nous roulions vers la maison.

— C'est mon surnom. Nous avons tous des surnoms. Les mines aussi ont des surnoms.

— Mais pourquoi le Juge ?

— Parce que j'ai été juge.

— Que voulez-vous dire ?

— Eh bien, pendant un certain temps, j'ai été juge.

— Et comment se fait-il que vous ne le soyez plus ?

— Ça ne me plaisait pas.

— Et pourquoi ? »

En 1991, en tant que juge du tribunal civil de Zagreb, il avait vu les nouvelles autorités licencier ses collègues serbes juste parce qu'il était écrit quelque part sur des documents qu'ils étaient serbes, ou yougoslaves. Certes, la guerre commençait. À la guerre comme à la guerre, et ce genre de choses sont en temps de guerre « normales ». Lui, cependant, avait précisément choisi ce moment malvenu pour avoir honte, et pour les uns et pour les autres, et pour les Croates et pour les Serbes. Il avait été bête, il avait choisi la forme de protestation la plus bête. Il ne pouvait pas ajouter « la moins efficace », car toutes les tentatives s'étaient avérées inefficaces : une fois que la machine est lancée, il est difficile d'arrêter la guerre. À la préfecture de la rue Petrinska, il faisait la queue pour renouveler sa carte d'identité, et quand l'employée au guichet lui avait demandé quelle était sa nationalité, il avait déclaré haut et fort qu'il était serbe.

« Mais, sur votre acte de naissance, il est écrit que vous êtes croate ?! s'était étonnée l'employée.

— C'est une erreur ! Je suis serbe !

— Je vois que, au lieu d'avoir honte, vous en êtes fier, en plus, avait-elle rétorqué.

— Serbe, écrivez que je suis serbe ! s'était-il entêté.

— Tchetnik », avait tranché la fonctionnaire, mais elle n'avait pas entré les données dans l'ordinateur.

Au moment où les gens « normaux » s'efforçaient de dissimuler tout lien avec les Serbes, où ils passaient sous silence leur famille serbe, où ils se séparaient de leur conjoint et changeaient de nom de famille, cet acte de protestation, tout insignifiant qu'il fût, avait résonné dans la salle d'attente bondée et était arrivé aux oreilles de ses supérieurs.

« Vous avez été courageux.

— Non, j'ai été bête », dit-il d'une voix étranglée.

Du poste de juge, il avait dégringolé les échelons, certes, pour atterrir sur un matelas confortable, avocat dans un cabinet privé. C'étaient tous ses « potes », ils s'étaient retrouvés à la rue comme lui, mais contrairement à lui, ils avaient commencé à ouvrir leurs cabinets d'avocats privés. L'un d'entre eux, un ami, l'avait recruté, et au début, tout allait bien, puis l'ami s'était soudain senti pousser des ailes. À un moment, le métier d'avocat était devenu le plus prestigieux et le plus recherché de Croatie. Le Tribunal pénal international pour l'ex-Yougoslavie de La Haye, le TPIY, avait commencé son travail, les procès des crimes et des criminels de guerre avaient débuté, et au pays, au niveau local, on avait soudain découvert toute l'ampleur et la profondeur de la corruption croate. Et ses potes s'étaient lancés dans la défense des ordures, s'avérant plus que talentueux en la matière. Au début, ils s'excusaient encore, la loi, c'est la loi, un crime, c'est un crime, un médecin est là pour sauver des vies, pas pour choisir les patients à la gueule du client, bla bla bla… Et tout avait marché comme sur des roulettes, ses potes s'enrichissaient, et les « parrains » et « Joker » locaux étaient remis en liberté avec le statut de héros national. Ses potes étaient devenus des stars, comme les voleurs ordinaires, ils avaient commencé à poser pour les journaux en costume Hugo Boss, comme les criminels ordinaires, et à récolter de coquettes indemnités pour cette brève humiliation de 1991. À présent, ils en avaient même trop, du travail, et le résultat, tiens donc, c'était que la vermine finissait en liberté. Personne n'aidait les innocents. Car les innocents n'avaient pas de quoi se payer des avocats. Ses potes, dont certains, d'ailleurs, étaient serbes, étaient devenus plus croates que les Croates, alors que lui était resté un « tchetnik ». C'est à ce moment-là qu'il avait craqué…

« N'importe qui de normalement constitué aurait craqué, fis-je remarquer.

— Ce n'est pas si simple que ça. Je ne suis pas un héros parce que j'ai craqué, pas plus que je n'ai craqué parce que je suis un héros.

— Comment ça ? »

Le soleil tapait sur les vitres de la voiture. Le profil de Bojan se dessinait dans toute sa netteté. Il bougea les lèvres, s'efforçant d'arracher avec les dents une peau sèche sur sa lèvre inférieure. Ce ne sont pas les individus qui sont coupables, c'est la situation qui fait ressortir chez la majorité des gens leurs potentiels cachés, il accentua ironiquement le mot *potentiels*. C'est ça, ce sentiment d'ivresse, qui fait que beaucoup de gens deviennent des animaux. La guerre avait détruit de nombreuses vies humaines, d'une manière ou d'une autre. Il fallait oublier tout ça. Les gens normaux s'efforçaient d'oublier.

« Et vous êtes l'un de ces gens ?
— Et je suis l'un de ces gens, sourit-il.
— Et vous êtes démineur professionnel ?
— Oui, qu'y a-t-il de contradictoire là-dedans ?! »

13.

Ma petite nièce était rentrée de l'école en larmes, parce qu'elle n'avait pas su répondre à la question de savoir pourquoi on avait livré une bataille *sanglante*.

« Comment est-ce que je pourrais savoir pourquoi on a livré une bataille sanglante ?! se désespérait la fillette.

— On a livré une bataille sanglante à cause de l'immobilier, avais-je lancé.

— C'est quoi, l'immobilier ?!

— Les maisons de vacances.

— Taaataaa… ! »

Elle avait prononcé ce mot avec l'intonation caractéristique qu'elle employait pour me signifier qu'elle savait très bien que je ne faisais que plaisanter.

Toutes les guerres sont menées à cause de l'immobilier. La dernière guerre avait elle aussi été menée, du moins c'est ce qui s'était avéré au bout du compte, à cause de l'immobilier. Les uns avaient perdu, les autres conquis, les uns avaient emménagé, les autres déménagé, les uns avaient détruit les monuments des autres, les uns avaient brûlé les maisons des autres, les uns, chassant les autres, avaient conquis les usines, les banques, les médias, les positions politiques, les mines, les chantiers navals, les postes d'ambassadeur, les voies ferrées, les routes... Le sang avait coulé pour l'immobilier. Les metteurs en scène de la guerre avaient donné à l'immobilier le nom de patrie, pour que les gens ne se sentent pas gênés. Pourquoi dire *il est tombé pour l'immobilier*, quand dire *il est tombé pour la patrie* sonne tellement mieux ? L'agent immobilier reçoit un pourcentage, et le défenseur de sa patrie – une décoration. Les plus habiles participants de la dernière guerre avaient reçu et l'un, et l'autre, et autre chose en prime – l'immobilier en lui-même.

J'avais rendu visite à V., à Zagreb, avant de me rendre à Kuruzovac. V. connaissait mon père, même si on ne peut pas dire qu'ils étaient proches. Ils étaient du même village, ils avaient tous les deux pris le maquis avec les partisans, à dix-sept ans à peine, des enfants. Quelques mois auparavant, V. m'avait envoyé une lettre, la seule qu'il m'ait jamais adressée. Il y exprimait la peur de ne plus en avoir pour très longtemps, et le désir de me voir. Le sentiment du devoir et la curiosité m'avaient poussée à l'appeler et à convenir d'une visite.

Le vieil homme m'avait accueillie avec une excitation visible. Son fils, un peu plus jeune que moi, était avec lui. Le défaut d'une présence féminine était plus que manifeste : la femme du vieillard, atteinte d'Alzheimer, passait ses derniers jours dans une maison de retraite. Le fils avait mis la table, j'avais exprimé ma satisfaction face aux hors-d'œuvre proposés, ce qui avait singulièrement réjoui le vieil homme. V. avait manifestement soif de conversation, mais son fils remplissait subrepticement l'espace de mots, s'efforçant d'aider son père ralenti par l'âge. Les mots lui manquaient trop souvent, et après quelques tentatives avortées de s'intégrer à la discussion, il avait renoncé. Pourtant, à un moment, il avait réussi à attirer mon attention par des gestes, et à m'emmener dans sa chambre. Sur un bureau pour enfant trônait une vieille machine à écrire. La chaise était trop petite et trop inconfortable pour un vieillard. Il me montra une étagère avec des livres, où je remarquai deux des miens. Cependant, la véritable raison de son envie de me voir se trouvait sur une étagère chargée de ses manuscrits, soigneusement tapés à la machine à écrire et reliés en toile gris clair. Je compris immédiatement ce que j'étais censée faire : je choisis un volume, lui promettant que j'allais le lire et, bien entendu, le lui rendre. Le visage du vieillard s'illumina d'une sincère satisfaction.

Et ensuite, alors qu'il farfouillait dans la chambre à la recherche, sans doute, de ce qu'il pourrait me montrer d'autre, de manière tout à fait inattendue, V. tomba. Il tomba comme tombent les personnes âgées et les enfants qui commencent à peine à marcher : la dernière année avant sa mort, il arrivait à ma mère de tomber ainsi, et à chaque fois, à ma grande surprise, elle s'en sortait indemne. Je m'étais figée de peur et de compassion. Le fils du vieillard avait bondi à la rescousse et, avec des gestes bien rodés, avait relevé son père. Nous avions poursuivi la conversation comme si de rien n'était, mais l'atmosphère s'était assombrie. Je sentais, quelque part au-dessus de ma tête, clignoter une alarme invisible qui me signalait qu'il était temps de partir. Nous nous dîmes au revoir, le vieil homme et son fils me raccompagnèrent jusqu'à la porte et, alors que j'étais déjà entrée dans l'ascenseur, le vieillard dit quelque chose.

« Je n'ai pas entendu, dis-je en faisant un pas hors de l'ascenseur.

— Désolé de m'être écroulé ! » répéta-t-il.

Je souris. Il me répondit d'un sourire blême. J'étais étonnée par son choix de verbe, il aurait été plus naturel de dire : *être tombé*. Il avait choisi le verbe *s'écrouler*. Par ailleurs, la manière dont le son *c* était sorti de sa bouche indiquait qu'il y avait un problème avec son dentier.

Le démantèlement de la Yougoslavie et la dernière guerre avaient eu sur V. l'effet d'une régression induite. Le vieil homme, comme de nombreux citoyens yougoslaves, avait glissé dans le passé, cinquante ans plus tôt, d'autant plus que l'iconographie générale avait elle aussi glissé dans le passé, à l'épicentre du trauma, que l'on avait cru cicatrisé pour toujours. V. commençait ses confessions par le souvenir de son premier cauchemar d'enfant, et les achevait sur des motifs de coprophobie, une rhétorique d'autohumiliation et d'autodénigrement (il se qualifiait de *spécimen indigne d'être mentionné*). Le tout avait suscité en moi une gêne, peut-être parce que cette sorte de choses n'entraient pas dans les canons du genre ; les gens, en effet, n'écrivent pas une autobiographie pour se rabaisser, mais pour s'élever un monument. L'autobiographie de V. était un petit monument à la capitulation volontaire du citoyen yougoslave moyen. L'autobiographie ne suscitait pas la compassion, peut-être parce qu'elle ne la recherchait pas. Du texte s'échappaient, comme de l'humidité, les taches désagréables d'une honte jamais expliquée. C'est ainsi que les récriminations attendues contre l'injustice de l'époque dérivaient tristement en excuses. *Désolé de m'être écroulé...*

J'ai remarqué que je comprenais le malheur de V., ainsi que beaucoup d'autres malheurs semblables, avec le cerveau, et seulement à moitié avec le cœur. Je me suis demandé d'où venait cette pétrification de mes sentiments. Et si ce manque de compassion pleine et entière de ma part ne venait pas du fait que nous n'avions, tous, été vaincus ni par les Serbes ni par les

Croates, mais tout simplement par la lie de l'humanité, criminels, assassins, pickpockets, arnaqueurs de rue, psychopathes, magouilleurs de bas étage, lâches, violents, voleurs, cambrioleurs, des moins que rien – et ce dans tous les camps ? Ce qui nous avait vaincus, c'était notre manque de volonté de leur opposer une résistance. La prise de conscience du vrai visage de l'ennemi avait suscité son refoulement obstiné, puis une marée d'autoapitoiement, que les nombreuses victimes de cette fraude s'étaient mises à sécréter comme de la salive gluante. Et dans la liste des choses susceptibles de toucher notre cœur, l'autoapitoiement n'est pas très bien classé.

Je me flagellais pour le manque d'élasticité de mon propre cœur. On dit que la longueur totale des vaisseaux sanguins d'un homme mis bout à bout est d'à peu près cent mille kilomètres, ce qui signifie que les veines, les artères et les capillaires d'un spécimen humain – si on les relie en un seul fil, et si l'on prend le globe terrestre comme bobine – peuvent faire environ deux tours et demi autour de la Terre. C'est du moins ce qu'affirme le manuel de ma petite nièce, qui est récemment rentrée de l'école en larmes, parce qu'elle n'avait pas su répondre à la question de savoir pourquoi on avait livré une bataille *sanglante*. Et ses larmes, telle de la cire bouillante, s'étaient frayé un chemin jusqu'au centre de mon cœur endurci ! Je comprenais sa révolte enfantine :

elle était contrainte d'apprendre le monde selon des critères qui n'étaient pas les siens.

Mon père avait peut-être eu raison d'avoir mis au passé un incorruptible point final. Il est mort en 1973, d'un cancer, encore jeune, il a disparu sans un bruit, comme une ombre, emportant dans sa tombe ses éclats d'obus, réels et métaphoriques. Qui sait, mon père a peut-être décidé de mettre au passé un irréversible point final quand il a compris que sa petite fille était fascinée par l'éclat d'obus dans son corps ? N'est-il pas pervers de mettre dans le cartable de ses enfants, qui partent vers un *avenir radieux*, les souvenirs explosifs de l'héritage familial ?! Car la confrontation avec ces réalités ne recèle rien d'autre que la prise de conscience de la banalité, de la banalité du mal : elles n'existent pas, ces découvertes qui changent notre vie, il n'y a pas de justice, pas de regrets, pas de honte, pas de réconfort, pas de catharsis attendue, il n'y a rien…

En 1971, en Croatie, dans la Yougoslavie de l'époque, s'était joué le synopsis politique de ce qui allait se produire vingt ans plus tard. Les censeurs politiques yougoslaves avaient brutalement jeté le synopsis croate à la poubelle, et traduit ses auteurs en justice. Un certain nombre de gens avaient fini en prison, le synopsis, disait-on, remettait en question la survie de l'État yougoslave. De nombreux Croates appellent cette période le « printemps croate ».

Cette même année 1971 (à l'époque, papa était déjà gravement malade), maman m'avait montré en cachette une liste de noms, parmi lesquels se trouvait également le nom de mon père. Je n'avais pas compris le texte, il s'agissait d'une sorte de document semi-officiel ; peut-être même d'un tract censé effrayer les citoyens ; c'était une sorte de « liste noire des personnes à éliminer » qui circulait entre quelques destinataires choisis et qui était (fortuitement ou intentionnellement) tombée entre les mains de mes parents, et qui indiquait quelles personnes (dans la petite agglomération où nous vivions), si jamais les partisans du « printemps croate » parvenaient à réaliser leurs objectifs politiques, il faudrait « tenir à l'œil », qu'il faudrait « faire attention » à eux, les « mettre au placard », les « tenir sous contrôle », les « liquider », même si ce n'était nulle part dit avec des mots. D'un autre côté, plus les instructions sont floues, plus leur exécution est concrète et efficace. Car les instructions sur la purge des livres « non croates » des bibliothèques croates, envoyées vingt ans plus tard aux bibliothèques publiques par le ministère de la Culture croate, étaient tout aussi floues. Et même si les mots *brûler* et *poubelle* n'étaient mentionnés nulle part, de nombreux livres furent brûlés, et beaucoup finirent à la poubelle. La liste des auteurs et des livres à éliminer, semblait-il, n'existait pas, pourtant, les goûts littéraires des zélés bibliothécaires croates avaient coïncidé : avaient fini à la poubelle les livres d'auteurs serbes ; les livres imprimés en cyrillique, même quand il s'agissait d'auteurs croates ; les livres d'auteurs « yougoslaves » ; les livres d'auteurs « de gauche » ; les livres d'auteurs communistes et antinationalistes...

Du reste, au même moment, en 1991, prétendument sans ordres ni instructions du « sommet », les « cordons de la mort » croates avaient nettoyé la Croatie des civils « ethniquement indésirables ». S'ils l'avaient vraiment fait de leur propre initiative, comment se faisait-il que la majorité d'entre eux soit aujourd'hui, vingt ans plus tard, le temps écoulé depuis leurs crimes, en liberté ?!

Mon père avait *consacré* (oui, c'est le mot) sa vie à la *construction d'une société nouvelle* où les crimes de la Seconde Guerre mondiale seraient pardonnés et oubliés ; une société qui assurerait à tous, sans discrimination, des *lendemains meilleurs* ; une société où le *savoir* serait un *pouvoir* ; une société où l'on *chérirait la fraternité et l'unité comme la prunelle de ses yeux* ; une société où *les ouvriers, les paysans et une intelligentsia honnête* bâtiraient des rapports plus équitables ; une société dont l'avenir serait incorruptiblement *radieux*. En voyant cette liste et son nom sur la liste, mon père était, je suppose, mort de honte. Quelques mois plus tard, il mourrait vraiment, emportant dans la tombe ses éclats d'obus : un vrai, et une myriade de métaphoriques.

Maman avait en 1971 promptement détruit le papier avec la liste de noms. Vingt ans plus tard, elle avait jeté à la poubelle le reste des quelques documents qui avaient appartenu à mon père, y compris les lettres que mon père lui avait écrites depuis l'hôpital pour tuberculeux, alors qu'elle était enceinte et attendait la naissance de son enfant, ma naissance, et le retour de mon père du sanatorium. Elle n'avait laissé qu'une petite liasse d'avis de décès, une trentaine ou plus de copies complètement absurdes, et un tas tout aussi absurde de télégrammes de condoléances. J'ai jeté le tout à la poubelle lors de la rénovation et du réaménagement de son appartement. Résultat de ses pataudes velléités de censure, maman n'avait laissé que des preuves de la mort de papa, détruisant les preuves de sa vie. Car à part quelques photographies et décorations (qui lui avaient été décernées pour son *abnégation à œuvrer* à la réalisation de l'idéal socialiste), ces preuves n'existaient pas. J'avais refoulé mon coup d'œil rapide à la « liste noire des personnes à éliminer » dans un oubli profond. La liste, telle une tache d'humidité sur un mur blanc, avait brièvement refait surface, mais brièvement seulement. Dès l'instant suivant, je m'en occuperais, je nettoierais tout, recouvrirais la tache de peinture blanche, et tout serait comme si elle n'avait jamais existé. Il n'y a rien de plus vital, d'humain et de naturel que l'oubli, surtout quand il s'agit de déchéance et d'humiliation. Ce n'est même pas nous qui nous en occupons, ces choses-là ne sont pas du ressort du cœur. Ces choses-là, c'est notre système de sécurité qui s'en occupe, les tendres gommes de l'oubli...

14.

Nous arrivâmes à la maison, et tandis que nous ouvrions la porte, il me sembla soudain que j'avais perdu toute conscience du temps. Il me sembla que nous avions déjà ouvert cette porte ensemble, plus, que nous avions accompli cette action de nombreuses fois. C'était une sensation à la fois précieuse et rebattue, comme dans ces films de SF avec des humanoïdes qui ont des souvenirs vivaces de choses qui ne leur sont jamais arrivées.

Je préparai le dîner pendant qu'il se douchait, et je me douchai pendant qu'il mettait la table. Et pendant le repas, une fois de plus, je ne pus réprimer ma curiosité.

« Quand même, je n'arrive toujours pas à comprendre comment, de juge, vous êtes devenu démineur ?

— Et moi, par exemple, je ne comprends pas de quel droit vous vous permettez de porter un jugement sur ces choses ?!

— Pourquoi ?

— Parce que vous savez très bien que toutes nos vies ont été mises sens dessus dessous ! N'est-ce pas votre cas ?

— C'est vrai, je n'aurais jamais pu imaginer…

— Moi non plus ! m'interrompit-il, élevant légèrement la voix. Et beaucoup d'autres gens non plus ! Personne ne pouvait imaginer ! Pourquoi, alors, mon cas serait-il plus bizarre que celui de ce chauffeur routier croate qui est, quasiment du jour au lendemain, devenu milliardaire suisse ?! J'ai dégringolé les échelons, il les a grimpés quatre à quatre ! Cela signifie-t-il que je suis bête, et lui terriblement intelligent ? Le gosse miséreux de Pakoštan pouvait-il seulement rêver qu'il deviendrait une icône nationale croate, un héros dont on enseigne le nom aux enfants à l'école, propriétaire d'une villa et d'une industrie piscicole, le tout offert sur un plateau en échange de l'expulsion de deux cent mille civils serbes de Croatie, et tout ça parce que, au lieu d'aller à l'école, il avait fui le pays, et appris à appuyer sur la détente d'un révolver ? Ce paisible petit paysan de Repušnica pouvait-il seulement rêver qu'un jour il anéantirait toute une énorme usine croate, tout en s'achetant une villa à Londres et en scolarisant ses enfants à Oxford ? Et vous, dans toute cette dynamique farcesque de roue-de-la-fortune-elle-tourne-elle-tourne-elle-ne-s'arrête-pas-qui-voudrait-être-en-haut-se-retrouve-en-bas-et-qui-est-en-bas-remonte, vous me demandez comment ça se fait que de juge, je sois devenu démineur ! Alors que vous ne me demandez pas comment ça se fait que les juges croates soient devenus des criminels ?! Mais enfin, ce n'est pas Albert Einstein qui a pris le pouvoir dans ce pays, ce sont des voleurs de bas étage !

— Et ?

— Vous insistez ?

— Oui.

— Faites un peu marcher votre imagination, dit-il avec aigreur.

— Je n'en ai pas, répliquai-je, têtue.

— J'ai perdu mon travail. J'ai vu une annonce par hasard, payé les frais de scolarité, et suivi une formation de démineur. Au début, ils nous avaient promis un bon salaire.

— Et vous êtes devenu démineur pour un bon salaire ?!

— Quoi que je vous dise, vous ne me croirez pas. Si je vous dis que je l'ai fait pour le salaire, vous ne me croirez pas, vous me direz que je me suis trompé de voie, qu'il y a des manières moins risquées de gagner de l'argent. Si je vous dis que je l'ai fait pour des raisons morales, parce qu'au bout du compte, il faut bien que quelqu'un nettoie les rebuts de la guerre, vous ne me croirez pas non plus. Vous me direz que je m'envoie des fleurs, n'est-ce pas ?

— Vous n'allez quand même pas me dire que ce travail vous plaît.

— Si incroyable que cela puisse paraître, il me plaît.

— Parce que vous êtes complètement timbré !

— Et qu'y a-t-il de mal à ça ? » lança-t-il joyeusement.

Sur ce, il se leva lentement de table, me souhaita bonne nuit, mais au lieu de monter à la chambre du grenier, dans *sa* partie, il se dirigea vers la chambre du rez-de-chaussée, dans *ma* partie. Il le fit par automatisme, sans réfléchir, c'était, du reste, *sa* chambre il y a peu encore. Je lui emboîtai le pas, bien que sans savoir pourquoi (ce n'était quand même pas pour protéger *mon* territoire ?). Nous nous arrêtâmes sur le pas de la porte, j'entrai, il sortit, déconcerté, nous étions l'un en face de l'autre, l'espace entre nos corps était infime. Il posa la main sur ma joue. Ce geste me troubla. Et ensuite, moi aussi, comme si j'apprenais à maîtriser un rituel autochtone auquel j'assistais pour la première fois, je posai la main sur sa joue. On aurait dit que nous déchiffrions mutuellement nos corps comme des livres en braille ; on aurait dit que, sous la pulpe de nos doigts, coulait l'histoire du corps du partenaire ; un corps présentait ses respects à l'autre, comme si nous étions des danseurs de tango vieillissants, ou des lutteurs éreintés catégorie poids lourds. Et il y avait là quelque chose de profondément rituel. Ce moment figé dans le temps dura une seconde, deux tout au plus, puis, sans un mot, nous nous déshabillâmes, allâmes nous coucher et fîmes l'amour. Nous fîmes l'amour avec une tendre retenue, sans hâte, nous fîmes l'amour comme le font, sans doute, les gens de notre âge, surmontant une longue et pénible solitude. Je m'endormis avec son souffle sur la nuque. Avant de sombrer dans le sommeil, je pensai : je suis rentrée *à la maison*.

Au matin, je fus réveillée par le chant des oiseaux. Je me glissai hors du lit, laissant Bojan dormir, et sortis sur le porche. Des filets de brume somnolents se traînaient dans l'atmosphère. L'air sentait le lilas. Je descendis les marches et cueillis une grappe violette. Je revins sur le porche, m'assis sur le banc, arrachai une petite fleur semblable à une minuscule tasse, et la plantai dans le pli de mon pouce. Je restai assise ainsi, le pouce tendu, le coude appuyé sur mon genou, prenant garde à ce que la fleur ne tombe pas – et j'inspirai le matin neuf. Je ne me rappelais pas quand pour la dernière fois un matin m'avait semblé neuf.

15.

Après que Bojan fut parti au travail, ma première pulsion fut de prendre la voiture et de partir pour Zagreb, puis de prendre le premier vol pour Amsterdam. La pulsion était forte, comme si je me battais pour mes ultimes bouffées d'oxygène. Je montai dans la voiture, et au lieu de partir pour Zagreb, je roulai sans but sur les petites routes de campagne locales, chassant mon intranquillité. Au matin, avant son départ pour le travail, nous avions échangé quelques mots. J'avais réussi à éviter les situations linguistiques où j'aurais dû opter pour l'emploi plus intime du *tu*. C'était une sorte de gêne que je connaissais bien, cette réticence à appeler notre partenaire par son nom, cette stupide mais inévitable prudence « diplomatique » qui en dit plus sur nous qu'elle ne nous cache.

En errant dans les alentours, je remarquai une maison abandonnée, à moitié en ruines. Je m'arrêtai, attirée par la beauté du gigantesque noyer qui poussait dans le jardin. Assis sur un banc devant la maison, un homme efflanqué fumait. À côté de lui, un petit garçon lançait inlassablement un ballon contre le mur. Je sortis de la voiture. Une femme en sarouel sortit la tête par la porte, puis rentra à l'intérieur.

« Bonjour », dis-je.

L'homme marmonna d'un air absent quelque chose d'incompréhensible.

« Je crois bien que je me suis perdue. Pourriez-vous m'indiquer la direction de Kuruzovac ? »

L'homme ignora ma question. Le garçon continuait à faire rebondir son ballon, sans prêter attention à qui que ce soit. La femme en sarouel sortit de la maison…

« On ne sait pas, dit-elle.

— Vous êtes pourtant bien du coin, non ? demandai-je, même s'il était clair qu'ils ne l'étaient pas.

— Nous venons de Bosnie, dit-elle.

— C'est votre fils ?

— Notre petit-fils. Mirsad.

— Quel âge a Mirsad ?

— Douze ans.

— Il va à l'école ?

— Il n'y a pas d'école dans le coin.

— Il n'est pas censé aller à l'école ?

— Si, mais comment ?! Il y a une bonne heure à pied jusqu'à l'arrêt de bus, et encore au moins une demi-heure de route jusqu'à l'école…

— Vous travaillez ?

— Vous voyez bien.

— Mais vous vivez de quoi, alors ?

— D'amour et d'eau fraîche », répondit-elle, tordant son visage en une grimace qui imitait un sourire. Enfin, pas tout à fait d'amour et d'eau fraîche. Leur fils, le père de Mirsad, était mort quelques années auparavant, et leur belle-fille, la mère de Mirsad, travaillait en Italie. Elle prenait soin d'une grand-mère et faisait des ménages, classique. Elle envoyait un peu d'argent, sans elle, ils seraient déjà morts de faim. Non, pour l'instant, elle ne pouvait pas prendre Mirsad avec elle…

Sur une affiche collée au noyer souriait le visage bouffi de l'une de mes lointaines connaissances, qui était entre-temps devenue une femme politique croate. L'aspect bouffi provenait d'un courant d'air qui s'était glissé sous l'affiche, et la soulevait et l'abaissait légèrement. Je désignai l'affiche du doigt, adressant à la femme un regard interrogateur.

« Ah, oui, cette dame est venue, elle a laissé une affiche, elle a promis un ramassage pour Mirsad, pour l'école…

— Et ?

— Et rien. Ils viennent, hein, même dans notre trou paumé, c'est pas qu'ils viennent pas, mais après, ils ne reviennent jamais. Tout le monde nous a oubliés : et Dieu, et le diable. »

Je me dis que ces gens, y compris le petit garçon, avaient été effacés. La femme se débattait encore, elle imitait sa vie passée, cuisinait, lavait, faisait le ménage, mais malgré tous ses efforts, ils étaient de plus en plus invisibles, ils n'allaient pas tarder à disparaître sans laisser de traces. Tout comme la maison à moitié en ruines, ils seraient lentement envahis par les fougères, les plantes grimpantes, l'herbe, avant d'être achevés par les racines du noyer, qui enserrerait la maison de ses tentacules comme une pieuvre, comme cette racine qui avait absorbé un crâne humain – une pièce d'exposition que j'avais vue au musée funéraire Tot Zover à Amsterdam, avant de me rendre en Croatie.

Il y a différentes manières d'effacer les gens. Parfois, les uns effacent les autres littéralement, brutalement et massivement, comme l'ont fait il y a vingt ans les Serbes à Srebrenica, massacrant huit mille hommes et garçons, des Bosniaques musulmans, en les catégorisant sans ciller, avant de les tuer, comme des « paquets ». Parfois, les uns tuent les autres et intentionnellement, et fortuitement, et le nombre des morts s'élève à des dizaines de milliers de civils, comme en Bosnie. Parfois, on les menace de les tuer, et les gens partent d'eux-mêmes, individuellement ou en masse. Parfois, on les vire de leur travail, parfois, on bouche discrètement toutes leurs arrivées d'oxygène, parfois, on brûle leur maison pour qu'ils n'aient nulle part où rentrer, parfois, on les expulse et on fait emménager d'autres gens à leur place, comme les Croates d'ici ont chassé les Serbes et installé dans leurs maisons des Bosniens, que les Serbes avaient chassés de leurs maisons en Bosnie. Et, tiens donc, la guerre n'est toujours pas finie, même si vingt ans se sont écoulés, parce que beaucoup de gens ne tenaient pas particulièrement à ce que la guerre finisse, les « paquets » continuent à voyager à la recherche de leur destinataire, les ossements humains continuent à affleurer de partout. Dieu et le diable ont oublié ces deux vieux prématurément vieillis, et bien d'autres. Beaucoup ont été, contre leur volonté, déménagés dans une vie parallèle d'où, derrière une baie vitrée, ils envoient des signaux, ouvrent la bouche comme des poissons, laissent échapper des bulles silencieuses, exécutent une triste pantomime, signalent d'une main sur le cœur qu'ils sont encore en vie. Et nous voilà, un quart de siècle à peine s'est écoulé depuis la chute du Mur, le barrage a sauté, et l'eau a englouti des millions de gens comme des fourmis. Ils ne *s'en sont pas sortis*, à qui la faute ! Ils ne savaient pas nager. À qui la faute ! Ils ont nagé, les imbéciles, à contre-courant ! Ils n'ont pas su éviter les tourbillons. Pourquoi ne sont-ils pas restés près de la rive ? Pourquoi ne se sont-ils pas rattrapés à un tronc ?! Les uns *s'en sont sortis*, les autres non, cette distinction, incorruptible comme la peine de mort, est une excuse au manque de compassion. Que peuvent donc bien faire, et où peuvent donc bien aller ces deux cinquantenaires dépassés ? S'ils ont de la chance, leur propre petit-fils – quand ses muscles auront forci, et qu'un « instant de fureur » brouillera son jugement – les étouffera avec un oreiller, abrégeant ainsi leurs souffrances.

Sur le chemin du retour, je traversai mon « voisinage étendu » et fis quelques provisions. Dans la boutique de tissus, je trouvai une parure de lit en coton tout à fait honnête, et une toile de lin blanc pour des rideaux. J'achetai aussi un nécessaire de couture et des ciseaux, car je n'étais pas certaine d'en avoir vu dans la maison. Je surpris un sourire sur le visage de la caissière, et compris que, tout ce temps, je souriais moi aussi, même si je n'en avais pas conscience. En retournant à la voiture, je passai devant le café Zdravko. Les mêmes gosses y étaient assis, exactement le même groupe, comme s'ils n'avaient pas bougé entre-temps.

« Ben alors, madame, vous avez emménagé ici ? lança le crâneur.

— Ça te dérange ? répliquai-je, m'arrêtant une seconde.

— Non. Mais la tendance est plutôt au départ, vous savez.

— Et alors ?

— Mais les gens normaux ne s'installent pas ici !

— Et alors ?

— Ben, vous avez l'air normale ! lança le crâneur, et les garçons accompagnèrent sa réplique d'un rire de supporteurs.

— Et pourquoi tu ne pars pas, toi ?

— Parce que je ne suis pas normal. Et de toute façon, j'ai pas la thune pour le billet de bus ! »

Les adolescents gloussèrent, et certains d'entre eux validèrent sa sortie du geste « *give me five* ».

Je me dirigeai vers la voiture.

« Achetez-moi un billet, madaaaaame ! » lança d'un ton moqueur le crâneur dans mon dos.

« Un billet ! Un billet ! » scandaient les gosses surexcités.

« Un billet pour l'Amérique… », ajouta en chantant une voix solitaire.

Dans cette tragédie provinciale amateur, me dis-je, ces gamins sont comme un chœur qui n'a pas la moindre idée de ce qu'est un chœur, ni de ce qu'est sa fonction.

Et pourtant, cette voix solitaire, celui d'entre eux qui avait cité un vers d'une chanson de pop yougoslave vieille de trente ans (*Achète-moi des robes, des chaînes en argent, des framboises bien rouges et un billet pour l'Amérique...* [1]) m'avait touchée. C'était le bon cadeau pour une *madame*.

16.

Qui sait, peut-être avais-je traîné cette stupide métaphore théâtrale comme une bardane mentale jusqu'à la maison, car quand, après le dîner, Bojan et moi nous assîmes sur le porche, il me sembla que je n'étais pas « assise dans ma vie » (« Je suis assis dans ma vie comme au cinéma », avait coutume de dire l'une de mes connaissances), mais sur scène, que ma vue était complètement vide, que quelqu'un avait éteint le son, la lumière et toute possibilité de communication avec le monde.

« Je crois que j'ai un problème, dis-je.

— De quel ordre ?

— Communicationnel.

1. Citation de la chanson culte « Dodirni mi kolena » (Touche-moi les genoux), de Zana, sortie en 1982. (*N.d.T.*)

— Précise.

— Ma petite nièce ne répond jamais à mes mails comme je m'y attendrais…

— Mais ?

— Mais elle préfère inonder l'écran de tonnes de smileys et de cœurs battants. Même au téléphone, ce n'est pas beaucoup mieux. Elle ne répond jamais aux questions d'usage du type “Comment ça va ?” ou “Tu fais quoi en ce moment ?”, par exemple. En guise de réponse, elle souffle dans le combiné et produit des sons : fffffffff, chhhhhhh ou tssssssss. Ou alors, elle souffle et recrache de l'air, pfiouuuu-pfiou, elle rit, elle siffle.

— Elle ne se sent pas à l'aise dans la langue conventionnelle.

— C'est vrai. En ce moment, elle est dans une phase où elle jongle avec les émoticônes. Quand il n'y a pas d'ordinateur à proximité, elle les dessine. Elle dessine des petits ronds à l'air méchant quand elle est en colère, ou de drôles de croissants qui pleurent quand elle est triste. Elle sent que la langue conventionnelle n'est pas la sienne, qu'elle ne sera jamais la sienne. C'est la langue des manuels scolaires, des lectures obligatoires, des batailles *sanglantes*, des odes poétiques à la nation et au peuple, la langue dans laquelle les hommes adultes envoient leurs messages. Elle ressent déjà dans cette langue la violence masculine, et sa propre exclusion. »

Bojan se leva et partit au salon. Il en revint rapidement avec un livre et une lampe de poche. Il alluma la lampe et lut :

« *Le poète est un nuage, il tue de sa foudre, il frappe la ville, il inonde les champs et grossit les rivières de sa pluie bénie… La prairie croate se serait peut-être déjà asséchée s'il n'y avait de tels nuages*[1]… Pourquoi penses-tu que je ne suis pas moi aussi la victime de cette violence linguistique masculine, de cette pornographie littéraire canonisée ? Juste parce que je suis un homme ?

— C'est de qui ? » demandai-je.

Je me sentais gênée, car je ne savais pas qui était l'auteur.

« Tu devrais le savoir. Un célèbre classique croate.

— *Elle bourdonne, elle tinte, elle sonne, elle résonne, elle fredonne, elle tonne, elle gronde, elle rugit… C'est la langue de mes ancêtres*[2]… C'est lui ?

— Ha ha ! Non, mais peu importe. Je voulais juste dire que je suis moi aussi une victime, comme ta nièce. Les études de droit étaient une école violente d'adaptation à une langue qui n'a rien à voir avec la langue parlée, comme, du reste, ce "baroque poétique" que nous avons cité. J'ai un diplôme en "baroque bureaucratique". Nous sommes tous les

1. Citation d'un poème d'Antun Gustav Matoš (1873-1914). (*N.d.T.*)

2. Citation du poème « La langue de mes ancêtres » (Jezik roda moga), de Petar Preradović (1818-1872). (*N.d.T.*)

victimes des beuglements de quelqu'un. En cela, la littérature ressemble à la politique. »

Il avait raison, mais je ne répondis pas. Cette nuit-là aussi, le ciel était couvert d'étoiles. En les regardant, je fus prise d'un léger tournis.

« Ce matin, j'ai pris la voiture dans l'intention de m'enfuir à Zagreb, dis-je.

— Pourquoi ?

— Je ne sais pas.

— Tu as pris peur ?

— Je n'ai pas de raison d'avoir peur. Tu es un mec bien.

— C'est une question ou une constatation ?

— Une question.

— Je ne suis pas un mec bien. Je n'ai juste plus de force. Pour le mal, il faut avoir de la force. Et je suis fatigué.

— De quoi ?

— De nous, des hommes, qui ne cessent de beugler leur cri de guerre croate ou serbe, comme des Maoris de Nouvelle-Zélande. Ils crient, tirent la langue, montrent leurs muscles, menacent, roulent des yeux, rugissent, hurlent, effraient l'ennemi… Et ça dure, et ça dure, ça ne s'arrête jamais.

— De quoi encore ?

— De notre société, de cette éternelle stupidité et brutalité. Stupidité et brutalité – un cocktail mortel. Nous ne sommes pas un peuple poli, dire un mot aimable nous arracherait la langue. Nous sommes une culture paysanne, les gens sont convaincus que derrière chaque amabilité rôde un chantage ou une arnaque.

— De quoi encore ?

— De la répétition bornée. Notre quotidien est une éreintante répétition de la fable sur le renard et la cigogne. Pourquoi le renard n'y met-il pas un peu du sien, et ne sert-il pas à la cigogne une grenouille bouillie dans un grand verre ?! Pourquoi la cigogne n'y met-elle pas un peu du sien, et ne sert-elle pas au renard des ailes de poulet sur un plateau ?! Pourquoi le renard ne caresse-t-il pas de sa queue le bec de la cigogne, pourquoi la cigogne ne gratte-t-elle pas de son bec la fourrure du renard ?! Pourquoi est-ce que ça ne se passe jamais comme ça ?!

— De quoi encore ?

— De la *ganga* et de la *rera*[1].

— Ha ha ha…

— Je savais que ça te plairait.

— De quoi encore ?

— De ce genre de conversations.

— Pourquoi ?

— Parce que ce sont des conversations de femme.

— De femme ?

— De police.

— C'est injuste !

1. La *ganga* et la *rera* sont des formes de chant polyphonique traditionnel croate, pratiquées principalement dans les régions rurales et rudes de l'arrière-pays dalmate. (*N.d.T.*)

— Mais c'est la vérité. Tu me demandes une chose alors que, en réalité, c'est autre chose qui t'intéresse.

— Ce qui m'intéresse, c'est ce que tu répondrais si je te disais que tu me plais.

— Si vite ?!

— Et alors ?

— Tu n'es pas très originale. Il est de notoriété publique que les femmes adorent les démineurs.

— Pourquoi ?

— Parce qu'elles ne savent jamais s'ils vont rentrer à la maison ! Ha ha ha… »

17.

Une fois, alors que je m'étais réveillée en pleine nuit dans mon appartement d'Amsterdam, et que j'étais allée à la cuisine prendre un verre d'eau, j'avais capté un son à peine audible, et pourtant singulièrement sonore et perçant, semblable à celui que produit un verre en cristal. Ce tintement infime et inhabituel avait circulé dans les airs et s'était évanoui, et même s'il n'était pas désagréable, il avait éveillé en moi une vague angoisse. Je ne pouvais expliquer ni d'où il venait ni ce qui avait pu le provoquer, il était tombé de quelque part comme une araignée en descente sur son fil et avait disparu.

Quelqu'un, quelque part dans l'univers, avait peut-être donné le *la* au diapason, et cela s'était échappé, et s'était infiltré dans mon appartement comme une mouche de cristal. Qu'est-ce qui provoque le craquage, et quand commence-t-il ? Quand débute l'éboulement, l'effondrement, le glissement, quand, en réalité, commence la chute ? S'annonce-t-elle sous la forme d'un tintement cristallin à peine audible dans le silence nocturne, ou comme l'un de ces trous dans l'asphalte, qui soudain s'ouvrent et nous fixent, béants ?

En farfouillant dans la modeste collection de cassettes vidéo de Bojan, je tombai sur un vieux film de Joel Schumacher, *Chute libre*. J'avais taillé des rideaux dans la toile que j'avais achetée à la boutique locale, et il fallait à présent les ourler. Je savais que ce travail me prendrait pas mal de temps, et je m'étais dit qu'avec ce film, que j'avais déjà vu une fois il y a longtemps, cette tâche ennuyeuse me serait moins pénible.

Bill Foster (« D-Fens » !), un homme en chemise blanche à manches courtes impeccablement repassée et cravate, « craque » alors qu'il rentre du travail en voiture, et que, à cause de travaux sur la voirie, il se retrouve coincé dans des embouteillages. Dehors, il fait une chaleur étouffante, la climatisation du véhicule ne fonctionne pas, et apparaît une mouche agaçante, que l'homme à bout de nerfs essaie de chasser de l'habitacle. Sa vue se décompose en fragments, comme pour refléter sa décomposition interne. Nous, les spectateurs, saisissons au vol avec Foster, par les vitres de la voiture, des gros plans de bouches agressives, des expressions menaçantes, des publicités aux messages dénués de sens auxquels nous attribuons soudain une signification funeste, des scènes douloureuses de personnes socialement défavorisées (SDF, mendiants, manifestants esseulés). Ce tourbillon de plans rapides, nets et brefs du quotidien de Los Angeles résonne avec la panique interne de Foster. Foster veut arriver le plus vite possible à l'anniversaire de sa fille, et les travaux sur la voirie l'en empêchent. À bout de nerfs, il abandonne sa voiture et part à pied, et à la question de l'un des automobilistes : « Ben où tu vas comme ça ?! », il répond tout simplement : « Je rentre à la maison. » Tout un concours de circonstances, et les nombreuses personnes qu'il rencontre en chemin – de la cabine téléphonique qui ne fonctionne pas, en passant par le vendeur qui ne veut pas lui faire la monnaie pour le téléphone, le groupe de petits gangsters qui cherchent la bagarre, la serveuse stupide, le propriétaire d'un magasin de surplus de l'armée, le fou néonazi Nick, son ex-femme qui, quand il arrive enfin à l'avoir au bout du fil, lui interdit de venir et le menace d'appeler la police, à l'inspecteur de police qui profite de son dernier jour avant son départ à la retraite pour résoudre une ultime affaire – font obstacle à Foster dans son intention de rentrer à la maison. Foster, qui s'entête à défendre sa dignité humaine et un minimum de ses droits, finit acculé, et au lieu de se rendre à la police, il préfère opter pour un suicide par procuration. Il laisse le policier le tuer, car ainsi, son assurance-vie reviendra à sa fille. Voilà donc enfin sa manière de réussir à « rentrer à la maison », et d'offrir à sa fille son cadeau d'anniversaire.

Je me dis que ce film était une analyse parfaite de la mécanique de la chute d'un homme, ainsi qu'un jumeau plus jeune, cinématographique et américain du roman de Krleža *Je ne joue plus*. Certes, chez Krleža, c'est une autre époque, un autre milieu, une autre culture, un autre média. La mécanique de la chute du héros de Krleža s'enclenche au moment où ce dernier, à une table autour de laquelle dînent des invités, qualifie l'acte de son hôte de « criminel, sanglant et moralement malade », ce que l'acte de l'intéressé, de fait, est, mais aucun des convives n'a le courage de le dire, ou alors, ils ne partagent pas l'opinion du héros de Krleža.

Foster se bat presque pathétiquement pour ses libertés fondamentales : pour son droit de s'exprimer, pour la cohérence, la rationalité, pour sa liberté de choix, pour son droit de ne pas être d'accord (*the right to disagree*), avant de finir vaincu par l'accumulation et l'enchaînement de situations absurdes. Pendant tout le film, le réalisateur semble essayer de nous convaincre que Foster est un individu aux nerfs fragiles, que c'est Foster lui-même qui a un problème (il a, par exemple, perdu son travail), pas son environnement. L'environnement se comporte comme il se comporte toujours, et Foster, au lieu de se conformer, de faire semblant, de se soumettre, de courber l'échine, d'éviter le conflit, s'entête à défendre son droit de voir les choses autrement, son droit à l'humanité, à la « normalité ». À la fin, Foster se demande comment il a bien pu en arriver là, alors qu'il a fait tout ce qu'on lui a dit de faire toute sa vie durant.

La chute commence au point de non-retour (« *I've passed the point of no return* », dit Bill), la chute est liée aux lois de la gravitation, elle commence quand, pour une raison ou une autre (qui, en fin de compte, perd son importance), nous sommes éjectés de la trajectoire, de la masse (qui nous recrache comme une miette qui lui irrite la gorge), et que nous continuons à nous mouvoir comme une particule solitaire. Étant donné la différence de trajectoire et de vitesse entre nous et « le reste du monde », il nous semble de plus en plus que ce sont *eux* qui ont tort, tandis qu'il leur semble *à eux* que *nous* avons fait une erreur. De leur point de vue, nous avons enfreint les règles, nous n'avons pas réussi à nous faire une place dans toute cette dynamique gravitationnelle, nous ne nous sommes pas adaptés, tandis que nous avons le sentiment de défendre nos droits humains fondamentaux. Quand Nick, le propriétaire fou du magasin de surplus militaires, dans un acte de violence qui menace de dégénérer en violence sexuelle (contre Foster), tente de passer des menottes à Foster, ce dernier déclare : « Je ne peux pas. » « Pourquoi ? » lui demande Nick. « À cause de la gravitation », répond Foster. « Qu'est-ce que ça veut dire, putain ? » se trouble Nick. « Je vais tomber », répond calmement Foster, avant de poignarder Nick en légitime défense.

Les rideaux étaient finis. J'avais passé plusieurs heures à les ourler à la main, mais le jeu en valait la chandelle. J'ai toujours su que le bon choix de rideaux aux fenêtres fait des merveilles. Quant à la cassette vidéo, pour une raison mystérieuse, je la poussai tout en bas de l'étagère, derrière les autres cassettes, comme si, en regardant ce film, j'avais fait quelque chose d'interdit, et que j'effaçais à présent les traces.

En arrivant à la maison, Bojan remarqua les rideaux depuis la porte.

« Maintenant, le doute n'est plus permis, c'est le printemps », dit-il joyeusement.

Il apportait deux pots avec deux petits cactus ronds.

« Où est-ce que tu as trouvé ces cactus ?

— C'est la femme d'un collègue qui me les a donnés. »

Il disposa soigneusement les pots sur le rebord de la fenêtre. Les cactus se touchaient de leurs épines.

« Et voilà, dit-il. Même les cactus aiment se toucher avec leurs épines... »

C'était une constatation singulière. Elle était empreinte d'un enthousiasme incongru pour son âge.

18.

« Qu'est-ce qu'il y avait avant... ? demandai-je alors que, assis sur le porche, nous sirotions du vin.

— Avant quoi ?

— Avant Kuruzovac.

— Avant Kuruzovac, il y avait Kuruzovac, dit-il avant d'ajouter : Et après Kuruzovac, il y aura Kuruzovac.

— Tu n'es pas obligé de me répondre si tu n'en as pas envie », dis-je, et c'était comme si j'étais légèrement en colère, plus contre moi, car j'avais été surprise en pleine tentative d'apprendre quelque chose qui, peut-être, n'aurait pas dû m'intéresser.

Il parla. C'était une concession polie. En général, les adultes établissent une confiance mutuelle en échangeant des informations personnelles : prénom, nom, adresse, marié, célibataire, enfants... Certes, nous appartenions tous les deux à la génération pré-Internet, pré-Facebook, préselfie, prénumérique, qui n'a pas l'habitude d'exposer ces choses-là. Il fit un geste dans ma direction, me débarrassant du sentiment désagréable d'avoir perquisitionné sur sa propriété.

Il était le fils unique d'un professeur respecté de la faculté d'économie de Zagreb, excellent étudiant, il avait eu tous ses examens dans les temps, trouvé du travail, passé le concours de la magistrature, commencé à travailler comme juge, acheté un appartement. Par rapport à ses camarades, il faisait tout avec facilité. Il voyageait, s'amusait… Et ensuite, il l'avait rencontrée, Vesna, une médecin, de quelques années plus jeune, ils s'étaient mariés et avaient eu une petite fille, Dora… Et tout était arrivé en même temps, et s'était enchevêtré en un nœud inextricable : le démantèlement de la Yougoslavie, les changements politiques, la mort de sa mère, la nouvelle Croatie, la guerre, la naissance de Dora en 1991… Le lieu de l'action, si nous faisons tourner le globe, est difficile à trouver, la Yougoslavie tout entière se réduit à Kuruzovac, et la Croatie au tiers de Kuruzovac. De ce point de vue, toutes nos tempêtes se déroulent dans un verre d'eau, mais nous, peu importent les proportions, nous les vivons comme des tempêtes. En y repensant aujourd'hui, près d'un quart de siècle plus tard (était-il possible que tant de temps soit déjà passé ?!), c'étaient des années de risque et de stress extrêmes. Avant cela, nous ressentions le monde autour de nous comme stable, et ensuite, l'écroulement avait commencé, une expérience proche du séisme, les gens sentaient le sol se dérober sous leurs pieds, le *slide show* avait commencé, et le monde autour de nous devenait insupportablement transparent. Soudain, nous voyions tout comme à la loupe, la moindre grimace, le moindre tic nerveux, la moindre ride, le moindre mensonge qui passait comme une ombre sur un visage. C'était une époque où les masques étaient vraiment tombés, si pathétique que cela puisse sonner, et la peur humaine à l'état pur avait ressurgi à la surface. Cette confrontation avec la peur des hommes, il aurait préféré l'éviter s'il avait pu, c'était l'une des expériences les plus traumatisantes de sa vie. Non, il ne pouvait pas dire qu'il avait lui-même eu peur, il était trop obsédé par la peur des gens autour de lui pour avoir le temps de s'effrayer, il n'arrivait absolument pas à comprendre d'où venait cette peur, et d'où venait cette situation dans laquelle les gens, en apparence sans raison extérieure visible, se transformaient en un corps collectif tremblant, haletant, bavant et terrifié. Depuis notre plus tendre enfance, nous avions été abreuvés de contes sur le courage, sur la dignité humaine, sur l'abnégation, sur les courageux partisans et les lâches ennemis, sur le respect, sur la sincérité, sur la fraternité et l'unité, sur l'héroïsme. Tous ces contes avaient le même répertoire de messages moraux, qu'ils viennent de sources socialistes ou religieuses. Soit dit en passant, ces sources n'étaient pas antagonistes, contrairement à ce que certains affirment aujourd'hui. La peur humaine à l'état pur avait peut-être été sa plus grande découverte, qui révélait que nous avions tous une bien faible résistance, que nous étions comme des souris qui fuient devant un chat mécanique. Et tout le reste, ce sont les lois de la gravitation, ceux qui avaient couru avec les autres dans la cohue avaient été épargnés, ceux qui avaient tenté d'empêcher la chute avaient été vaincus. Les héros sont toujours vaincus. La foule fixe ses critères et ses normes, à la première occasion, elle transformera sa peur en courage, le crime en héroïsme, et ainsi de suite… Vesna avait des instincts sains. Son quotient de vitalité était bien plus élevé que le sien. Elle était arrivée sur cette terre pour survivre, et lui pour sombrer. Le bois dont ils étaient faits n'était pas le même. C'est ainsi que, soudain, des formules toutes faites s'étaient mises à émailler le discours de Vesna : *prendre le train en marche*, ou *attraper le dernier train*, ou *inutile de se battre contre des moulins à vent*, ou *à Rome, fais comme les Romains*, ou *l'argent n'a pas d'odeur*, ou encore *pourquoi est-ce qu'on ne tirerait pas nous aussi notre épingle du jeu*, et il était certain qu'elle les avait adoptées bien avant, à un niveau quasiment viscéral, c'était juste que, jusqu'alors, elle s'était retenue de les employer. Tout ce qu'elle disait lui semblait, à lui, obscène et vulgaire, même s'il savait que c'était lui qui avait un défaut de fabrication. Elle était tout simplement conçue pour survivre. Tandis que toute cette réalité guerrière et postguerre l'horrifiait, elle la stimulait, du moins c'est ce qu'il pensait à l'époque. Tandis que tous les gens « normaux », comme Vesna, s'efforçaient de surnager, il méditait sur la vulgarité de la survie. L'un dans l'autre, le quotidien croate avait largement dégradé leurs rapports. Elle pensait qu'il aurait dû s'adapter, qu'il était trop sensible, qu'il fallait *se boucher le nez* et *mettre les mains dans la merde*, car *personne n'en était mort* ; il vaudrait peut-être mieux qu'ils partent quelque part à l'étranger, pour Dora, sinon pour eux, elle n'aurait aucun mal à s'en sortir, tout le monde a besoin d'anesthésistes, pour lui, ça serait plus difficile, il en avait certainement conscience, il avait peu de chances de trouver du travail dans sa branche à l'étranger, et il n'avait pas d'autres talents ni compétences, il ne savait *même pas changer une ampoule*. Ce pour quoi le mieux était peut-être tout de même de *courber l'échine*, d'ailleurs, s'il regardait un peu autour de lui, il verrait que s'ouvraient d'incroyables opportunités, du genre qui n'arrivent qu'une fois en un million d'années, ce pour quoi il fallait réagir vite, pour ne surtout pas *laisser passer sa chance*. N'avait-il pas, du reste, remarqué que les gens autour de lui, ses connaissances et amis, grimpaient les échelons *comme des cafards*, pourquoi est-ce que lui aussi, il *ne monterait pas un peu en grade*, pourquoi est-ce qu'il *n'activerait pas ses petites pattes* ?!... Et ensuite, à un moment, avait démarré une accélération qu'il n'était plus en mesure d'arrêter, ni de contrôler... Il avait perdu son travail, elle s'était mise à lui reprocher plus violemment son incompétence, son inertie, son inadéquation, et puis s'était produit « l'incident » : il avait provoqué une légère collision alors que Vesna et Dora étaient en voiture avec lui... Ça avait été la goutte d'eau qui avait fait déborder le vase, le vase de Vesna. Dora s'en était tirée indemne, Vesna s'était cassé la clavicule, et à peine sortie de l'hôpital, elle avait demandé le divorce en urgence. Il avait vendu l'appartement, lui avait versé tout l'argent de la vente, et elle avait déjà en poche deux billets d'avion, pour elle et Dora, à destination de la Suède, où un poste l'attendait déjà dans un hôpital. Depuis, elle ne lui avait plus jamais donné de nouvelles, il y avait de cela déjà... combien d'années ? Elle avait fui le plus loin possible du *fou* qui, par pure et simple inattention, avait mis en danger deux vies, la sienne et celle de sa fille. À l'époque, même après son départ, il n'avait pas compris ce qui lui était arrivé. Il avait emménagé chez son père, son père avait demandé à être placé en maison de retraite, où il n'avait pas tardé à mourir.

Il était difficile de trouver du travail dans sa branche, la Croatie tout entière compte à peine plus d'habitants que Berlin, le bruit avait rapidement couru qu'il était *inadaptable*. Et lui-même n'avait plus envie de prendre part au sale boulot, qui devenait plus sale de jour en jour. Il ne surestimait pas, précisons-le, ses capacités morales, il était d'avis que l'*inadaptabilité* et l'*inadéquation* étaient des défauts de fabrication, il n'y avait pas de réparation ni de retour en arrière possibles. De fait, les « inadéquats » persistent à penser que la faute repose sur eux, car s'ils s'étaient un peu plus fait violence, s'ils s'étaient un peu plus contraints, s'ils avaient fait des efforts, s'ils avaient été plus adaptables, s'ils avaient fait ceci ou cela, s'ils y avaient mis du leur, vraiment mis du leur, tout aurait été différent. Mais en réalité, tout aurait été pareil. Et quand il l'avait compris, il avait décidé de quitter Zagreb et de devenir démineur. Il avait mis l'appartement qu'il avait hérité de son père à Zagreb en location. Il envoyait l'argent du loyer, même si ce n'était pas suffisant, à Dora, sur un compte à l'étranger. Il gardait l'appartement pour Dora, si jamais elle décidait un jour de rentrer à Zagreb. Son ami (mon avocat !) lui avait proposé de loger dans une résidence secondaire que, de toute façon, personne n'utilisait depuis des années. Il était un intrus avec la bénédiction d'un avocat. Il n'avait besoin de rien. Le seul point vraiment douloureux, c'était Dora. Il avait très envie de la voir. De temps en temps, elle le contactait, certes par de brefs messages, juste pour l'informer qu'elle était en vie. Elle s'était inscrite en doctorat à l'université de Goldsmiths, à Londres, c'était la dernière nouvelle qu'il avait reçue d'elle, et elle datait de plus d'un an. Il n'avait aucune nouvelle de Vesna. Il savait qu'elle allait bien. Les gens qui marchent à l'instinct, comme Vesna, sont précieux, tout repose sur eux. Aujourd'hui, il lui était sincèrement reconnaissant d'avoir si rapidement et efficacement mis fin à une vie commune qui, de toute façon, ne menait nulle part, et d'avoir sauvé Dora. Dora comprendrait peut-être tout ça un jour. Il s'était fait une raison *a posteriori*, mais alors, il était déjà trop tard pour rectifier le tir. Il était conscient d'avoir fait son temps, mais étonnamment, ça ne lui faisait pas mal. Le monde est un endroit pour le moins chaotique, en général, nous ne le comprenons qu'une fois que nous avons dépensé toute notre énergie à nous convaincre que nous vivons dans le meilleur des mondes possibles. Quant à l'époque à laquelle nous vivions, tout juste si on pouvait la qualifier d'époque, c'était une espèce de bouillie gluante, fade, froide, amorale et à peine digeste. En ce sens, entre ces deux Bosniens, dont je lui avais parlé l'autre jour, et lui, il n'y avait pas grande différence. Lui aussi avait quitté les rails…

« Tu ne vas quand même pas t'excuser pour ça ?

— Non. Par ailleurs, de toute façon, je ne suis pas un matériau qui compte. Je suis bon pour la casse, pas pour l'évolution. Qui sait comment les comptes se font au niveau mondial, mais si nous nous rappelons le fait anodin que des millions de gens dans le monde ont ces vingt dernières années arrêté de fumer, que des millions de gens ne pratiquent plus cette inspiration et expiration, que la fumée bleue des cigarettes ne fait plus partie de notre paysage ; que des millions de gens ont arrêté de consommer du sucre, que les sachets de sucre dans les cafés sont devenus si insignifiants qu'ils servent aujourd'hui de minipanneaux sur lesquels on imprime les vers de chansons oubliées ; que des millions de gens font du sport régulièrement ne serait-ce que pour rester dans la course, ce qu'ils ne faisaient pas avant ; que nous sommes à une ère de nouvelles technologies, d'accélération généralisée de la vie et de prolongation généralisée de la vie, alors, la première chose qui devrait nous venir à l'esprit, c'est : l'évolution.

— Oh, les grands mots !

— Ce n'est que maintenant que j'ai appris à aimer ma vie, telle qu'elle est. Je fais quelque chose d'utile, bien plus utile que si j'étais resté dans le système judiciaire. J'apprends des choses utiles : comment m'occuper de mon jardin, comment planter des salades, comment cueillir des champignons, comment faire de la confiture d'abricots et de groseilles à maquereau, comment changer une ampoule… Finalement, tout compte fait, je travaille quotidiennement à mon adéquation, dit-il d'un ton légèrement ironique.

— Pourquoi ai-je soudain l'impression que nous discutons comme les héros du *Candide* de Voltaire ? fis-je remarquer.

— Remarque pertinente, après laquelle il ne nous reste plus qu'à cultiver notre jardin », répondit-il.

En l'honneur de quoi, nous trinquâmes et finîmes notre vin.

19.

Les genres, sous-genres et catégories littéraires comme métaphores de la vie humaine se sont éculés à force d'emploi abusif, mais les vies humaines ne se sont absolument pas lassées d'être de *vrais romans*, des *drames*, *tragédies*, *farces*, *histoires*, *pièces de théâtre* et *romances*. Les gens comparent encore volontiers leur vie avec le roman (*Ah, si je vous racontais ma vie, ça serait un vrai roman !*), la scène théâtrale et le conte de fées. Certes, il y a aussi les écrans de cinéma et de télévision, et les gens vivent leur vie *conformément au scénario établi*, à moins qu'ils ne prennent les choses en main et deviennent *acteurs de leur propre vie*. La dernière gamme en date des « métaphores de vie » est liée à la technologie numérique (*Ce n'était pas moi, c'était mon avatar ! Sa vie se résume à un tweet !*), et la métaphore numérique supplantera peut-être un jour la littéraire.

Les « métaphores de vie » les plus anciennes sont maritimes, et c'est ainsi que nous survivons à des *naufrages*, et les *tempêtes* de la vie nous rejettent souvent sur des *rivages inconnus*. Les gens tiennent *la barre*, et voguent *toutes voiles dehors*, et la vie elle-même est représentée comme une navigation entre les désirs et les péchés, où le vent nous porte *comme des fétus de paille*. Les *orages* de la vie sont une punition pour nos péchés, les *courants* et les *remous* sont des tentations, et sur cette carte mouvementée, le *phare* symbolise notre foi en Dieu, qui nous sauve des *naufrages* de la vie.

Il m'est venu à l'esprit que toutes ces métaphores éculées étaient une forme d'abréviation, comme les SMS et les tweets d'aujourd'hui. Dans *notre histoire*, à moi et à Bojan, les métaphores se refermaient trop vite et trop facilement, comme des menottes sur les poignets de voleurs amateurs. Tout était à la limite du *soap opera*. Et *notre histoire*, et moi, et la mort de Bojan, toute réelle et horrible qu'elle fût, même elle glissait sur cette limite.

Bojan était parti du côté droit, le côté sûr de la forêt, qui n'était pas une ZSM. Il était tombé sur une Prom, qu'un soldat ou paramilitaire serbe avait, sans doute, posée de son propre chef. C'était une petite plaisanterie, une blague, une merde déposée sur le paillasson du voisin, c'était un salut en partant, adieu, à la revoyure et ne-le-prenez-pas-mal, c'était un dans-ton-cul, allez-tous-vous-faire-foutre, un un-deux-trois-nous-n'irons-plus-au-bois, un petit souvenir dont on se souviendrait longtemps, passe, passe, passera, la dernière restera, c'était un doux secret qui réchaufferait les jours remplis d'ennui de ce crétin anonyme, qui, quand il se réveillerait soudain la nuit, ferait naître sur son visage un rictus silencieux et satisfait ; et, qui sait, peut-être que ce bref sentiment de victoire le ferait se jeter sur la femme endormie à ses côtés, avant de se rendormir lui aussi en rêvant à l'ennemi qui explose en l'air tel un pigeon d'argile… Que faisait donc Bojan de ce côté de la forêt ? Il était sans doute simplement parti se promener, inspirer librement l'air de la forêt, sans le parfum omniprésent du danger qui infectait le côté gauche.

Tout le reste était allé très vite, et comme dans un brouillard. Ses collègues avaient fait annoncer la mort de Bojan dans les journaux, espérant que l'une de ses connaissances tomberait sur la nouvelle et se manifesterait. Il y avait une probabilité que dans son ordinateur se trouvent les adresses mail des gens avec qui Bojan était en contact, mais ils ne pouvaient ouvrir le portable sans son mot de passe. L'un de ses hommes s'était donné du mal, était allé jusqu'à Zagreb, avait demandé de l'aide dans une boutique de dépannage informatique, sans succès. Nul ne connaissait le nom de jeune fille de l'ex-femme de Bojan, elle s'était peut-être entre-temps remariée, peut-être qu'elle utilisait son nom de jeune fille. Peut-être même qu'elle ne vivait plus en Suède. Il n'avait pas non plus laissé la moindre information sur sa fille, sur Dora, sans doute parce qu'il n'en avait pas lui-même. Qu'il envoyait de l'argent sur un compte à l'étranger, ses collègues le savaient aussi. De mon côté, j'avais appelé mon avocat, dans l'espoir qu'il saurait quelque chose : il connaissait l'histoire de la fille et de l'ex-femme, mais il n'avait pas leurs coordonnées.

Les démineurs avaient un pot commun pour les frais d'obsèques. Ils enterrèrent Bojan dans la forêt, tout près de l'endroit où il était mort, battant un sentier de la piste à la fosse. Ils avaient obtenu le permis de l'enterrer dans la forêt, ce qui lui aurait fait, à Bojan, extrêmement plaisir, dirent-ils. Nous avons déjà une tombe du côté gauche, sur le terrain, me dirent-ils, et ils m'emmenèrent à la tombe pour me la montrer. Ils apprécièrent le fait que je les accompagne sans peur. L'année dernière, le président de la République est venu, dirent-ils, et il n'a pas osé, ça non…

Terminator, le plus vieux des démineurs, fit une oraison funèbre sensée, sobre et chaleureuse, à l'encontre de toutes les attentes. Les hommes avaient acheté une couronne, ornée de l'expression légèrement maladroite *repose en paix tes démineurs*, et l'un d'entre eux, le plus jeune, jeta dans la fosse un œuf Kinder surprise. L'œuf contenait la goupille d'une grenade, il me la montra avant de la remettre dans le Kinder surprise et de le jeter dans la fosse. C'était son amulette, il l'avait toujours eue sur lui, dans la poche de son gilet pare-balles. « Maintenant, elle revient à Bojan, pour payer le passage dans l'autre monde, il en aura peut-être besoin », dit-il en redressant le menton et en levant les yeux au ciel pour accompagner ses mots.

Les hommes étaient aimables. Ils m'offrirent leur aide de principe, ils se comportaient envers moi comme si j'étais la veuve de Bojan. Je déclinai poliment. Ils me demandèrent mon adresse, ce que je ne pus refuser, pour m'envoyer la photo du monument funéraire quand il serait fini, ça serait un petit monument, dirent-ils, à peu près comme celui que j'avais vu du côté gauche, sauf qu'au lieu d'une pierre tombale, ils allaient commander une grande dalle ovale, premièrement parce que Bojan n'avait pas été croyant, et deuxièmement parce qu'une telle forme de monument ne déparerait en rien dans l'environnement forestier, au contraire, il s'intégrerait à merveille. Ils espéraient que je n'avais rien contre cette idée...

Tandis que nous bavardions, ils me lançaient des regards légèrement soupçonneux. Même s'ils étaient aimables, je savais qu'une majorité d'entre eux étaient convaincus que j'avais porté malheur à Bojan.

20.

Je poussai la bouilloire électrique sous le vieux canapé rembourré d'algues, et la branchai. Je savais que, tôt ou tard, les algues sèches s'enflammeraient, et qu'alors tout le reste prendrait feu. Je fermai bien toutes les fenêtres. Et voilà que par la fenêtre qui donnait sur le verger, je tombai sur un spectacle enchanteur. Dehors soufflait une légère brise. Des pétales de fleurs rougeoyaient sur les arbres, et volaient dans les airs comme des flocons de neige. Dans le jardin, un petit renard roux bondissait comme un ressort en folie. Je contemplai la vue, le souffle coupé. Puis, comme s'il avait pris conscience de ma présence, le renard fila dans l'herbe en direction de la forêt.

J'emportai avec moi les deux pots de cactus, fermai la maison et jetai la clé dans le fossé. Je partis vers Zagreb par des routes secondaires, mais après une quinzaine de kilomètres seulement, je bifurquai sur une piste. J'arrêtai la voiture le long d'un champ de trèfle. Il n'y avait nulle part où se cacher, mais il n'y avait personne, non plus. Je m'accroupis, et urinai en me cachant derrière la voiture. En me levant, je sentis mes genoux trembler, et je fus terrassée par une fatigue soudaine et irrépressible. Au lieu de m'allonger sur la banquette de la voiture, je m'étendis dans le champ de trèfle. La terre, qui s'était réchauffée pendant la journée, était tiède.

Des images de ma petite enfance, de l'époque des grands projets et des petits miracles, surnagèrent à la surface de ma conscience. Derrière les maisons de familles ouvrières où nous habitions s'étendaient des jardins, où les habitants, mes parents y compris, faisaient pousser des fruits et des légumes pour les besoins du ménage. Nous, les petites filles, nous nous faisions des boucles d'oreilles en cerises, les griottes nous servaient de rouge à lèvres, et les pétales rouges et roses de vernis à ongles. Nous collions les pétales sur nos ongles avec notre salive. Nous étudiions attentivement les égratignures sur nos genoux (les genoux, c'étaient toujours les genoux qui prenaient !), comme s'il s'agissait de superbes cratères. Ces petits miracles – le doryphore qui dépose ses minuscules petits œufs orange sur la face interne de la feuille de la pomme de terre ; la veine bleuâtre qui rampe sous la peau translucide de la tempe des enfants ; la chenille qui s'enroule autour du doigt telle une bague vivante ; l'escargot qui laisse des traînées nacrées ; la lourde boule parfumée de la pivoine qui s'ouvre comme un livre ; le duvet doré sur un avant-bras d'enfant inondé de soleil, et une grosse fourmi qui cherche la sortie de broussailles dorées – éveillaient en nous un émerveillement qui nous coupait le souffle. Le monde de mon enfance défilait sur la face interne de mes yeux en gros plans grisants et limpides.

Quand je me réveillai, il me sembla que toute une éternité s'était écoulée. Ma montre indiquait que j'avais dormi une quinzaine de minutes à peine. J'avais passé à Kuruzovac – c'est ce qu'il me semblait alors, même si je savais que cette impression allait s'estomper – une bonne partie de ma vie, alors que j'y avais vécu à peine trois semaines. J'avais consumé une illusion de plus, me dis-je, aussi rapidement que je l'avais « gobée ».

Je me levai, ensuquée par ce somme bref et profond, secouai la terre de mes vêtements, et cueillis un brin de trèfle, que je coinçai dans le rétroviseur. En démarrant la voiture, je levai bien haut mon majeur, faisant mes adieux à *mon* village. Je repensai aussi à mon chœur pataud, les ados du café local. À eux aussi, je leur fis un doigt d'honneur. Je fermai les yeux un instant. Une scène superbe illumina mon cerveau : sur fond d'un somptueux coucher de soleil éclatait une violente explosion de fleurs. Des millions de petites fleurs de lilas, des obus floraux volaient dans les airs, et le parfum intense du lilas se mêlait à l'odeur de brûlé. Hé, la madame, elle a jeté un pétard !

Je rejoignis la route principale. Devant moi défilaient des prairies verdoyantes, qui s'éteignaient lentement avec le jour. La comptine préférée de ma petite nièce s'insinua dans mes pensées, et s'y accrocha comme de la bardane… *La souris m'a mangé mon grain, pauvre de moi, que vais-je faire ; viennent la chatte et ses chatons, mangent souris et souriceaux ; viennent renarde et renardeaux, mangent la chatte et ses chatons ; viennent louve et louveteaux, mangent renarde et renardeaux ; viennent l'ourse et ses oursons, mangent louve et louveteaux…* Le monde est un champ de mines, et c'est la seule maison que nous ayons. J'allais devoir m'habituer à cet état de fait, me dis-je, et je partis lentement vers Zagreb.

QUATRIÈME PARTIE

Les aventures de Théocrite

« Il se tourna vers Béhémoth et dit : “Allons, Béhémoth, donne ce roman.” »

Mikhaïl Boulgakov,
Le Maître et Marguerite[1]

1. Mikhaïl Boulgakov, *Le Maître et Marguerite*, trad. Claude Ligny, révisé par Marianne Gourg, « Pavillons Poche », Robert Laffont, 2018, p. 521. (*N.d.T.*)

1.

Des dents petites comme des grains de riz

Les mèches de ses cheveux sont teintes dans des nuances de miel, et l'une d'entre elles a des reflets violets. D'un geste, qu'elle répète particulièrement souvent, elle rejette ses cheveux sur le côté. Toujours du même côté. Elle joue avec ses cheveux comme le font de nombreuses jeunes femmes, s'imitant les unes les autres : d'une main, comme avec une pince, elles « ramènent » tous leurs cheveux en haut du crâne, puis elles les « relâchent ». Le geste est provocant, comme une sorte de tic porno. Mon interlocutrice approche des quarante ans, même si elle fait plus jeune. Elle m'observe d'un regard franc, qu'elle positionne de sorte que nos regards ne soient pas à la même hauteur : le sien part du bas vers le haut. Ses yeux n'expriment pas grand-chose, elle est celle qui contrôle le champ de vision, ce n'est pas le monde qui entre en elle, c'est elle qui entre dans le monde.

En ce qui la concerne, elle a compris qu'on n'arrive à rien, mais vraiment à rien, sans stratégies promotionnelles. Elle utilise tout ce qui est en son pouvoir. Elle est active sur Facebook, sur Twitter, elle a un blog et un vlog. Tout ça, elle l'a compris quand elle a publié son premier livre, le seul pour l'instant, mais plus pour longtemps. Elle mentionne le nom de son village, quelque part « dans le trou du cul du monde ». Et elle ajoute : « Enfin, tout ça, ça dépend d'où on situe le cul du monde. » Elle rit, découvrant des dents petites comme des grains de riz. Non, elle ne pense pas être géniale, mais oui, elle pense être une bonne écrivaine. D'ailleurs, je n'ai qu'à compter le nombre d'écrivains géniaux qui sont morts dans un semi-anonymat. Surtout « les nôtres », de « nos » petits pays, même un Nobel n'y fait rien, prenez Ivo Andrić, dit-elle, qui parle encore de lui ?! Pourquoi pense-t-elle que « nos génies » en particulier méritent qu'on leur accorde de l'attention, et pas, par exemple, les génies belges ou roumains ? Elle ne comprend pas ce que je lui demande. Et pourquoi elle, à son avis, mérite-t-elle qu'on lui accorde de l'attention ? Sa vision du monde pourrait être intéressante pour d'autres personnes aussi, voilà, c'est sans doute la réponse la plus courte à ma question. Dans son nouveau roman, par exemple, elle décrit sa relation et sa rupture avec son amant. Elle parle de sentiments, peu de gens de nos jours parlent de sentiments. Soit dit en passant, c'est ici qu'elle a découvert qu'elle avait aussi un corps. Pas seulement au sens littéraire, mais au sens littéral du terme, elle pose pour des peintres. Je ne peux pas m'imaginer tout le travail qu'elle a ! Il y en a qui se prennent pour de grands artistes, d'autres que ça amuse d'avoir un modèle vivant, d'autres encore pour qui c'est une forme de psychothérapie organisée. C'est un pays riche, les gens peuvent se permettre ce type de divertissement. Elle passe pas mal de temps sur Facebook et sur les sites de rencontre, ça lui permet de faire connaissance avec toutes sortes de gens, de créer ses personnages, tout ça, ça l'aide dans son écriture. Par la même occasion, elle cherche un mari. Ou plutôt, une personne qui lui permettra d'obtenir des papiers. Son premier livre regorge de selfies, d'écriture multimédia, est-ce que ça se dit ? Les selfies aussi sont l'empreinte de ses doigts. Tout est une empreinte de ses doigts. Elle ne lit plus autant qu'avant, en réalité, c'est tout juste si elle lit, d'une part, elle n'a pas le temps, et d'autre part, ça l'ennuie. Elle s'est lassée des visions du monde des autres, elle a assez de… sa vision. De nouveau, elle découvre ses dents petites comme des grains de riz. Elle pense que l'art doit se battre pour trouver son public, son lecteur, son auditeur et son spectateur. La valeur littéraire est une question de lobbying. Le but est de gagner à ta cause le plus grand nombre de sympathisants. En ce sens, elle n'a aucune morale. Tout plutôt que de rester semi-anonyme. Récemment, elle a lu que quelque part aux États-Unis, dans un hôtel, ils avaient aménagé une chambre pour en faire la réplique fidèle de la chambre de Van Gogh, celle avec le lit en bois jaune, à Arles. Et les gens font la queue pour passer la nuit précisément dans cette chambre. Les Hollandais vont être verts de rage, ils auraient dû avoir l'idée les premiers, et construire un hôtel près du musée Van Gogh, avec des répliques de la chambre de Van Gogh. Ça doit être magnifique d'entrer dans ce tableau célèbre, de dormir « dans le tableau », et de payer cette satisfaction au matin. Elle aimerait que les lecteurs entrent comme ça dans son livre, comme dans une chambre d'hôtel, qu'ils y dorment et payent au matin. Tout peut aider pour la promotion d'un produit, et une œuvre littéraire est un produit. Elle est, par exemple, consciente que l'aspect physique de l'autrice ou de l'auteur aide beaucoup. Ce pour quoi elle investit tant dans son apparence. Elle est la première à ne jamais ouvrir les livres d'auteurs physiquement laids. Elle avait raison, notre célèbre compatriote, la reine de la performance, qui, tout en brossant violemment ses beaux cheveux épais, répétait que l'art doit être beau…[1]

1. Allusion à la célèbre performance *Umetnost mora biti lepa, umetnica mora biti lepa* (*L'art doit être beau, l'artiste doit être belle*) de l'artiste contemporaine et performeuse serbe Marina Abramović. (*N.d.T.*)

Je l'écoute, je remarque au passage qu'elle a de belles mains soignées, avec de longs ongles roses et brillants, et j'essaie de me rappeler comment elle s'est retrouvée dans mon appartement, où elle bavarde avec moi comme si j'étais sa meilleure amie. Elle s'est infiltrée dans mon espace comme du gaz, elle a rampé, inodore, sous la porte. Une « compatriote », elle a demandé à me rencontrer, et je n'ai pas osé dire non, comme si j'étais un écrivain ouvrier socialiste, une sorte de Maxime Gorki. Elle n'a rien lu de moi, je l'intéresse exclusivement en tant que personne qui a réussi à publier ses livres dans ce pays étranger. Elle ne le dit pas, bien entendu, elle est polie. Mais elle aussi, elle aimerait y arriver. Elle aussi, elle va y arriver. Elle attend la bouche ouverte que je lui jette une miette, n'importe quoi qui puisse lui être utile en ce sens. Elle a les yeux clairs, le regard brumeux, elle est ivre de cette image de succès, le succès est la drogue qui la fait tenir. Elle n'est pas agressive, elle envoie un mail de temps à autre, tous les trois ou quatre mois, tout en soulignant qu'elle vient dans mon immeuble une fois par semaine, et que, donc, nous pouvons théoriquement prendre un café toutes les semaines. Elle fait le ménage chez une connaissance dans mon immeuble, il la paie trois fois plus que le prix habituel, de manière générale, elle a de la chance, car les autres aussi la paient plus qu'il n'est d'usage pour ce genre de travail. Et ce type dans mon immeuble fait du *couchsurfing*, toutes sortes de gens passent dans son appartement, lui-même est rarement à la maison.

Le haut de son corps est fin, il donne une impression de fragilité, il se courbe même légèrement, comme s'il était sur le point de tomber. Le bas de son corps est plus fort, comme si elle était composée de deux moitiés. De plus, elle souligne elle-même le bas : elle porte des leggings moulants à motif léopard et des bottes voyantes recouvertes de fausse fourrure. Ce qui lui donne la démarche d'un pingouin : le haut de son corps est légèrement penché vers l'avant, comme s'il se préparait à courir, mais le bas l'en empêche...

Je l'écoute, et je me demande d'où vient mon sentiment injustifié de supériorité envers ma compatriote. En réalité, il n'y a pas de différence entre nous. Tous autant que nous sommes – jeunes et vieux, hommes et femmes, publiés et non publiés, expérimentés et débutants, connus et anonymes, productifs et improductifs, avec ou sans éducation supérieure, à succès et sans succès, intelligents et bêtes, primés et non primés –, nous sommes tous, en réalité, pareils. Nous attendons le coup de feu qui donnera le départ de la course, puis nous pourchassons nos propres ovaires, nous les assaillons de nos propres spermatozoïdes, nous nous fécondons nous-mêmes. Et ensuite, nous harcelons les autres pour qu'ils jettent un œil au fruit de notre perversité, à notre rejeton artistique. Et le fait qu'il n'y ait pas de différence entre nous, que nous ayons tous les mêmes chances, que nous soyons si nombreux dans la course, bien plus nombreux que jamais auparavant, ne peut s'expliquer que par l'absence de risque. L'absence de risque rend notre travail réconfortant, et si anecdotique.

2.

Qui est Doïvber Lévine ?

Aujourd'hui, tout est différent, aujourd'hui, on peut tout trouver dans les archives bienheureusement déhiérarchisées d'Internet. Avant, à l'époque AG (Avant Google), l'imagination venait compléter le manque d'informations. Jusqu'il y a encore seulement une vingtaine d'années, le monde était immense et secret, captivant. Aujourd'hui, tel un divin lama mécanique, Internet nous crache à la figure des réponses impassibles. Certes, les réponses, proportionnellement à la facilité avec laquelle nous les obtenons, sont légères, peu fiables, inconsistantes.

Qui est Doïvber Lévine ? Doïvber Lévine est un écrivain qui a longtemps été, dans l'histoire de l'avant-garde littéraire russe, une courte note de bas de page. Aujourd'hui, Doïvber Lévine est une note de bas de page un peu plus longue. Boris Mikhaïlovitch Lévine est né en 1904 dans la petite bourgade biélorusse de Liady, dans l'oblast de Vitebsk. Il est mort, selon certaines sources, en défendant héroïquement Léningrad début janvier 1941. Ni la date ni le lieu de son décès ne sont fiables : le Wikipédia russe, par exemple, affirme que Lévine est mort le 17 décembre 1941, dans le village de Pogostie. D'autres sources proposent, elles, une date moins contraignante : Boris Mikhaïlovitch Lévine serait mort quelque part entre 1941 et 1942.

Au début des années vingt, Lévine arrive à Petrograd pour ses études, il s'inscrit au département de théâtre de l'Institut d'histoire de l'art et rejoint le dernier groupe d'avant-garde littéraire en date, Oberiou. Les membres de ce collectif artistique étaient Daniil Harms, Alexandre Vvedenski, Nikolaï Zabolotski, Konstantin Vaguinov, Igor Bakhteriev et Doïvber Lévine. Lévine est l'auteur de quelques œuvres pour les enfants et la jeunesse, et les Mémoires de ses contemporains – Guennadi Gor et Igor Bakhteriev – affirment que Doïvber Lévine a, lors d'une soirée littéraire, lu des fragments de son roman *Les Aventures de Théocrite* (*Pokhojdenie Feokrita*). Certes, le Wikipédia russe affirme que le titre du roman était *Les Origines de Théocrite* (*Proiskhojdenje Feokrita*), et d'autres sources qu'il s'agissait de *La Vie de Théocrite* (*Jizn' Feokrita*)[1]. Mais en dehors des deux ou trois mentions dans des Mémoires nés sous la plume de contemporains de Lévine, il n'existe aucune autre preuve de l'existence de ce roman. Dans la page Wikipédia russe de Lévine, à la rubrique « Courant » (censée désigner les affinités littéraires de Lévine), on trouve *avant-gardisme*. Lévine s'est lui-même donné le prénom de Doïvber après avoir découvert qu'il avait un homonyme, Boris Mikhaïlovitch Lévine[2].

Dans le nombre très restreint de sources (principalement des notes biblio-biographiques), les

1. « À la fin des années vingt et au début des années trente, Lévine a écrit un roman intéressant, bien qu'inachevé, *La Vie de Théocrite*, dont le manuscrit a disparu lors du siège de Leningrad. » (Igor Bakhteriev, *Vospominania o N. Zabolotskom*).
2. L'homonyme, Boris Mikhaïlovitch Lévine, est né le 5 janvier 1899 dans la bourgade de Zagorodino, dans l'oblast de Vitebsk, dans la même région que Boris Mikhaïlovitch (Doïvber) Lévine. Collaborateur de journaux satiriques, il écrivait des histoires humoristiques sur la vie des étudiants et des petits fonctionnaires. Il a pris part à la bataille de Suomussalmi, entre les forces soviétiques et finlandaises. Il est mort en héros le 6 janvier 1940, un jour seulement après avoir fêté son quarante et unième anniversaire, et deux jours avant la victoire des forces finlandaises sur les soviétiques. Il est enterré sur son lieu de mort, à Suomussalmi. Boris Mikhaïlovitch Lévine est aujourd'hui un nom complètement oublié de la littérature russe. Sa page Wikipédia russe, à la rubrique « genre » (censée désigner le genre dans lequel Lévine créait) précise *mélodrame*.

données sur les deux écrivains ne sont pas complètement harmonisées, et il arrive qu'elles se confondent. Même les petites photographies en noir et blanc qui apparaissent sur Internet en illustration des notes biographiques sur Boris Mikhaïlovitch Lévine et Boris Mikhaïlovitch (Doïvber) Lévine sont parfois interverties. Dans la cruelle loterie en activité ces années-là – la révolution, les purges staliniennes, la Seconde Guerre mondiale –, Doïvber a bénéficié d'un destin posthume légèrement meilleur que celui de son homonyme, grâce, paradoxalement ou pas, à l'absence d'œuvre, et non à sa présence. C'est peut-être précisément pour cela que c'est Doïvber Lévine, et non Boris Mikhaïlovitch Lévine, qui est le héros de l'histoire qui suit.

3.

L'obérioute oublié

Si Doïvber Lévine doit sa vie posthume à quelqu'un, c'est avant tout à Guennadi Gor, écrivain et collectionneur d'art. Dans son recueil de souvenirs *Geometricheski les* (Forêt géométrique), Gor évoque dans le texte « Ralenti » (« *Zamedlennye vremeni* ») la scène artistique et littéraire de Leningrad dans les années vingt et trente, et le tout dernier groupe d'avant-garde russe,

Oberiou. Lévine est mentionné dans le manifeste de l'Oberiou sous le nom de Bor. Lévine, et ce en une seule ligne : « Bor. Lévine – prosaïste, qui travaille actuellement de manière expérimentale ». Guennadi Gor se remémore une soirée littéraire à laquelle avait participé Doïvber Lévine, lisant des extraits de son roman non publié *Les Aventures de Théocrite* :

« Le prosaïste de l'Oberiou Doïvber Lévine [...] a lu des chapitres de son roman *Les Aventures de Théocrite*. Le roman de Lévine rappelait un tableau de Marc Chagall. Dans *Les Aventures de Théocrite*, les frontières entre ce qui aurait pu se passer et ce qui n'aurait pu se produire qu'en songe étaient effacées. Dans une maison chagalliennement fantastique, le rez-de-chaussée était occupé par un fonctionnaire soviétique ordinaire, tandis qu'à l'étage du dessus résidait un être mythologique à tête de taureau. Seul le plafond séparait les époques, la contemporaine de l'antique, réunies par l'imagination capricieuse de l'auteur[1]. »

Il est tout à fait possible que la comparaison entre la prose de Lévine et la peinture de Chagall vienne du fait que Chagall et Lévine sont tous les deux nés dans une communauté juive orthodoxe de l'oblast de Vitebsk. La bourgade de Lévine, Liady, était

1. Guennadi Gor, « Zamedlennye vremeni », in : *Geometritcheski les*, Leningrad, 1975.

peuplée d'une communauté de juifs hassidiques, d'où vient le célèbre rabbin Shneur Zalman (ou Schneur Salman). D'ailleurs, le nom Doïvber, que Lévine s'est attribué lui-même, combine les termes hébreu (*Dov*) et yiddish (*Ber*) signifiant « ours ». Selon certaines sources, Samouil Marchak[1] appelait Lévine « l'ours himalayen ». La bourgade de Liady a disparu de la surface de la Terre, tous ses habitants sont morts dans des pogroms, et les maisons ont été détruites pendant des batailles lors de la Seconde Guerre mondiale. La langue maternelle de Lévine était le yiddish, il parlait aussi l'hébreu, et il avait appris le russe en autodidacte, ce dont témoigne dans ses Mémoires l'écrivain et folkloriste S. Mirer, lui aussi originaire de Liady. Mirer se souvient de Lévine comme du séducteur de la ville, et il se rappelle la beauté locale Sonia Volkova, qui était tombée amoureuse de lui. Lévine l'avait quittée, lui infligeant, selon les mots de Mirer, « une grande blessure spirituelle ». Après son mariage avec l'ambassadeur de Suède, et au grand dam de Mirer, la malheureuse Sonia Volkova disparaît sans laisser de traces.

1. Samouil Iakovlevitch Marchak (1887-1964) : poète, dramaturge, critique littéraire et traducteur russe d'origine juive. Il a notamment traduit en russe de nombreux grands noms de la littérature anglaise, et dirigé la rubrique littéraire du mensuel pour enfants *Tchij*, qui publiait entre autres des écrivains de l'Oberiou. (*N.d.T.*)

De L. Panteleïev, qui a lui aussi vécu dans la même ville que Lévine, nous apprenons que Lévine aimait lire Ibsen, Shakespeare, Hamsun et Przybyszewski ; et qu'à Leningrad, il vivait dans la rue Tchekhov (*Il a vécu, et il ne vivra plus. Ni ici, ni nulle part en ce monde* – Panteleïev note cette phrase impitoyable dans son journal en 1944) ; que lors de la dernière rencontre entre lui et Lévine, ce dernier, empli d'angoisse par l'imminence de la Seconde Guerre mondiale, aurait dit : *C'est la fin ! Toutes les lumières du monde se sont éteintes* ; et que Lévine était marié à une belle *komsomolka*[1] (*J'ignore où se trouve aujourd'hui sa fille Ira. Quel âge peut-elle avoir ? Sept ans ?*).

Pour ce qui est des documents sur l'Oberiou, outre dans le manifeste du mouvement, Lévine est également mentionné dans le texte journalistique « Jonglerie réactionnaire »[2] d'un certain L. Nilvitch (ce qui était probablement le pseudonyme d'un indic, chargé d'espionner les « hooligans littéraires » lors de leurs performances). C'est grâce à l'article de

1. Komsomol : organisation de la jeunesse communiste du Parti communiste de l'URSS. Les enfants y entraient à l'âge de quinze ans, après les Pionniers soviétiques, et pouvaient y rester jusqu'à leurs vingt-huit ans. Les membres du Komsomol étaient appelés *komsomolets* pour les garçons et *komsomolka* pour les filles. (*N.d.T.*)

2. L. Nilvitch, « Reakcionnoe jonglerstvo », *Smena*, 9 avril 1930.

Nilvitch qu'une description du récit de Lévine a pu être conservée :

« Le premier à lire était Lévine. Il a lu une histoire remplie d'absurdités de toutes sortes. Il y avait là la métamorphose d'un homme en trois êtres (un homme, et deux femmes : l'une étant l'épouse, l'autre la conjointe), puis la transformation d'hommes en veaux, et autres tours de cirque. »

L'article de Nilvitch comprend également la réponse faite par Lévine à une question du public :

« Lévine a dit qu'ils étaient incompris pour l'instant, mais qu'ils étaient les uniques représentants (!) d'un art nouveau, qui construisait un grand édifice.

"Pour qui est-ce que vous le construisez ?" ont-ils demandé.

"Pour toute la Russie", a été sa réponse typique. »

Le critique Valery Dymchits, dans son texte « L'obérioute oublié »[1], rédigé à l'occasion du centenaire de la naissance de Lévine, avance l'hypothèse que Doïvber Lévine, outre des *Aventures de Théocrite*, serait l'auteur d'une autre œuvre perdue, un récit intitulé « Parfeni Ivanitch ». Malheureusement, Dymchits ne cite pas de sources permettant de confirmer l'existence dudit récit.

1. Valery Dymchits, « Zabyty oberiout », *Narod Knigi v mire knig*, octobre 2004.

Avec beaucoup de bonne volonté, mais sans arguments convaincants, Dymchits essaie de présenter les romans pour enfants de Lévine comme complexes, et de plaquer sur eux un lien avec la poétique de l'avant-garde russe, ainsi qu'avec la tendance générale de l'Oberiou à l'absurde et au *zaoum*[1]. L'exemple de *zaoum* que Dymchits déniche dans un roman pour enfants de Lévine ne correspond peut-être pas tout à fait à l'idée de Khlebnikov du *zaoum* comme de la « langue des oiseaux, des dieux et des étoiles », mais c'est de la part du critique une tentative louable d'attirer l'attention sur un écrivain oublié :

« Il avait [il s'agit d'un coq, *N.d.A.*], semble-t-il, dormi trop longtemps, et se sentait honteux, et il chantait à présent de toutes ses forces "... ricoooo !", ce qui, certes, signifiait "...onjouuuur !" »

Dans ses efforts réanimatoires bien intentionnés mais maladroits pour sortir Lévine de l'oubli, Dymchits propose une lecture remise au goût du

1. *Zaoum* : type de poésie des futuristes russes, qui se concentre sur les sons en eux-mêmes : tout le poème est tourné vers le côté phonique du discours. Le mot *zaoum*, inventé par Alexeï Kroutchenykh en 1913, est composé du préfixe *za* et du mot *oum*, « esprit », et peut se comprendre comme « transmental ». Le *zaoum* n'a ni règles grammaticales, ni conventions sémantiques, ni règles de style, il entend exprimer les émotions et les sensations primordiales. Il se fonde sur l'idée que les sons précèdent les significations et représentent un élément naturel, donc universel, de la communication. (*N.d.T.*)

jour des romans jeunesse de Lévine. Le personnage principal du roman de Lévine *La Rue des cordonniers* est certes un enfant des rues, un voyou qui rejoint les révolutionnaires. Ce détail irait dans le sens de la conviction générale actuelle (russe ?) selon laquelle les révolutionnaires étaient des voyous sans foi ni loi, et conférerait à Lévine une aura anticipatrice et une conformité idéologique avec le contexte politique actuel – c'est à peu près ce qui ressort de la proposition alambiquée de Dymchits.

Salamandra P.V.V.[1] s'appuie sur les écrits de Harms, qui contiennent le programme d'une performance commune de l'Oberiou, en décembre 1928. La performance est annulée, mais le programme confirme que Lévine était censé y participer, et réciter une « prose eucallistique » (de *eu*, « bon » et *kalos*, « magnifique »). Autre donnée importante, bien que nullement étayée, le peintre Pavel Mansouroff (lors d'un voyage en Italie, en août 1918) aurait emporté avec lui, à la demande de Harms, des textes de l'Oberiou. Y compris, prétendument, quatre récits de Lévine. La préface de l'autrice ne révèle pas de sources qui viendraient étayer son affirmation, mais elle cite les titres de trois des récits[2].

1. Salamandra P.V.V., « Medved' iz Oberiou » (« L'ours de l'Oberiou »), in *Vol'nye chtaty Slavitchi*, 2013.
2. Voici les titres des trois récits de Lévine : « La Rue au bord de la rivière » (« Ulitsa u reki »), « Le Bouc » (« Kozel »), « Troisième histoire » (« Tretji rasskaz »). Détail intéressant,

Grâce à la préface de Salamandra P.V.V., Lévine reprend un peu du galon. La préface avance des preuves plus convaincantes de la participation de Lévine à la théâtralisation des performances de l'Oberiou, par exemple[1]. Pourtant, Lévine restait en retrait, un figurant sur la scène des importantes expérimentations avant-gardistes où se pavanaient, à bon droit, les plus talentueux : Daniil Harms et Alexandre Vvedenski. Certes, l'autrice essaie de qualifier les honnêtes romans pour enfants de Lévine de « complexe expérimentation formaliste », ce qui est difficile à croire, d'autant plus qu'elle n'étaye en rien son jugement. Elle qualifie aussi la

---

le roman longtemps perdu et récemment redécouvert de G. Gor est intitulé *La Vache* (*Korova*). Le titre du récit perdu de Lévine « Le Bouc » (« Kozel ») n'est pas très éloigné sémantiquement du titre du roman de K. Vaguinov *Le Chant du bouc* (*Kozlynnaïa pesen'*). De telles coïncidences, et elles sont nombreuses, révèlent que l'imagination zoologique n'était pas le point fort de l'Oberiou, à moins qu'elles n'indiquent que les contemporains sont tout simplement des témoins peu fiables, qui fonctionnent comme un « téléphone arabe ».

1. Lors de l'une de ces performances, mise en scène par Doïvber Lévine, Daniil Harms lit ses vers assis sur une armoire, Alexandre Vvedenski arrive sur scène sur un vélo à trois roues, Konstantin Vaguinov lit les vers de *Je suis le poète du divertissement tragique*, tandis que la ballerine Militsa Popova exécute au fond de la scène des figures de ballet classique, et qu'Igor Bakhteriev, à la fin de la lecture, tombe de manière inattendue sur le dos.

prose de Lévine pour les enfants et la jeunesse de « prose grotesque et dure, qui décrit le quotidien des bourgades juives à la veille de la révolution et de la guerre civile », une prose qui ne recèle aucun « contenu enfantin ». Le véritable contenu des romans pour enfants de Lévine, ce sont « la tourmente sanglante du cataclysme historique, une parole absurde et funeste, et des rêves prémonitoires ». Ce qui décrit bien davantage le contexte historique dans lequel sont nés les livres pour enfants de Lévine que les livres en eux-mêmes.

« L'obérioute oublié » devient, selon les mots de Dymchits, « le plus oublié » des obérioutes, ce qui, si paradoxal que cela puisse paraître, lui assure un avenir au sein de la littérature russe. « Les manuscrits ne brûlent pas ! » affirme Woland dans le roman *Le Maître et Marguerite* de Mikhaïl Boulgakov[1]. À nous de voir si nous voulons y croire ou non. Ce qui ne peut vraiment pas brûler, en revanche, c'est un manuscrit inexistant. Et si nous

1. « [...] "Faites voir ça !"
Et il tendit la main, paume ouverte.
"Malheureusement, cela m'est impossible", répondit le maître, "parce que je l'ai brûlé dans le poêle."
"Excusez-moi, mais je ne puis vous croire", répliqua Woland. "Cela ne se peut pas : les manuscrits ne brûlent pas." Il se tourna vers Béhémoth et dit : "Allons, Béhémoth, donne ce roman." » (Mikhaïl Boulgakov, *Le Maître et Marguerite*, *op. cit.*) (*N.d.T.*)

devions parier sur la postérité éternelle, l'absence de contenu aurait peut-être plus de chances de gagner que sa présence.

4.

Les renards aiment les espaces abandonnés

J'ai rencontré Mme Ferris lors d'un colloque de slavistique à Nottingham, où on m'avait invitée à prononcer l'allocution d'ouverture. J'avais accepté. J'avais mes raisons : d'une part, cela faisait longtemps que je ne m'étais pas montrée parmi les slavisants, et ils avaient été, du moins pendant un certain temps, ma famille scientifique, que j'avais, fille ingrate, abandonnée. D'autre part, c'était une occasion de revoir ma connaissance de longue date Asen Smirliev, qui enseignait dans un département d'études russes et slaves la littérature slave du Sud : les littératures bulgare, macédonienne et les littératures écrites en BCMS, en bosnien, croate, monténégrin et serbe. C'était, d'ailleurs, lui qui avait fait en sorte que l'on m'invite et que l'on me rémunère correctement. Dans son temps libre, Asen dirigeait la minuscule maison d'édition Asen, qui publiait de temps à autre une œuvre de la littérature d'Europe de l'Est en traduction anglaise. Les fonds permettant de publier en anglais des écrivains bulgares, macédoniens, serbes, monténégrins, croates et bosniens provenaient de subventions des ministères de la Culture, des ambassades et des consulats des pays en question, et de rares aumônes de fondations britanniques.

Pendant mon allocution, mon nom, mon prénom et le titre de ma contribution étaient projetés sur un tableau derrière moi. Après mon intervention, quelques slavisants m'avaient entourée. Ils avaient prononcé les compliments de rigueur, et cité deux de mes ouvrages qu'ils affirmaient avoir adorés. Ces ouvrages, cependant, n'étaient pas les miens, l'autrice des textes en question était l'une de mes collègues, manifestement plus populaire. J'aurais pu accepter calmement les compliments, sourire et les laisser se pavaner. Mais j'avais dit :

« Grands dieux, vous avez eu toute une heure pour retenir mon nom ! Vous l'aviez sous le nez. Vous auriez pu me googler pendant mon allocution, vous avez tous des iPhone et des iPad, vous n'êtes pas perdus, quand même ! m'étais-je insurgée.

— Vous n'allez quand même pas vous vexer pour ça ?! s'était immédiatement défendu un jeune polonisant.

— Si incroyable que cela puisse paraître, si ! » avais-je rétorqué.

Au cours de la première journée du colloque, j'avais été envahie par le sentiment déjà familier que je n'étais plus dans le coup (même si je ne peux pas dire que je l'ai été un jour) ; que la langue littéraro-universitaire n'était plus celle que j'avais connue ; que la manière de réfléchir à la littérature avait changé, que les valeurs avaient changé, et que les intérêts étaient aujourd'hui complètement différents. Seuls deux panels du colloque de trois jours étaient consacrés à des thèmes littéraires, tout le reste relevait du champ plus vaste des études culturelles. Les titres des interventions au programme promettaient de faire la lumière sur des aspects de la culture des bandes de jeunes russes, de dire quelque chose sur le cinéma et le postcommunisme, sur le postcommunisme et la mode, sur le postcommunisme et la culture pop, sur la culture pop et la politique, sur la culture du show-biz en Russie, sur les nouveaux médias et le postcommunisme, sur les réseaux sociaux et la littérature, sur les réseaux sociaux et la démocratisation, sur le rôle de la culture dans le *branding* des jeunes nations et des États-nations. La littérature, que ça me plaise ou non, n'était tout simplement plus au centre des discussions. Même moi, je trouvai le panel sur les bandes de jeunes russes bien plus intéressant que la présentation de l'écrivain postcommuniste d'âge mûr, bouffi d'orgueil de l'extérieur et misérable à l'intérieur, qui créait son univers littéraire qui n'intéressait personne. C'était l'amère vérité, et je devais me faire une raison. Et me faire une raison signifiait également signer ma propre capitulation dans le champ littéraire. Ma rage montait comme de la mousse de bière, et s'était de nouveau déversée sur ce jeune polonisant qui n'y était pour rien…

Ma brève rencontre avec Mme Ferris avait été un instant de répit. Dès que je m'étais présentée, l'antique Mme Ferris m'avait identifiée comme l'autrice d'articles sur Konstantin Vaguinov et Léonide Dobytchine. Certes, j'avais publié l'un de ces deux articles dans la revue *Russian Literature*, qui paraît depuis longtemps déjà à Amsterdam et qui compte parmi les endroits les plus prestigieux où publier des articles de slavistique, mais c'était il y a si longtemps que moi-même, je ne me souvenais plus des détails. Oui, dans une vie antérieure, j'avais été russisante, et seule ma rare participation à ce genre de colloques me rappelait ce fait. Certes, après un certain temps, j'avais compris que je n'étais pas suffisamment motivée pour faire une carrière universitaire sérieuse, mais en revanche, au moins au début, ma curiosité avait été insatiable. L'époque y était pour quelque chose, elle était radicalement différente de l'actuelle, le Mur divisait encore fermement l'Europe, ce qui ne faisait que renforcer l'envie d'aller voir ce qui se passait de l'autre côté du Rideau de fer. C'était aussi, entre autres, l'époque AG (Avant Google), quand mes velléités littéraro-exploratrices et celles des autres s'accompagnaient du sentiment justicier de contribuer au sauvetage de textes et de leurs auteurs des griffes de l'oubli staliniste. Je pensais à l'époque qu'il existait dans l'histoire de la culture des vortex. L'un de ces vortex était l'avant-garde russe. C'était l'explosion d'un nouvel art et d'une nouvelle pensée qui, avant d'avoir eu le temps de s'épanouir complètement, avaient été étouffés par le couvercle de fer de Staline, par la Seconde Guerre mondiale, puis par de longues années d'oubli. L'une des plus grandes ébullitions artistiques avait eu lieu, pour qu'immédiatement après, proportionnellement à cette ébullition, s'ensuive l'une des exterminations les plus brutales de l'intelligentsia artistique de l'histoire culturelle mondiale. La chair humaine avait fini dans un hachoir inimaginable, la mort fauchait de tous côtés.

Quoi qu'il en soit, il s'avéra que mes articles sur Vaguinov et Dobytchine étaient parmi les premiers dans le monde des études russes à traiter de la redécouverte et de la réévalutation de ces deux auteurs oubliés de l'avant-garde russe. Je savais qu'une personne à la fibre exploratrice ne laisserait pas passer ce genre de détail.

« Moi aussi, je me suis toujours intéressée aux avant-gardistes », dit modestement Mme Ferris.

Je retins le nom d'Irina Ferris principalement parce qu'il sonnait comme un pseudonyme bien conçu. Mme Ferris marchait à l'aide d'une canne. Elle surprit mon regard interrogateur, et m'expliqua que quelques années auparavant, un jeune homme impatient l'avait poussée dans les escaliers du métro. Il montait à toute vitesse, elle descendait lentement, mais par inadvertance, elle avait pris le côté gauche au lieu du droit, ce qui avait mis le jeune homme dans une telle colère qu'il l'avait frappée ; elle avait perdu l'équilibre, était tombée, et s'était cassé le col du fémur. L'opération, semblait-il, n'avait pas été bien réalisée. Depuis, elle avait beaucoup de mal à marcher. Elle me dit qu'elle était veuve, que son mari, David, avait lui aussi été slavisant, un linguiste, il était mort quelques années auparavant, et leurs fils, des jumeaux, avaient déménagé en Australie, où vivait le frère de David. Elle ne les voyait presque jamais, surtout depuis cette malencontreuse chute. Elle vivait à Londres. Elle était venue pour sortir de son quotidien solitaire, sur l'invitation d'Asen. Elle n'avait, cependant, pas le droit de se plaindre, car elle n'avait pas fait de carrière notable, elle avait consacré la majeure partie de sa vie au travail d'épouse de professeur d'université, certes, de temps en temps, elle avait enseigné la langue et la littérature russes, mais trop peu pour appeler cela une carrière. Elle n'avait plus personne en Russie, de toute façon, elle n'avait toujours eu que sa mère. Elle n'avait jamais connu son père, il avait disparu avant sa naissance, et sa mère était morte peu après son départ en Angleterre. Non, elle ne ressentait plus ni le désir ni le besoin de retourner un jour « là-bas ».

Il émanait de Mme Ferris un laisser-aller qui signalait nettement qu'elle n'en avait que faire de son apparence. On ne pouvait pas dire qu'elle avait l'air débraillé, mais elle répandait autour d'elle la discrète odeur de renfermé des placards mal aérés. En mettant en lien son âge et la vie étudiante à Moscou, dont j'avais moi aussi fait l'expérience, certes, quelques mois seulement, et certes, une dizaine d'années après elle, mais encore à « cette époque-là », je m'imaginai plus aisément sa biographie, sa rencontre avec un Anglais calme et réservé, son mariage avec un étranger, synonyme de « salut ». C'était l'époque de la chasse aux étrangers. Les jeunes hommes, les jeunes filles, mais aussi les hommes et les femmes d'âge moyen chassaient les étrangers dans l'espoir de convertir la devise inconvertible de la vie en une convertible. Les étrangers étaient un visa tangible pour une vie meilleure. Et les étrangers, souvent, ne répugnaient pas à tirer de leur statut privilégié, consciemment ou non, une forme de profit, émotionnel, sexuel, moral, parfois même financier. C'était une époque d'économie dynamique, on échangeait tout et n'importe quoi, les illusions, les rêves de liberté, les idées sur des mondes meilleurs ou pires, l'estime de soi. Mme Ferris n'était pas une « chasseuse ». Elle appartenait à cette génération de Russes pour lesquels économiser l'équivalent d'un salaire mensuel pour acheter *Le Maître et Marguerite* « au marché noir » était quelque chose qui allait de soi.

Dans un salon de thé non loin du lieu où se tenait le colloque, nous bûmes un thé et mangeâmes des *scones* anglais avec de la confiture de framboises et de la crème fouettée. Je ne peux pas dire que Mme Ferris était particulièrement intéressante, mais en même temps, rien en elle n'avait laissé espérer qu'elle le serait. Je retins deux détails singuliers. Elle dit de ses deux fils qu'ils ressemblaient à des chameaux. Ce type de regard « surprenant » d'un parent sur sa propre progéniture était très rare. C'était aussi, au passage, une référence littéraire. C'est ainsi que Gapa Goujva, dans la nouvelle du même nom de Babel, voit ses filles : elles aussi ressemblent à des chameaux.

Mme Ferris mentionna qu'elle vivait au sud de Londres, où elle avait déménagé après avoir vendu la maison suite au décès de son mari, car la vie y était moins chère. C'était peut-être un peu moins sûr, mais plus rien de désagréable ne pouvait lui arriver.

« Je suis trop vieille pour qu'on ait envie de me harceler, et j'ai perdu tout ce qui pouvait l'être », dit-elle comme un peu trop sobrement.

Elle me parla de son petit jardin, où elle aimait passer du temps, et des renards qui lui rendaient souvent visite…

« Il y a des renards à Londres ?! m'étonnai-je.

— Oh, oui ! Vous ne le saviez pas ?

— Je ne savais pas que les renards venaient littéralement toquer à votre porte.

— Pas dans le centre, bien sûr… Mais dans mon quartier, il y en a.

— Et que faites-vous avec eux ? »

Elle ne répondit pas à ma question.

« Les renards sont des êtres solitaires. Ils aiment les espaces abandonnés », ajouta-t-elle d'un air absent.

Puis nous nous fîmes des adieux chaleureux. Il ne nous vint pas à l'esprit, ni à moi ni à elle, d'échanger nos adresses e-mail. Je ne m'inquiétai même pas de savoir comment cette femme, qui marchait à l'aide d'une canne, allait rentrer de Nottingham à Londres. J'imagine qu'Asen va s'en occuper, me disais-je.

5.

Salieri

Lors de la performance de l'Oberiou à l'Institut d'histoire de l'art de Leningrad, en 1928, un jeune homme fit son apparition, jeune homme que, une trentaine d'années plus tard, des dizaines et des dizaines de slavisants soviétiques et étrangers assiégeraient en vain, le suppliant, en tant que l'un des rares témoins survivants de l'époque de l'avant-garde russe, de leur raconter ce qui s'était vraiment passé ce soir-là (moi aussi, je lui demandai de m'accorder un entretien, mais il refusa). Le nom de cette personne est Nikolaï Ivanovitch Khardjiev. À seulement vingt-deux ans, Khardjiev est diplômé de la faculté de droit à Odessa. Selon les notes bio-bibliographiques à son sujet, il serait l'auteur du récit « Le Janissaire », de la biographie *Destin d'artiste* (sur Pavel Fedotov, peintre russe de la première moitié du vingtième siècle), et de nombreux vers « expérimentaux » et humoristiques. À la fin des années vingt, il déménage d'Odessa à Leningrad (il vivra plus tard à Moscou) où, attiré par le fascinant milieu artistique, il fréquente beaucoup de monde, des théoriciens de l'art (les formalistes Iouri Tynianov, Boris Eichenbaum et Viktor Chklovski), des écrivains et des artistes. Il semble qu'il se soit le plus durablement lié d'amitié avec Alexeï Kroutchenykh, inventeur du *zaoum* et auteur (avec Khlebnikov) du livret de l'opéra futuriste *Victoire sur le soleil*. Khardjiev connaissait Ossip Mandelstam, Anna Akhmatova, Vladimir Maïakovski, Velimir Khlebnikov et bien d'autres.

Lors de la susmentionnée soirée de l'Oberiou, Nikolaï Khardjiev rencontre Kasimir Malevitch, et cette rencontre est décisive. « Ce sont les peintres, et non les poètes et les philosophes, qui ont eu de l'influence sur moi. Pour ce qui est de la compréhension de l'art, c'est à Malevitch que je suis le plus redevable. Je fréquentais Tatline, mais je le cachais à Malevitch. Ils ne s'aimaient pas, et je devais cacher à chacun d'entre eux que je voyais aussi l'autre. Heureusement, l'un vivait à Moscou, et l'autre à Leningrad », a-t-il ainsi déclaré (Irina Vrubel'-Golubkina, *Entretiens dans le miroir/ Razgovory v zerkale*). Il y a dans cette déclaration de Khardjiev la confiance en soi d'un homme qui contrôle et mène le jeu, les artistes existent pour lui, et non lui pour eux. Malevitch mourra sept ans après cette rencontre, et Khardjiev lui restera profondément lié, à sa manière, bien entendu, jusqu'à sa propre mort.

Nikolaï Khardjiev aimait fréquenter les artistes, il savait comment ils fonctionnaient, comment s'attacher leur affection, il était, semble-t-il, toujours prêt à les aider. Et ensuite, à un moment, il comprit qu'il manquait à cette foule de peintres et d'écrivains au talent explosif un directeur de conscience, un archiviste, un admirateur, un confesseur, un conseiller et un protecteur, et ce au moment précis où, selon les mots de Khardjiev lui-même, « on sentait dans l'air le craquement des crânes brisés », et où les gens « ressemblaient à des vers dans un bocal ». C'est ainsi qu'il fit de sa passion d'amateur d'art une mission, devenant archiviste, collecteur, collectionneur, « gardien » de l'art avant-gardiste russe. Il était habile et rusé, il savait comment parler aux veuves éplorées et aux héritiers d'un peintre, il savait, par exemple, demander des documents pour en faire des copies et oublier de rendre les originaux ; il savait se proposer pour garder une toile, et oublier de la rendre[1]. Nadejda Mandelstam le décrivait comme un « fils de chienne », une combinaison « d'eunuque et de maraudeur ». Ses appétits, son pouvoir et sa compétence allaient croissant, de nombreux écrivains lui offraient leurs livres dédicacés, lui confiaient la relecture et la correction de leurs œuvres, lui laissaient leurs manuscrits, leurs esquisses, leurs projets et leurs toiles achevées, soit en garde, soit en cadeau, trop heureux qu'en ces temps troublés quelqu'un ait envie de se soucier de ça. Et dans les notes bibliographiques, dans de nombreux articles de presse et livres ultérieurs, la description de ses activités se réduisait à des qualificatifs flatteurs : *érudit*, *textologue*, *historien de la littérature et de l'art contemporains* et *collectionneur*.

Nikolaï Khardjiev était-il le Salieri de l'art avant-gardiste russe ? D'après le témoignage de Mikhaïl

1. Nikolaï Khardjiev se différenciait en ce sens de Georgui Kostaki (Georges Costakis), le seul rival à sa hauteur. À la différence de Khardjiev, Kostaki achetait les œuvres des artistes d'avant-garde, acceptant par là même les conditions proposées par l'État soviétique. En 1960, Kostaki émigra en Grèce, léguant 50 % de sa collection à la galerie Tretiakov, et gagnant par ce geste le droit de faire sortir légalement du pays la deuxième moitié de sa collection.

Davidov, collectionneur et auteur du livre *Razgovory so susedom* [*Discussions avec mon voisin*], Khardjiev « a été Mozart toute sa vie. Tout ce que N. I. touchait se transformait en précieuse source de “musique de la vie”. Qu’il s’agisse d’un vers, d’un tableau, d’un mot ou d’une situation banale du quotidien. N. I. érudit – ce n’est qu’une partie de son talent. Il a fait un honneur à la science en décidant de devenir savant. Il nous a tout simplement tous généreusement “gratifiés de son existence”. »

Cet homme a fait cet honneur à son entourage pendant presque tout un siècle. Si Salieri a vécu deux fois plus longtemps que Mozart, Khardjiev a vécu presque trois fois plus longtemps que la majorité de ses contemporains. Il est né en 1903 à Kakhovka (Ukraine), et mort en 1996 à Amsterdam. La longévité fut l’avantage crucial de Khardjiev sur ses contemporains. D’ailleurs, s’il n’avait pas bénéficié de cette longévité, il n’aurait pas eu l’occasion (comme vainqueur ou victime, ou les deux) d’initier et de participer à une entreprise que de nombreux articles de presse appelèrent « le casse du siècle », « un crime parfait », d’autres, plus compatissants, « la tragédie de Nikolaï Khardjiev », et d’autres encore, ceux avec une touche post-guerre froide, « un envol tragique vers la liberté ».

Khardjiev avait réussi à amasser un trésor artistique inestimable. Avec la chute du Mur, de nombreuses choses avaient à présent un prix : des T-shirts avec des paroles de Staline et le portrait de Staline, des tasses souvenir bon marché ornées de motifs de Malevitch, des Mémoires, des écrits, des lettres, des photos, des coffres, des uniformes militaires, des médailles communistes, l'art « underground »... Beaucoup se firent « maraudeurs », pilleurs de tombes, avec plus ou moins de bonheur, et certains, comme Daniil Harms, furent propulsés à la surface par le souffle collectif de liberté comme par un puissant geyser ; Harms devint un écrivain culte, et franchit les frontières de la langue et de la littérature russes avec plus de rapidité et de succès que n'importe qui d'autre. Et pour ce qui est des souvenirs, même moi – dans le Stedelijk Museum récemment rénové, à Amsterdam, lors d'une exposition des œuvres de Malevitch issues de la collection de Nikolaï Khardjiev –, je n'ai pas pu résister à m'acheter dans la boutique du musée un étui à lunettes avec des motifs de Malevitch et un chiffon microfibre suprématiste.

Khardjiev était-il le Mozart ou le Salieri de l'avant-garde russe, c'est une question de point de vue, mais quoi qu'il en soit, l'amour pour ses contemporains, les grands artistes de ce mouvement, n'était indéniablement pas son point fort. Irina Vrubel-Golubkina a inclus dans son recueil *Entretiens dans le miroir* un entretien avec Nikolaï Khardjiev. L'interview s'est tenue début 1991 à Moscou, deux ans avant l'émigration définitive de Khardjiev aux Pays-Bas, et cinq ans avant sa mort.

De son contemporain, le célèbre peintre et architecte Vladimir Tatline, Khardjiev dit qu'il avait « un caractère effroyable », que c'était un « maniaque », et qu'il redoutait que quelqu'un « lui vole ses secrets professionnels ». Khardjiev décrit Tatline comme « une bête rusée », « un madré diabolique », comme un homme qui voue à Malevitch « une haine terrifiante ». Alexandre Toufanov, poète zaoumiste, se voit qualifier de « vieillard voûté, laid et boiteux », qui, certes, n'était pas « inintéressant ». Khardjiev décrit son ami, le suprématiste Nikolaï Suetin, comme « un psychopathe », « un homme insupportable avec un million de problèmes personnels ». Marc Chagall avait « un caractère épouvantable », il était « rancunier », et c'était un mauvais professeur, incapable de rien enseigner à personne, à part dessiner des « Juifs volants ». Alexandre Rodtchenko, le célèbre photographe, était « une ordure incroyable », « un personnage ridicule ». Pavel Filonov « n'était pas un peintre », mais « un fou et un maniaque décérébré ». Même Lissitzky « n'était pas un peintre ». Khardjiev fréquentait Anna Akhmatova, mais même si elle était « une grande poétesse », il n'aimait pas sa poésie. Ossip Mandelstam était « un homme génial », mais « il n'était pas un grand poète ». Vladimir Nabokov est « surfait », pour ce qui est de la poésie, c'est un « graphomane dénué de talent ». Nabokov aurait volé la fin de son roman *Invitation au supplice* à la nouvelle d'Andreï Platonov, *Les Écluses d'Épiphane*. Quant à Andreï Platonov, Khardjiev affirme qu'il « ne peut pas lire cette prose », qu'elle contient trop de « rhétorique vide » et de « philosophie naturelle », mais que Platonov lui-même était « un homme sage et bon ». Nikolaï Oleïnikov, proche des obérioutes, était un mauvais poète, « un comique ». Alexandre Vvedenski était « un joueur », « un flambeur », qui gagnait de l'argent en écrivant de mauvais vers pour enfants. Evgueni Schwartz était « un idiot », « le fond du fond », de manière générale, « les Schwartz aimaient les choses matérielles », « ils collectionnaient de la porcelaine » et « toutes sortes de merdes »... L'interview citée recèle également des signes d'antisémitisme, une misogynie assumée et une absence frappante de compassion envers des gens que Khardjiev appelait ses amis.

En 1977, un slavisant suédois rend visite à Khardjiev, et avec l'accord de ce dernier, il fait sortir de l'Union soviétique par voie diplomatique quatre tableaux de Malevitch. L'accord stipulait que l'argent de la vente attendrait Khardjiev à sa sortie de l'Union soviétique. Les autorités soviétiques n'autorisèrent pas Khardjiev à sortir du pays. Où ont donc fini les quatre Malevitch ? Le slavisant suédois en aurait vendu un au Centre Pompidou à Paris, il aurait offert le deuxième au musée d'Art moderne de Stockholm, le troisième aurait fini à la Fondation Beyeler à Bâle, quant au quatrième, il a disparu sans laisser de traces. À moins que non ? Je laisse le soin de le découvrir à ceux dont c'est le métier. Les voies par lesquelles voyagent les œuvres d'art sont bien mystérieuses.

Une nouvelle chance de quitter l'Union soviétique se présente quinze ans plus tard, sous les traits d'un nouveau slavisant, pour le coup néerlandais. Le slavisant néerlandais invite Nikolaï Khardjiev à Amsterdam. Cette fois-ci, Khardjiev pose ses conditions : il veut une carte de résident permanent et la possibilité d'emporter avec lui toute sa collection. En échange, il promet que, après sa mort, il léguera ses tableaux aux musées d'Amsterdam, et son riche fonds d'archives au département de slavistique d'Amsterdam. En septembre 1993, Krystyna Gmurzynska, propriétaire d'une galerie d'art réputée à Cologne, le directeur de la galerie Mathias Rastorfer et le slavisant néerlandais arrivent à Moscou. Nikolaï Khardjiev signe un contrat. Il stipule que Gmurzynska prendra six tableaux, qu'elle en vendra deux, qu'elle conservera les quatre autres, et que, à son arrivée à Amsterdam, Khardjiev recevra deux millions et demi de dollars. Nikolaï Khardjiev et sa femme Lidia Tchaga arrivent à Amsterdam en novembre 1993.

Trois mois plus tard, à l'aéroport de Moscou-Cheremetievo, à cause de la taille et du nombre suspects de ses bagages, le citoyen israélien Dmitry Jakobson est retenu par la douane. On trouve dans ses valises des manuscrits de Velimir Khlebnikov, des lettres de Kasimir Malevitch, des papiers d'Ossip Mandelstam et d'Anna Akhmatova, ainsi que des documents rares liés à l'histoire du futurisme russe. Jakobson est relâché, les documents sont confisqués. Parmi ces documents se trouvait également le contrat avec la galerie Gmurzynska. Et quand le scandale international éclate, le reste de la collection de tableaux et d'archives – sorti par Krystyna Gmurzynska – est déjà arrivé à Amsterdam, où il est conservé dans un coffre-fort. Khardjiev et Tchaga affirmeront que beaucoup de pièces manquaient, blâmant le slavisant néerlandais, qui avait accès au coffre-fort.

Dans la deuxième moitié de 1994, un contrat de vente de six tableaux de Malevitch à la galerie Gmurzynska est signé à Amsterdam. Les Khardjiev ont acheté une maison à Amsterdam. Acculé, Khardjiev a signé une donation, par laquelle il offre le riche fonds d'archives confisqué à l'aéroport de Cheremetievo à l'État russe. Puis des « directeurs de conscience » entrent dans la vie de Khardjiev et sa femme : Boris Abarov, un acteur russe déchu résidant à Amsterdam, sa compagne Bella Bekker, qui se fait employer chez les Khardjiev comme gouvernante, et un certain Johannes Buse, qui se prétend conseiller financier. Conformément à cette nouvelle constellation, Khardjiev rédige un nouveau testament : à présent, il laisse tout à sa femme Lidia Tchaga. Peu après la signature de ce testament, Tchaga glisse dans l'escalier de leur maison commune, tombe et meurt. Selon le testament, après le décès de Khardjiev, tout le trésor artistique revient à présent à Boris Abarov. Deux jours après la mort de Tchaga, la Fondation Khardjiev-Tchaga, censée gérer le reste de la collection d'art et des archives de Khardjiev, est créée. La fondation est dirigée par Boris Abarov et Johannes Buse.

En mars 1996, Khardjiev reçoit la visite de Vadim Kozovoï, un poète russe qui vit à Paris. Khardjiev se plaint à Kozovoï qu'Abarov le retient prisonnier, ce pour quoi il rédige un nouveau testament, selon lequel, après sa mort, il léguera tout à Kozovoï, à condition que ce dernier le fasse déménager à Paris. Le testament, cependant, n'est pas valide. Pendant le bref séjour de Kozovoï à Amsterdam, Abarov l'aurait empêché de faire assermenter le testament. Kozovoï rentre à Paris bredouille. Khardjiev meurt trois mois plus tard, en juin 1996. Abarov devient l'héritier légal, Bella Bekker reçoit en cadeau la maison où elle a été gouvernante, et Buse, après avoir été payé, disparaît quelque part en France. Sur les instances d'un négociateur, Abarov reçoit un versement de dix millions de guldens, signe un document par lequel il renonce à toutes autres prétentions sur l'héritage de Khardjiev, et disparaît de l'histoire. S'ensuivent de longues et âpres négociations entre les représentants officiels russes et hollandais au sujet du rapatriement du reste du trésor de Khardjiev en Russie. En 2011, le fonds d'archives (ou ce qu'il en reste) est restitué aux autorités russes. Les tableaux précieux, cependant, demeurent la possession de la Fondation Khardjiev-Tchaga, sise à Amsterdam.

Ce compte rendu n'est ni complet ni, je suppose, tout à fait exact, ce n'est qu'une rapide compilation des nombreux articles de presse parus au moment où le scandale était à son comble. Bien des aspects sont restés secrets. Après les petits vautours (Abarov – Bekker – Buse), et des éléments farcesques dignes de Mikhaïl Boulgakov, la main a, semble-t-il, été reprise par les gros poissons.

Finalement, Nikolaï Khardjiev était-il le Salieri de l'avant-garde russe, ou au contraire son Mozart, comme le pense l'un de ses admirateurs ? Même la culture russe n'a pas pu éviter cette question, mieux, elle l'a posée très tôt, dans la pièce de Pouchkine *Mozart et Salieri*, dans l'opéra de Rimski-Korsakov, dans l'« Histoire sur comment naissent les histoires » de Boris Pilniak, dans les romans de Vaguinov, dans le roman de Boulgakov *Le Maître et Marguerite*. L'histoire de la vie longue et bien remplie de Khardjiev s'est-elle vu attribuer sur la fin une injuste accélération, pour s'achever comme un bref conte moraliste ; comme un dicton de carte à jouer sur les dangers de la cupidité ; comme le mythe du roi Midas ; comme un conte sur la malchance que porte un trésor volé (*Bien mal acquis ne profite jamais !*) ; comme une légende moraliste sur les propriétaires de diamants précieux mais maudits ; comme une farce boulgakovienne sur l'argent qui se change en bouts de papier dénués de valeur ? Moraliser sur la déchéance manifeste de quelqu'un n'est pas de bon goût. D'un autre côté, ne pas voir que l'histoire de Khardjiev fait partie intégrante de l'art (pas seulement russe) serait une grave bévue.

Et peut-être que tout n'est pas si simple, peut-être que tout le secret réside dans la longévité, et du secret de la longévité, nous ne savons quasiment rien. « À l'automne 1941, alors que les Allemands marchent sur Moscou, Khardjiev, avec son camarade Trenine[1], se porte volontaire auprès de l'Union des écrivains. Les deux engagés volontaires se mettent en route à pied, et en civil, vers la ligne de front. Les chaussures de ville ne tardent pas à lâcher, Khardjiev se retrouve quasiment pieds nus, il prend froid et,

1. Vladimir Trenine, critique littéraire et théoricien de la littérature.

à moitié inconscient, est laissé par ses camarades dans un hameau isolé loin de Moscou. Le détachement tout entier périra, y compris Trenine. Khardjiev, en tant que seul survivant, sera décoré de l'ordre de la Défense de Moscou » (source : Wikipédia russe).

6.

Ну-ка, Бегемот, дай роман[1] !

Asen avait du style. Le livre de Irina Ferris arriva dans un design postal rétro « est-européen », enveloppé dans un papier kraft grossier et vieillot noué par un élastique, mon adresse rédigée par une main prétendument malhabile pour tracer des lettres en alphabet latin. La couverture du livre elle aussi était rétro, soviétique, grise, rigide, tout en évoquant un design impeccable. Tout en bas de la première de couverture était imprimé en petites lettres « Asen », le nom de la petite maison d'édition d'Asen, et au milieu s'étalait le titre : *The Magnificent Art of Translating Life into a Story and Vice Versa*[2]. Le livre n'était pas gros, j'ignore si Asen avait fait en

1. « Allons, Béhémoth, donne ce roman ! » (*N.d.T.*)
2. *L'Art magnifique de traduire la vie en histoire et vice versa* (*N.d.T.*)

sorte de tout faire tenir en 99 pages, ou si c'était un hasard. Le nombre 99, j'imagine, signifie quelque chose pour les numérologues. J'ai parcouru un texte de numérologie sur Internet, qui m'a appris que le nombre 99 représentait l'ange gardien responsable de l'intuition, principalement.

En feuilletant le livre, j'ai remarqué un détail frappant : chaque chapitre portait le même titre, imprimé en russe, en cyrillique. C'était une citation du roman de Boulgakov *Le Maître et Marguerite* : « *Nou-ka, Begemot, daï roman !* » Pourquoi cette citation n'avait-elle pas été prise comme titre du livre tout entier, mystère. Je ne pense pas qu'Asen ait insisté pour choisir un titre commercial : dans sa minuscule maison d'édition, à la distribution et à la visibilité inexistantes, aucun livre ne pouvait espérer de succès, que le titre soit *Figurae Veneris*[1], *Confessions de la geisha de Staline* ou *La Bible des végétariens*. Ferris avait laissé la citation en russe car, je suppose, elle estimait qu'aucune traduction ne rendrait suffisamment bien le ton de cette phrase : ici, en effet, le diable tout-puissant s'exprime soudain comme un ouvrier. Ou peut-être que Ferris avait eu recours au *tchertykhan'e*, l'invocation du diable, une astuce dont regorgent les situations du

1. « Positions sexuelles », en latin. Terme employé notamment au sujet des descriptions explicites dans *L'Art d'aimer* d'Ovide. (*N.d.T.*)

roman *Le Maître et Marguerite*. Elle avait peut-être, donc, eu besoin d'une puissance occulte pour la pousser à continuer à écrire. Peut-être avait-elle voulu souligner que son histoire de roman disparu n'était en rien une bizarrerie, mais une banalité pour le quotidien russe des années trente. Et tandis que le Maître fictionnel du roman de Boulgakov brûle lui-même le manuscrit de son roman sur Ponce Pilate, de nombreux manuscrits disparurent lors des saisies du NKVD, à moins qu'ils n'aient servi, avec de nombreux autres papiers, y compris des bibliothèques entières, de bois de chauffage.

La prose de Ferris n'était pas exotique, sans être tout à fait ordinaire. Ma première impression fut qu'il s'agissait du mémoire de fin d'études poussif d'une bibliothécaire. Le thème de ce « mémoire de fin d'études » était « le plus oublié des obérioutes », Doïvber Lévine, ce que je ressentis l'espace d'un instant comme un coup de poing dans le plexus. Je connaissais aussi bien que Ferris l'histoire de Lévine, entré « par effraction » dans l'histoire littéraire russe à cause d'un destin tragique, le sien et celui de ses œuvres, mais elle avait eu l'idée la première ! Au début, je pensai qu'il s'agissait d'une modeste monographie sur les livres pour enfants de Lévine, car ses livres pour enfants étaient la seule matière dont on puisse tirer quelque chose. Mais les livres pour enfants n'intéressaient pas Ferris.

Puis je me dis que Ferris allait essayer de reconstruire le roman de Lévine, dont l'existence est attestée par deux témoins : Guennadi Gor et Igor Bakhteriev. Au tout début du livre, en effet, elle expose une thèse sur l'avenir proche de la littérature. Ferris imagine cet avenir comme une nouvelle époque, où l'intérêt du public littéraire se déplacera des œuvres originales vers la reconstruction des œuvres oubliées, brûlées, disparues de la littérature mondiale, au bénéfice de restaurations littéraires. Parallèlement à ce processus se déroulera également un processus de déconstruction des œuvres canoniques existantes, de nouvelles versions de *Madame Bovary*, *Lolita*, *Anna Karénine* feront leur apparition, ainsi que de nouvelles formes multimédias. La manière la plus rapide et la plus efficace de transmettre les classiques aux générations futures prendra peut-être la forme de dessins animés, de réalité virtuelle, de bandes dessinées, de jeux vidéo… L'un dans l'autre, l'époque à venir pourrait être qualifiée d'époque du « classicisme numérique »…

« Nous vivons à une époque d'accumulation et de suraccumulation des déchets, écrit Ferris, nos vies se concentrent autour de la production ininterrompue de déchets, et des tentatives de résolution des problèmes de pollution. De la médecine et la cosmétique à tout le reste, tout nous rappelle constamment que nous vivons dans une culture de la pollution et de la nécessité de la détoxification.

Nos relations avec les autres sont *toxiques*, notre environnement est *toxique*, la nourriture que nous mangeons est *toxique*. *Toxique* est le mot-clé de notre époque. Peut-être avons-nous besoin d'un répit historique (détoxification), peut-être faut-il arrêter la production, peut-être devrions-nous nous reformater, recanoniser les valeurs canoniques, peut-être, en conséquence, faudrait-il arrêter un certain temps de faire des enfants. C'est le marché qui nous a persuadés de la nécessité d'une production constante. Nous vivons à une époque de goinfreries, nous avons tous les jours du lotus au menu, nous sommes devenus des "mangeurs de lotus", et voyez-vous ça, nous rotons avec satisfaction, pire, le son du rot est le seul son authentique que nous sommes en mesure de produire. »

Ferris n'affirme pas, certes, mais elle suggère qu'il n'y a pas de grandes œuvres sans grand risque, qu'il n'y a pas de littérature remarquable sans « épée au-dessus de la tête de l'auteur ». La littérature de l'avant-garde russe est indéniablement remarquable, mais une partie du mérite en revient, affirme Ferris, à « l'anticipation par l'auteur de l'épée »...

« Le sultan Shahryar est l'auditeur de Shéhérazade, son bourreau potentiel, son commanditaire, son tyran misogyne, son tortionnaire. Il ne se présente pas comme un arbitre esthético-littéraire. Il est amoral comme un enfant, c'est la soif d'histoires qui guide ses actions. Il ne repousse la mort de Shéhérazade que pour pouvoir entendre la fin de l'histoire. Shéhérazade conte parce qu'il le faut, elle repousse par son art du récit l'instant de sa propre mort. Une épée lui pend au-dessus de la tête. Certes, Staline n'était pas Shahryar. Staline était un sadique, un coupeur de têtes, qui se prenait pour Dieu. La grandeur de nombreux écrivains de l'avant-garde russe ne réside pas seulement dans leurs textes, mais dans cette prise de risque, dans cette épée qui leur pendait au-dessus de la tête, dans l'anticipation de l'épée. »

Ferris ajoute à sa thèse des chiffres, s'efforçant de prouver que beaucoup de choses à l'époque tournaient autour du chiffre 37, comme si de nombreux écrivains avaient été poursuivis par la malédiction de Pouchkine, mort en 1837 à trente-sept ans. Non seulement Staline détruit en 1937 « le monde de l'intelligentsia russe », mais de nombreux artistes perdent la vie dans leur trente-septième année : Daniil Harms, Alexandre Vvedenski, Velimir Khlebnikov et – Doïvber Lévine (!). Nikolaï Oleïnikov, obérioute rapporté, perd la vie à trente-neuf ans, Konstantin Vaguinov (certes, de tuberculose) à trente-cinq ans, Iouri Vladimirov (également de tuberculose) à vingt-trois ans. Bien peu des grands de l'avant-garde russe atteignirent les cinquante ans : Isaac Babel décède à quarante-six ans, Mikhaïl Boulgakov à quarante-neuf ans, Ossip Mandelstam à quarante-sept ans, Boris Pilniak à quarante-cinq ans, Marina Tsvetaïeva se tue à quarante-neuf ans, Sergueï Essenine à trente ans, Vladimir Maïakovski se tue peu avant d'avoir atteint la fatale trente-septième année. Ferris ne s'aventure pas dans une explication plus poussée du mécanisme de la Grande Loterie, mais elle a découvert un motif qui l'incite à écrire un livre.

« En 1936, l'Union soviétique supprime le droit à l'avortement. La Grande Purge, qui fera des centaines de milliers de victimes, commence dès l'année suivante. Il fallait avant tout exterminer le "gène de l'intelligentsia". Staline, ce grand ingénieur des âmes humaines, savait comment compenser ces pertes. Je suis née en 1938, je suis le "fruit" de la décision de Staline d'interdire l'avortement. Le début d'une des histoires pour enfants de Harms – *Je suis né dans les ajoncs, mulot-nuageon. Ma maman m'a mis au monde et ensuite à l'eau*[1] – pourrait servir de début à ma biographie. Nous tous, tous les enfants nés entre 1936 et 1955, à l'époque de l'interdiction de l'avortement, sommes nés dans les ajoncs, comme des mulots. Nous avions été programmés pour remplir un vide, un déficit démographique. »

Ferris dépense les trente premières pages de son livre à errer dans diverses directions : à des

1. Daniil Harms, *Poèmes et proses*, trad. André Markowicz, Éditions Mesures, Paris, 2020, p. 143. (*N.d.T.*)

fragments littéraro-prophétiques trop précipités succèdent des lamentations sur la culture contemporaine, que Ferris a du mal à comprendre ; les lamentations sont suivies de détails biographiques qui, soit dit en passant, sont littérairement les plus réussis. Ferris trace un portrait plutôt habile et exact de la vie intellectuelle et étudiante moscovite dans les années soixante, de son combat long et ardu avec la bureaucratie soviétique en vue d'obtenir pour elle et son mari britannique des papiers leur permettant de quitter le pays. L'image d'un quotidien bureaucratique pénible, pesant et absurde est égayée par une galerie de portraits de personnages moscovites, originaux, rêveurs, menteurs, magouilleurs, dénonciateurs, ordures, génies, fous, ivrognes, profiteurs de bas étage et désespérés.

Certains des meilleurs passages, mais également les plus douloureux, sont ceux consacrés par Ferris à sa mère. On sent percer entre les lignes l'amertume de la mère, l'obstination juvénile de Ferris et sa relation constamment conflictuelle avec sa mère ; une mère obsédée par son inquiétude pour sa fille, et obsédée par sa simple existence ; les élans de haine de la fille envers sa mère, précisément à cause de tout cela. Entre l'amour maternel pesant et possessif et l'indifférence polie de David, Ferris choisit l'indifférence salutaire, et il est possible que son mariage avec David et son départ en Angleterre ne soient qu'une fuite à peine dissimulée de sa mère.

Ferris mentionne également de temps à autre son quotidien, sa solitude, son isolement, son immobilité. Elle était un cadavre ambulant, et elle le savait. Toutes les grandes villes comme Londres regorgent d'êtres à moitié en vie comme elle. La majorité habite des appartements mal entretenus peu à peu conquis par la moisissure, la majorité n'a pas assez d'argent pour les mouroirs hors de prix, les maisons de retraite, et ils prient pour sombrer dans un oubli bienheureux, ou tout simplement pour mourir. Les passages les plus vivants étaient les descriptions d'une étudiante, une jeune fille à qui Ferris avait proposé de loger gratuitement chez elle, lui demandant en échange de faire ses courses, ce dont elle n'était plus, en raison de sa faible mobilité, en mesure de s'occuper. Ferris, qui a passé toute sa vie avec des hommes, avec son mari et ses deux fils, décrit son ravissement discret face à la jeune fille. La jeune fille était devenue le centre de sa vie, un substitut de la fille qu'elle n'avait jamais eue, des petits-enfants qu'elle n'avait pas, des amies qui n'étaient plus. Ferris aimait tout chez elle, même cette nouvelle habitude de rester longtemps assise dans son fauteuil roulant à la fenêtre, à attendre que la jeune fille rentre à la maison, tandis que le matin, du même poste d'observation, elle la suivait longtemps d'un regard embrumé de sommeil. Elle reproduisait cette même vue, ce même cadre, avec un dévouement obtus de chien. Elle humait l'air à l'arrivée de la jeune fille, inventait pendant la journée de menues tâches à lui assigner, ou des questions à lui poser, juste pour passer un instant de plus avec elle. La jeune fille était une beauté au teint pâle, le visage fin, les pommettes hautes, les yeux plus rapprochés de la racine du nez que d'ordinaire, ce qui rendait son regard particulièrement attentif et intense. Elle avait des mouvements singulièrement doux et agiles, elle s'habillait de manière originale, libre, elle mettait, par exemple, des collants violets et des chaussures basses vertes, nouait ses cheveux en petites couettes brouillonnes et les ornait de barrettes colorées. Une fois, alors qu'elle s'était allongée sur le canapé du salon, elle s'était endormie, et Ferris, le souffle coupé, l'avait regardée dormir : elle dormait comme une enfant, profondément, plongeant dans le sommeil comme dans des sables mouvants. Elle était discrète et silencieuse, mais profondément présente. Oui, elle communiquait avec Ferris et avec l'espace de sa maison à sa manière. Après le départ de la jeune fille, Ferris ressentait encore longtemps sa présence, comme si la jeune fille avait laissé derrière elle son ombre.

Alors que j'avais déjà abandonné l'idée d'essayer de deviner vers où elle allait emmener son livre, Ferris changea subitement de direction, et se mit à élaborer une supposition complètement folle. Étant donné que l'époque à laquelle Doïvber Lévine avait vécu était cauchemardesque et chaotique ; qu'il existait deux Lévine avec les mêmes nom et prénom, avec des destins littéraires semblables et des dates de naissance et de mort approchantes ; étant donné qu'il n'y avait pas de données fiables sur où et quand Doïvber Lévine avait péri ; étant donné que les gens mouraient de tous côtés et dans tous les camps ; que pour fuir les balles, ils changeaient de nom, de papiers, de carte d'identité, qu'ils falsifiaient leurs documents personnels, leur histoire, leurs convictions, leur foi et leur classe, étant donné tout cela, pourquoi, se demande Ferris, selon la même logique, ne ferions-nous pas l'hypothèse que Doïvber Lévine n'est pas mort, mais qu'il a, au contraire, refait surface autre part ? Pourquoi le concitoyen de Lévine L. Panteleïev, se rappelant que Lévine avait vécu dans la rue Tchekhov à Leningrad, écrit-il dans son journal la phrase suivante : *Il a vécu, et il ne vivra plus. Ni ici, ni nulle part en ce monde* ? Il faudrait être non seulement un mauvais écrivain, mais un idiot par-dessus le marché, écrit Ferris, pour affirmer de quelqu'un qu'il a péri, et qu'en conséquence il *ne vivra plus*, et ensuite en rajouter encore une couche, et sauter sur le cadavre pour bien tasser la terre de mots, en affirmant que le cadavre (Lévine) ne vivra plus *ni ici, ni nulle part en ce monde*.

Et si Doïvber Lévine avait survécu, et refait surface quelque part ailleurs en ce monde ? Qui sait, peut-être a-t-il même refait surface *partout ailleurs* en ce monde ?! Daniil Harms, le plus connu et le plus populaire des obérioutes ; un écrivain qui a tourné en ridicule de nombreux écrivains, y compris lui-même ; de nombreux textes littéraires, y compris les siens ; de nombreux genres littéraires, y compris l'aphorisme, a écrit : « L'homme n'a pas qu'une seule vie. Ce qui n'a pas été achevé dans cette vie s'achèvera dans la suivante. »

7.

Un homme sort de son logis

Les obérioutes Daniil Harms, Alexandre Vvedenski et Igor Bakhteriev sont arrêtés en 1931, et passent six mois à la Chpalerka, le centre de détention provisoire de Leningrad[1]. Harms est condamné à trois ans de prison (à Koursk), et Vvedenski et Bakhteriev sont relâchés avec interdiction de séjourner à Leningrad et Moscou, ainsi que dans d'autres grandes villes. Cette même année, le plus jeune des obérioutes, Iouri Vladimirov, meurt, suivi peu après de Konstantin Vaguinov. Alexandre Toufanov, traducteur, futuriste, qui avait aux côtés de Velimir Khlebnikov influencé les obérioutes, est

1. La Chpalerka se trouvait dans la rue Chpalernaïa. Cette prison était à Leningrad l'équivalent de la tristement célèbre Loubianka, à Moscou.

arrêté cette même année 1931. Lors de son interrogatoire, il reconnaît que certains de ses vers *zaoum* étaient en réalité un appel codé à l'insurrection contre le pouvoir soviétique. Il est condamné à trois ans de prison. Igor Terentiev était un ami de l'Oberiou, il faisait du théâtre expérimental, fréquentait les peintres Kasimir Malevitch et Pavel Filonov, ainsi que le compositeur Mikhaïl Matiouchine. Terentiev est lui aussi arrêté cette même année 1931, et condamné à cinq ans d'incarcération, pendant lesquels il travaillera à la construction du Belomorkanal, le canal de la mer Blanche. Libéré un peu avant la fin de sa peine, il est de nouveau arrêté en 1937, et fusillé dans la célèbre Boutyrka[1]. Nikolaï Oleïnikov, poète, très proche des obérioutes, est arrêté et fusillé en 1937. Nikolaï Zabolotski est arrêté en 1938 et condamné à cinq ans de prison. A. Vvedenski est à nouveau arrêté en 1941, et ne tarde pas à mourir de pleurésie. D. Harms est arrêté en 1941, et meurt dans le service psychiatrique de la prison début 1942.

L'« ours himalayen », Doïvber Lévine, s'était caché comme une souris, dans la littérature jeunesse. Certes, il était le plus discret et le moins exposé des membres de l'Oberiou, mais ces jours-là, les gens mouraient pour des péchés bien plus bénins que l'écriture « expérimentale ». Ferris affirme que la conversation entre lui et sa connaissance L. Panteleïev (lors de

1. Prison de la Boutyrka, à Moscou.

laquelle Lévine aurait prononcé la phrase fatidique *C'est la fin ! Toutes les lumières du monde se sont éteintes*, et cette rencontre, selon le témoignage de L. Panteleïev, aurait eu lieu en 1939) a dû se dérouler en 1937, quand les peurs rongeaient Doïvber Lévine comme autant de punaises de lit affamées : la peur de la mort, la peur de la vie, la peur de l'insignifiance, la peur de la peur, la peur de tout…

Ferris affirme également que l'épouse de Lévine, une femme pratique, a joué un rôle crucial dans toute l'affaire : jeune fonctionnaire soviétique, elle disposait d'une arme puissante, les tampons. C'est elle qui réunit tous les documents nécessaires pour Birobidjan, car cet endroit lui semblait le plus sûr du monde pour Doïvber. Tout d'abord, elle savait que Lévine la trompait avec une « gamine », et envoyer son mari dans un endroit si reculé était selon elle une juste punition. Deuxièmement, pouvoir être créative comme le Destin en personne flattait son ego, et troisièmement, elle aimait son Bobo, son « ours », et elle n'envisageait même pas qu'il puisse lui arriver ce qui arrivait à tant de gens autour de lui. La petite fonctionnaire soviétique, comme le Destin en personne, falsifiera quatre ans plus tard l'attestation du décès héroïque de Lévine dans le village de Pogostie. Mieux, le livre de Ferris comprend une copie du document attestant que Boris Mikhaïlovitch (Doïvber) Lévine est mort le 17 décembre 1941 à Pogostie, mais aussi une copie d'un document émis le 17 décembre 1937, muni duquel BerDov Levi s'était rendu dans l'OAJ, l'Oblast autonome juif, plus exactement dans la capitale administrative du futur État juif du Birobidjan. Doïvber avait également reçu de sa femme un bonus, un passeport au nom de Boris Dov Kaufmann. Le livre de Ferris contient également une copie de ce passeport.

Ces trois faux papiers sont les seuls documents dont Ferris dispose. Le reste est soit la vérité (connue de Ferris seule), soit une falsification avec préméditation. Ce n'est pas à moi d'en juger. Quoi qu'il en soit, Lévine part pour l'Extrême-Orient onze ans après Boris Pilniak. Pourquoi encore Boris Pilniak ? Parce que Lévine emporte avec lui pour le voyage le livre de Pilniak *Racines du soleil japonais*[1]. Mais il ne partait pas au Japon ?! Non, mais il partait en Orient. Par ailleurs, ce choix n'est pas si étrange si l'on prend en compte que les gens de l'époque étaient tout simplement terrifiés, qu'ils étaient constamment aux aguets d'un grand malheur potentiel, qu'ils sursautaient au moindre bruit, que les mauvaises nouvelles voyageaient à la vitesse de l'éclair. C'est ainsi que la nouvelle de l'arrestation de Boris Pilniak était arrivée même jusqu'à lui, jusqu'à l'insignifiant Doïvber Lévine, un jour avant

1. Boris Pilniak, *Racines du soleil japonais*, trad. Barbara Eydely, Éditions du Sandre, Paris, 2011 (*Korni japonskogo solntsa*, Priboï, 1927). (*N.d.T.*)

son départ. C'est peut-être cette nouvelle, et non la géographie, qui conditionna le choix de lecture de voyage de Lévine ?

« La peur omniprésente d'un côté et l'espoir que la vie prendrait des tournants salutaires pour eux de l'autre dynamisaient les gens au point que les vies de beaucoup se mirent à ressembler aux rêves les plus fous. C'est ainsi, par exemple, que David Bourliouk, écrit Ferris, ce "Polyphème futuriste", "père du futurisme russe", traversa toute la Sibérie et arriva à Vladivostok, le tout dans l'intention secrète de passer aux États-Unis. De plus, il traînait dans ses bagages une cour de six personnes, sa famille et des membres rapportés. Il insuffla à la vie culturelle de Vladivostok une vitalité inouïe, faisant de cette ville provinciale d'Extrême-Orient la capitale mondiale du futurisme, puis il partit en 1920 pour le Japon, où il devint "le père russe du futurisme japonais". Pendant les deux ans qu'il passa au Japon, il peignit environ trois cents toiles, transforma les sévères Japonais en adeptes des fantaisies futuristes, et en deux ans, il avait amassé assez d'argent pour partir avec les six membres de sa famille aux États-Unis, et atterrit directement dans l'épicentre artistique du monde, à New York. »

Doïvber Lévine arriva à Birobidjan, et comme il parlait yiddish, il trouva immédiatement un emploi au *Birobidjaner Schtern* (ce qu'il est impossible de contester, mais également de prouver, car à ce moment-là, deux Lévine et un Kaufmann travaillaient au *Birobidjaner Schtern*). Il travaillait également au théâtre juif local, où il montait des représentations, des classiques juifs aux sketches juifs théâtralisés. Birobidjan était une bourgade isolée, mais vivante : à partir de 1934, date de la proclamation de l'Oblast autonome juif, y affluèrent non seulement des Juifs d'Union soviétique, mais également des Juifs d'Argentine, de Pologne, des États-Unis ou d'Angleterre, communistes ou sympathisants du communisme, à la recherche d'un lieu plus sûr et plus protégé que celui d'où ils venaient. Certains restèrent, d'autres repartirent, car on les avait trompés sur la marchandise. Birobidjan n'était pas le paradis promis, le climat était rude, et leurs métiers – marchand, tailleur, boulanger, boucher, menuisier – n'étaient pas d'une grande utilité au début. Rapidement, la Seconde Guerre mondiale éclata, la mobilisation commença : de nombreux Birobidjanais périrent au combat.

Après quelques mois seulement passés à Birobidjan, où il s'était lié d'amitié avec l'acteur et poète Miron Belotchkine, Lévine part avec ce joyeux et habile compagnon pour Harbin. À Harbin, les deux hommes vivotent un certain temps, puis chacun part de son côté. Belotchkine reste à Harbin, cherchant un moyen de passer aux États-Unis, et Lévine se rend à Shanghai, une ville libre, où personne ne demandait ni passeport ni visa. C'était la fin 1938, Shanghai accueillait des Juifs d'Allemagne qui n'avaient pas pu obtenir de visa pour un autre pays. La situation change dès 1939, quand les Japonais occupent Shanghai. Lévine, avec des milliers d'autres Juifs arrivés à Shanghai après 1937, est déplacé dans une partie de la ville nommée Hongkou, quartier du ghetto juif. Après la défaite des Japonais, les Juifs trouvent temporairement asile à Hong Kong, d'où ils seront envoyés en Amérique du Sud et du Nord, en Union soviétique, en Europe et en Australie. Cette relocalisation ne fut ni facile ni rapide. Beaucoup passèrent leurs meilleures années à attendre une nouvelle vie.

Et pile à cet endroit, où Doïvber Lévine attend ses papiers pour partir en Europe, Ferris s'arrête. Elle s'arrête à la quatre-vingt-dix-neuvième page. Ferris ne sait pas que c'est l'Ange n° 99 qui ne permet pas à sa main de passer à une nouvelle page. Ferris laisse son héros Doïvber Lévine, ou plutôt BerDov Levi, ou plutôt Boris Dov Kaufmann, dans l'hôtel pour réfugiés Peninsula, à Hong Kong. Dans la chambre d'hôtel, sur la table de nuit, se trouve le manuscrit achevé d'un roman. Le roman s'intitule *Hôtel « Peninsula »*. Un simple coup d'œil aux premières phrases prouve que Lévine est devenu un véritable écrivain. Pour une raison mystérieuse, Ferris est certaine que la vie, les livres et la gloire de Doïvber Lévine n'en sont qu'à leur commencement. Et avant de refermer la porte derrière elle, elle fourre dans la poche de la veste de Lévine un talisman pour son voyage, le seul dont elle dispose à ce moment-là, des vers de Daniil Harms...

Un homme sort de son logis,
Son sac sur son bâton,
Et droit devant,
Et droit devant,
Il va vers l'horizon.

Il marche dur, il marche droit,
Le ciel en point de mire.
Sans plus jamais,
Sans jamais plus,
Manger, boire ou dormir.

Or, une aurore, il entre dans
L'obscure, la forêt
Et depuis lors,
Et depuis lors,
Cet homme, il disparaît.

Mais si un jour quelqu'un de vous
Le croise quelque part,
Je vous en prie,
Je vous en prie,
Faites-nous le savoir[1].

1. Daniil Harms, « Un homme sort de son logis », *Poèmes et proses*, *op.cit.*, p. 198. (*N.d.T.*)

8.

Les renards sont des êtres solitaires

J'étais rarement en contact avec Asen, mais après avoir lu le livre, je l'appelai immédiatement pour le remercier.

« Tu peux me donner le mail de Mme Ferris pour que je lui envoie un petit mot ? Je pense que ça lui ferait plaisir, dis-je.

— Malheureusement, je ne peux pas.

— Pourquoi ?!

— Ira Ferris est morte. »

C'était arrivé peu après la conférence où nous nous étions rencontrées, elle lui avait donné son manuscrit à ce moment-là, c'est pour cela qu'elle avait fait l'effort de venir à la conférence depuis Londres. Il ne savait rien de plus que ce que lui avaient dit ses jumeaux, qui étaient venus organiser les obsèques et gérer les formalités de succession. Ira louait une chambre à une étudiante. Ce jour funeste, elle avait aperçu la jeune fille, juste devant l'entrée de la maison, entourée par un groupe de jeunes hommes du quartier, elle s'était ruée vers la porte dans son fauteuil roulant, avait fait un faux mouvement, et avait dégringolé l'escalier.

« Mon Dieu, quelle tristesse !

— Soit dit en passant, ses fils m'ont signalé que la jeune fille, semble-t-il, est ta compatriote, une

Zagreboise, apparemment, elle s'appelle Dora, et étudie à Goldsmiths…

— Elle vit encore là-bas ? demandai-je bêtement.

— Non, les fils ont vendu la maison.

— Pourquoi est-ce qu'il n'y a pas de note sur l'autrice dans le livre ?

— Ira ne voulait pas.

— Pourquoi ?

— Je ne sais pas. »

Je n'avais aucun mal à m'imaginer sa petite maison, quelque part dans la banlieue du sud de Londres. Je la voyais attendre chaque jour avec impatience la jeune fille, Dora, se raccrocher à elle comme à une bouée, si elle lâchait la bouée, elle sombrerait, elle n'aurait plus de raison de respirer. Ce soir-là, juste devant l'entrée de la maison, la jeune fille s'était retrouvée entourée par une meute de chiens, des jeunes hommes au chômage du quartier qui voulaient s'amuser un peu. Quand, depuis son « poste d'observation », elle avait vu ce qui se passait, Ferris s'était hâtée vers la porte dans son fauteuil roulant et, allumant la lumière du petit porche, elle avait ouvert la porte. Les jeunes hommes s'étaient figés. Ferris ressemblait à une apparition furieuse et terrifiante, d'autant plus qu'elle avait émis un hurlement qui glaçait le sang dans les veines. Elle s'était fait peur toute seule, s'était demandé d'où lui venait cette force, d'où elle avait tiré ce cri inhumain. L'un des jeunes du groupe avait sorti de sa poche une balle de tennis, qu'il avait brusquement lancée dans sa direction. Le coup avait été violent, Ferris n'avait pas réussi à l'esquiver, ni à battre en retraite, pire, dans sa panique, elle avait poussé le fauteuil vers l'avant, perdu l'équilibre et dégringolé les marches. La jeune fille s'était dégagée, avait bondi vers la vieille dame, un premier voisin était sorti sur son perron, puis un deuxième, quelqu'un avait appelé la police, et les jeunes hommes avaient pris la fuite.

Peut-être qu'à cet instant, alors qu'elle était en train de mourir, des vers de Harms étaient apparus à Ferris, à propos de l'eau et de l'image d'un zéro (le zéro de Malevitch !) qui flotte sur l'eau, un zéro qui est en réalité un rond, car un enfant a jeté un caillou sur l'eau, et ce caillou a engendré un cercle, et le cercle engendre la pensée, et la pensée engendrée par le cercle « fait passer le zéro des ténèbres à la lumière[1] ».

Et le zéro est œuvre divine ;
Le zéro des chiffres est la roue ;
Le zéro est l'âme et le corps ;
La rame, la barque et l'eau[2].

1. Daniil Harms, « Des ronds dans l'eau », in *La Baignoire d'Archimède, Anthologie poétique de l'Obériou*, trad. Henri Abril, Circé, Paris, 2012. (*N.d.T.*)
2. *A nol' bojestvennoe delo./Nol' – tchislovoe koleso./Nol' – eto duh i telo,/voda i lodka i veslo.*

Ou peut-être qu'à cet instant, alors qu'elle était en train de mourir, était enfin apparu à Ferris le roman de Doïvber Lévine, qu'elle avait scruté toute sa vie comme une hypnotique tache noire. Le roman était vraiment magnifique, en 3D, dans des couleurs éclatantes dont elle ignorait jusqu'alors l'existence. À présent, elle voyait clairement la maison, chaque appartement était éclairé d'une lumière vive, oh, l'être mythologique à tête de taureau et le petit fonctionnaire soviétique étaient voisins de palier. Les locataires étaient mélangés comme un jeu de cartes, ils se reflétaient les uns les autres, au sens littéral du terme ; la couleur de l'un laissait une trace sur la couleur de l'autre, comme un baiser ; dans l'œil de l'être à tête de taureau dormait, recroquevillé, le petit fonctionnaire soviétique. Les proportions elles aussi étaient bouleversées ; à la fenêtre, une femme miniature était assise au bord du pot de fleurs, et battait des jambes en fumant une cigarette. Dans un appartement, un homoncule à moustaches dormait blotti contre le gros corps d'un cafard deux fois plus grand que lui… Ira pouvait entendre leurs voix, ils parlaient tous en même temps, se superposaient comme dans un superbe morceau de musique. Et ensuite, les sons l'avaient soulevée comme un brusque coup de vent (comme la « Radio du futur » de Khlebnikov), et elle s'était envolée. La maison merveilleuse s'était ouverte comme un coquillage et l'avait aspirée. À cet instant, le sentiment de déracinement qui l'avait accompagnée toute sa vie avait disparu. Elle était enfin arrivée à la maison.

Ou peut-être que ça ne s'est pas passé comme ça. Tandis que j'assemble les pièces du puzzle et que je joue à la police scientifique, il me vient à l'esprit que la « Prière de François Villon » de Boulat Okoudjava[1] aurait pu être l'hymne de la jeunesse de Ferris. Tout compte fait, elle avait donné à chacun sa part : elle avait permis à son mari de mener une carrière paisible et satisfaite de minutieux compteur de verbes, une activité qu'il chérissait plus que tout au monde. Finalement, elle avait aimé ses fils bien davantage qu'ils ne l'avaient jamais aimée. Quand elle était morte, ils avaient vendu sa maison et

1. « Prière de François Villon », de Boulat Okoudjava, trad. Jean Besson et François Maspero : « Tant que la Terre tourne encore, tant que le jour a de l'éclat, / Seigneur, donne à chacun de nous ce qu'il n'a pas : / Donne au sage une tête, un cheval au peureux, / Donne à l'homme heureux de l'argent… et pense à moi un peu. / Tant que la Terre tourne encore, Seigneur, elle est en ton pouvoir ! / Donne à qui veut régner l'ivresse du pouvoir, / Donne, au moins jusqu'au soir, repos au généreux, / À Caïn le remords… et pense à moi un peu. / Je sais : pour toi tout est possible, et je crois en ton sage esprit, / Comme un soldat mourant croit en ton Paradis, / Comme croit chaque oreille à tes propos de paix, / Comme à soi-même on croit, sans savoir ce qu'on fait ! / Seigneur Dieu, mon Seigneur, toi dont l'œil vert rayonne, / tant que la Terre tourne encore et soi-même s'étonne, / Tant qu'il lui reste encore et du temps et du feu, / Donne à chacun sa part… et pense à moi un peu. » (*N.d.T.*)

étaient rentrés en Australie, soulagés. Elle avait pris soin de la jeune fille, Dora, du moins un certain temps, pleine d'empathie pour elle, pour cette petite « étrangère », comme elle l'avait elle-même été toute sa vie. Elle avait veillé sur elle, priant son Seigneur dont l'œil vert rayonne de lui donner sagesse et force ; priant son Zelenoglazyï[1] de donner à chacun sa part ; et, bien entendu, de penser à elle, Ira, un peu. Elle avait donné à Doïvber Lévine une deuxième vie, esquissé une biographie, réelle ou mensongère, elle avait rempli le programme qui lui avait été attribué à sa naissance, à une époque donnée, dans un lieu donné. Et elle, elle s'était accordé une petite aventure littéraire de rien du tout. Une aventure que l'on pourrait qualifier de poétique de l'absence, poétique des trous dans le gruyère, poétique du « zéro divin ».

Et eux, les renards, venaient dans son jardin non seulement parce qu'elle leur donnait du poulet bon marché de Tesco, mais parce qu'ils avaient flairé que la maison serait bientôt vide. Les renards sont des êtres solitaires, ils aiment les espaces abandonnés.

1. Dans la version originale russe de la « Prière de François Villon », le vers traduit par « Seigneur Dieu, mon Seigneur, toi dont l'œil vert rayonne » est « *Gospodi moï Boje, Zelenoglazyï moï* », littéralement « Seigneur Dieu, mon Dieu aux yeux verts ». (*N.d.T.*)

9.

Arroseur automatique

Un mois ou deux après que le livre de Ferris était arrivé à mon adresse, j'ai cherché sur Internet s'il n'y avait pas quelque part une critique, un signe que quelqu'un d'autre que moi avait lu son livre. Au passage, j'ai aussi googlé le nom de Doïvber Lévine, la situation était au point mort : la donnée la plus récente était la réédition d'une anthologie de la prose enfants et jeunesse de Lévine, avec une préface de Salamandra P.V.V. J'ignore pourquoi, mais j'ai aussi ouvert au hasard l'une des quelques notes bio-bibliographiques russes (il n'y en avait pas d'autres) sur Lévine, et appuyé sur « Imprimer » par automatisme. Ce n'est que le lendemain que j'ai pensé à sortir la feuille de l'imprimante. Avant de la mettre à la poubelle, plus par hasard qu'intentionnellement, j'ai jeté un coup d'œil au texte. Il m'a semblé, à vue de nez, qu'il était plus long que ce qu'il aurait dû être. J'ai ouvert l'onglet sur mon ordinateur. Le texte à l'écran était tout à fait normal : Lévine est né à telle et telle date, il a écrit ci et ça, il est mort à telle et telle date. Cependant, un autre texte s'était glissé dans la version imprimée. Ce deuxième texte n'était pas comme un peigne qui s'emboîte dans un autre peigne, il ne s'agissait, donc, pas de deux textes correspondant l'un avec l'autre. Le texte intrus n'avait aucun sens, c'était un bruit de fond qui gênait la transmission de l'information. Ainsi, par exemple, après la phrase *Doïvber Lévine s'inscrit à l'université de Petrograd en 1922* était insérée la remarque *Singulièrement, Spider-Man n'en savait rien*. Et tandis que l'on pouvait encore plus ou moins relier ces deux phrases (la deuxième conférant à la première une note humoristique), la suite était de plus en plus absurde. J'essayai de trouver un lien entre les deux textes, de dénicher un message secret, en vain : les phrases s'entrecoupaient, le texte se dérobait, rien n'avait de sens. Puis, vers la fin, je tombai sur la phrase *Le genre de chose que même Anastasia Stotskaïa n'aurait pas pu imaginer*, et j'eus l'espoir qu'il s'agissait d'une citation d'un roman, et que là résidait la clé de l'énigme. Mais il s'avéra rapidement qu'Anastasia Stotskaïa n'était pas un personnage de roman, mais une chanteuse de pop russe très populaire à ce moment-là.

J'activai mon antivirus, qui m'informa que mon ordinateur était propre. J'appelai quelques connaissances, aucune d'entre elles n'avait jamais entendu parler d'un phénomène de ce genre. L'une d'entre elles, cependant, affirma qu'il s'agissait d'une révision du texte, qui s'était *collée* au texte original : les révisions sont en général cachées à l'écran, mais à cause d'une erreur quelconque, celle-ci apparaissait sous forme imprimée. « Un banal incident », dit ma connaissance. Je ne réussis pas à la convaincre qu'il ne s'agissait pas d'une révision du texte, que ce « banal incident » ne m'était jamais arrivé auparavant, mais je n'avais pas l'énergie de poursuivre mes investigations, d'autant plus qu'avait émergé dans mon esprit une fantastique hypothèse qui avait enflammé mon imagination.

Et si les textes, imprimés sur du papier fin et transparent, se collaient les uns aux autres, sans que nous n'en sachions rien, car ils resteraient durablement cachés, pour ne se révéler que parfois, comme cette note sur Doïvber Lévine, aux yeux d'un internaute, sans cependant proposer de clé pour déchiffrer le texte ? Et si ces textes « collés », invisibles à notre œil, étaient nombreux ? Et si les textes correspondaient bien entre eux, mais que c'était juste nous qui n'étions pas en mesure de les identifier comme un tout doté de sens ? Et si nous aussi, les gens, étions des textes ambulants ? Et si nous déambulions de par le monde accompagnés de multiples « révisions » de nous-mêmes, dont nous ignorions l'existence ? Et si nous avions « collé » à nous les biographies (une, deux, mille ?!) d'autres personnes, dont nous ne savions rien ? Et si ces textes s'entrecollaient, se fondaient en nous, et si, donc, nous tous, chacun d'entre nous, étions habités par des locataires secrets ? Pourquoi m'étais-je il y a bien longtemps *collée* à une note de bas de page tout à fait accessoire sur Doïvber Lévine ? Pourquoi Ferris avait-elle passé tout ce temps à travailler sur Lévine ?

Qu'est-ce que c'était que ça ? Était-ce Ferris qui avait rêvé le texte sur Lévine, ou Lévine qui avait rêvé le texte sur Ferris ?

Quoi qu'il en soit, la fascination de Ferris pour la biographie de Lévine pouvait tout simplement s'expliquer par le fait qu'elle se sentait elle-même inaccomplie ; que son propre sentiment d'insignifiance l'avait poussée à se pencher sur un Doïvber Lévine tout aussi insignifiant, le réchauffant de son haleine comme un oisillon gelé. Voyait-elle Lévine comme une biographie à sa mesure ou comme quelque chose d'autre, je ne saurais le dire. La « restauration » de la biographie de Lévine est-elle valide ou non, cela aussi, je l'ignore. Je sais juste qu'elle est possible. Il est tout à fait possible que les choses soient bien plus prosaïques que ce que nous croyons, et que Doïvber Lévine soit en réalité le père d'Irina Ferris. Ferris connaissait peut-être l'existence de son père, ou peut-être avait-elle adopté Lévine comme père imaginaire ; la « belle *komsomolka* » qui disposait d'une arme puissante, les tampons, était peut-être sa mère. Rappelons-nous cette note de la plume du contemporain de Lévine L. Panteleïev. Relatant dans son journal sa rencontre avec Doïvber Lévine, Panteleïev se demande : *J'ignore où se trouve aujourd'hui sa fille Ira. Quel âge peut-elle avoir ? Sept ans ?*

Ferris s'était emmitouflée dans son œuvre comme dans un modeste châle qu'elle aurait elle-même tricoté. Elle était entrée dans son ouvrage comme une souris dans une meule de fromage, dans l'intention d'y rester jusqu'à ce que son petit cœur s'arrête de battre. Élevant à Lévine un « monument funéraire », elle s'était elle-même enterrée sous la pierre tombale. La question de la validité de ses découvertes au sujet de la biographie de Lévine avait peut-être perdu toute pertinence au moment où Ferris s'était installée dans son œuvre. Même s'il n'y avait chez Ferris elle-même rien d'*obérioute*, c'était un geste éminemment *obérioute*[1].

Lors de mon séjour étudiant à Moscou en 1975-1976, j'avais bien pris conscience d'un détail important : j'étais préservée de toutes les peurs non seulement par ma jeunesse, mais également par un objet tout à fait banal : mon passeport. Avec mon passeport yougoslave, j'étais traitée comme une « Occidentale », ce qui, dans le Moscou de

1. Konstantin Vaguinov, obérioute, maître de la surenchère grotesque, achève ainsi son court roman sur l'écrivain imaginaire Svistonov :
« Enfin il sentit qu'il était définitivement enfermé dans son roman.
Où qu'il parût, Svistonov voyait partout ses personnages. Ils portaient d'autres noms, avaient d'autres corps, d'autres cheveux, d'autres manières, mais il les identifiait immédiatement. C'est de cette manière que Svistonov passa tout entier dans son œuvre. » (Konstantin Vaguinov, *Trudy i dni Svistonova*, 1928-1929 ; *Les Travaux et les jours de Svistonov*, trad. André Cabaret, Circé, Paris, 1998, p. 151 [*N.d.T.*]).

l'époque, m'assurait un avantage certain. Pourquoi, donc – quand le ciel au-dessus de ma tête n'annonçait pas le moindre petit nuage, et quand, lisant *Le Maître et Marguerite*, je croyais vraiment que les manuscrits ne brûlaient pas – avais-je ramassé Doïvber Lévine comme un insignifiant souvenir, un petit caillou gris en chemin, une note de bas de page littéraire, la brève description d'un roman inexistant, et pourquoi, de plus, en avais-je durablement fait ma propriété mentale ? Mon empathie pour Lévine n'était, semble-t-il, pas que de principe. C'était une anticipation de l'expérience qui m'attendait, même si j'aurais (alors) pu jurer que rien de semblable ne m'arriverait jamais. Deux ans seulement après la chute du Mur de Berlin, mon petit pays du sud de l'Europe se démantela en six pays encore plus petits, la langue mineure de mon pays se divisa en trois ou quatre langues encore plus mineures. Alors que florissait la démocratie postcommuniste, les gens « non conformes » disparaissaient, les textes « non conformes » disparaissaient, les livres « non conformes » disparaissaient des bibliothèques (y compris, voyez-vous ça, mes propres livres) pour finir aux ordures, dans des autodafés spontanés et organisés ; les rues disparaissaient, les monuments disparaissaient, dans ces petits pays du sud de l'Europe, une clique brutale avait pris le pouvoir, qui avait décidé de tailler toute chose à sa mesure et dans son intérêt. Beaucoup de personnes furent chassées, beaucoup tuées, beaucoup partirent en exil, en groupe ou seuls, dans les pays voisins, dans des pays lointains, de nombreuses familles furent brisées, souvent, les parents finissaient dans un pays, et les enfants dans un autre. D'ailleurs, moi-même, traçant sur une carte personnelle un trajet complètement dénué de sens, je finis enfin par m'installer dans un pays, devenant un être avec deux biographies, ou deux êtres avec une biographie, ou trois êtres avec trois biographies et trois langues… Tout cela se déroula dans d'autres proportions, pour d'autres raisons et d'une autre manière qu'au temps lointain de Doïvber Lévine. De l'extérieur, tout ressemblait à une boule de verre dans laquelle tombe de la neige. À l'intérieur coulait un sang bien réel. Quelqu'un prenait la boule dans sa main, la secouait un peu : dans le globe de verre, des gens minuscules menaient une guerre minuscule, brûlaient des livres de la taille d'un grain de pavot, traçaient leurs frontières minuscules, ouvraient leurs camps minuscules pour les ethniquement non conformes, élevaient des barrières et des fils barbelés, changeaient les manuels scolaires, effaçaient tout l'ancien et fondaient tout le nouveau, mouraient de morts minuscules, partaient en exils minuscules, faisaient sauter des maisons minuscules, tout était minuscule, et sur le tout tombait une apaisante petite neige artificielle. Aujourd'hui, un quart de siècle plus tard, peut-être précisément à cause de cette faute d'inattention liée à une illusion d'optique, des incubateurs démocratiques des nouveaux Étaillons de Croatie et de Serbie, de Bulgarie, de Hongrie et de Pologne, mais aussi des incubateurs qu'étaient la Grèce, l'Italie et l'Espagne, la Finlande et la Norvège, ont jailli des œufs de serpent. Est-ce que de ces œufs vont éclore des hommes nouveaux qui, masqués et camouflés, se jetteront armés de gourdins sur les réfugiés qui de toutes parts affluent en Europe ?

Que les résultats des investigations de Ferris soient valides ou non n'a que peu d'importance, car après tout reste le texte. Dans le cas de Lévine, ce n'est pas un texte, mais une absence de texte, un trou, une béance, une esquisse blafarde qui enflamme l'imagination. L'absence de texte, d'image, de musique est le revers de la médaille, et le signe symbolique d'une époque. L'absence de texte émet une lumière magique. L'histoire de Doïvber Lévine n'est pas qu'un doigt d'honneur obérioute à la culture des échelles de valeurs, des institutions qui prétendent à une stable éternité, elle est aussi un doigt d'honneur métaphysique (si ironique que cela sonne) qui démontre que la force de l'imagination et de l'interprétation peut surpasser la force du texte écrit. En ce sens, les manuscrits ne brûlent pas.

La première recension du livre fut publiée dans le *Nottingham Post*. Je doutais fort que cette recension inciterait quiconque à acheter le livre, même si – à une époque où les récits autobiographiques occupaient sans cesse le top des ventes – je n'en aurais pas mis ma main au feu. L'ouvrage avait un titre attirant, *The Magnificent Art of Translating Life into a Story and Vice Versa*, et l'auteur de la brève recension avait habilement extrait un fragment du texte, qui affirmait que le véritable plaisir littéraire commence au moment où l'histoire échappe au contrôle de son auteur, quand elle commence à se comporter comme un arroseur automatique pour la pelouse et à fuser dans toutes les directions ; et quand l'herbe se met à pousser non grâce à l'humidité, mais grâce à la soif d'une source d'humidité à proximité. Et si cet arroseur automatique m'avait fait si forte impression, sans doute en marquerait-il d'autres…

CINQUIÈME PARTIE

Little Miss Footnote

« La vie humaine n'est qu'une série de notes de bas de page d'un vaste chef-d'œuvre obscur et inachevé. »

Vladimir Nabokov, *Feu pâle*

1.

Il semble que seuls les grands écrivains (ou ceux qui deviendront un jour grands) ne reculent pas devant les banalités. Ils en parsèment leurs textes comme de confettis. Comme s'ils comptaient à l'avance sur le fait que leurs futurs lecteurs allaient gober ces belles et sages pensées (cette fine farce de papier pour *fortune cookies*, ce futur contenu de journaux intimes, d'albums souvenirs et de carnets de maximes) comme des pigeons gloutons des miettes de pain. Les sages pensées sont comme des fruits confits dans un gâteau de Noël. Ce n'est pas seulement la vie humaine qui est une série de notes de bas de page – comme le dit le grand Nabokov, dont le chef-d'œuvre *Feu pâle* se compose d'ailleurs de notes de bas de page –, nous sommes tous des notes de bas de page. Les notes de bas de page littéraires luttent pour leur survie comme des coqs contraints de se battre, au bout du compte, tout se réduit à qui fera de qui sa note de bas de page, qui *note-de-bas-de-pagera* qui, qui sera le texte, et qui la note de bas de page. Nous sommes tous des textes ambulants, nous arpentons le monde avec des copies invisibles collées à nous, avec de nombreuses révisions de nous-mêmes, dont nous ignorons tout de l'existence, du nombre et du contenu. Nous portons sur notre peau la biographie d'autres gens dont nous ne savons rien. Nous nous collons tous les uns aux autres comme des feuillets transparents avec des textes cachés, nous nous fondons les uns dans les autres, nous tous, chacun d'entre nous, sommes habités par des locataires secrets, nous habitons tous des maisons étrangères. Nabokov avait, semble-t-il, raison quand il affirmait que nous sommes tous les fragments d'un mégatexte, les notes de bas de page d'un vaste chef-d'œuvre obscur et inachevé.

2.

Dorothy Leuthold est devenue une note de bas de page incontournable dans l'histoire de la littérature moderne, même si elle n'a rien fait pour le devenir, pas plus qu'elle n'était qualifiée pour le devenir (peut-on se qualifier pour devenir une note de bas de page ? Oh que oui !), ni même qu'elle avait envie de quoi que ce soit de ce genre. Quoi qu'il en soit, Dorothy Leuthold est une note de bas de page insérée dans le grand texte culturel qui porte le nom de « Vladimir Nabokov ». Et tandis que ce texte culturel s'étend chaque jour, Dorothy Leuthold reste la même note de bas de page concise et énigmatique qu'elle était au tout début, ce qui est à notre époque – où les notes de bas de page, par le nombre comme par la taille, excèdent en général le texte lui-même, menaçant de l'effondrer – une authentique rareté.

Dorothy G. (Gretchen) Leuthold est née le 9 avril 1897 dans la petite ville de Waseca, au Minnesota. Ses parents, Charles et Joséphine Cincthold, étaient d'origine allemande, comme, du reste, la moitié des habitants de Waseca. Pourquoi Dorothy qui, semble-t-il, ne s'est pas mariée, a-t-elle changé son nom de famille de Cincthold et Leuthold ? Mystère. Sa vie tout entière est une feuille blanche, à part un seul et unique détail qui la catapultera dans la grande fête littéraire, dont les invités sont condamnés à faire la fête éternellement. Certes, dans cette soirée, Dorothy fera tapisserie, elle sera la femme invisible, celle que presque personne ne remarque, la fille dans le coin que les convives prennent pour une domestique et à qui ils font signe de remplir leur verre. Pourtant, son nom figure bien sur la liste des invités. Leuthold s'est peut-être retrouvée sur cette liste par hasard, mais elle ne s'est pas invitée toute seule à la fête.

Dorothy Leuthold déménage de Waseca à New York en 1930. Elle trouve un appartement dans le West Side de Manhattan, et un emploi dans l'une des sections de la célèbre New York Public Library. Elle aurait étudié à l'université Columbia.

Andrew Field, l'un des premiers biographes de Nabokov, est également l'un des premiers à mentionner Dorothy Leuthold. En arrivant aux États-Unis en 1940, l'écrivain russe Vladimir Nabokov, lépidoptériste passionné, sa femme Véra et leur fils Dmitri prévoyaient de passer l'été 1941 à chasser les papillons, même si les circonstances ne leur étaient guère favorables. Véra avait été malade tout l'hiver, et ils n'étaient pas certains qu'elle serait suffisamment rétablie pour voyager, et d'autre part, il leur manquait un moyen de transport, une voiture.

« Ils se mirent en route, et pour leur premier voyage à travers les États-Unis, ils avaient, fort heureusement, un chauffeur. Elle s'appelait Dorothy Leuthold, elle était la dernière élève en date des cours particuliers de russe donnés par Nabokov, une Américaine célibataire qui avait travaillé pendant des années dans l'une des sections de la bibliothèque publique de New York. Nabokov l'avait rencontrée tout à fait par hasard, et elle avait exprimé son envie d'approfondir sa connaissance de la langue russe, qui était très modeste, mais qui, pour une raison que Nabokov n'arriva jamais à percer à jour, comprenait de nombreux jurons dont elle ne saisissait manifestement pas bien la signification. Et quand les Nabokov lui annoncèrent qu'ils allaient en Californie, elle leur proposa de leur prêter sa Pontiac flambant neuve, qu'elle venait tout juste d'acheter. Mais ni Nabokov ni sa femme n'avaient eu beaucoup d'occasions d'apprendre à conduire, tout comme ils n'avaient pas appris à lire leurs relevés de compte. [...] Quand elle s'en rendit compte, leur amie et élève déclara : "Oh, mais je peux vous conduire !" Non seulement elle les conduisit, mais elle organisa le voyage, qui parcourait le sud des États-Unis, y compris une inoubliable visite en Arizona, car c'est précisément là-bas, à l'extrémité sud du Grand Canyon, par une froide journée de juin (ils s'étaient mis en route le 26 mai), qu'en descendant au fond du canyon, Nabokov attrapa un nouveau spécimen de papillon, qu'il nomma galamment d'après sa chauffeuse, qui était partie en voyage sur un coup de tête, pour améliorer un peu son russe et se montrer aimable envers des immigrants nouvellement arrivés[1]. »

Dorothy Leuthold conduira les Nabokov jusqu'à Palo Alto, et rentrera en voiture sur la côte Est. Cet été-là, outre un cours de littérature russe, Nabokov

1. Andrew Field, *VN : The Life and Art of Vladimir Nabokov*, Crown, New York, 1986, p. 207-208.

donnera également à l'université Stanford un cours d'écriture créative intitulé « The Art of Writing ».

Même si Dorothy Leuthold est mentionnée par de nombreux auteurs, comme Brian Boyd, l'autre grand biographe de Nabokov, Nabokov lui-même ou encore Robert Michael Pyle dans son texte « Between Climb and Cloud: Nabokov among the Lepidopterists » [« Entre montagne et nuages : Nabokov chez les lépidoptéristes »][1], plus que Dorothy Leuthold elle-même, c'est l'itinéraire du voyage de la côte Est à la côte Ouest, planifié et mis en œuvre par Leuthold avec une discipline militaire, qui suscite l'intérêt. Le voyage, qui débute le 26 mai et dure dix-neuf jours exactement, fut notamment une fantastique introduction à cette Amérique des motels que Nabokov décrira par la suite dans son chef-d'œuvre *Lolita*. Rien qu'aux noms, on comprend que les Nabokov sont descendus dans des hôtels bon marché de bord de route (Motor Court Lee-Mead, Cumberland Motor Court, Wonderland Motor Courts, Motor Hotel), tandis que d'autres noms d'hôtels tout aussi bon marché poussent immanquablement le lecteur en direction d'une symbolisation de bas étage de « l'événement inoubliable » (par exemple : l'hôtel où ils logeaient

1. Robert Michael Pyle, « Between Climb and Cloud: Nabokov among the Lepidopterists », in *Nabokov's Butterflies* (éd. Brian Boyd et Robert Michael Pyle), Beacon Press, Boston, 2000.

au Grand Canyon, où Nabokov attrapa son papillon, sa « découverte », s'appelait Bright Angel Lodge !).

3.

Dans sa biographie de Véra Nabokov, Stacy Schiff décrit l'installation des Nabokov à New York, où Vladimir « se mit à donner des cours à trois femmes d'un certain âge qui étudiaient à Columbia. Grandes passionnées de la Russie, elles lui plaisaient parce que, selon lui, elles "discréditaient brillamment le préjugé émigré du vide laqué de l'esprit américain"[1] ».

Stacy Schiff décrit elle aussi l'épisode avec le papillon, mais elle l'éclaire depuis le point de vue de Véra : « Elle attrapa quelques-uns de ses premiers papillons américains cet été-là, tandis que Leuthold conduisait la famille vers la Californie, de motel en motel, à travers le Tennessee, l'Arkansas, le Texas, le Nouveau-Mexique et l'Arizona, voyage que Véra adora. Elle se livra à cette chasse en partie dans une robe noire qui s'arrêtait aux genoux et était ornée d'une ceinture en dentelle, robe

1. Stacy Schiff, *Véra Nabokov*, trad. Michèle Garène, Grasset, Paris, 1999, p. 120. (*N.d.T.*)

qu'elle n'avait pas dû acheter en songeant à ce genre d'expédition. Elle avait encore l'air faible, avec son teint plus blême que translucide et ses joues creuses. Par un matin cristallin du début de juin, au sud du Grand Canyon, les deux Nabokov connurent chacun leur triomphe lépidoptérologique. Vladimir s'engagea dans un sentier à mules avec Dorothy Leuthold, où, au bout de quelques pas, il attrapa au filet deux spécimens de ce qu'il sut être un *Neonympha* non répertorié. Lorsqu'il regagna la Pontiac, où Véra et Dmitri tentaient de se réchauffer, il découvrit que “juste à côté de la voiture, Véra avait elle-même attrapé, rien qu'avec les doigts, deux spécimens engourdis par le froid”. Nabokov donna à sa prise le nom de Leuthold ; il commémora son succès dans “Une découverte”, poème que publia *The New Yorker* en 1943. La trouvaille parallèle de Véra ne laissa aucune trace écrite. La chasse aux papillons s'était teintée d'un léger esprit de compétition chez les Nabokov, dont la passion était d'abord celle de Vladimir. “J'ai eu une chance fantastique, dit Véra au premier biographe de son mari en coupant la parole à ce dernier. Une fois j'ai vu un papillon qu'il désirait à tout prix, et il n'a jamais voulu croire que je l'avais vu.”[1] »

1. *Ibid.*, p. 125. (*N.d.T.*)

4.

Véra avait, donc, préféré attendre dans la voiture avec Dmitri plutôt que de s'exposer au risque de descendre dans le fond du canyon avec Vladimir et Dacha. La raison en étaient des douleurs fréquentes à la colonne vertébrale, une sciatique pénible et douloureuse, conséquence de ses « migrations et anxiétés » (« *migrations and anxieties* »), selon ses mots. Du reste, c'était précisément à cause de cette sciatique, qui l'avait torturée tout l'hiver, qu'elle n'avait jusqu'au dernier moment pas été sûre de pouvoir entreprendre ce voyage.

Dorothy avait elle aussi eu l'intention de renoncer, à cause de sa propre stupidité. La veille, avant d'aller dormir, elle avait lavé ses sous-vêtements, et les avait mis à sécher pendant la nuit. Les dessous, cependant, étaient encore humides, et il fallait à présent soit renoncer, soit se mettre en route, toute autre solution, comme trouver une boutique vendant du linge de corps à proximité, par exemple, ou quelque chose de ce genre, requérant un certain temps. La journée était étonnamment froide pour la saison. Fort heureusement, elle avait emporté de longs bas en laine, qui lui montaient presque en haut des cuisses, et une longue jupe chaude. Elle avait également enfilé des chaussures de marche confortables et un coupe-vent bien chaud… Sans révéler, bien entendu, en quoi consistait le problème, elle avait suggéré à Nabokov de partir seul, mais il avait répondu, sans surprise, qu'il était hors de question de renoncer. Et elle avait cédé.

La journée était enchanteresse, le ciel bleu et limpide, l'air pur et vif comme du champagne. La marche avait rougi les joues de Leuthold et de Nabokov, Dorothy eut l'impression d'être prise d'un léger vertige. « Mon Dieu, tout cet oxygène ! » s'écria-t-elle. Dorothy se dit qu'ils avaient raison, ceux qui affirmaient que quiconque ne croyait pas que le monde était l'œuvre de Dieu devait voir le Grand Canyon. Les roches rougeâtres conféraient à toute chose des reflets rouges. Même l'air exquis, qui lui était monté à la tête comme du champagne, était rougeoyant.

Ils descendaient par un sentier de chèvres vers le fond du canyon. À un moment, Dorothy laissa Nabokov passer devant, lui promettant de le rattraper sans tarder, et quand il eut disparu de son champ de vision, elle releva sa jupe, s'accroupit et urina. Le froid lui gela les cuisses. Et quand elle se releva, elle se cacha l'espace d'un instant dans une petite faille et, s'adossant à la roche, se tourna vers le soleil. Même si la journée était froide, le soleil réchauffait ses joues. Dorothy releva lentement sa jupe. Les rayons de soleil flamboyants se hâtèrent vers son entrejambe, qu'elle orienta, tel un capteur solaire, vers la source de lumière. La chaleur l'envahit, et elle ressentit un plaisir immense. Un feu de glace lui léchait l'aine.

À cet instant, Nabokov apparut. Dorothy voulut baisser sa jupe, mais il la devança, lui faisant signe de ne pas bouger. Dorothy baissa les yeux. Sur le triangle boisé de son entrejambe frémissait un papillon. Il semblait s'être pris ses petites pattes dans les frisottis, et battait à présent en vain de ses ailes rousses.

Nabokov s'était figé, et il fixait, comme hypnotisé, le pubis de Dorothy. Les bas de laine noire et grossière remontés jusqu'en haut des cuisses ne faisaient que souligner la blancheur de la peau tendue. Au centre s'embrasait un triangle couvert de poils soyeux, et là, sur ce buisson ardent, frémissait des ailes un papillon d'un roux chaud, renoirien, une nouvelle espèce que Nabokov ne connaissait pas. Nabokov s'agenouilla, tenant en l'air une main ouverte et autoritaire pour signaler à Dorothy de garder son calme, et tendant humblement l'autre, celle qui tenait le filet à papillons, dans sa direction.

Et là, dans le décor superbe du Grand Canyon, Dorothy vit Nabokov sous un éclairage terriblement cru. Devant elle était agenouillée la figure tragicomique d'un petit garçon dans le corps d'un homme adulte, à qui seul un heureux concours de circonstances – la littérature, les papillons, une femme forte, gage de paternité et de gloire future – conférait la légitimité d'un homme adulte. Dorothy écarta un peu les jambes. Le papillon frémit des ailes, effrayé, mais il resta à sa place. Nabokov rougit. Tenant sa jupe d'une main, Dorothy rampa lentement de l'autre vers son pubis, qui flamboyait d'un éclat presque irréel, vers ce triangle roux qui avait fait l'admiration de tous ses anciens amants, et que son Miron choyait abondamment, l'appelant « son petit renard »... Baignées d'un soleil éclatant, les ailes orangées du papillon frémissaient sur le buisson de Dorothy comme un feu follet. De sa main libre, Dorothy attrapa le papillon, il glissa docilement dans son poing, elle tendit la main dans le filet de Nabokov et le relâcha...

Il était à genoux devant elle, plein d'humilité, tel un Gabriel comique devant la Madone, tandis qu'elle rejetait sa progéniture – légère comme un souffle de papillon (d'ange ?!) – dans son filet. Il se sentit empli d'une infinie gratitude envers elle, mieux, l'espace d'un instant, il se vit lui-même comme cet enfançon aux ailes à l'éclat orangé. Il s'était agenouillé devant Dacha tout comme ses ancêtres, les hommes de sa classe, s'agenouillaient devant leurs girondes servantes qui s'appelaient Dacha ou Macha, attendant d'elles des plaisirs furtifs, clandestins et terrestres : un sein, une étreinte, un entrejambe... Et lui, petit garçon, il la remerciait pour son butin, son papillon.

Leuthold lâcha sa jupe, qui tomba résolument, comme un rideau de théâtre. Le couple se mit à remonter la pente, vers la Pon'ka, où les attendaient Véra et Miten'ka. Le visage hâlé de Nabokov, qui ressemblait sous les rayons violents du soleil à un buste coulé dans le bronze, trahissait un sentiment de triomphe. Le visage de Leuthold, comme chez un mouchard bien entraîné, ne trahissait absolument rien.

5.

Vladimir Nabokov lui-même mentionne Dorothy Leuthold, dans ses lettres à Véra.

Dans une lettre à Véra du 19 mars 1941 :

« J'ai écrit à Miss Ward, à Tchekhov, à Dacha, à Natacha, à Lizbetcha[1]. »

Dacha (Dorothy Leuthold), Natacha (Nathalie Nabokov) et Lizbetcha (Elisabeth Thompson) étaient

1. Vladimir Nabokov, *Lettres à Véra* (éd. établie par Olga Voronina et Bryan Bold), trad. Laure Troubetzkoy, Fayard, Paris, 2019, p. 728. (*N.d.T.*)

les étudiantes à qui Nabokov enseignait le russe. Manifestement, elles étaient plus que des élèves : il arrivait à Elisabeth Thompson de garder Dmitri et de l'emmener en promenade à Central Park, et Nathalie était l'ex-femme du cousin de Vladimir, Nicolas. Cette « assimilation », cette « familiarisation », cette adaptation d'un environnement « étranger » à sa propre langue, plus intime, cette éviction de l'éventuel danger grâce à un processus d'« assimilation » linguistique (pourquoi *étranger* rime-t-il toujours avec *danger* – *stranger always rhymes with danger*, se demande Nabokov), tout comme la « domestication » de quelque chose d'étranger, autre et inconnu par le biais de la collection, la compilation, la dénomination, la taxonomie, le catalogage, qui comprend nécessairement la mise à mort, l'aiguille et la dissection – ne sont pas que des stratégies du discours de l'émigré. C'est d'ailleurs pour la même raison que la Pontiac de Dorothy se vit attribuer, pendant le voyage de la côte Est vers la côte Ouest, le nom de Pon'ka, le diminutif russe du mot *poney*, un cheval que la nature a déjà doté d'une apparence physique au diminutif. Toutes ces stratégies peuvent être généreusement interprétées comme un désir d'appartenance, d'intégration dans un nouveau milieu, comme de l'affectation amoureuse et de la séduction, mais elles peuvent tout aussi bien être des formes camouflées de désir de possession : comment diminuer l'étranger, l'autre (et donc par là même l'ennemi), le rendre inférieur par rapport à nous, plus facile à dompter. En « russisant » leurs noms, Nabokov appliquait à ses étudiantes la même procédure qu'aux papillons qu'il attrapait : clouer sur la planche au moyen d'une aiguille pointue, déployer les ailes, description, marquage (au ruban rouge[1] !), Dacha, Natacha, Lizbetcha… D'ailleurs, la science et l'art partagent la même passion et les mêmes procédures de découverte du monde et d'articulation de ces découvertes – pensent, à peu près, Nabokov et Stephen Jay Gould[2].

Dans une lettre à Véra datée du 9 novembre 1942 :

« Je me porte bien, mange beaucoup, prends mes vitamines et lis les journaux plus que d'habitude en raison des nouvelles qui tournent au rose. St Paul est une ville mortellement ennuyeuse, à l'hôtel, il n'y a que des chouettes, la jeune fille du bar ressemble à Dacha ; mais mon appartement est charmant[3]. »

1. Le ruban rouge est mentionné dans le poème de Nabokov « On discovering a Butterfly », dans le dernier vers de la dernière strophe : *red label on a little butterfly*.

2. Stephen Jay Gould, « No Science without Fancy, no Art without Facts: The Lepidoptery of Vladimir Nabokov » [Pas de science sans imagination, pas d'art sans faits : la lépidoptérie de Vladimir Nabokov], in *I Have Landed: The End of a Beginning in Natural History* [*J'ai atterri : la fin d'un commencement en histoire naturelle*], Harvard University Press, Cambridge, Massachusetts, 2011.

3. Vladimir Nabokov, *Lettres à Véra*, *op.cit.*, p. 783. (*N.d.T.*)

La première phrase de la courte lettre de Nabokov est le type de rapport que l'on attendrait davantage de la part d'un fils à sa mère ou à sa sœur inquiète que d'un mari à sa femme : il se porte bien, il mange beaucoup, il prend ses vitamines… Après une observation lapidaire comme quoi la ville où il se trouve est ennuyeuse, Nabokov semble s'être acheté le droit de mentionner également la jeune fille du bar, qui ressemble à Dacha. Peut-être voulait-il dire par là que Dacha, étant donné qu'elle était d'origine allemande, ressemblait à beaucoup de femmes du Minnesota, également d'origine allemande. Peut-être voulait-il tout simplement dire que la fille avait l'air « ordinaire », comme Dacha. Quoi qu'il en soit, il écrit quelque chose que Véra comprendra, qui, pour lui et Véra, tombe sous le sens, et qui ne requiert pas d'explications supplémentaires.

Nabokov a dit quelque part qu'il fallait se comporter en amour comme se comportent les frères siamois : quand l'un prise du tabac, l'autre éternue (*V lioubvy noujno byt' kak siamskie bliznetsy, odin tchihaet, kogda drougoï niouhaet tabak*), ce qui, pour beaucoup de lecteurs, ne doit pas sonner très romantique, pire, une telle idée de l'amour peut être terrifiante. Le couple amoureux parfait est, donc, une sorte de monstre, et la relation amoureuse réussie est en réalité le consentement mutuel des participants à une sorte d'invalidité, où une moitié est liée à l'autre, dépend de l'autre et s'inféode à l'autre. Dans une telle forme d'amour symbiotique, il faut une parfaite coopération pour que la machine amoureuse fonctionne, ce pour quoi le plus court chemin jusqu'à la fonctionnalité est la domination, à savoir la mise à mort de l'objet aimé. C'est pour cela que Humbert Humbert souhaitera anesthésier Lolita, pour pouvoir la maîtriser, c'est pour cela que Nabokov clouera d'une aiguille le papillon à une planche et lui déploiera les ailes, pour pouvoir jouir complètement de sa victoire. Le chasseur ne désire d'autre gloire que la gloire de nommer, autrement dit, rien de moins que la gloire divine !

> *I found it and I named it, being versed*
> *in taxonomic Latin; thus became*
> *godfather to an insect and its first*
> *describer – and I want no other fame*[1].

C'est ainsi que fonctionne notre esprit, c'est ainsi que, tous autant que nous sommes, nous conquérons et faisons nôtre le monde qui nous entoure, en ce sens, nous ajouterions tous le marqueur « comme Dacha »…

1. « Je le trouvai et le nommai, érudit en/latin taxinomique – ainsi donc devenant/le parrain d'un insecte et aussi son premier/descripteur – et je ne veux point d'autre renommée. » Vladimir Nabokov, « Découverte », traduction parue dans le n° 791 de la revue *Europe* (1er mars 1995), p. 152. (*N.d.T.*)

Dans une lettre à Véra datée du 7 décembre 1942 :

« J'ai vu Dacha – je l'ai emmenée dans un petit restaurant –, elle était terriblement gentille et volubile[1]. »

Il était terriblement gentil et volubile. Il avait séduit, comme d'habitude, tout ce qui l'entourait, animé et inanimé, y compris elle, Dacha, et les couverts, et la table, et la nappe, et la serveuse… Il ne s'intéressait, comme d'habitude, pas aux trivialités, sauf si elles étaient « nourrissantes ». Elle avait appris à déterminer la « valeur nutritionnelle » d'une information à son visage. Elle le savait à l'éclat de son regard, au feu qui s'embrasait soudain quelque part au fond de ses pupilles, aux muscles quelque part dans le pharynx qui se préparaient à projeter à la vitesse de l'éclair une langue longue et fine, qui s'enroulerait autour du butin avant de revenir dans la gorge. Il était le chasseur parfait, comme le caméléon de Madagascar, muni d'une longue langue souple et élastique qui ne manquait jamais sa proie.

Il ne lui avait pas demandé comment elle allait, ce qu'il y avait de neuf dans sa vie, car il n'était pas fait pour le *small talk*, il avait juste mentionné que Véra n'était pas à New York en ce moment, mais il s'était ensuite immédiatement lancé dans ses

1. Vladimir Nabokov, *Lettres à Véra*, *op.cit.*, p. 786. (*N.d.T.*)

« tours de magie », avec ce qu'un critique appellerait bien plus tard fort poétiquement « les papillons de son esprit » (*the butterflies of his mind*). Oui, il fallait qu'on l'écoute, qu'on boive ses paroles, même quand il n'avait pour public qu'une modeste petite bibliothécaire. Elle avait l'impression qu'ils jouaient à un jeu qu'il avait imposé, où il était le professeur, et elle l'élève, et dont il avait également inventé les règles, si bien que chaque mauvaise réponse entraînait une punition, sur le ton de la plaisanterie, mais tout de même une punition. Et les questions étaient, mon Dieu, si puériles ! Quelle distance les papillons migrateurs sont-ils capables de parcourir de leurs frêles petites ailes ? Quelle est l'envergure des plus grandes ailes de papillon jamais répertoriées ? À quoi reconnaît-on si un papillon est mâle ou femelle ? Pourquoi les papillons sont-ils si incroyablement beaux ? Les papillons ont-ils conscience de leur beauté ? Ont-ils des poumons, est-ce qu'ils respirent ? « Oui, ils respirent », avait-elle balbutié, même si elle n'en était pas sûre, mais elle avait surpris cette flamme au fond de ses pupilles. Elle était certaine que, dans un coin de son cerveau, il composait déjà une charade en russe… *Dacha dychat, Dacha-doucha, doucha dychat, Dacha priniamet douch*[1]…

1. Jeu de mots sur le prénom Dacha et les mots *dychat'*, « respirer », *doucha*, « l'âme », et *douch*, « la douche ». Littéralement :

Nabokov avait écrit au crayon sur une serviette en tissu blanc le prénom de Dacha, et ajouté un petit plus. Les papillons ont-ils une colonne vertébrale ? Oui. Moins. Combien de paires de pattes ont les papillons ? Quatre pattes, deux paires. Moins. Trois paires de pattes, soit six pattes en tout. Moins… Sur la serviette de toile blanche grandissait un dessin à la maladresse enfantine, un papillon tracé au crayon, le tissu blanc grouillait de petits chiffres, des moins fanfarons que Nabokov donnait à Dacha pour ses mauvaises réponses, et des plus guillerets dont il la gratifiait pour ses bonnes réponses. Combien le papillon a-t-il de phases de développement ? Deux. Quatre. *Egg, larva, pupa, imago*. Œuf, chenille, chrysalide, papillon. Moins… Nabokov secouait la tête en feignant la réprobation, et distribuait à Dacha de méchants petits moins… Dorothy avait le sentiment qu'il allait au beau milieu du petit restaurant, attirant l'attention de tous les clients, rouler la serviette blanche, puis la dérouler comme un foulard en soie de magicien, et que de sous la serviette s'envoleraient les moins de Dacha, et un plus par-ci par-là…

Que mangent les papillons ? Certainement pas des escalopes de viande ! Exact ! Nabokov dessina un généreux plus. Mais que mangent-ils, s'ils ne

« Dacha respire, Dacha-âme, l'âme respire, Dacha prend sa douche… » (*N.d.T.*)

mangent pas d'escalopes ? Des fleurs ? Moins ! S'il y a quatre phases de développement du papillon, alors, la nourriture du papillon ne peut être toujours la même. Il se nourrit de fleurs, s'entêta Dacha. La chenille mange des feuilles, des plantes et des fruits. Mais quand elle se transforme en chrysalide, elle ne mange rien, et quand de la chrysalide sort un papillon, il se nourrit de pollen, et suce le nectar des fleurs de sa petite trompe… Donc, il se nourrit bien de fleurs. Elle se demanda ce qui se passerait si tout ce processus était inversé, du papillon vers la chrysalide, de la chenille vers l'œuf…

J'ai un ami, dit-elle subitement, frappant de sa fourchette l'assiette où refroidissaient ses spaghettis, comme si elle exigeait par ce geste d'être enfin elle aussi écoutée. Oho, répliqua Nabokov, une expression d'insatisfaction à peine perceptible sur le visage, non à cause du contenu du message, mais parce qu'elle l'avait interrompu… Dacha *douchitsa*[1], dit-il. Elle ne releva pas cette remarque ironique. C'est un bon poète, dit-elle avec conviction. Comment est-ce que tu le sais ? Elle le regarda. Il s'excusa d'une grimace contrite. Est-ce que tu peux l'aider ? demanda-t-elle.

1. *Douchitsa* : diminutif affectif du mot *doucha*, « âme », c'est un mot doux que l'on pourrait traduire par « mon petit chou, ma choupinette ». Si cette expression est le plus souvent employée avec tendresse et amour, en l'occurrence, dans le contexte du dialogue entre Nabokov et Dacha, elle exprime de la condescendance (plus « mon pauvre chou »). (*N.d.T.*)

Il s'appelle comment ? Miron Belotchkine. Il vient d'où ? C'est un Juif russe, il est arrivé ici en passant par Harbin. Et c'est ce « renard » qui t'a appris tous ces jurons en russe ? demanda-t-il. Oui, répliqua-t-elle. Et que fait donc ton Belotchkine d'Harbin ? Du spectacle de rue, dit-elle. Il est clown ?! Oui, c'est un comédien diplômé, dit-elle. Je te tiendrai au courant si j'ai une idée, dit-il. Elle savait qu'il ne le ferait pas. *Ah, my Dorothy, my poor, poor Dorothy*... Elle sursauta. C'était la première fois qu'il l'appelait Dorothy. Tu es seule au monde, Dacha, *doucha*, où sont donc tes fidèles compagnons ?! Quels compagnons ? L'Épouvantail, le Bûcheron en fer-blanc et le Lion peureux. Tu n'as même pas de Toto ! J'ai des compagnons. Qu'est-ce qui te fait croire que je n'en ai pas ?!

La discussion, conversation affectée et légèrement tendue entre deux adultes, avait soudain pris un arrière-goût amer, dont la responsable était, manifestement, Dorothy. Leur déjeuner était fini. Nabokov paya la note, et ils se levèrent de table. Tu ne prends pas la serviette ? demanda-t-il. Elle le regarda, et surprit sur son visage un rayon d'avenir, ce même éclat de gloire future et inéluctable qu'elle avait vu dans le Grand Canyon, cet éclat qu'ont les visages sur les monuments, les médailles, les pièces de monnaie, et même sur les timbres. Dorothy se sentit légèrement nauséeuse. Mon Dieu, quel gamin, mais quel gamin, se répétait-elle intérieurement avec un désespoir disproportionné par rapport à la situation, attendant avec impatience le moment où ils allaient quitter le restaurant et se séparer.

Pourtant, qu'elle le veuille ou non, Leuthold se rappela encore Nabokov à de nombreuses reprises. La première fois quand elle lut dans *The New Yorker* un poème sur la répugnante dissection d'un papillon qu'il prétendait avoir baptisé d'après elle. Quant à son bavardage puéril pendant ce déjeuner au restaurant sur le thème de la métamorphose qui se déroule à rebours, elle s'en souviendrait le 30 avril 1967, deux ans avant sa mort, quand sa ville natale, sa Waseca, serait touchée par une violente tornade qui anéantirait presque toutes les maisons. Qui sait, c'est peut-être précisément ce jour-là, ce « dimanche noir », qu'elle, Dacha, s'était métamorphosée en Dorothy, et était retournée dans son œuf.

6.

Dorothy Leuthold est morte en 1969. Cette année-là, deux mois peut-être avant sa mort (le 22 juillet 1969), Nabokov, qui vivait depuis déjà cinq ans en Suisse avec Véra, écrivit un bref poème qu'il dédia, naturellement, à Véra[1]. Le poème s'inspire

1. Vladimir Nabokov, *Lettres à Véra*, *op.cit.*, p. 813. (*N.d.T.*)

de Nikolaï Goumiliov, il comporte deux strophes, dont la deuxième est la suivante :

Et je mourrai, non sous une tonnelle
D'indigestion et de chaleur
Mais avec un papillon céleste
Dans mon filet en haut d'un mont sauvage.

Le poème est écrit en russe, langue dans laquelle les consonnes agressives des mots combinés *objorstvo* (gloutonnerie) et *jara* (chaleur) infligent au lecteur une douleur quasi physique. Le papillon, l'ange (la légèreté, la transparence, la beauté, la fragilité, la fraîcheur, la spiritualité), apparaît presque comme un pendant surnaturel à la goinfrerie et à la chaleur (le terre à terre, le charnel, la lourdeur, l'immobilité, la laideur). Le poète se voit au moment de sa mort en haut d'un mont, loin de la laide, charnelle et vulgaire espèce humaine à laquelle, malheureusement, il appartient. Il préfère choisir l'isolement, la mort loin de son lit, qui est l'espace restreint des activités humaines fondamentales (c'est au lit que nous naissons, dormons, faisons l'amour, donnons naissance à nos enfants, urinons, saignons et mourons). Il se choisit une mort éminemment esthétisée, avec un billet angélique en poche (un papillon dans le filet !), attendant sur une piste d'aéroport métaphorique (en haut d'un mont) son envol pour l'éternité. Cette image froide et aseptisée est terrifiante. Le sujet poétique solitaire n'a pas besoin, au moment de sa mort imaginaire, d'une compagnie humaine, il n'y a là manifestement pas de place pour une chaude pression de la main de sa partenaire de vie, de son amie, de sa compagne (à moins que, dans ses fantasmes, elle ne soit morte avant lui ?!). Le sujet poétique est ici seul avec son obsession, avec son éternel compagnon le papillon (l'ange). Ce refus de mourir dans une maison de campagne n'est peut-être qu'une forme de consentement camouflé, de retour aux deux photographies (retour dans l'œuf !) prises en 1907 dans la maison de campagne du grand-père de Nabokov, à Vyra. Sur l'une des photographies, Vladimir, magnifique petit garçon aux longues jambes fines et aux genoux tendres, en culotte courte claire, des chaussettes montantes blanches aux pieds, en chemise blanche et cravate, est assis sur un fauteuil. Sur ses genoux, tel un gigantesque papillon, se déploie un livre sur lequel on discerne les images de différentes sortes de papillons. Sur la deuxième photographie, la scénographie est légèrement différente, sa mère Elena, vêtue d'une robe blanche, se tient à côté du garçon. Après sa mort, le grand-père de Nabokov légua la maison de campagne à Vladimir, mais ce dernier ne la revit plus jamais. Bientôt, il devait commencer à changer de pays comme « de la fausse monnaie », « redoutant de regarder en arrière », « tel un fantôme divisé en deux moitiés », « telle une bougie entre des miroirs qui vogue vers le soleil » (vers du poème « Gloire »/« Slava », 1942).

Et que reste-t-il dans cette image de ces deux amants, de ces jumeaux siamois, dont l'un éternue quand l'autre prise du tabac ? Les jumeaux sont asexués, et s'ils ont un sexe, il y a plus de chances qu'ils soient, dans la vision de Nabokov, deux petits garçons que deux petites filles. Et le jeune Nabokov – à la longue tête étroite, au paisible regard angélique, au visage qui ressemble sur la photographie à un nymphéa ouvert, au corps allongé comme une liane –, que reste-t-il de lui ? Si Leuthold avait pu lire ces vers, elle aurait, je suppose, vu ne serait-ce que dans le seul mot russe pour « papillon » – *babotchka*[1] – un sabotage comique de cette flatteuse et mélancolique (ou tout simplement alpiniste ?!) image de la mort. Mais qui est Leuthold pour savoir quoi que ce soit de tout cela ?!

7.

Il existe deux photographies de Dorothy Leuthold (que l'on peut trouver dans le livre *Nabokov's Butterflies*). Sur l'une d'elles, Dorothy et Nabokov

1. Le mot *babotchka*, « papillon », ressemble beaucoup au mot *babouchka*, qui signifie « grand-mère, petite vieille ». (*N.d.T.*)

sont assis sur un tronc. La première chose que l'on remarque chez elle, c'est sa montre, et après la montre, la modeste robe d'été qui revêt son corps replet. Sur la deuxième photographie, eux trois – Nabokov, un filet à la main et un chapeau d'été sur la tête, Leuthold, avec des lunettes, dans la même modeste robe, et avec un sac à main qu'elle a, tenant la poignée à deux mains, posé contre son ventre, et Véra, une femme svelte en pantalon, un foulard élégamment noué sur la tête et des lunettes de soleil sur le nez – sont adossés à la Pontiac de Leuthold. En comparaison avec les Nabokov, Leuthold a l'air « modeste », mais également moins réelle, comme si elle avait tout fait pour conformer son apparence au stéréotype de la « vieille fille » serviable, de l'humble bibliothécaire, prête à faire l'effort de conduire d'un bout à l'autre des États-Unis, car de toute façon, elle n'a rien de mieux à faire de ses vacances d'été que de se mettre au service d'un écrivain, d'un futur grand écrivain. Car s'il n'y avait eu ce voyage, elle aurait probablement renoncé à ses vacances d'été, et les aurait passées là où elle passait de toute façon toute sa vie, au milieu des livres, tel un rat de bibliothèque replet et bigleux. Alors que là, elle avait gagné un billet pour l'éternité, elle, *Neonympha dorothea dorothea*...

SIXIÈME PARTIE

La renarde veuve

La renarde veuve
Et ses douze renardeaux
Di-le-do, di-li-le-do, di-le-do
Au soleil elle les emmène
Au soleil, sur la colline
Di-le-do di-li-le-do di-le-do
Les assoit pour les épouiller
D'amères larmes laisse couler
Di-le-do di-li-le-do di-le-do
Comment votre maman
Va-t-elle vous élever maintenant ?
Di-le-do di-li-le-do di-le-do
Le plus petit et le plus intelligent
Ainsi répond à sa maman
Di-le-do, di-li-le-do, di-le-do
Ne t'inquiète pas, maman, ne pleure pas
Voilà comment tu nous élèveras
Di-le-do di-li-le-do di-le-do
Dans le sac des chasseurs nous irons
Au col des riches nous finirons
Di-le-do di-li-le-do di-le-do
À Constantinople, la ville blanche.
Di-le-do, di-li-le-do, di-le-do…

(Chanson traditionnelle bulgare)

1.

La petite fille saute de haut en bas à un rythme d'une régularité impressionnante, elle rebondit, aussi légère qu'une balle. Haut-bas. Haut-bas. Les autres enfants, au bout d'un certain temps, se fatiguent, tombent, rampent sur le trampoline, rient, se poussent les uns les autres, font des grimaces comiques, lancent des regards à leurs parents qui se tiennent autour du trampoline tels des superviseurs attentifs. Ma petite fille semble être protégée par une membrane invisible. Son visage est paisible et joyeux. Elle ne me regarde pas, elle regarde droit devant elle. Son petit corps harmonieux ne trahit pas la moindre once d'effort, ses muscles sont détendus, elle saute comme si sauter était son état naturel, elle est une balle sauteuse. Ses courts cheveux lisses et sa frange s'élèvent et s'abaissent à un rythme régulier. Les rayons de soleil caressent ses cheveux. La petite fille répand de la lumière autour d'elle. Au loin, derrière le trampoline, la mer miroite. Les autres enfants abandonnent, de nouveaux enfants grimpent sur le trampoline, mais ma petite fille ne lâche rien. Haut-bas, haut-bas. En sautant, elle arrête le temps. Si elle descend du trampoline, si elle tombe, si elle s'agenouille, si elle s'arrête pour reprendre son souffle, le moment de grandir la rattrapera. Chaque répit convoque un danger inconnu. Tant que la plante de ses pieds la projette harmonieusement dans les airs, nul danger ne la menace. Elle est en sécurité. Elle est en sécurité comme Peter Pan.

2.

Ayant demandé un verre d'eau à l'hôtesse de l'air, j'avalai cinq cachets rouge sombre de deux cents milligrammes d'ibuprofène, même si je savais que mon mal de dos ne passerait pas. Je suis une vétérane, j'ai le sentiment d'avoir gagné le droit de qualifier mon mal de dos de *mien*. Je l'ai intégré dans ma vie comme un membre de la famille proche, je l'ai adopté, je le nourris de cachets couleur de viande fraîche, exactement comme un animal familier. Il est le résultat de mes « migrations et anxiétés », *migrations and anxieties*, comme l'a dit quelque part Véra Nabokov. J'ai retenu la formule, elle m'a plu, elle sonnait réconfortante, même si pas complètement exacte. En réalité, je n'aurais pas dû entreprendre ce voyage, mais je suis partie, c'est juste cinq jours, me disais-je. Et ensuite, des détails m'étaient tombés dessus, détails auxquels, dans mon obstination optimiste, je ne m'attends jamais, et qui arrivent invariablement. C'est ainsi que dès mon arrivée à Rome, la première étape de ma tournée littéraire de cinq jours Rome-Milan-Turin, mon mal de dos avait commencé son entreprise de persécution, et ce à cause d'un B&B bon marché au troisième étage : les marches étaient trop hautes. Certes, les marches en elles-mêmes n'étaient pas la cause, le tour de rein arrive en lot avec d'autres signaux, moins tangibles : avec une intranquillité qui n'a pas de causes visibles, avec un sentiment de gêne diffuse à cause d'une situation dans laquelle on nous met contre notre gré, avec un sentiment d'arnaque que l'on pressent juste dans les airs, comme la pluie.

Je suis une autrice « classe économique ». Ma branche se divise entre la classe économique et la classe affaires, en fonction de l'exposition médiatique des écrivains et du montant de leurs à-valoir. La grande majorité est en classe économique, une infime minorité en classe affaires. Qu'on le veuille ou non, de nos jours, tous ceux qui travaillent avec nous, les écrivains, s'efforcent de nous couper les ailes. Quoi qu'il en soit, je voyageais en classe économique, et la classe économique est un véritable bouillon de culture à misanthropie. L'air en classe économique est lourd d'une irritante promiscuité, les symptômes sont les mêmes que pour le déficit d'ions négatifs : épuisement, mal de tête et sensation d'étouffement. Depuis déjà des années, je n'arrive pas à comprendre pourquoi le passager devant moi abaisse immanquablement son siège, même s'il sait qu'en baissant son siège il va m'écraser les genoux, et me renverser dessus le café que je suis en train de boire. Il est rare qu'un miséricordieux devant moi oublie de baisser son siège. Les pauvres aiment se pavaner, gonfler leurs plumes, battre des ailes, prendre leurs aises sur le siège puisque, après tout, ils ont payé leur place, marcher sur les pieds de leur copassager et lui faire sentir qu'il est la même quantité humaine négligeable qu'eux. Les jeunes femmes qui voyagent en classe économique aiment à balayer l'air de leurs longs cheveux, si elles les ont longs. D'un mouvement bien particulier de leur tête, elles répandent leurs cheveux par-dessus le dossier du siège, fouettant du bout de leurs mèches la personne assise derrière elles. Et ce genre de mouvement fait remonter mon aigreur de l'estomac dans l'œsophage, rongeant au passage ses parois internes. La classe économique présuppose aussi le B&B bon marché où soit la douche, soit le chauffe-eau ne fonctionne pas, dans tous les cas, un élément crucial sera en panne. La classe économique présuppose également que je traînerai ma valise moi-même, et que je payerai le taxi moi-même. Les organisateurs omettent intentionnellement de convenir de ce genre de détails, ils sont entraînés à presser la patience des écrivains de classe économique comme un tube de dentifrice, jusqu'au bout.

Je me rappelle avec une gaieté infondée un événement littéraire à Londres, dont les organisateurs avaient demandé l'aide financière de l'ambassade d'Autriche, laquelle nous avait (nous, les quelques participants issus des pays de l'ancien Empire austro-hongrois) logés dans les combles de ses spacieux locaux. Les combles étaient aménagés dans le style alpin, avec des murs lambrissés ornés d'horloges à coucou, de paysages montagnards et de bois de cerf. Le tout ressemblait à une installation artistique rétro, à un sabotage alpin, à la cellule secrète d'un groupe terroriste de propagation du kitsch alpin, niché au cœur même de l'élégant quartier de Belgravia. Je concède que les bois de cerf sont peut-être le fruit de mon imagination débridée, mais je suis certaine de ne pas avoir inventé le personnel serviable de l'ambassade, principalement des Polonais, qui utilisaient eux aussi les combles, fumaient sur le petit balcon et faisaient tout pour nous compliquer l'accès aux toilettes et au téléphone. C'était une torture innocente, une « facétie » que nous avaient préparée les « gens du grenier » : au lieu de l'empathie à laquelle nous nous étions attendus, pensant qu'elle allait de soi, nous étions exposés à un léger sadisme « fraternel ».

Je me souviens avec nettement moins de gaieté d'une résidence d'écriture d'un mois avec bourse dans une bourgade centre-européenne, le tout sous le patronage d'un fumeux projet culturel de l'Union européenne. Les concepteurs du « projet » étaient un type du coin et sa compagne. Grâce à ses relations au sein de l'UE, le type avait ouvert une résidence d'écriture dans son appartement, le loyer, l'entretien et la modeste bourse de l'auteur invité étant couverts par de mystérieux financements européens. Eu égard à la nature de son projet, le type avait eu l'idée d'écrire lui-même, ce qu'avait soutenu avec ferveur sa compagne de vingt ans plus âgée, bien décidée à ne pas passer ses vieux jours dans ce trou paumé. Dès mon arrivée, le type m'avait tendu des preuves de la traduction de sa prose autobiographique en estonien, en ourdou et en coréen. Il s'était vanté d'avoir noué lors de son voyage en Corée du Sud d'étroites relations littéraires, si bien que, par exemple, ils attendaient après moi un jeune écrivain sud-coréen. Ce couple dickensien (Wackford Squeers et sa femme !) tenait en réalité un orphelinat pour écrivains, avec la bénédiction de l'Union européenne et des autorités locales de cette petite bourgade endormie d'Europe centrale, où même la fontaine de la place crachait ses jets d'eau au ralenti. Je précise que ce n'était pas moi qui étais venue les chercher, ils m'avaient appâtée à coups de courtoises invitations, présentant leur « projet » comme une plus-value considérable pour la commune comme pour l'écrivain invité. Moi, qui n'arrive toujours pas à m'habituer au fait que la culture et l'entrepreneuriat ont pris leurs aises dans leur ménage petit-bourgeois, j'avais mordu à l'hameçon, pour prendre mes jambes à mon cou après quelques jours seulement.

Les chances que les écrivains de classe économique rencontrent leurs homologues de classe affaire sont minces, tout comme les honoraires des auteurs sont de plus en plus minces, tout comme le fait que les honoraires convenus n'arrivent pas sur le compte de l'auteur est de plus en plus fréquent, tout comme l'éventualité que l'écrivain de classe économique baisse les bras est de plus en plus probable, car si se battre pour un honoraire honnête a du sens, se battre pour un pourboire n'en a pas. Tout cela, bien entendu, les « loueurs » le savent très bien, les éditeurs, les organisateurs d'événements littéraires, les personnes chargées de la promotion, tous ces gens qui vivent de la littérature et sur le dos de la littérature, et tous ceux qui sont cyniquement convaincus que la place de l'auteur dans toute cette chaîne est tout en bas. Et ils ont raison : la place de l'auteur dans toute cette chaîne est, de fait, tout en bas.

Rhumatismes, aigreur, mauvaise humeur, mal de dos… Je soudoie mon mal de dos à coups de singulières bouchées, des capsules à base de moule verte de Nouvelle-Zélande, *green-lipped mussel*, que l'on appelle également *kuku* et *kūtai*, et d'huile de foie de requin. Je graisse mes articulations raidies, car ma capacité à me pétrifier en un clin d'œil est gravée dans mes os et dans mon psychogramme comme un tatouage. Je me méduse en regardant le monde dans les yeux, et je paie mon acharnement en billets de douleur, des coupures de plus en plus grosses. La majorité des gens détourne sagement le regard, ne lorgne pas là où il ne faut pas, ne regarde pas, ne voit pas, n'entend pas, ne s'oppose pas, ne râle pas, se tait, courbe l'échine, et moi, il m'est échu de souffrir non seulement de mon mal de dos, mais également de la pleine conscience de la vanité de mes confrontations. Je n'arriverai jamais à faire changer quoi que ce soit, car il n'y a qu'une seule loi sur cette planète : la loi du plus fort. Tout le reste, ce sont des « fables », des « fantasmes », des « contes pour enfants ».

Certes, il y a dans le cocktail de mal de dos et de jérémiade une composante lénifiante. Car ronchonner, râler, geindre, jérémiader, pester et rouspéter, tout cela a un caractère calmant, ça agit comme du Xanax. Râler est une sorte de fitness mental. Après un certain temps, le râleur se fatigue tellement qu'il finit par s'endormir comme un reptile repu, ce que je fis moi aussi, sans plus me soucier du siège inconfortable et de mes voisins indélicats. Du reste, moi non plus, je ne brillais pas par ma prévenance : je fus tirée de mon bref somme par mes propres ronflements sonores.

3.

Le matin, elle sort du lit emmitouflée dans la chaude brume du sommeil. Elle se tait. Si elle est de bonne humeur, elle agite sa petite main (son rameau d'olivier !), elle me fait savoir qu'elle m'a vue, mais qu'elle n'a pas envie de parler. Pour le petit déjeuner, elle boit encore du lait, juste du lait, même si elle a presque douze ans. Elle le boit en longues gorgées vigoureuses, parfois, elle prend une paille, et elle aspire à grands traits.

Elle boit son lait, elle ne me voit pas, comme si elle était encore en train de rêver, elle marmonne quelque chose dans sa barbe, elle regarde dans le vague comme sur un écran d'ordinateur invisible. Toute menue, parfois, elle rapetisse encore plus, sa peau tendre révèle des veines couleur lavande, le blanc de ses yeux blanchit brusquement, ses prunelles s'assombrissent, une ombre grise passe furtivement sur son visage, et c'est comme si ma petite fille se mourait. Puis elle s'ébroue de son absence momentanée, et déjà elle rayonne d'énergie.

Elle m'appelle tante (un mot dur, bref, au vocatif[1], ce qui est tout à fait inhabituel), tantine, tantinounette (mais d'où est-ce que ça lui vient ?), tatie, *tatinović* (mais où est-ce qu'elle a été pêcher ça ?), ou tata (ce qu'elle mélange souvent avec *papa*), mais elle emploie ce dernier mot avec des intonations bien particulières. Une intonation enjôleuse, interrogatrice, quand elle veut me raconter quelque chose, mais qu'elle commence par vérifier que je l'écoute bien (« Hééé, tataaa ? »). L'autre, nasillarde et prétendument réprobatrice, quand elle me signifie qu'elle sait que je ne suis pas sérieuse (« Taaataaaaa ! »).

Elle m'appelle rarement par mon prénom. Il semble que nous ne prononcions le prénom d'une personne avec facilité que lorsque nous n'avons pas de lien sentimental avec cette personne. Moi non plus, je ne l'appelle pas par son prénom, je varie les substituts, « ma choupette », « ma bichette », « mon lapin »... Qui sait, il s'agit peut-être d'une superstition inconsciente. Le prénom pourrait égratigner une Mauvaise Oreille. Les « primitifs » ne prononcent pas le prénom de leur conjoint. Dans les sociétés « primitives », les parents vantent rarement la bonté et la beauté de leurs enfants, pour éviter qu'un

1. Vocatif : cas employé pour s'adresser à quelqu'un, l'interpeller. En BCMS, déclinés au vocatif, les noms féminins voient leur terminaison en « a » se changer en « o », une voyelle plus dure, plus accentuée.

Mauvais Œil ne baisse les yeux sur leur progéniture et ne concocte un mauvais tour. Ils disent « lui » et « elle ».

Quand il est question de sa grand-mère (ma mère), elle dit les mots sans retenue. « Mamie vit dans sa tombe », dit-elle. Quand il est question de sa mère, elle est prudente. « C'était quand maman était là », dit-elle. Mais elle ne dira jamais : « Et ça, c'était quand maman n'était plus là. » Elle refuse de se confronter au fait que sa mère n'est plus là, même si elle va volontiers au cimetière avec son père, pour vérifier si le rosier qu'ils ont planté à côté de la pierre tombale a fleuri. Et même si sur cette pierre tombale sont gravés les noms de mon père (avec une étoile rouge au-dessus du nom), de ma mère et de sa mère, elle associe la tombe exclusivement à sa grand-mère. Elle n'a pas connu son grand-père, il est mort il y a longtemps, elle se souvient de sa grand-mère, et elle refuse de parler de sa mère. C'est pourquoi cette tombe, du moins en ce qui la concerne, est la maison de mamie.

4.

Une fois, un de mes amis a essayé de m'expliquer la différence entre « nous » et « eux », même si je ne comprenais pas très bien qui était censé être ce « nous », et qui ce « eux ». Mon ami rentrait en Europe après un séjour aux États-Unis, il avait une voisine de siège d'un âge avancé qui, quand il lui avait demandé où elle allait, avait naïvement répondu : « En Europe. À Munich… Munich, c'est bien en Europe, n'est-ce pas ? » Et la dame, s'étant vu confirmer que Munich était bien en Europe, s'était endormie, et n'avait plus ouvert les yeux jusqu'à l'atterrissage à l'aéroport de Munich.

« Tu comprends où est la différence ? Cette femme ne sait même pas si Munich est en Europe, mais elle est sûre et certaine qu'elle va y arriver. C'est pour ça qu'elle a pu s'endormir si paisiblement. Nous — ici, mon ami m'a sans trop de questions incluse dans son « club » — nous venons d'une autre culture, nous ne pouvons être sûrs de rien, nous ne pouvons nous fier à rien. Nous ne pouvons être sûrs que nous sommes bien ce que nous sommes, que nous serons demain ce que nous sommes aujourd'hui ; nous ne sommes pas sûrs de la langue que nous parlons, d'ailleurs, il s'est avéré que nous parlions trois langues, alors que nous pensions n'en parler qu'une ; nous ne sommes pas sûrs des frontières, des régimes, de l'Histoire, du pays (régulièrement, nous nous réveillons dans un autre pays, sans être sortis de notre lit !) ; nous ne pouvons être sûrs que les images qui défilent sous nos yeux défilent vraiment. Nous ne faisons confiance à personne, parce qu'ils trahissent régulièrement notre confiance. Est-ce que tu te rends compte de cette dose énorme de frustration pesante, épuisante et insoluble ?! Et c'est pour cela que tandis qu'*ils* ronflent paisiblement, *nous* nous faisons du souci. Et nous nous faisons du souci pour tout et n'importe quoi ! Tandis que ma voisine ronflait paisiblement, moi, dans les airs, au-dessus de l'océan Atlantique, je faisais défiler dans ma tête tous les soucis de ce monde, toutes les injustices qu'on m'avait faites, toutes les blessures historiques qu'on m'avait infligées… Je suis remonté jusqu'au joug ottoman ! Et en parallèle, je contrôlais en pensées le pilote, car même lui, le pilote, tu ne peux pas t'y fier… ! »

Mon ami a raconté tout ça avec une bonne dose d'autodérision, nous avons ri, mais il avait, au passage, prononcé une vérité, qui aurait pu sonner à une oreille non avertie comme une exagération comique, comme un joyeux mensonge. Mais nous savions tous les deux que nous étions les victimes de la vérité, que nous présentions comme un mensonge pour être en mesure de la digérer. Pourquoi me suis-je rappelé cet épisode ? Je remarque qu'avec les années je suis de plus en plus proche de mon ami anxieux. Je me solidarise instinctivement avec les « anxieux », avec les gens qui, dans l'espace public, parlent tout seuls ou se disputent bruyamment avec des interlocuteurs invisibles. L'antique voisine s'était assuré un sommeil paisible dans l'avion par son ignorance de sa destination, ou tout simplement par son âge, auquel on dort en général plus qu'auparavant. Elle aussi, je la comprends. À la différence de mon ami, elle est un spécimen humain sain. Quant à moi, moi aussi, je contrôle de plus en plus souvent les pilotes en pensées…

Un plan d'un film récent a fait irruption dans ma conscience, où, dans la pénombre d'une chambre, par terre, un homme mort gît en position fœtale. À côté du cadavre luit l'écran d'un téléphone portable, la seule chose vivante dans le noir, un cœur lumineux. La main de l'homme mort au sol est tendue vers l'appareil, la branche de salut, la source de vie. Et je ne saurais dire pourquoi cette scène m'a bouleversée, car même si elle n'avait pas été conçue comme une parodie, c'en est bien une. Hier soir, dans la pénombre de ma chambre de B&B, allongée en position fœtale, éclairée par la lumière bleuâtre qui émanait de l'écran de mon téléphone, je faisais frénétiquement défiler les informations… « Le monstre se réveille ! » L'Hekla, le monstre qui se réveille, est situé à cinquante kilomètres de l'Eyjafjallajökull, un volcan qui, il y a quelques années, a inondé l'Europe de cendres. La nouvelle s'accompagnait d'une vidéo tournée lors de cette éruption : une épaisse fumée jaillissait du volcan, semblable à de gigantesques nuages composés de laine de mouton. Les nuages changeaient de couleur, du noir de suie et du gris sombre au gris clair et au blanc. On ne voyait rien à part cette laine terrible et menaçante. Au début, j'ai cru que la vidéo était en noir et blanc, pour accentuer l'« effet artistique ». Il semble que lors de ce type d'éruptions, où seuls des nuages de fumée jaillissent du volcan, tout l'environnement devient vraiment noir et blanc, comme il l'était peut-être au moment de sa naissance.

Hypnotisée par cette scène, je me suis repassé la vidéo encore et encore. Nous vivons à une époque de théâtralisation généralisée de tout. Le but du jeu d'acteur n'est plus que quelqu'un incarne quelqu'un ou quelque chose d'autre, mais que chacun d'entre nous joue son propre rôle. Dans ce monde, tout est « art », même ce volcan photogénique jouait son rôle à la perfection. Le monde est bourré de « projets artistiques » dans lesquels une foule de corps nus et anonymes incarne sous l'objectif de l'artiste une foule de corps nus et anonymes ; dans lesquels des ouvrières de l'industrie textile au chômage incarnent sur une scène de théâtre des ouvrières de l'industrie textile au chômage ; dans lesquels les bourreaux font tournoyer leurs machettes tout en expliquant pourquoi ils vont trancher la tête de leurs victimes ; dans lesquelles les têtes prononcent des paroles de pénitence avant d'être tranchées. Nous sommes tous impliqués dans des « ateliers de type récréatif, créatif et thérapeutique », comme on dit aujourd'hui dans le jargon des « industries créatives » modernes. Les hommes politiques jouent les hommes politiques, Donald Trump fait son Donald Trump, Hillary

Clinton fait sa Hillary Clinton. Même les réfugiés se sont retrouvés dans des « ateliers de type récréatif, créatif et thérapeutique » où, à l'aide d'une intervention de l'artiste, de personnes vivantes, ils se sont métamorphosés en symboles et en métaphores, en « histoires d'exil typiques », en *migration literature*, en *miglit* – une abréviation déjà bien installée dans le jargon littéraro-universitaire à la mode ; en sculptures de corps humains sur lesquelles on a en guise de tête planté une valise enroulée dans des fils barbelés, symbole des migrations, cela va sans dire. Même le téléphone portable n'est plus un outil de communication, mais un élément indispensable des bagages des réfugiés ; les tennis sont elles aussi devenues un élément du « chic migratoire », un symbole des migrations de ces soixante millions de personnes, d'après les chiffres officiels. Ce chiffre s'est, l'espace d'un instant, détaché sur le compteur mondial de la sensibilité humaine, puis, dans l'intérêt de la vie qui continue (toujours dans l'intérêt de la vie qui continue), il a disparu. Tout est comédie, les instants les plus heureux de nos vies sont conçus comme des représentations, nos mariages sont des représentations théâtrales, ce pour quoi nous revêtons des « costumes », élaborons des scénarios, convions de nombreux invités – pour pouvoir jouer devant eux le spectacle du « plus beau moment de notre vie ». Les naissances de nos enfants sont des représentations auxquelles participent de plus en plus d'invités, elles sont le thème favori de nos vidéos, où nous traduisons les premiers borborygmes du bébé en sous-titres « créatifs ». Nos obsèques sont elles aussi des représentations plus ou moins bien mises en scène. C'est peut-être là que réside une partie de mon malentendu momentané (momentané ?!) avec ma « profession ». Peut-être que je ne joue pas assez bien le rôle de l'écrivaine ?! Je devrais peut-être surjouer mon rôle pour que le public alentour puisse jouer sa part comme il convient. Pourquoi est-ce que je m'obstine à insister sur la sincérité, à une époque où ce sont principalement les « menteurs » que l'on traite avec sérieux ? Ne suis-je pas ici en mission « comédienne » pour la « présentation » de mon dernier livre ?!

Allongée en position fœtale, je me repassais la vidéo du volcan islandais enragé Eyjafjallajökull, dont la gueule déversait une épaisse fumée. Je l'ai regardée encore et encore, jusqu'à ce que je sombre dans un sommeil tout aussi épais…

5.

Trop souvent, je ne suis pas en mesure de deviner les raisons de ses réactions. C'est parce que je ne suis pas constamment avec elle, et quand nous nous retrouvons, je suis censée jouer le Père Noël, et elle l'« enfant sage ». Jamais, par exemple, je ne découvrirai pourquoi elle a été si intenable quand elle et son père sont venus me rendre une brève visite à Amsterdam. Quel âge avait-elle, neuf ans ? Je les avais emmenés au musée Van Gogh, elle courait dans le musée entre les visiteurs comme un chiot surexcité qui s'entête à ramener la balle aux pieds de son maître pour lui demander de la lancer de nouveau. Je n'arrivais pas à comprendre pourquoi, au musée, elle réclamait si ostensiblement notre attention, comme si Van Gogh était son rival. À un moment, je l'ai attrapée, l'ai traînée devant un tableau, ai pris sa petite tête entre mes mains et l'ai orientée vers la peinture.

« Et maintenant, regarde ! » ai-je ordonné.

Le tableau représentait une paire de chaussures, c'était l'une des œuvres de cette série de Van Gogh. Elle s'est calmée, m'a écoutée m'extasier haut et fort (bien entendu, je jouais le ravissement, m'efforçant d'être motivante), puis j'ai remarqué qu'elle avait les yeux baissés, que, en réalité, elle les avait gardés baissés tout le temps, qu'elle refusait tout simplement de regarder le tableau. Nous avons reproduit le même scénario devant le tableau suivant, son père nous avait rejointes, lui aussi s'extasiait devant la peinture, et elle gardait les yeux obstinément fermés. Pourquoi refusait-elle si résolument le rituel de la visite du musée, je l'ignore, personne ne l'avait forcée à rien. La peinture était l'une de ses activités favorites, et les « arts plastiques » sa matière préférée à l'école.

Une fois, j'avais été prise d'un mal de dos si violent que je n'étais pas en état de bouger. Elle était venue en silence jusqu'à mon lit, et m'avait fourré un dessin sous le nez.

« Qu'est-ce que c'est ? » avais-je demandé.

Elle ne m'avait pas répondu, en guise de réponse, elle m'avait demandé :

« Ça va mieux ?

— Non. »

Elle avait couru dans sa chambre, et n'avait pas tardé à revenir avec le dessin corrigé.

« Et maintenant, ça va mieux ? »

Sur le papier, d'épaisses couches de pastel dessinaient un arc-en-ciel, et j'avais enfin compris ce que j'étais censée répondre.

« Maintenant, ça va beaucoup mieux. Merci, ma chérie. »

Où avait-elle été pêcher que les images ont un pouvoir thaumaturge, je l'ignore. Il existe une histoire d'un classique croate, sur une petite fille qui croyait que si elle courait sous un arc-en-ciel, elle se changerait en petit garçon, mais elle n'avait pas encore pu entendre cette histoire à l'école, elle était trop petite.

Elle aime toujours dessiner. Avant, c'était le côté physique, tactile du dessin qui lui procurait le plus de plaisir. Elle aimait les grandes boîtes de crayons de couleur et de pastels, d'aquarelles et de tempera, ainsi que la pâte à modeler, les pinceaux, les taille-crayons et les gommes que je lui apportais. Particulièrement les gommes. Pourquoi les gommes, cela restera un mystère, elle se plaignait que ses gommes n'arrêtaient pas de disparaître. Ça avait été une bonne occasion d'inventer un monstre domestique, le GommGoinfre, qui lui volait ses gommes pendant la nuit. Quand elle était plus petite, ce qu'elle préférait, c'était « la pluie ». Je lui disais : « Il pleut ! », et alors, nous prenions toutes les deux un crayon, et nous nous mettions à tambouriner de nos mines sur le papier. « Il pleut ! Il pleut ! Il pleut ! » Elle aimait tremper ses doigts dans la peinture et laisser des empreintes digitales, ou appliquer des tampons de diverses formes que nous sculptions dans des pommes de terre. Il lui arrivait, telle une magicienne miniature qui commande aux vents, d'éparpiller dans la pièce de petits feuillets carrés avec des dessins qu'elle avait intitulés *Orage*, *Blizzard*, *Pluie torrentielle* et *Chaos dans la ville*. Une fois, elle avait colorié un papier de toutes les couleurs, puis l'avait déchiré en petits morceaux, avait mis les morceaux dans une boîte en aluminium, les avait arrosés d'un peu d'eau, et avait refermé la boîte. C'était son expérimentation, qui sait ce qu'elle en attendait. Quand elle était particulièrement de bonne humeur, elle répandait autour d'elle des tas de petits cœurs arrondis coloriés en rose pailleté.

Je l'encourageais, jusqu'à ce qu'elle me dise un jour : « Tu t'extasies devant tout ce que je fais, parce que tu m'aimes. »

C'était la vérité, mais pas tout à fait : je pensais aussi vraiment que ses impétueuses escapades de papier étaient artistiquement réussies. Je conserve une feuille de papier, à peu près 10 × 10 cm (c'était son format préféré), où elle avait posé une serviette en papier un peu plus petite, avec un motif, si bien que tant la structure des papiers que les nuances de blanc étaient différentes. Ensuite, elle avait cousu ensemble ces deux papiers, légèrement de travers, avec du gros fil noir, à grands points grossiers.

« Kasimir Malevitch n'aurait pas fait mieux ! m'étais-je exclamée.

— C'est qui, Kasimir Malevitch ? » avait-elle demandé, visiblement fascinée par ce nom singulier.

Mais dès que j'attrapais un livre ou allais sur Internet pour lui montrer qui était Malevitch, elle perdait tout intérêt, ou faisait juste semblant de le perdre.

Refusait-elle de grandir ? Et qu'y avait-il de si attirant dans le monde des adultes pour qu'elle se presse dans cette direction ? Pour l'heure, tout ce qu'elle avait pu apprendre, c'était que les adultes vieillissaient et mouraient, comme sa mamie ; que les adultes pouvaient être jeunes et mourir quand même, comme sa maman ; que les adultes travaillaient, mais qu'ils pouvaient, contre leur volonté, perdre leur travail, comme son papa ; et que l'un dans l'autre, le monde des adultes n'était ni sûr ni particulièrement amusant.

Je n'ai jamais rencontré un enfant qui joue avec autant de plaisir qu'elle. Il faut être deux pour jouer, mais elle n'était pas difficile : ce « deuxième » pouvait même être le hamster à piles qu'elle avait reçu pour son anniversaire, et avec lequel elle s'amusait sans se lasser ni s'ennuyer. Elle buvait le jeu, s'enivrait, le vidait jusqu'à la dernière goutte, jusqu'à l'épuisement physique. Une fois, malgré l'interdiction de son père, je l'avais laissée jouer avec les petites voisines dans la cour de l'immeuble. Pas mal de temps s'était écoulé, la pluie s'était mise à tomber, les voix des enfants dans la cour s'étaient éteintes, et ensuite, trempée jusqu'aux os, elle était enfin rentrée à la maison. Elle m'avait demandé de lui donner un parapluie, elle allait continuer à jouer sous le parapluie, m'avait-elle dit. J'avais refusé, je lui avais demandé de se changer. Elle s'était ruée vers la porte, mais j'avais été plus rapide. Je l'avais fermée, et pris la clé.

Elle avait fait une crise de rage. Ses hurlements m'avaient fait mal à la peau, une douleur, imaginaire ou bien réelle, dont je n'avais jamais fait l'expérience auparavant. Il n'y a peut-être qu'un seul son qui m'ait glacée de la même manière, le cri de la femelle du renard, que j'avais entendu une fois dans une vidéo amateur. Je ne suis pas certaine d'avoir envie de le réentendre un jour.

« Je te déteste ! Tu ne peux pas m'interdire de jouer ! Tu n'es pas ma maman ! Il n'y a que papa qui peut m'interdire de jouer ! » s'étouffait-elle de rage.

Je lui avais rappelé que je l'avais laissée jouer, bien que son père le lui ait interdit. Et il le lui avait interdit parce qu'elle devait faire ses devoirs pour le lendemain.

Elle n'avait pas plié. Elle avait pris le téléphone portable, menaçant d'appeler son père pour lui dire que je ne la laissais pas sortir, puis, toute furieuse qu'elle était, elle était restée interdite, car elle ne savait pas comment retrouver le numéro, et elle avait rageusement jeté le téléphone, et repris ses hurlements insoutenables…

« Je déteste l'école ! Je ne veux pas aller à l'école ! Je te déteste ! Je n'irai plus jamais à l'école ! Je la déteeeeste, répétait-elle en tremblant.

— Tu vas casser les vitres à force de hurler ! Les autres enfants vont à l'école et grandissent. Tu n'auras plus personne avec qui jouer, avais-je dit.

— Alors, j'irai en Allemagne, et là-bas, je jouerai autant que je veux ! » avait-elle braillé.

Je ne sais pas où elle avait été chercher qu'en Allemagne les enfants jouaient autant qu'ils voulaient.

« En Allemagne aussi, les enfants vont à l'école et grandissent.

— Alors, je boirai de la potion magique pour rapetisser ! Comme ça, je pourrai toujours jouer avec les enfants plus petits », avait-elle répliqué, se raccrochant à cette pensée réconfortante. (Aha, c'était donc ça, ça, elle l'a certainement pris dans *Alice au pays des merveilles*, m'étais-je dit.)

La pensée réconfortante s'était avérée véritablement réconfortante. La douche chaude sous laquelle je l'avais mise avait aussi aidé, ainsi que la serviette dans laquelle je l'avais enroulée, elle, petit oisillon furieux et trempé de pluie contre lequel s'étaient liguées les lois de l'espèce humaine.

6.

Les éditeurs, mais également les autres organisateurs d'événements littéraires, quémandent de plus en plus souvent de l'argent, en général auprès de l'ambassade du pays dont l'auteur est originaire, mettant ainsi celui-ci dans des situations embarrassantes. Quoi qu'il en soit, les éditeurs s'efforcent de gratter les frais de traduction ou de promotion du livre, les frais de publication ou les honoraires de l'auteur. Même s'il s'agit de sommes négligeables, ni les ambassades ni les éditeurs n'ont d'argent. Les éditeurs se justifient en arguant que les livres de l'écrivain pour lequel ils demandent une aide financière ne se vendent pas. Les ambassades répondent que ce n'est pas leur problème, et, de fait, ça ne l'est pas. Les auteurs de classe économique sont dans tous les cas des victimes volontaires, et la plupart du temps, ils n'ont pas la moindre idée des menus arrangements qui se concluent dans leur dos.

Cette fois-ci, j'étais au courant de l'« arrangement » selon lequel c'était l'ambassade de Croatie à Rome qui allait prendre en charge les frais de mon bref séjour en Italie, mais j'avais donné mon accord : l'ambassadeur, en effet, était une connaissance de longue date. Il faisait son travail, semblait-il, de manière compétente, sans sorties patriotiques délirantes ni promotion de ses propres ambitions professionnelles, littéraires ou autres, ce qui va en général de pair avec les représentants des petits pays tout juste nés.

Après la soirée littéraire, ma connaissance, sa femme et moi avions passé une soirée chaleureuse et agréable, nous efforçant de combler le vide des vingt ans qui s'étaient écoulés depuis que nous étions partis chacun de son côté, et des dix ans au moins pendant lesquels nous ne nous étions pas vus. C'était une rencontre du type « la vie écrit des romans ». Si on combinait nos histoires en un roman, nous devrions à la publication payer « l'impôt sur les bouses », avais-je dit. Nous nous étions rappelé

« l'impôt sur les bouses » yougoslave, c'était la forme de censure la plus bénigne, mais également un filtre utile, qui empêchait tant bien que mal la percée dans la circulation des biens culturels de cette écume laide et puante qui, lors de l'effondrement de la Yougoslavie, avait violemment refait surface. Depuis, cela fait déjà vingt ans que c'est le *scum*, la lie, la fange, la racaille, dans tous les sens du terme, qui est au pouvoir. Nous nous sommes fait inonder par la fange, médusés par son degré surhumain de résistance. Certains d'entre nous ont entre-temps sombré, le souffle coupé, certains ont réussi à nager jusqu'à l'autre rive, mais la plupart sont restés à leur place. Les uns ont développé une capacité de survie surhumaine, d'autres se sont maintenus à la surface en flottant en silence, sans se faire remarquer, et d'autres encore ont conquis le cloaque en détruisant toute autre forme de vie que la « fangeuse ». Je n'ai pas réussi à chasser de ma mémoire le moment où la fange, accompagnée d'un violent gargouillis subaquatique, est remontée à la surface, et voilà, cela fait déjà un bon quart de siècle que je reviens sur la rive pour vérifier si les effluves du cloaque puent toujours autant, comme si j'étais payée pour ce travail.

À Milan, la deuxième étape de ma brève tournée italienne, j'étais attendue par un chauffeur, envoyé par le consulat croate (un ancien combattant, je suppose). À la bibliothèque où devait se tenir ma rencontre avec le public, une compatriote, une

Milanaise mariée à un Italien, que j'avais déjà rencontrée à une autre occasion, mais dont je n'arrivais pas à me rappeler le nom, attendait déjà avec impatience. Ma compatriote était escortée par une jeune femme à l'expression offensée, fonctionnaire du consulat croate (une fille d'ancien combattant, je suppose, qui avait fait des études de croate grâce à la bourse prévue pour les enfants d'anciens combattants). Elles étaient toutes les deux assises au premier rang, telles deux mères supérieures. Je connais par cœur le langage corporel et la stratégie de répartition dans l'espace de mes compatriotes lors des soirées littéraires de ce genre. Mes compatriotes masculins ont souvent les mains dans les poches de leur veste, et ils ne les sortent qu'à contrecœur, comme s'ils allaient d'un instant à l'autre tirer de ces poches une arme. Le critique italien, modérateur de l'événement, n'avait même pas eu le temps d'ouvrir la bouche que ma compatriote déclarait déjà que je devais avoir conscience qu'il y avait en Italie de nombreux Croates qui n'étaient pas du même avis que moi. Je lui demandai de réserver le thème des divergences d'« avis » pour plus tard, au moment des questions du public. Et quand le modérateur invita le public à poser des questions, ma compatriote me demanda de nouveau si j'avais conscience de ce que les Croates en Italie pensaient de moi. Ma compatriote se positionnait à présent comme l'émissaire de tous les Croates d'Italie et, en réalité, elle cherchait une occasion de parler publiquement du petit pays auquel le monde entier était redevable de l'invention de la cravate, de la lutte héroïque des Croates pendant la guerre patriotique, de ce beau petit pays catholique, européen et patriote qui s'était libéré du joug du totalitarisme, du communisme, du yougoslavisme, du titisme, des Serbes et de la sauvagerie balkanique pour revenir enfin à son authentique essence croate. Je lui demandai de laisser de côté pour l'instant les questions concernant les Croates, car la majorité des gens dans le public s'intéressait à mon livre publié en italien, pas aux Croates. Je bluffais, bien entendu, je n'étais pas vraiment sûre de ce qui intéressait les gens assis dans le public. Ma compatriote se calma, provisoirement seulement, car dès que j'ouvris la bouche pour répondre à une autre question, elle se mit à bavarder à voix pas si basse avec la jeune fonctionnaire du consulat.

Nombre de mes « compatriotes » sont une sorte de gens bien particulière : ils se traînent sur les lieux d'une rencontre littéraire, gémissent, pleurnichent, écument, mais ils ne sont pas en mesure d'exprimer leur opinion, ni de la défendre. Ils arrivent renfrognés, sombres, remontés, mais ils ne tardent pas à se dégonfler et à battre en retraite, on voit qu'ils ont une idée en tête, mais les soirées littéraires ne sont pas leur environnement de prédilection, l'exposition publique les entrave. Ce pour quoi ils se sentent bien mieux en groupe, quand ils sont plusieurs, ou devant l'ordinateur, quand ils vont sur « leur Facebook ».

Là, ils s'enhardissent, ils « partagent », ils « likent », ils « haïssent », ils persiflent, ils répandent leur venin, ils attendent que se réveille leur système cardiovasculaire engourdi, qu'il envoie du sang dans le cerveau, pour s'animer, rugir, dégainer leur trompe, ouvrir la gueule, montrer les canines.

Cette fois-ci (comme je ne devais l'apprendre que deux mois plus tard), la campagne de diffamation sur Internet avait été menée par un Italien, qui avait découvert qu'il avait des racines croates, ce qui l'avait rendu complètement fanatique. Il avait posté « sur Facebook » ses « photos » sur lesquelles on le voyait découper aux ciseaux les pages de mes livres (en italien), menacer de me traîner en justice, mieux, de me faire interdire d'entrée sur le territoire croate, îles comprises, de me dépouiller. Mais c'étaient les bonnes Croates que l'Italien enragé avait fait s'effeuiller, celles qui ont comme photo de profil un bel œil féminin dans lequel se reflète le drapeau croate, ou quelque chose d'approchant, avec le motif national à damier rouge et blanc. En signe de soutien à l'Italien s'était également joint au rituel Internet de mon exécution le personnel anonyme du consulat de Milan, semant sur l'écran des smileys jaunes qui s'étouffaient de rire.

Je n'avais pas tiré de tout cela la moindre satisfaction. J'aurais peut-être pu en retirer quelque chose si cette chasse avait été un jeu intelligent, et si mes chasseurs avaient été des amateurs de littérature. Cependant, ils ne savaient rien, ils n'étaient même pas en mesure de réciter ne serait-ce qu'un vers d'un barde national croate. Ils étaient tout simplement assoiffés de sang. Le plus triste dans tout ça, c'est que ce n'étaient même pas des chasseurs indépendants, ils ne prenaient part à la chasse qu'avec une foule d'autres chasseurs, et suivaient bêtement l'odeur qu'ils connaissaient si bien.

« Quand tu qualifies les gens d'"ordures", tu ne fais que leur donner de l'importance en tant qu'adversaires... », m'avait joyeusement dit une Zagréboise sur laquelle j'étais tombée à Milan. Nous nous connaissions de quelque part, peut-être de la fac, je ne sais plus, et même si nous n'avions jamais été proches, nous parlions à présent de « politique ». Je me suis déjà habituée au fait que toutes les conversations avec mes compatriotes tournent autour de la « politique », ou autour des efforts pour éviter ce sujet.

« Car en leur collant une étiquette d'ordures, tu n'as rien résolu », avait-elle dit, et elle avait eu raison.

« Tu te demandes comment ça se fait que nos potentats locaux ne se soient pas lassés, pire, il en arrive sans cesse de nouveaux, plus jeunes, plus forts et plus bêtes. Tu as certainement feuilleté les manuels scolaires croates, tu as pu constater l'ampleur du désastre : les partisans ont disparu, les oustachis sont restés. Les enfants ne savent plus quelle est la différence entre Mickey Mouse et Adolf Hitler, et même s'ils le savaient, ça ne changerait rien. Les Croates lèchent massivement les autels des églises et répètent "Prêts pour la patrie[1]". Le néofascisme, *big deal*, tu parles, aujourd'hui, on en a tous à revendre : les Serbes, les Polonais, les Hongrois, les Grecs… Qui va combler tous ces trous béants de bêtise ?! Même si tu décides de fuir un pays, la bêtise te rattrapera dans un autre, comme dans le conte persan *La Mort à Samarcande*. Quand on n'arrive pas à s'adapter, il faut se faire discret. Le fascisme fait partie de notre folklore local. Aujourd'hui, c'est cool d'être oustachi. Tu vois bien toi-même que personne ne s'en offusque, à part quelques losers, dont tu fais partie. Tu brandis ta petite épée de papier, et tu crois que ces grosses baraques, qui se tatoueraient le blason croate sur la langue s'ils le pouvaient, vont prendre peur ! Il ne faut pas prendre les choses trop au sérieux, ma chère, de toute façon, elles sont beaucoup plus superficielles que ce que tu crois, avait-elle dit.

— Qu'est-ce que tu veux dire, plus superficielles ?!

— Tiens, par exemple, quand elle était petite, j'avais acheté un bichon à ma fille. Tu te souviens de Fluffy, Anči ? » avait-elle demandé à sa fille qui,

1. *Za dom spremni*, « Prêts pour la patrie » : salut oustachi employé pendant la Seconde Guerre mondiale et la guerre des années 1990, et que la droite croate s'efforce aujourd'hui de banaliser en le faisant passer pour une simple expression de patriotisme, minimisant le contexte et la symbolique nationaliste et fasciste. (*N.d.T.*)

absorbée par l'écran de son iPhone, avait répondu par un silence de glace.

« Un bichon frisé, ce sont ces petits chiens blancs, joueurs et très affectueux, des vraies peluches. Le nôtre était si mignon qu'il n'aboyait même pas. Les ennuis commençaient quand nous l'emmenions en promenade. Dès que notre Fluffy se retrouvait dans le champ de vision d'autres chiens, ils se mettaient à aboyer comme c'est pas possible, ils étaient prêts à le déchiqueter. Et tous les chiens réagissaient de la même manière, quelle que soit la race ou la taille. Nous avions demandé conseil au vétérinaire. Il nous avait dit que notre Fluffy était trop soigné, trop propre, si bien que les autres chiens ne comprenaient pas qu'il était de la même espèce, ils ne l'identifiaient pas comme un chien. Il nous avait conseillé de le rouler un peu dans la merde, c'était la seule manière pour qu'il ait de bonnes relations avec son espèce. Alors qu'en l'état, propre et inodore, il était pour les autres une parodie de chien, pas un des leurs. Les gens sont comme les chiens. Personne n'aime être exclu. Comme l'a dit notre bon vieux Krleža : "Dans le troupeau, ça pue, mais il fait chaud. Dans les solitudes, c'est vide. Nous savons très bien ce qu'il y a sous la queue des autres, mais on ne peut vivre sans aller renifler"... », déclama ma connaissance, subitement inspirée par Miroslav Krleža.

Sa fille, qui faisait montre d'une incroyable capacité d'autohibernation, ne levait toujours pas la tête de son iPhone.

« Et alors, vous l'avez roulé dans la merde ? demandai-je.
— Qui ?
— Ben, Fluffy !
— Nous l'avons donné à mamie... Tu te souviens, Anči ? » demanda ma connaissance dans le vide.

Ma connaissance était venue à Milan avec sa fille pour se renseigner sur les possibilités d'inscription en master dans une faculté de design apparemment très réputée.

« Aujourd'hui, tout est design », dis-je, même si j'avais en réalité voulu dire : « Aujourd'hui, tout le monde veut faire du design », mais je m'étais retenue au dernier moment, comprenant que cela pourrait sonner comme une insulte aux oreilles de mon interlocutrice. Je ne sais pas pourquoi, mais alors que ma connaissance, sa fille et moi étions assises au café Madeira, il me sembla l'espace d'une seconde voir dans le reflet de son œil un damier à carreaux rouges et blancs. J'espère m'être trompée. Entre-temps, je me suis souvenue d'où je la connaissais, elle avait étudié l'indologie, à l'époque où j'étais étudiante, l'indologie était à la mode, et elle était une connaissance de mon petit ami de l'époque, complètement obsédé par l'Inde.

Plus tard, j'ai réfléchi à son histoire sur le bichon. Je me suis demandé combien de temps il faudrait pour que les médias croates apprennent que l'ambassade croate à Rome avait contribué à ma tournée promotionnelle en Italie. Même si la somme – que les autorités locales de la ville de Zagreb avaient censément débloquées à l'ambassade à Rome, et que l'ambassade à Rome avait fait suivre à mon éditeur italien – était inférieure au prix des paires de chaussures que l'ex-ambassadeur croate aux États-Unis (un confrère poète !) achetait dans des magasins de luxe sur Madison Avenue, à New York, l'information n'en était pas moins parue dans les quotidiens croates, certes avec deux ou trois mois de retard. L'intérêt de la publication de cette information ne résidait pas dans le montant dérisoire, mais dans le message selon lequel les autorités croates soutenaient mon « internationalisation » littéraire. C'était un rituel, le bichon était publiquement enduit de merde. Peut-être que je me flatte, peut-être que c'était uniquement un signal à l'adresse de ma connaissance, l'ambassadeur croate à Rome, pour l'avertir qu'il était temps de faire ses bagages.

7.

Je m'imaginais sa joie quand je viderais devant elle la tonne de chocolats que j'avais achetés chez un chocolatier à Turin, et l'euphorie que ça serait quand elle inviterait ses copines à manger une pizza en chocolat, des spaghettis en chocolat, quand elle leur offrirait un chocolat en forme de téléphone portable, un petit sac à main en chocolat, un porte-clés en chocolat, un peigne en chocolat, un tube de dentifrice en chocolat, un rouge à lèvres en chocolat…

« Quand est-ce que tu vas grandir, à la fin ? » ai-je envie de lui demander, mais je ne le lui demande jamais.

Elle m'observe, lève les yeux au ciel, hausse les épaules, siffle, souffle (« Pff-pff-pff ! »), sourit, écrit des mots dans les airs, minaude, mais elle ne répond pas. Sa véritable réponse est : « Jamais ! » Et quand je la vois si vive, enjouée et lumineuse – elle, ma petite ablette –, une pensée me frappe : Et si c'était moi qui n'avais pas envie qu'elle grandisse ?!

Je remarque qu'elle a du mal à se séparer de ses jouets. Elle n'a pas encore complètement abandonné ses poupées Barbie, et même si elles ne sont pas en vue, elles sont encore quelque part dans sa chambre. Les Télétubbies, les Schtroumpfs, Fifi, Dora l'exploratrice et Miffy sont cachés dans des boîtes réelles et mentales, et ils donnent encore des signes de vie. Les traces de leur présence sont partout, sur la bouteille de shampooing Dora l'exploratrice, sur les T-shirts avec le personnage de Miffy, sur les chaussettes à motifs de petits hommes bleus… Elle conserve encore tout ça quelque part, elle n'est pas encore prête à leur dire adieu pour toujours, ils font tous partie de sa famille. Elle prend toujours autant de plaisir à regarder *Tom et Jerry*. Elle préfère encore les dessins animés aux films pour enfants. Elle ne regarde pas les films pour adultes, elle les trouve ennuyeux, même si, étrangement, elle aime la série télévisée turque *Soliman le Magnifique*. À son âge, j'avais déjà à mon actif un solide répertoire de films hollywoodiens pour adultes, mais à mon époque, bien des choses étaient différentes. Elle n'aime pas les blockbusters en images de synthèse 3D, une fois, elle a même fondu en larmes au cinéma, et depuis, elle ne les regarde plus. Elle continue, avec un plaisir complètement incompréhensible pour moi, à regarder des dessins animés sur une éponge, dont j'étais persuadée que c'était un morceau d'emmental.

« Tataaa, c'est une éponge, pas un fromage ! s'est-elle écriée avec un ton extrêmement réprobateur, comme s'il s'agissait d'une différence de la plus grande importance, avant d'ajouter : Et il s'appelle Bob ! »

Depuis peu, ses cahiers, ses blocs à dessin et les murs de sa chambre ont été investis par des petites filles, il y en a beaucoup, j'ai du mal à les différencier, elles se ressemblent toutes, elles ont toutes de grands yeux brillants en amande. Tous ces personnages ont jailli d'un *total package* qui contient des dessins animés, des jeux vidéo, les « webisodes » d'une websérie, des livres, des poupées, des T-shirts, des souvenirs. C'est le produit d'une puissante multinationale américaine, un producteur de jouets (Barbie aussi est leur enfant !), ce qui signifie que des millions de petites filles dans le monde savent déjà qui est qui dans cette nouvelle famille nombreuse et étendue. Et toute l'histoire est une indigeste salade éclectique, assaisonnée d'un peu de Harry Potter, sur des adolescentes qui fréquentent un lycée de type international. Le lycée est situé dans le monde des contes de fées (*Fairytale World*). Les personnages sont divisés entre les « royaux » (*royals*), qui acceptent la destinée qui leur a été attribuée par le conte, et les « rebelles » (*rebels*), qui veulent écrire leur propre destinée. Les lycéens sont principalement les enfants de personnages célèbres de contes : s'ils enfreignent les règles et essaient de changer leur destinée, non seulement les histoires dont ils sont les héritiers disparaîtront, mais eux aussi.

Le lycée est fréquenté par la fille de Blanche-Neige, la fille de la Belle au bois dormant, la fille du Lapin blanc, la fille d'Odette (la princesse cygne dans *Le Lac des cygnes*), par celles de la Reine de cœur (d'*Alice au pays des merveilles*), de la Belle et la Bête, du Chat du Cheshire, par la fille de Cendrillon, celle du Petit Chaperon rouge, par le fils d'Alice (*Alice au pays des merveilles*), par les enfants de Hansel et Gretel, de Humpty Dumpty, de Robin des Bois, et il y a même la fille adoptive d'Éros, tout droit tombée de l'Olympe. Les enfants ont les gènes de leurs parents, ils héritent de leurs pouvoirs et de leurs dons, ils prononcent les répliques de leurs parents, tombent amoureux et intriguent entre eux. Les enfants sont principalement dotés de l'esprit d'entreprise, si bien que la fille de Cendrillon gagne déjà son argent de poche en travaillant dans le magasin de chaussures « La Pantoufle de verre », *Glass Slipper Shoe Store*, Justine Dancer, la fille de la douzième princesse du conte des frères Grimm « Le Bal des douze princesses », a l'intention d'ouvrir un studio de danse, quant à la fille d'un couple de conteurs anonymes, elle-même conteuse en formation (*narrator-in-training*), elle aussi a ses projets : « Le fait que le destin m'ait attribué le rôle de conteuse ne signifie pas que je ne veuille pas avoir ma propre histoire. »

Les personnages dessinés des jeunes filles sont de mignonnes « petites dames » et « petites princesses », des mannequins en herbe, des « petites shoppeuses », des « petites femmes » qui parlent d'une petite voix, comme elles parleront aussi quand elles seront grandes, si jamais elles grandissent un jour. Ce sont de petits clones féminins avec des grosses têtes (à cause de la quantité outrancière de cheveux ondulés), qui oscillent maladroitement sur des chaussures aux talons exagérément hauts et « cliquent » avec leurs smartphones, objets qui remplacent les baguettes magiques traditionnelles.

Les personnages de garçons ne sont pas en reste, ils ressemblent tous à Justin Bieber.

Tandis qu'elle me montrait, enchantée, ses nouvelles idoles, qu'elle récitait avec éloquence la liste interminable de leurs noms, m'expliquait quelle fille maîtrisait quel don et comment les différencier, j'ai été prise de tournis. Et quand je compris que chaque épisode s'achevait par la formule « La fin n'est qu'un début », je me dis avec horreur que cette génération de créatures dessinées allait produire une autre génération de créatures dessinées, et je demandai prudemment à ma petite fille à moi si elle ne ferait pas mieux de consacrer son attention aux « parents », et de lire les contes des frères Grimm ou *Alice au pays des merveilles*.

« Tu n'aimes jamais ce que j'aime, dit-elle d'une petite voix déconfite.

— Ce n'est pas vrai. J'aime tout ce que tu aimes, mais tu comprendras mieux qui est la fille du Chapelier fou si tu fais d'abord connaissance avec son père, mentis-je.

— Mais je sais qui est le Chapelier fou !

— Et d'où tu le sais ?

— Du dessin animé.

— Très bien, dans ce cas », obtempérai-je.

Elle sentit la légère contrariété dans ma voix.

« Dis-moi, comment s'appellent mes amies ? me demanda-t-elle.

— Elles s'appellent Tea…

— Et encore ?

— Et cette petite fille, ces deux sœurs, celles qui vivent dans l'appartement du dessus ? Comment elles s'appellent, déjà ?

— Elles vivent deux étages au-dessus.

— Oui, bon, un étage, deux étages, c'est pareil…

— Ce n'est pas pareil !

— D'accord, je te présente mes excuses, ce n'est pas pareil.

— Comment est-ce que tu peux ne pas savoir où vivent mes meilleures amies ?! Et tu ne sais même pas comment elles s'appellent ?!

— Je sais, j'ai juste oublié !

— Et comment s'appellent leurs parents ?

— Je ne vais quand même pas retenir les noms des parents aussi ?!

— C'est toi qui as dit qu'il fallait faire connaissance avec les parents !

— Je pensais aux parents littéraires, au fait qu'il fallait d'abord faire connaissance avec Alice, et ensuite seulement avec son fils Elistar…

— Il s'appelle Alistair.

— D'accord, Alistair.

— Quel est mon dessin animé préféré ?

— Je sais que tu aimais beaucoup le dessin animé sur Miffy…

— C'est pour les bébés, rétorqua-t-elle.

— Ma bichette, c'est toi que j'aime le plus au monde, et ça veut dire que j'aime tout ce que tu aimes.

— Si tu le dis, dit-elle d'un ton conciliant. Mais je ne te crois pas, tu sais. »

Je ne répondis rien, elle avait raison. Et pourquoi la tirais-je du côté littéraire, quand l'industrie de son époque l'entraînait vers une version plus rapide, plus attrayante, plus clinquante, que toutes ses amies adoraient ? Du reste, n'avais-je pas trente ans auparavant, pleine d'engouement pour la littérature, prôné le concept littéraire de promiscuité entre des personnages littéraires connus, convaincue d'être la première et la seule au monde à avoir eu cette idée si originale ? À présent, mon concept de jeunesse me revenait en pleine figure sous la forme d'un bruyant crachat médiatique de masse, comme une farce, toujours comme une farce.

Je me rappelai également le moment où ils m'avaient tous les trois, elle, son frère et sa mère, qui se remettait à peine d'une lourde opération, rendu visite à Amsterdam. C'était leur première visite, et la seule dans cette configuration. À l'époque, elle devait avoir à peine trois ans. En partant, ils avaient laissé derrière eux un vide douloureux. Je gémissais après elle, particulièrement après elle, tel un chien, retrouvant partout des jouets minuscules qu'elle avait semés comme des miettes de pain. Je les ramassais, les retournais entre mes mains, les réchauffais de mon souffle et pleurnichais. Certaines de ces « miettes » se trouvent aujourd'hui encore sur mon étagère : une petite grenouille en caoutchouc et un crocodile. Et un Schtroumpf.

« Tataaa, tu m'as volé mon Schtroumpf… »

8.

La seule chose qui me plaisait dans mon B&B à Turin, c'était qu'il se trouvait dans la Via Giulia di Barolo, en face de la célèbre « Fetta di polenta » (Casa Scaccabarozzi), et chaque fois (au cours des deux jours que j'avais passés à Turin) que je sortais de chez moi, mon regard se heurtait à la fantastique façade de cet immeuble farceur qui faisait obstinément la nique à toutes les lois de l'architecture. J'avais eu à Turin une soirée littéraire que je pouvais compter parmi les « réussies » : le public était stimulant, et l'atmosphère agréable. L'éditeur italien avait également arrangé une rencontre avec des étudiants, dans l'un de ces fameux « ateliers de type récréatif, créatif et thérapeutique », à l'école Holden. Je n'avais appris l'existence de l'école Holden que quelques jours avant mon voyage, ce qui m'avait néanmoins laissé suffisamment de temps pour relire *L'Attrape-cœurs* de Salinger.

J'étais arrivée avec toute une heure d'avance, comme on me l'avait demandé. J'avais cherché l'accueil de l'école, dont le design rappelait la réception d'un hôtel. J'avais été accueillie par le visage déconcerté de la jeune secrétaire. Elle n'avait pas la moindre idée de qui j'étais, ni de pourquoi j'étais là, et elle m'avait suggéré d'attendre sa « cheffe », qui était partie déjeuner. Je lui avais demandé de me montrer le programme du semestre en cours.

« On est "éco", vous savez », m'avait-elle répondu, comme si, dans une école d'écriture créative sensibilisée aux questions écologiques, demander un « papier » était tout aussi choquant que demander un briquet pour allumer une cigarette.

« Vous trouverez toutes les informations là-bas », m'avait-elle dit en me désignant un coin de la pièce, où se trouvait une table basse avec des brochures et des prospectus. Il y avait également une bibliothèque en métal avec quelques livres consultables.

La brochure, qui était également une affiche, était singulièrement attrayante. Le dessin représentant huit étudiants dans une pose typique de photo de classe, quatre filles et quatre garçons, suggérait qu'il n'y avait dans l'école ni discriminations de genre ni discriminations raciales (telle était la raison d'être de la jeune fille en sari). Soit dit en passant, il n'y avait pas non plus de discriminations sur la base de l'âge, car il existait un cours pour les enfants, et un autre pour les plus de trente ans. Le programme principal de l'école était conçu pour des étudiants entre dix-huit et trente ans. L'école était internationale, ouverte à tous les étudiants à même de payer la scolarité, aucune qualification particulière n'était requise, il n'y avait ni vérification du talent ni examen d'entrée. Les frais de scolarité m'avaient paru particulièrement élevés. Les étudiants n'étaient pas tenus d'assister aux cours et aux TD, car la communication entre les professeurs et les étudiants pouvait également avoir lieu par le biais de classes virtuelles et de cours en ligne. Le cursus de deux ans, promettait la brochure, se concluait par une journée « Portes ouvertes », où les étudiants avaient l'opportunité de présenter en cinq minutes leur « projet », et de convaincre les professionnels présents (metteurs en scène, réalisateurs, producteurs de cinéma et de théâtre, éditeurs, agents et entrepreneurs) que leur « projet » était digne d'attention. Cela devait, je suppose, donner quelque chose du type *Dragon's Den* [*L'Antre du Dragon*], une émission populaire de la BBC où un entrepreneur débutant s'efforce de convaincre un groupe de riches financiers d'investir dans son idée d'entreprise, suggérant aux spectateurs fascinés que le monde, que cela soit juste ou non, se divise entre les gagnants et les perdants.

Des détails de l'affiche avaient attiré mon attention. Un jeune homme baraqué aux bras tatoués tenait à la main le livre *Captain Science* – détail qui envoyait le message que tous les styles et tous les genres étaient égaux, qu'il n'y avait pas de division hiérarchique entre la grande et la moins grande littérature, entre la littérature sérieuse et de divertissement. Un autre jeune homme était assis sur un vieux téléviseur, une télécommande à la main, ce par quoi, je suppose, on avait voulu dire que toutes les sortes de « textes » étaient également égales : des scénarios de téléfilms et de films aux concepts d'émissions populaires comme *Big Brother*, en passant par les publicités et les bandes dessinées, et même les messages Facebook et Twitter. Un troisième jeune homme tenait à la main un mug Penguin, une tasse sur laquelle s'entrechoquaient le nom de Raymond Chandler et le titre de son célèbre roman *The Big Sleep*. Ce détail signalait, devinai-je, que l'école n'avait absolument rien contre les souvenirs et toute autre forme d'exploitation dérivée des œuvres littéraires.

L'école – une école de sorcellerie façon Poudlard version business et adaptée à son époque – était, d'après les informations de la brochure, divisée en huit « collèges ». Dans l'un d'entre eux, le département *storytelling*, les cours avaient lieu en anglais. Et tout aurait eu l'air fabuleux, si mon œil ne s'était pas arrêté sur un détail : tous les directeurs de collège étaient des hommes, tous les huit, un esprit artistico-entrepreneur masculin à la tête de chaque collège. Quant au doyen, certes, il n'avait pas de prétentions artistiques : c'était l'ancien entraîneur de l'équipe nationale italienne de volley. Les messages qui transpiraient du texte promotionnel de la brochure – que l'amour du sport (de la vitesse, de la mobilité, de la souplesse, de la compétitivité, du jeu), particulièrement du football, était attendu des potentiels étudiants – avaient reçu un appui supplémentaire avec le choix d'un célèbre entraîneur sportif comme doyen.

Entre-temps, la responsable était arrivée, celle qui avait été en pause déjeuner. Je me présentai, elle me tendit un bref contrat promettant un modeste honoraire, et une fois que je l'eus signé, la responsable, jetant un coup d'œil à sa montre, me dit de revenir la chercher dans une demi-heure pour qu'elle m'emmène dans la salle où devait avoir lieu la rencontre avec les étudiants, puis elle disparut derrière la porte de son bureau.

Je restai encore quelque temps à feuilleter les brochures à disposition, à présent suivie du regard visiblement inquiet de la jeune secrétaire à la « réception », si bien que je me sentais comme un intrus qui erre dans le Pentagone sans accréditation. Mon attention fut attirée par deux livres dans la bibliothèque, qui appartenaient à la collection *Sauve l'histoire* (*Rescue the Story*). La collection proposait une recette pour sauver de l'oubli les grands chefs-d'œuvre littéraires (!) : les œuvres étaient confiés aux meilleurs illustrateurs, et à des auteurs contemporains célèbres pour qu'ils les racontent à leur manière. Les remerciements à la fin de ces albums impressionnants – *Special thanks to Will Shakespeare* ou *Special thanks to Niki Gogol* – ne signifiaient qu'une seule chose : que dans un avenir proche, il n'y aurait même plus de remerciements. Le projet *Sauve l'histoire*, en effet, ne comportait pas la sous-catégorie *Sauve aussi l'auteur*.

L'école était située dans les bâtiments d'une ancienne usine de bombes, avec une grande cour carrée en son centre. Ce pour quoi la brochure promotionnelle soulignait que le but de l'école était « de produire des conteurs à la place des bombes » ; de « former une nouvelle génération de conteurs ouverts sur le monde en exposant ses étudiants au pluralisme des références et des conceptions ». Était également mentionnée la *cross-fertilization*, « trans-fertilisation », ce qui était censé, j'imagine, vouloir dire la même chose. L'un dans l'autre, la brochure promettait que Holden était une école dont « Holden Caulfield n'aurait jamais été renvoyé ». Certes, le rédacteur anonyme du texte de la brochure promotionnelle semblait avoir oublié que Holden Caulfield ne serait jamais devenu Holden Caulfield s'il n'avait pas été renvoyé de son école.

La langue promotionnelle « grandiloquente » de ce management culturel m'avait rappelé le Pr. Banerjee ou le Dr. Chatterjee, des *mediums clair-voyants* internationaux, experts en sciences occultes, qui remplissaient régulièrement les boîtes aux lettres de mon immeuble de leurs prospectus, promettant aux résidents de les protéger des mauvais sorts, affirmant qu'ils faisaient un travail sérieux, rapide et efficace, résultats assurés. Ils garantissaient même que ces « résultats » se concrétisaient dans un délai de deux jours maximum.

Je me promenai dans la cour de l'école, et compris que je n'aurais jamais été capable de deviner la fonction initiale du bâtiment. Une usine de bombes ?! Dans ma tête résonnait le pseudo-conseil zen que j'avais retenu de la brochure. À un moment, dans le texte du rédacteur exalté du prospectus, Holden grandissait soudain pour devenir « le mont Holden », et on attendait des étudiants que, guidés par la main sûre de leurs Maîtres expérimentés (leurs enseignants, professeurs et tuteurs), ils choisissent chacun leur propre chemin pour gravir la montagne.

Je retournai à l'accueil de l'école. La responsable m'y attendait, qui m'emmena dans la salle où j'étais censée rencontrer les « alpinistes », qui étaient venus ici apprendre l'art d'écrire, « des inscriptions sur les médicaments aux inscriptions sur les sachets de chips ». Me souhaitant bonne chance, une citation de Raymond Carver me fit un clin d'œil depuis la brochure : *That's all we have, finally, the words, and they had better be the right ones*[1].

1. « Les mots, en fin de compte, c'est tout ce que nous avons, alors il vaut mieux que ça soit les bons. » (*N.d.T.*)

9.

Quand elle était petite, elle aimait les mots sortant de l'ordinaire…

« Pour le déjeuner, nous avons des gnocchis contrits et de la salade maussade, je te préviens, disais-je.

— Pourquoi tu dis des "gnocchis contrits" ?

— Parce qu'ils ont l'air tout contrits. Regarde, ils sont tout pâles. Ils tremblent devant nous sur l'assiette… »

Elle eut un gloussement satisfait. Les « gnocchis contrits » l'avaient conquise.

« Et si on leur mettait du parmesan dessus ? se rappela-t-elle.

— Chaque Gnocchi se languit de son ami, le Parmesan ! approuvai-je avant d'ajouter : Parmesan et Gnocchi, amis pour la vie ! »

Elle rit, la conversation semblait l'amuser.

« Et pourquoi est-ce que la salade est maussade ?

— Parce qu'elle s'est ratatinée, elle s'est renfrognée, elle est toute triste.

— Moi aussi, des fois, je suis maussade, m'interrompit-elle.

— Ah bon ? Quand ?

— Quand on a cours de croate.

— Tu t'ennuies vraiment tant que ça ?

— Vraiment, tata. Je m'ennuie teeeeeeellement ! Toi aussi, tu te ratatinerais si tu venais avec moi en croate. »

Petite comédienne.

« Vraiment ?

— Tu te rends pas compte, tata ! » confirma-t-elle en poussant un profond soupir.

Une fois, j'ai acheté quelque part un dé à raconter des histoires avec un symbole gravé sur chaque face, *Rory's Story Cube*. (Je ne supporte pas quand les producteurs de quelque article que ce soit utilisent des tropes et des figures de style, et je hais tout particulièrement les allitérations !) J'ai découvert au passage que l'industrie du jouet offrait un large éventail de jeux narratifs. Au lieu d'acheter des gadgets coûteux, je lui ai proposé de fabriquer nous-mêmes des cartes en carton sur lesquelles nous dessinerions les éléments nécessaires à la construction d'une histoire : personnages, maisons, lieux, routes, rivières, ponts, moyens de transport, animaux, adultes, enfants, paysages, sorcières, fées, magiciens, baguettes magiques, et ainsi de suite. Certes, dessiner les cartes nous prit pas mal de temps, mais cela nous amusa bien plus que de raconter des histoires…

« On n'est pas très douées pour raconter des histoires, hein ? constatai-je.

— Elles sont un peu ennuyeuses…

— Alors qu'on s'est donné tant de mal pour faire ces cartes !

— Pourquoi est-ce qu'on s'est donné du mal, alors ?

— On s'est donné du mal pour avoir le plus d'options possibles.

— C'est quoi, des options ?

— Une option, c'est un choix, une possibilité. La petite fille que nous avons inventée...

— Karamela !

— Quand notre Karamela part en voyage, elle peut choisir : *a)* l'avion ; *b)* le bateau ; *c)* la voiture ; *d)* le vélo ; *e)* la montgolfière. »

Je remarquai que, plus que les *options* en elles-mêmes, ce qui lui plaisait, c'était l'énumération en *a-b-c-d*.

« Cinq options ! Et elle n'en a même pas utilisé une seule.

— C'est parce qu'on a été un peu trop vite en besogne. La prochaine fois, on fera plus attention. Si seulement je savais comment naissent les histoires, ça serait plus facile !

— Les histoires naissent dans ta tête. Tu les *imaventes* », dit-elle.

Il existe les verbes *inventer* et *imaginer*, entre lesquels il y a une menue nuance de sens. Ma petite fille a fusionné les deux verbes en un, en *imaventer* !

« On sait où elles naissent, effectivement, mais on ne sait toujours pas comment elles naissent », dis-je, et je comprends immédiatement que le ton interrogatif de ma phrase me trahit.

Et elle, pas folle la guêpe, elle sait que je veux l'entraîner quelque part, même si elle ne sait pas où, ce pour quoi elle se dérobe immédiatement, elle hausse les épaules, prend un biscuit de ses petits doigts fins comme des pattes de souris, le tient de ses deux menottes et le grignote comme un mulot. Le tout en faisant en sorte que le bruit de grignotage soit le plus sonore possible. Elle fait l'imbécile. Elle fait toujours l'imbécile quand elle pressent un danger.

« Et c'est quoi, tes contes préférés ? » je demande, et je sais immédiatement que j'ai posé la mauvaise question. Une question qui pue l'école…

« *Tom et Jerry*, répond-elle innocemment en grignotant son biscuit.

— *Tom et Jerry*, ce n'est pas un conte.

— Pour moi, si !

— Et moi, ce que je préfère, ce sont les commandements », dis-je sournoisement.

Et, voyez-vous ça, le rongeage du gâteau s'interrompt.

« Quels commandements ?

— Est-ce que tu sais ce qu'est un commandement, déjà ?

— C'est quand quelqu'un donne un ordre à quelqu'un d'autre.

— Dans les contes, certains héros ont des dons hors du commun. Quand ils disent quelque chose, ça se réalise.

— Tu penses à abracadabra ? Ce genre de mots ?

— Oui, abracadabra est un mot magique ! Mais il y en a d'autres…

— Lesquels ?

— Si le héros du conte fait une bonne action pour quelqu'un, s'il sauve la vie d'un poisson, par exemple, alors, le poisson le récompensera. Dans un conte russe, Émélia sauve la vie d'un brochet, et le brochet lui dit qu'il réalisera tous ses vœux, tout ce qu'il faut qu'il fasse, c'est dire : "Par le commandement du brochet..." et ajouter son vœu.

— C'est quoi, un brochet ? m'interrompt-elle.

— Une sorte de poisson qui vit dans les rivières.

— Hum, dit-elle.

— Ou, dans un autre conte, le héros dit : "Couche-toi, forêt !" et la forêt se couche, et il la traverse sans problème. Et ensuite, il dit : "Lève-toi, forêt !" et la forêt se lève.

— Cool ! » dit-elle.

À l'éclat de ses yeux, je vois que l'histoire de la forêt lui plaît.

« Tu sais, dans les contes, les héros peuvent faire plein de choses. Ils peuvent passer par un trou de serrure, par exemple... Dans les contes, il y a même des pastèques qui parlent !

— Où est-ce qu'il y a une pastèque qui parle ?

— Dans un conte rrom.

— Elle dit des mots ?

— Non seulement la pastèque dit des mots, mais quand Naza Ševkija dit quelque chose, des œillets rouges lui tombent de la bouche !

— C'est qui, Naza Ševkija ? demande-t-elle, et je vois qu'elle prend plaisir à prononcer ce nom inhabituel.

— Une jeune fille à qui il ne peut arriver aucun mal, car elle est bonne, belle et honnête.

— Cool », dit-elle.

Ce mot est à la mode en ce moment.

« Qu'est-ce que ça veut dire, qu'elle est honnête ? demande-t-elle.

— Ça veut dire que Naza est gentille et généreuse avec les autres. Qu'elle n'écrase pas tout sur son passage avec ses gros sabots… »

Elle rit. Ça lui plaît, l'histoire des gros sabots.

« Et tu connais le conte de Grimm *La Table enchantée* ?

— J'ai oublié.

— Dans le conte, un jeune homme est apprenti menuisier, et son maître lui offre une petite table enchantée. Il suffit que le jeune homme ordonne : "Petite table, sois mise !" et la petite table est immédiatement mise.

— Qu'est-ce que ça veut dire, qu'elle est mise ?

— Ça veut dire que *la table se couvrait à l'instant même d'une jolie nappe en toile bien blanche, avec une assiette, un couteau et une fourchette, des plats remplis de mets de toutes sortes, autant qu'il y avait de place, et un grand verre plein d'un vin vermeil qui réjouissait le cœur…* ai-je récité.

— Tous les mots sont un peu bizarres. Personne ne parle comme ça.

— C'est bien pour ça qu'ils sont cool, non ?

— Je ne sais pas.

— Et tu te souviens, dans *Cendrillon*, quand Cendrillon se prépare pour aller au bal ? Comment est-ce qu'elle trouve ces belles robes ?

— Je ne sais pas.

— Grâce à un commandement. Avant le bal, Cendrillon va sur la tombe de sa mère, elle se tient sous le noisetier et dit : *Petit arbre, ébranle-toi, agite-toi, jette de l'or et de l'argent sur moi !* »

Le détail des robes qui tombent des branches lui plaît, elle essaie de retenir le vers, mais elle est trop fatiguée pour ça. Ses paupières sont lourdes, elle a du mal à les garder ouvertes.

« Et ces commandements… Est-ce que ça marche aussi pour l'histoire ? demande-t-elle.

— Qu'est-ce que tu veux dire ?

— Si j'ordonne : "Histoire, sois mise !" – est-ce que l'histoire… »

Je l'interromps, je vois qu'elle n'est plus en état de parler.

« Tu es fatiguée, ma bichette, on va se coucher. »

Je la déshabille, je lui enfile sa chemise de nuit, je la mets au lit et je m'allonge un peu à côté d'elle.

Son haleine est douce, sa respiration de plus en plus profonde.

« Tata, nous ne sommes que des petits points bleus dans l'univers… marmonne-t-elle.

— Qui a dit ça ?

— Le Schtroumpf intelligent.

— C'est lequel ?

— Le petit, bleu, avec des lunettes… »

Sa petite menotte se pelotonne encore quelques instants sur ma paume, puis elle rend l'âme comme une petite grenouille.

10.

Il y avait une trentaine d'étudiants dans la salle. Je n'aurais pas su dire exactement qui avait quel âge, mais effectivement, ils semblaient avoir entre dix-huit et trente ans. La responsable qui m'avait accompagnée jusqu'à la salle se chargea également de me présenter, lisant quelques phrases de ma notice Wikipédia. Certains me considéraient avec curiosité ; d'autres, comme le jeune homme au premier rang qui ressemblait à un joueur de rugby avec ses épaules courbées et sa tête en avant, regardaient fixement devant eux ; la plupart jouaient avec leurs gadgets numériques, jetant de temps à autre un coup d'œil dans ma direction. Étant donné que nous n'étions convenus de rien en particulier avec les organisateurs, je tâtai le terrain pour voir de quoi je pourrais bien parler. C'est pourquoi, afin de dissiper ma propre gêne et de gagner du temps, je commençai par leur demander quand ils avaient appris que cette rencontre allait avoir lieu. Ma question les prit au dépourvu, il y a trois semaines, dirent-ils, même s'ils n'en étaient plus très sûrs.

« Je sais qu'aucun d'entre vous n'a lu mes livres. Mais avez-vous au moins googlé mon nom ? »

Ils gardèrent le silence. Je suppose qu'aucun de mes prédécesseurs n'avait osé leur poser une question si « insolente ».

« Comment pouvez-vous attendre que quelqu'un fasse un jour preuve d'un minimum de curiosité envers vous si vous n'êtes pas en mesure de faire preuve d'un minimum de curiosité envers les autres ? »

Silence.

Le « comparatiste » intervint. À ce que j'avais compris, il avait fait des études de littérature comparée, et était à présent employé par l'école comme « animateur », ou quelque chose d'approchant.

« Vous savez, dans cette école, on n'apprend pas seulement la littérature, dit-il.

— Et qu'est-ce que vous apprenez d'autre ?

— Le football, par exemple.

— Le football comme forme de *storytelling* avec les jambes, c'est bien ça ?

— Oui, tout à fait.

— Alors, vous saurez certainement quels grands écrivains étaient des amateurs et des joueurs de football ? » demandai-je.

Nul ne demanda la parole. Pas même le comparatiste.

« Albert Camus, j'imagine que vous le savez tous. Vladimir Nabokov, qui jouait au football dans un club d'émigrés russes à Berlin. Peter Handke, l'auteur du roman *L'Angoisse du gardien de but au moment du penalty*. Péter Esterházy, un écrivain contemporain hongrois qui a écrit le roman *Pas question d'art*, sur sa mère, grande amatrice de football. »

La partie masculine du public étudiant se mit à ricaner, ricanement qui visait le « comparatiste ».

« Et savez-vous qui est l'auteur de la description littérairement la plus intéressante d'un match de football dans la littérature mondiale ? »

Après quelques secondes d'un silence de mort, je dis :

« Iouri Olecha, dans son roman *L'Envie*.

— Jamais entendu parler, dit le comparatiste.

— Le fait que vous n'ayez pas entendu parler de quelque chose ne signifie pas pour autant que cette chose n'existe pas, n'est-ce pas ?

— Si cette chose était vraiment si bien que ça, les autres seraient au courant, s'entêta le comparatiste.

— Et qui sont ces "autres" ? » demandai-je.

La conversation ne prenait vraiment pas une bonne tournure, ce pourquoi je changeai de sujet. Je me mis à les interroger chacun leur tour, individuellement, sur leurs intérêts littéraires. Il s'avéra qu'il y avait dans la classe deux ou trois étudiantes en médecine ; que le « joueur de rugby » était le plus jeune d'entre eux, qu'il avait dix-huit ans et déjà un livre à son actif, un roman historique sur César. Il y a dans l'industrie littéraire, dans la branche hautement profitable de la littérature *young adult*, des stars extrêmement bien payées. J'imagine que c'est ce type d'auteurs qui étaient un modèle pour beaucoup d'étudiants. Le modèle du « joueur de rugby » était Christopher Paolini, qui avait publié à dix-huit ans le best-seller mondial *Eragon*. Un étudiant m'informa qu'il s'intéressait exclusivement aux mondes parallèles. Quand je lui demandai qui était son écrivain préféré, une étudiante me fit une réponse lapidaire et peu crédible : « Kafka ! » Un petit malin se paya ma tête en jouant avec le nom De Lollo, qu'il cita comme son écrivain préféré, pensant que j'allais croire qu'il avait tout simplement écorché le nom de Don DeLillo. Il avait raison, c'est effectivement ce que je crus, jusqu'à ce que je découvre après coup que De Lollo, Luciano Lollo, était un footballeur argentin. Je notai les noms lancés par les étudiants, ce qui s'avéra utile, car la liste, quand je la relus par la suite, se révéla plus ambitieuse que ce qu'il m'avait semblé. Certes, il n'y avait pas une seule femme dans la liste, pas même la « locale » Elena Ferrante, dont le nom était ces jours-là sur toutes les lèvres. J'avais un problème avec les « mondes parallèles », avec les « littératures de l'imaginaire », un genre que je ne connaissais pas, dont les noms des auteurs ne me disaient rien. Aucun des étudiants ne mentionna Salinger comme son écrivain préféré, ni *L'Attrape-cœurs* comme son livre préféré.

Je fus soudain submergée par un sentiment d'absurde face à cette situation dans laquelle je m'étais, certes, mise toute seule, en acceptant ce bref engagement plus fortuit que réfléchi. Les afféteries artistiques de ces gosses de riches, cette école professionnelle au design chic qui portait le nom de Holden Caulfield et promouvait symboliquement le concept poussiéreux et vieux de soixante-dix ans de « rébellion sans cause », mais également le concept d'une nouvelle littérature qui s'intégrerait avec succès dans le monde du business – tout ça n'était tout simplement pas ma tasse de thé. D'un autre côté, la commercialisation de la littérature n'avait-elle pas commencé longtemps auparavant, à ceci près que, avant, je ne l'avais tout simplement pas remarquée ? Certes, le mot *industrie* s'était installé dans la littérature et la culture avec l'arrivée des managers culturels européens, qui avaient apporté dans leurs valises un nouveau vocabulaire issu du monde des affaires. C'est à ce moment-là que le mot *créative* s'était accolé au mot *industrie*, c'est également à ce moment-là qu'avait commencé la division du travail de l'écrivain en *creative fiction*, *creative non-fiction*, *imaginative fiction*, *imaginative non-fiction*, *speculative fiction*, *fantasy fiction*, et ainsi de suite. La technologie numérique avait démultiplié le mot *fiction* en de nombreux mots dérivés, comme *fun-fiction*, *slash fiction*, *reality fiction*, et le mot *littérature* avait lui aussi reçu ses mots dérivés, comme *twitterature*. Le *samizdat* d'antan avait migré dans le champ numérique sous la forme du *self-publishing*, ce qui n'est rien d'autre que l'analogue anglais du néologisme russe *samizdat*, mais avec une signification et des implications radicalement différentes. Et pourquoi, après tout, est-ce que la vente en ligne de gadgets sado-maso mentionnés dans un roman érotique tiré à millions m'énervait ? Pourquoi m'horrifiais-je du fait qu'une écrivaine à succès pour enfants ait pensé à créer une application iPhone qui propose des conseils d'écriture (*Writing Tips App for iPhone*) ? Les fondations et les musées consacrés à des écrivains célèbres ne s'étaient-ils pas eux aussi entre-temps métamorphosés en boutiques de souvenirs pour touristes ? N'avais-je pas remarqué depuis déjà longtemps que les gens achetaient plus volontiers des T-shirts avec le portrait d'un écrivain célèbre, des tasses avec des citations de ses œuvres, des cartes postales, des films tournés d'après ses œuvres, des livres audio, des jouets, des poupées de chiffon le représentant, que ses livres ? Une poupée de chiffon Freud n'était-elle pas assise sur l'étagère au-dessus de mon bureau, en compagnie des poupées en bois traditionnelles russes, les *matriochkas*, avec les visages de Pouchkine, Dostoïevski, Gogol, Tolstoï et Tchekhov, qui étaient apparues en Russie avec la perestroïka ? Les visiteurs des musées littéraires pourraient peut-être bientôt entrer dans l'œuvre, dans la scénographie, dans une reconstitution en 3D, dans une expérience de lecture « totale » ; ils pourraient peut-être, après avoir commandé le mojito préféré de Hemingway, ou un thé avec la madeleine de Proust, se renverser dans un fauteuil et s'exposer à une version mise en images du monologue de Molly Bloom, par exemple.

Et ensuite, en considérant les visages des étudiants, je ressentis une soudaine compassion envers eux. Les noms de leurs modèles littéraires ne disaient rien d'eux à part que, comme la majorité des gens, ils se pliaient aux modes, à ce qui était actuellement « cool » ; que les garçons étaient « à fond » ; que ça leur en imposait, de se payer la scolarité d'une école de *storytelling* chère et branchée et de participer à une nouvelle forme de pouvoir culturel, qui consistait en une fraternelle alliance économique : un écrivain à succès, un manager à succès, une puissante chaîne de librairies et une chaîne internationale de restaurants et d'épiceries fines, le dernier cri. Car cela fait déjà longtemps que le pouvoir culturel n'est plus bunkerisé dans les poussiéreuses académies nationales et les départements d'université : qui, dans ces institutions, pourrait leur en imposer ? Je me demandai : si ces *anciennes* structures de pouvoir n'étaient pas sympathiques, pourquoi ces *nouvelles* devraient-elles l'être ? À cause du slogan triomphant *Capitale Umano, Narrazione d'Impresa*[1] ?!

1. « Capital humain, récits d'entreprise » (*N.d.T.*)

Mon ami Bojan, qui n'est plus de ce monde, disait qu'il était conscient d'avoir fait son temps, mais qu'étonnamment ça ne lui faisait pas mal. Je me demandai si je n'avais pas moi aussi fait mon temps. Mais une dynamique sociale semblable n'existait-elle pas déjà avant, à ceci près que la technologie numérique l'avait accélérée et renforcée ? Car nombre de mes modèles littéraires n'étaient ni meilleurs ni plus intéressants que les leurs. Mon modèle (j'avais dix ans) était Minou Drouet, une petite fille de mon âge, poétesse, qui était devenue mondialement célèbre. La gloire et l'influence de Françoise Sagan, une jeune rebelle qui avait publié son premier livre à dix-sept ans, le best-seller *Bonjour tristesse*, avaient été durables, tout simplement parce qu'elles appartenaient au nouveau texte culturel euro-américain, que construisaient les films et les livres des années soixante. Ce texte se composait des décombres de la Seconde Guerre mondiale, des millions de morts, du deuil, du désespoir, de l'incrédulité qu'une telle chose ait pu se produire, du déblayage des ruines, du déni de la réalité, de la construction accélérée d'un avenir dans lequel, cela va de soi, il n'y aurait plus jamais de guerres. Je suis née après la Seconde Guerre mondiale, l'année où un Holden Caulfield de seize ans passe trois jours de décembre à New York, mais j'ai quand même réussi à contracter tout ce spleen du *rebel without a cause*, et à m'en immuniser comme de la rougeole. À mon époque, les « rebelles sans cause », comme

James Dean, étaient *cool*, et la division du monde entre les choses vraies et les choses bidon préservait ma fragile confiance en moi du naufrage. Combien de choses incompatibles n'étaient-elles pas *cool* ! Je me souviens que je calquais mon allure sur l'allure rebelle de Jean Seberg dans le film *À bout de souffle*, ce qui ne m'avait pas empêchée plus tard de pleurer à chaudes larmes en regardant *Love Story*, avec Allie MacGraw et Ryan O'Neal. Joyce, Proust, Bergman, Kafka, Kurosawa, Erich Fromm, certaines des valeurs dont je me parais fièrement en tant qu'étudiante en première année de littérature comparée, ne m'avaient pas empêchée de prendre également sous mon aile la pauvre Allison MacKenzie de la série télévisée américaine *Peyton Place*, exactement comme cet étudiant qui avait fait de De Lollo et DeLillo son badge idéologico-esthétique.

Ces gosses sont « affectés » (moi aussi, j'étais affectée !) parce qu'ils ne sont pas sûrs d'eux (moi non plus, je n'étais pas sûre de moi !). Ils sont d'une génération qui fréquente une coûteuse école privée pour apprendre à raconter des histoires : l'école porte le nom de Holden, et la majorité d'entre eux, j'en suis certaine, n'a pas lu *L'Attrape-cœurs*. Le fait que j'aie, pour me préparer avant le voyage, relu Salinger ne me donne pas le droit de faire mon importante et de les enquiquiner avec des questions du type : comment s'appelle l'école dont Holden a été renvoyé ? Quelle œuvre littéraire

Holden mentionne-t-il au tout début du roman ? Qui est l'écrivain préféré de Holden ? Quels mots reviennent le plus souvent dans le vocabulaire de Holden ? et ainsi de suite.

Avoir fait son temps, dans le cas où ça ne fait pas mal, est un sentiment libérateur. Ce sentiment est, cependant, mensonger, car le temps ne s'écoule pas comme nous le voudrions, ou comme nous l'imaginons, dans tous les cas, il ne vieillit pas avec nous. En relisant *L'Attrape-cœurs*, j'avais compris que Holden Caulfield, qui, en 1951, date de la première publication du roman, avait dix-sept ans, en avait à présent quatre-vingt-deux. J'avais également compris que sa rébellion n'était en réalité rien d'autre que des fulminations puériles de vieillard étalées sur deux cents pages. Dans le livre, au tout début, il y a un détail où Holden dit que le côté droit de sa tête est couvert de millions de cheveux gris, ce qui confirme symboliquement que Holden, en réalité, n'a pas d'âge, ou qu'il a toujours eu quatre-vingts ans. Des millions de jeunes lecteurs dans le monde ont adopté Holden Caulfield comme leur point d'identification refuge. *L'Attrape-cœurs* a été lu partout, en Europe de l'Est, par exemple, où il s'est « fertilisé » pour donner la « prose en jeans[1] ». Des Holden ont poussé comme

1. *Proza u trapericama*, ou *jeans proza*, littéralement « prose en jeans » : forme de roman urbain caractéristique de la littérature croate des années 1960 et 1970, née sous l'influence de

des champignons en Russie, en Tchécoslovaquie, en Pologne, en Yougoslavie, en RDA, racontant leurs histoires dans un vocabulaire pourri (*I have a lousy vocabulary !*), utilisant les équivalents locaux du tic de langage de Holden *and all*, percevant le monde des adultes comme bidon (*phony*), faisant les imbéciles (*I'm the most terrific liar you ever saw in your life*) ou faisant semblant d'être bêtes (*I'm the only dumb one in my family*). Salinger est ainsi, qu'il l'ait voulu ou non, devenu le représentant symbolique de toute une culture post-guerre de « rebelles sans cause ». Et plus ces « rebelles » insistaient sur le fait que le monde qui les entourait était « bidon » et qu'il les faisait « vomir », plus ce même monde les aspirait efficacement en lui. Même adolescente, je n'ai jamais réussi à m'identifier à Holden, peut-être aussi parce que Holden était un garçon qu'aucune fille de mon entourage n'aurait voulu avoir comme petit ami…

Je me dirigeai lentement vers la sortie. Personne ne me raccompagna, ni la responsable ni le « comparatiste ». À la sortie de l'école, je fus rattrapée par l'étudiante qui avait choisi Kafka comme écrivain préféré…

L'Attrape-cœurs de Salinger, et en réaction à l'intellectualisme du roman moderne. Le héros est un jeune homme atypique, passif, sans buts, qui s'oppose au monde des adultes et essaie de créer sa propre contre-culture. Ce courant marque l'arrivée, pour la première fois, de l'argot et de la langue parlée dans la littérature croate. (*N.d.T.*)

« Excusez-moi, j'aimerais vous poser une question… Je ne veux pas vous embêter, vraiment, mais… Est-ce que ça peut s'apprendre, raconter des histoires ? Qu'est-ce que vous en pensez ? Il m'a semblé que vous étiez un peu sceptique envers l'école… et envers nous… », débita-t-elle, essoufflée.

La jeune fille, en réalité, ne me demandait pas ce qu'elle me demandait, elle employait, rusée, la même sorte de masque que quand elle avait dit que son écrivain préféré était Kafka. Pourtant, son dilemme n'était pas bidon, elle n'était pas *phony*. C'est moi qui l'ai été.

« Toutes les écoles sont bonnes. Le plus important, c'est d'écrire », dis-je.

Pourquoi lui avais-je sorti cette stupide banalité, et pourquoi n'avais-je pas fait preuve d'un peu plus d'empathie ? Peut-être parce que je n'avais pas le choix. Je ne pouvais rien dire sur l'école, parce que tout ce que j'en savais, c'était ce que j'avais pu déduire de la brochure promotionnelle. Même si j'avais pensé que l'école n'était pas un bon choix, je n'aurais pas pu le lui dire, car elle avait déjà investi dans sa scolarité une somme conséquente, qu'elle ne serait pas en mesure de rembourser avec les honoraires qu'elle percevrait pour son écriture ces dix prochaines années, sauf si elle avait la chance de pondre un best-seller, et sauf si c'étaient ses riches parents qui payaient les frais de scolarité, ce qui était le plus probablement le cas. « Plus une école coûte cher et plus y en a qui fauchent ! » J'aurais aussi pu lui citer Holden, mais je ne l'ai pas fait, ça aurait été cruel et, du reste, faux.

Dans son « Histoire sur comment naissent les histoires », Boris Pilniak dit : « Le renard est l'incarnation de la ruse et de la trahison. Si l'esprit du renard prend possession d'un homme, la descendance de cet homme est maudite. Le renard est le totem des écrivains. » Comment expliquer à présent à cette jeune fille les risques de son futur métier, des *occupational hazards*, risques professionnels, graves, dangereux et douloureux, qui ne se règlent pas avec quelques cachets couleur de viande fraîche ? Dans la majorité des langues slaves, ainsi que dans la plus grande partie de l'imaginaire mythologico-foklorique slave (mais également chinois, japonais et coréen), le renard est perçu au féminin. Le renard est Shéhérazade. Shéhérazade est une renarde. Shéhérazade est une histoire sur comment naissent les histoires. Car Shéhérazade, en racontant des histoires, s'achète un jour de vie en plus. Son école d'écriture créative dure mille et une nuits, et au lieu de payer des frais de scolarité, elle mise sa propre tête.

La renarde, le totem qui, d'après Boris Pilniak, est échu aux malheureux écrivains, est une rouée, une arnaqueuse, la messagère des messages divins, la servante de la déesse du secteur agroalimentaire,

Inari. De temps à autre, la renarde donne dans le trafic d'âmes mortes ; la renarde est une jongleuse de foire, une menteuse, une hypocrite, une flatteuse, une flagorneuse, une gloutonne, une goulue, une jouisseuse, une voleuse qui met sa vie en danger pour une prise misérable, pour un croupion de poulet, pour un pilon d'oie, pour un morceau de fromage qui tombe de la bouche d'un autre. La renarde est condamnée à la solitude, à une vie à l'écart des siens : l'accouplement est de courte durée, la maternité, certes, dure un peu plus longtemps, mais pas assez pour combler le gouffre de solitude. La renarde, en tant que voleuse de poules, est l'alibi et la cible des chasseurs pragmatiques ; la fourrure de renard n'est pas la plus cotée, mais elle ne passe jamais de mode. La renarde a des pouvoirs magiques, elle peut s'élever au rang de renarde céleste et recevoir ses neuf queues, mais elle doit pour cela attendre mille ans.

Ma petite nièce et moi, par hasard ou non, en étions arrivées à l'ultime question, qui n'a pas de réponse claire. L'un dans l'autre, l'histoire ne se racontera pas toute seule, tout comme le miroir ne se changera pas en lac, ni le peigne en herbe épaisse, et le commandement du brochet ne se réalisera pas, s'il n'existe pas pour tout cela un besoin profond, lié à un risque sérieux. (Qui sait, c'est peut-être pour cela que ma petite fille a inconsciemment marmonné la mauvaise formule, et au lieu d'*Histoire, raconte-toi !* a prononcé les mots *Histoire, sois mise* ?) La magie ne fonctionne pas si les mots sont prononcés en vain. C'est pourquoi chaque histoire, même le conte, surtout le conte, doit comporter une composante de « véracité » supérieure (véracité qu'il ne faut pas confondre avec la vérité, la vraisemblance ou l'expérience vécue, ni avec la morale), car dans le cas contraire, l'histoire ne « fonctionnera » pas. Il faut qu'il y ait une bonne raison pour que cette histoire, et pas une autre, doive être racontée. La renarde connaît tous les trucs, et pourtant, souvent, elle finit Gros-Jean comme devant. Cependant, quand il s'agit de l'ultime défense de son être (quoi que cela puisse signifier) – comme dans l'histoire sur ce pauvre homme qui lui vole sa fourrure pour la garder chez lui comme sa femme –, elle rompt tout accord ultérieur et revient à son être authentique. Dieu n'existe que si nous croyons en la formule *Ne prononce pas le nom de Dieu en vain*. La littérature elle aussi, si nous ne croyons pas à sa magie, n'est qu'un tas de mots vide de sens.

La renarde porte la malédiction du châtiment, et rares sont celles qui passent le test des mille ans pour enfin pouvoir parader un peu avec leurs neuf queues. Pourtant, il semble que les renardes ne se soucient pas de l'appel qui pourrait un jour venir des cieux capricieux, car entre-temps, il faut bien survivre : d'où cette impressionnante quantité de mots flatteurs adressés à l'imbécile sur sa branche pour qu'il lâche son morceau de fromage. D'aucuns diront : c'est une perte de temps, ne serait-il pas plus intelligent d'investir ces mots à la gloire de Dieu, la voie de la rédemption serait indéniablement plus rapide et plus sûre. Les mots à la gloire de Dieu ne fonctionneraient pas, car les dieux ne sont pas censés être corruptibles, tandis que les mots à la gloire de l'imbécile imbu de lui-même sur sa branche fonctionnent à coup sûr.

La malédiction de la renarde réside dans le fait qu'elle n'est pas aimée. La renarde n'est pas suffisamment forte pour que nous la craignions ou nous soumettions à elle, et sa beauté n'est pas suffisamment ostensible pour que nous restions le souffle coupé devant elle. Comment, du reste, aimer quelqu'un qui change de visage et de nature, quelqu'un qui nous est tantôt attaché, tantôt prêt à nous vendre au rabais, quelqu'un dont, d'ailleurs, nous ne savons pas avec certitude s'il appartient au monde des morts ou au monde des vivants ? La renarde n'appartient ni aux bêtes, ni à nous, les hommes, ni aux divinités. Elle est un éternel passager clandestin, une migrante qui traverse les mondes avec aisance, et quand elle se fait prendre sans ticket, elle jongle avec des balles du bout de sa queue, elle sort ses tours de pacotille. Cette admiration fugace qu'on lui témoigne (l'espace d'un instant), elle la prend étourdiment (oh, faiblesse de la renarde !) pour de l'amour. Ce sont ses moments de gloire. Tout le reste, c'est une histoire de peur, de fuite devant les balles des chasseurs, les aboiements continuels des chiens de chasse ; une histoire de persécutions, de passages à tabac, de blessures que l'on lèche, d'humiliations, de solitude et de maigres consolations – des hochets en os de poulet.

Peut-être que cette jeune fille qui se tient à présent devant moi, le visage pâle, ses yeux brillants grands ouverts, un sourire à peine perceptible aux lèvres, écrira un jour un livre, et qui sait, peut-être que dans ce livre, une description me reviendra. Si une telle chose se produit, je n'aurais rien contre le fait d'être décrite comme une petite vieille qui sort dans la nuit froide (*that went out on a chilly night*[1]), priant la lune de lui éclairer le chemin (*prayed for the moon to give her light*), et tandis qu'elle s'éloigne lentement, autour de ses jambes, surgissant de l'obscurité, s'enroulent des renardeaux. Et, voyez-vous ça, ils sont de plus en plus nombreux, ils essaiment, formant une traîne royale couleur de cuivre, jusqu'à ce que les ténèbres n'avalent la traîne et la petite vieille.

1. Cette citation et les suivantes sont extraites de la chanson populaire traditionnelle anglaise « The Fox » (Le renard), dont les premières versions remonteraient au quinzième siècle. La chanson relate l'expédition nocturne d'un renard qui part à la ville chasser sa pitance. Il attrape une oie grise dans un poulailler et, bien que poursuivi par le fermier, parvient à regagner sa tanière, où il fait avec sa renarde et ses dix renardeaux « le meilleur repas de leur vie ». (*N.d.T.*)

Ayant pris avant ma rencontre avec les étudiants cinq cachets d'ibuprofène de deux cents milligrammes couleur de viande fraîche, je décidai de rentrer à mon B&B à pied, même si la distance entre la Scuola Holden et la Via Giulia di Barolo n'était pas négligeable. Mon mal de dos s'était calmé. Je me sentais bien, et victorieuse, comme si j'avais attrapé un butin (*A couple of you will grease my chin, before I leave this town-o, town-o, town-o, before I leave this town-o…* [1]), même si je n'avais ni confirmation ni preuve de ce triomphe. D'autant plus que je pressentais que l'honoraire pour lequel j'avais signé ce contrat papier écologiquement intolérable n'arriverait jamais. Di-le-do, di-li-le-do, di-le-do…

Achevé d'écrire en août 2016.

1. « Certaines d'entre vous vont graisser mon menton, avant que je quitte cette ville, cette ville, cette ville, avant que je quitte cette ville… » (*N.d.T.*)

Table

PREMIÈRE PARTIE. Histoire sur comment naissent les histoires 7

DEUXIÈME PARTIE. L'art de l'équilibre 77

TROISIÈME PARTIE. Le jardin du diable 173

QUATRIÈME PARTIE. Les aventures de Théocrite 287

CINQUIÈME PARTIE. Little Miss Footnote 365

SIXIÈME PARTIE. La renarde veuve 397

Cet ouvrage a été mis en pages
par Nord Compo à Villeneuve-d'Ascq
Impression : CPI Firmin-Didot
Dépôt légal : février 2023 – N° 2587 (172855)
Imprimé en France